dtv

Valérie hat ihre Karriere als Ärztin für die Familie aufgegeben. Mit ihrem Mann Mathieu und den beiden Kindern lebt sie in einer schönen, luxuriösen Villa und hat scheinbar alles, was das Herz begehrt. Bis sie eines Tages herausfindet, daß Mathieu sie betrügt. Ihr wird klar, daß sie ein anderes Leben will. Sie nimmt die Kinder, sucht sich eine Wohnung und beginnt – schon bald sehr erfolgreich – wieder als Herzspezialistin zu arbeiten. Mit der Scheidung beauftragt sie Ludovic, einen charmanten Anwalt. Der verliebt sich sofort in seine attraktive Klientin. Aber Valérie braucht Zeit, um für eine neue Liebe bereit zu sein. Und als Valéries kleiner Sohn einen Unfall hat, sieht es aus, als kämen sie und Mathieu sich wieder näher …

Françoise Bourdin wurde 1952 in Paris geboren. Sie hat zahlreiche Romane veröffentlicht und schreibt außerdem Drehbücher für das Fernsehen.

Françoise Bourdin

An jenem strahlenden Tag

Roman

Deutsch von
Svenja Geithner

Deutscher Taschenbuch Verlag

Von Françoise Bourdin
sind im Deutschen Taschenbuch Verlag erschienen:
Golden wie deine Haut (20123)
Goldenes Haar im Wind (20189)

Deutsche Erstausgabe
März 2000
Deutscher Taschenbuch Verlag GmbH & Co. KG,
München

Titel der französischen Originalausgabe:
›Nom de jeune fille‹

Umschlagkonzept: Balk & Brumshagen
Umschlagfoto: © James Gritz/photonica
Satz: KCS GmbH, Buchholz/Hamburg
Gesetzt aus der Bembo 10/11,75˙ (QuarkXPress)
Druck und Bindung: C. H. Beck'sche Buchdruckerei,
Nördlingen
Gedruckt auf säurefreiem, chlorfrei gebleichtem Papier
Printed in Germany · ISBN 3-423-20316-1

Für meine Schwester Catherine, die mehr gelesen hat, als ich je schreiben werde. Und die vermutlich jenes »Képafiyacapo« nicht vergessen hat, das am Ufer der Oise strandete. Ebensowenig wie einen gewissen Prinzen und einen gewissen Maler, die Sankt Petersburg neu erstehen ließen, während die Baisers langsam im Ofen garten …

1

Professor Keller hatte gerade seine Visite hinter sich gebracht, eilig wie immer, gefolgt von dem kleinen Grüppchen aus Assistenzärzten, Medizinstudenten und Krankenschwestern, das artig hinter ihm hertrottete. Er trug einen hellgrauen Anzug, der ihn aus dem Heer der Weißkittel heraushob. Sein einziges Zugeständnis an die Hitze, die im dritten Stock auf der Kardiologie herrschte, war, daß er keine Krawatte trug und der obere Knopf seines Hemdes nachlässig offenstand.

Am Ende des Korridors, schon auf der Schwelle zu seinem Büro, zögerte Mathieu Keller. Die Flügel des Ventilators drehten sich an der Decke und wälzten die lauwarme Luft um. Die Sekretärin hatte den Kalender ihres Chefs vor sich aufgeschlagen und wartete darauf, ihm seine Termine vorzulesen. Er machte kehrt, warf einen Blick auf den nächststehenden Assistenzarzt und sagte:

»Die Herzbeutelentzündung macht mir Sorgen. Ihnen nicht?«

Der Angesprochene, ein junger Mann, wurde rot bis über beide Ohren. Keller terrorisierte die ganze Abteilung mit seinen unvermittelten Fragen und seiner Manie, die Patienten bei ihrer Krankheit zu nennen.

»Äh, ja … Also, sein letztes EKG ist eigentlich ganz in Ordnung …«

»Haben Sie es da? Seien Sie doch so nett und lesen Sie es mir rasch vor.«

Ein EKG laut zu deuten schien für den jungen Arzt ein Problem, und er geriet ins Stottern. Keller verdrehte die Augen und bemerkte bissig:

»Halten Sie mir hier keine theoretischen Vorträge. Wir haben es hier mit einem konkreten Fall mit einer Vorgeschichte und Besonderheiten zu tun. Das müssen Sie doch berücksichtigen.«

Da die Antwort seines jungen Kollegen auf sich warten ließ, schweifte Mathieu Kellers Blick ab und blieb an den Beinen einer Krankenschwester hängen. Er konnte sich eines leichten Lächelns nicht erwehren und klopfte dem Assistenzarzt auf die Schulter.

»Nicht so tragisch, zerbrechen Sie sich nicht den Kopf ... Ich komme schon alleine klar«, sagte er spöttisch.

Er ging in sein Büro und schlug die Tür hinter sich zu. Die gesamte Belegschaft, die an diesem Morgen Dienst hatte, atmete erleichtert auf. Gilles unterdrückte ein Lächeln und bedeutete den Anwesenden, daß sie verschwinden sollten. Er war der einzige, der keine Angst vor dem Chef hatte und ihm sogar von Zeit zu Zeit die Stirn bot. Als Dr. habil. würde vielleicht er eines Tages auf den Chefarztposten nachrücken – vorausgesetzt, daß das Ministerium zu gegebener Zeit damit einverstanden wäre. Leider war das alles noch Zukunftsmusik, denn Mathieu Keller war schließlich erst fünfzig und bestens in Form. Er war einer der jüngsten Chefärzte Frankreichs gewesen, und es war ihm zuzutrauen, daß er seine Ehre daran setzte, einer der ältesten zu werden.

Bevor er verschiedene wichtige Aufgaben in Angriff nahm, die auf ihn warteten, machte Gilles noch an der Kaffeemaschine halt. Der September war dieses Jahr entschieden zu heiß. Die meisten Patienten fühlten sich unwohl, vor allem die »schweren Fälle«, die über Schläuche und Drähte mit irgendwelchen Apparaten verbunden waren und sich nicht rühren konnten.

Das Klappern von Holzsandalen auf dem Linoleumboden ließ ihn herumfahren. Mathieus Sekretärin, Sylvie, kam auf ihn zu.

»Hier«, sagte sie und hielt ihm zwei Münzen hin, »zwei Tassen Kaffee bitte, schwarz und ohne Zucker.«

»Ist die Zeit für den privaten Anruf schon gekommen?« fragte Gilles mit einem Augenzwinkern.

Sie nickte amüsiert. Immer wenn Mathieu, bevor er zum Hörer griff, betonte, daß es sich um ein vertrauliches Gespräch handle, verließ Sylvie diskret das Büro. Die Seitensprünge des Chefarztes betrachtete sie mit Nachsicht, ja fast wohlwollend. Für sie war ihr Vorgesetzter eine Art Don Juan, das war einfach so und irritierte sie nicht weiter. Sie stellte keine Fragen, und er vertraute ihr so gut wie nichts an. Das Bild seiner Frau und seiner zwei Kinder stand gut sichtbar neben dem Minitel*. Valérie Keller sah auf dem Foto blendend aus. Sie war im übrigen viel schöner als die meisten seiner Mätressen.

»Wen himmelt unser Meister denn gerade an?« fragte Gilles hinterlistig.

Gereizt zuckte Sylvie die Achseln.

»Du hast ja keine Ahnung«, brummelte sie. »Mit fünfzig haben die Männer Angst, alt zu werden. Er beweist sich seine Jugendlichkeit eben auf seine Weise.«

Gilles lachte schallend los, und etwas Kaffee schwappte über den Rand des Bechers.

»Er ist der schlimmste Aufreißer im ganzen Krankenhaus, und das seit zwölf Jahren! Aber du findest ja immer eine Entschuldigung für sein Verhalten …«

Diese Bemerkung ließ Sylvie kalt. Kurz vor der Rente stehend, mit ihren grauen Haaren und ihrem Bäuchlein, konnte sie den großen Professor Keller ruhig verwöhnen, ohne daß jemand Anstoß daran genommen hätte.

»Nun gib schon her, er mag seinen Kaffee gerne heiß.«

Energisch nahm sie die zwei Becher und eilte davon. Vor dem Büro hielt sie inne und lauschte, wobei sie so tat, als würde sie auf der Wanduhr nach der Zeit sehen. Durch die Tür vernahm sie die wütende Stimme Mathieus und beschloß, lieber noch einen Moment zu warten. Sie trat zur Seite, um Sanitäter vorbeizulassen, die ein Rollbett schoben. Flüchtig fragte sie sich,

* Französisches Bildschirmtextsystem

was wohl aus ihr würde, wenn sie sich nicht mehr in der vertrauten Umgebung des Krankenhauses befände. Dieses moderne Gebäude, in dem die Kardiologie seit fünf Jahren untergebracht war, war inzwischen zu ihrem Zuhause geworden.

»Wollen Sie warten, bis er kalt ist?«

Ein schuldbewußtes Lächeln huschte über ihr Gesicht. Sie hatte nicht gehört, wie Mathieu die Türe geöffnet hatte. Er leerte den Becher in einem Zug und gab ihn ihr zurück.

»Ich bin ohnehin schon zu spät dran, also bringen wir die Sprechstunde schnell hinter uns.«

Er stürzte nach rechts in sein Sprechzimmer, während sie den ersten Patienten im Wartezimmer aufrief.

Als er endlich das letzte Rezept unterschrieben hatte, war es ein Uhr mittags. Er streckte sich, ließ sein Stethoskop auf die Untersuchungsliege fallen und sprach ein paar Sätze ins Diktiergerät. Sylvie würde die Berichte nachmittags tippen. Genau wie sie die Krankenblätter einordnen würde, die aufzuräumen er sich prinzipiell nicht die Mühe machte.

Auf dem Weg zum Aufzug dachte er genervt an Laurence. Er haßte den klagenden Ton, mit dem sie ihn seit einiger Zeit bedachte. Und er hatte wirklich nicht die geringste Lust, quer durch die ganze Stadt zu fahren, nur um mit ihr essen zu gehen. In ihrem Apartment mußte es geradezu infernalisch heiß sein. Natürlich könnten sie die Hitze zum Anlaß für eine gemeinsame Dusche nehmen. Für diese Art von Erfrischung war sie stets zu haben.

Ratlos durchquerte er die Halle des Pavillon Derocque, ohne zu einer Entscheidung zu gelangen. Einerseits hatte er Hunger. Andererseits … Er blieb abrupt stehen und blickte wie vom Donner gerührt auf die Gestalt, die sich da im Gegenlicht abzeichnete und geradewegs auf ihn zusteuerte. Er wartete, bis sie herangekommen war, um ihr dann den Arm um die Taille zu legen.

»Mein Liebling … Was für eine wunderbare Überraschung!«

Er küßte sie sanft auf den Hals, sog den Hauch von Chanel

ein und blickte erfreut in die grünen Augen seiner Frau. Sie kam so selten ins C.H.U.*, daß ihn ihr Besuch mit einer vagen Furcht erfüllte. Das komplizierte Leben Mathieus erforderte eine ausgefeilte Organisation, und das Krankenhaus war eigentlich sein Revier.

»Ich könnte dich zum Essen ausführen«, schlug er lächelnd vor.

»Ich hoffe doch, daß du das tust! Eine schattige Terrasse und einen gut gekühlten Mersault, was meinst du?«

In einer plötzlichen Anwandlung ergriff er ihre Hand. Er fühlte sich mit einem Mal schuldig und kam sich wie ein Idiot vor. Letztendlich konnte keine andere Frau seiner eigenen das Wasser reichen. Während sie zum Parkplatz hinüberliefen, betrachtete er sie aus dem Augenwinkel. Sie wirkte äußerst verführerisch in ihrem cremefarbenen Kostüm. Der gerade geschnittene kurze Rock brachte ihre schlanken Beine zur Geltung, und das schwarze T-Shirt betonte ihre sommerliche Bräune.

»Wir nehmen meinen Wagen«, entschied sie, »ich setze dich auf dem Rückweg wieder hier ab.«

Er spürte den durchdringenden Blick ihrer grünen Augen auf sich. Als sie hinter dem Steuer saß, sah er nur noch ihr Profil, die kleine, feingeschnittene Nase, die Sommersprossen, die langen Wimpern, die aschblonden Locken.

»Das war eine ausgezeichnete Idee von dir herzukommen«, bekräftigte er. »Ohne dich hätte ich mich mit einem lausigen Sandwich begnügen müssen!«

»Ach, tatsächlich?«

Ihr Ton war verdächtig spöttisch, und er war auf der Hut. Mit leichtem Unbehagen fragte er sich, ob Valérie irgendeinen Verdacht hegte; um Zeit zum Nachdenken zu gewinnen, zündete er sich eine Zigarette an. Nein, sie konnte nichts ahnen, das war unmöglich. Er war ihr gegenüber stets zuvorkommend und gab sich – zumindest nach außen hin – alle Mühe, ein guter

* Centre Hospitalier Universitaire; Uniklinik in Rouen

Ehemann zu sein. Sein Verlangen nach ihr war kein bißchen abgestumpft – trotz der zehn Jahre Ehe. Zudem empfand er große Zärtlichkeit und sogar eine gewisse Dankbarkeit ihr gegenüber. Sie hatte sich ihm nie in den Weg gestellt und hatte ihm zwei bezaubernde Kinder geschenkt. Sie war eine ausgezeichnete Hausfrau, eine gute Mutter und hingebungsvolle Gattin. Und jedesmal, wenn er sich an ihre erste Begegnung erinnerte, überkam ihn die Rührung. Sie hatte damals so schmal und zerbrechlich gewirkt in ihrem kleinen weißen Kittel, mit dem Namensschild auf der Tasche, ihren Notizblock in der Hand, ganz aufmerksame Studentin. Er hatte sie mit Fragen bombardiert, um ihr auf den Zahn zu fühlen, und sie war schließlich in Tränen ausgebrochen, so daß er sie auf einen Kaffee hatte einladen müssen, um sein Verhalten wiedergutzumachen. Sie war schüchtern gewesen, einfach hinreißend, er hätte sie am liebsten sofort in den Arm genommen. Doch sie hatte ihm eine ganze Weile widerstanden. Sie war eine begabte Studentin gewesen, nicht nur sehr gewissenhaft, sondern wirklich brillant. Zudem hatte sie einen ausgezeichneten Draht zu den Patienten und war in Sachen Diagnose ein Naturtalent. Was ihn im übrigen geärgert hatte. Aus diesem Grund, und auch weil sie sich weigerte, seine Essenseinladungen anzunehmen, hatte er ihr das Leben schwergemacht. Er war gerade erst zum Chefarzt ernannt worden, wobei ihm die tatkräftige Unterstützung aus Ministeriumskreisen, sein untadeliger Lebenslauf und die Freundschaft zum damaligen Direktor sehr zum Vorteil gereicht hatten. Ein Glücksfall, in der Tat, daß sein Vorgänger, Professor Lambrun, bei einem Autounfall ums Leben gekommen war. Andernfalls wäre er dazu verdammt gewesen, eine halbe Ewigkeit auf seinen Titel und seinen Posten zu warten. Um sich mit seinen vierzig Jahren in seiner Abteilung Respekt zu verschaffen, hatte er sich autoritär, fordernd, manchmal sogar unangenehm gezeigt, aber er hatte sich alle gefügig gemacht, einschließlich Gilles, seines Oberarztes.

»An wen denkst du gerade?« fragte Valérie.

»An dich«, erwiderte er, eine Spur zu schnell.

Es war ihm nicht entgangen, daß sie gefragt hatte, *an wen* er denke, und nicht, *an was*, wie man es gemeinhin zu tun pflegt. Sie rangierte, um den Wagen einzuparken, und er wartete, bis sie den Motor abgestellt hatte, bevor er sich zu ihr hinüberbeugte. Er küßte sie voll Begierde, ergriff von ihrem Mund Besitz, als wolle er sie auf diese Weise zum Schweigen bringen. Er mußte in Zukunft vorsichtiger sein, viel vorsichtiger. Was, wenn Laurence nun ebenfalls gekommen wäre und auf ihn gewartet hätte? Dieses hirnlose Frauenzimmer war zu allem fähig, auch dazu, ihn in eine unschöne Geschichte hineinzuziehen. Im übrigen bestand ihre Verbindung schon viel zu lange. Mathieu schätzte mehr die flüchtigen Abenteuer, bei denen er von einer heftigen Woge des Verlangens fortgetragen wurde, die aber schnell wieder beendet waren und in ihm ein Gefühl satter Zufriedenheit zurückließen.

Valérie machte sich mit einem amüsierten Lächeln von ihm los.

»Wie feurig du heute bist, mein Liebling! Hast du irgend etwas wiedergutzumachen?«

Er faßte sie am Handgelenk und setzte augenblicklich eine ernste Miene auf.

»Ich verstehe nicht, was du meinst. Wozu all die Anspielungen? Ich freue mich einfach, daß wir ein bißchen Zeit zusammen verbringen …«

Das war nicht gelogen, er fühlte sich stets wohl in Gesellschaft seiner Frau.

»Komm«, rief sie und stieg aus dem Wagen, »ich bin am Verdursten.«

Kaum hatten sie das Restaurant betreten, eilte auch schon dienstbeflissen ein Oberkellner herbei und führte sie auf die Terrasse. Als sie sich schließlich an einem schattigen Plätzchen gegenübersaßen, musterte Mathieu Valérie eindringlich.

»Du bist einfach umwerfend«, sagte er, und es kam von Herzen.

Er warf einen kurzen Blick auf die Karte und bestellte für beide, ohne Valérie zu fragen. Dann erzählte er ein wenig von seinem Vormittag, ließ ein paar ironische Bemerkungen über seinen »Pflegedienstleiter« fallen, womit er die Stationsschwester meinte, stichelte en passant gegen einen Konsiliarius, den er nicht mochte, erkundigte sich, ob es Neuigkeiten von den Kindern gebe, um sich schließlich, ohne eine Antwort abzuwarten, über die Hitze zu beklagen.

»Zieh doch dein Jackett aus«, schlug Valérie vor.

Den Konventionen sehr verhaftet, ließ sich Mathieu in der Stadt selten in legerer Aufmachung blicken. Seine Frau dagegen war frei von solchen Zwängen; allerdings verlieh ihr ihre schlanke, hochgewachsene Gestalt eine natürliche Eleganz, unabhängig davon, wie sie gekleidet war. Seit ihrer Rückkehr aus dem Urlaub pflegte sie ihre Bräune, indem sie stundenlang schwamm und sich am Schwimmbeckenrand in der Sonne aalte.

»Ich wünschte, es wäre schon Abend. Du Glückliche, du kannst diese letzten Sommerwochen noch genießen ...«

Valéries Miene verfinsterte sich für einen Moment. Mathieu wurde nicht müde, sie auf ihr angebliches »Glück« hinzuweisen. Er tat, als würde er sie um ihren Müßiggang beneiden, während er in Wirklichkeit nur im Krankenhaus glücklich war, wo er in Arbeit ertrank. Seit die Kinder in die Schule gingen, hatte Valérie wiederholt versucht, ihm zu erklären, daß sie wieder einer Tätigkeit nachgehen wolle, und sei es nur einen Vormittag in der Woche, so wie sie es während ihrer ersten Ehejahre getan hatte. Doch sie erntete jedesmal lautes Protestgeschrei; dann fing er an zu lachen, als hätte sie ihm einen Witz erzählt. In diesen Situationen wußte er plötzlich die Bedeutung ihrer Pflichten als Mutter, Gattin und Hausfrau zu würdigen. Sie hätte doch schließlich genug zu tun, und wenn ihr bei all dem einige Stunden zur freien Verfügung blieben, so solle sie diese doch nutzen.

Valérie blickte aus ihren grünen Augen zu Mathieu auf und lächelte. Sie wollte nicht ihr gemeinsames Mittagessen verderben. Er schien das Zusammensein mit ihr wirklich zu genießen, wirkte entspannt, sah nicht stirnrunzelnd auf die Uhr. Vermutlich bildete sie sich alles nur ein. Sie hob ihr Glas, das bereits beschlagen war, und stieß mit ihrem Ehemann an.

Es war erst drei Uhr, als Valérie nach Hause zurückkam. Sie öffnete das große Tor mit Hilfe der Fernbedienung, ohne auszusteigen, und parkte das Auto unter den Kastanien. Die Kinder wären frühestens in einer guten Stunde zurück. Es blieb ihr noch Zeit, sich umzuziehen, den Teetisch zu richten und baden zu gehen.

Sie betrat den großen Wohnraum, in dem die Jalousien halb heruntergelassen waren. Atome tappte gähnend die Treppe herunter, und sie mußte schmunzeln. Er wirkte nicht gerade wie ein Wachhund! Er kam auf sie zu, leckte ihr die Hände und rieb sich an ihren Beinen. Sie streichelte ihn ein bißchen, woraufhin ein paar weiße Haare durch die Luft flogen. Wie bei echten Dalmatinern üblich, erneuerte sich sein Fell ständig, ungeachtet der Jahreszeit.

Valérie rannte pfeifend die Treppe hoch, immer zwei Stufen auf einmal nehmend. Sie entledigte sich ihres Kostüms und ihrer Unterwäsche, schlüpfte in einen weißen Badeanzug und lief wieder nach draußen. Es war das erste Jahr, in dem sie das Schwimmbecken richtig nutzen konnten. Rouen stellte ohne Zweifel einen Rekord auf, was grauen Himmel und Regen anbelangte, aber es war einfach ihre Stadt, und sie liebte es trotz seines scheußlichen Klimas, trotz des Verkehrschaos, das sich auch durch den Bau der Métro nicht gebessert hatte, trotz der Friedhofsruhe in Mont-Saint-Aignan, einer reinen Wohngegend, in der sonst nichts geboten war.

»Atome! Nein!«

Gottergeben sah sie zu, wie der Hund sich in den blauen Pool stürzte, und lief am Rand entlang zum anderen Ende des Beckens, um ihm wieder herauszuhelfen. Er schüttelte sich, daß die Tropfen flogen, dann trollte er sich, um sich ins Gras zu legen. Sie tat es ihm gleich und streckte sich neben ihm aus, den Kopf auf der Flanke des Tieres. Am Himmel zogen fahle Wolken auf, und sie hoffte, daß es bald ein Gewitter gäbe, denn sonst würden die Blumen sämtlich verdursten. Die Erde blieb trocken und hart, da half alles Gießen nichts. Von hier aus betrachtet, wirkte das Gebäude durchaus eindrucksvoll. Valérie hatte sich darin nie ganz zu Hause gefühlt. Diese Art Architektur, modern, funktionell, ein wenig protzig, ließ sie kalt. Sie hatte Interesse geheuchelt, als es gebaut worden war vor zehn Jahren. Mathieu war sehr stolz auf den Entwurf seines Architekten gewesen, und, um ihm eine Freude zu machen, hatte sie die Rolle des jungen, staunenden Mädchens gespielt. In Wirklichkeit bewirkte diese Fülle an großen Glasscheiben, Zierbalken, der helle Teppichboden überall und die nachtblauen Bäder und Toiletten eher, daß sie sich in die kleine Wohnung in der Altstadt zurücksehnte, in der sie aufgewachsen war.

Atome stieß einen langgezogenen Seufzer aus und legte eine Pfote auf Valéries nackte Schulter. Sie fröstelte. Die Kinder würden gleich heimkommen. Der Gedanke daran hielt sie aufrecht. Sie teilte sich das Zur-Schule-Bringen und Abholen der Kinder mit einer anderen Mutter. Sie hatte Jérémie und Camille für die Mensa angemeldet dieses Jahr, da Mathieu dies für besser hielt. Man müsse ihren Charakter stärken, sie sollten nicht überbehütet aufwachsen. Vielleicht ... Auf alle Fälle war das für sie die beste Möglichkeit, Freunde zu finden, denn die »echte« Pause war die mittags – das hatten sie ihrer Mutter erklärt. Sie hatten eine gute Stunde Zeit, sich mit anderen Kindern im Staub zu wälzen, was zur Folge hatte, daß sie jeden zweiten Tag mit aufgeschürften Knien heimkamen!

Valérie setzte sich auf, sie fühlte sich mit einem Mal bedrückt. Was machte sie da eigentlich? Lümmelte im Gras herum ... Sollte sie den Rest ihres Lebens damit verbringen, den nachmittäglichen Imbiß zu richten, Abendessen und Frühstück zuzubereiten? Pflaster auf Schürfwunden zu kleben? Blumen in Vasen zu arrangieren? Die Stapel, die aus der Wäscherei kamen, nachzählen? Nichts weiter als die entzückende Gattin Professor Kellers sein? Camille oder Jérémie verkündeten häufig mit Stolz: »Mein Papa ist Arzt. Im Krankenhaus, er ist der Chef dort.« Und Mama? Einfach nur eine hübsche Mama, die zu nichts nütze ist. Die dafür sorgt, daß man leise ist, wenn Papa morgens mal ausschläft. Wozu waren eigentlich die endlosen Studienjahre gut gewesen, die Opfer, die ihre Eltern gebracht hatten, all die

Prüfungen und Ausleseverfahren? Und das schöne Diplom der medizinischen Fakultät, für das sie so hart gekämpft hatte und das nun in einer Schublade vergraben lag …

Sie war mit einem Satz auf den Füßen, lief zum Schwimmbecken und sprang hinein. Sie zwang sich, langsam zu schwimmen, in regelmäßigen Zügen, ganz darauf konzentriert, am Ende jeweils untadelige Wenden zu vollführen. Sie haßte diese schwarzen Gedanken. Meist gelang es ihr, sie zu verscheuchen. Aber heute war irgend etwas anders. Eine klitzekleine Sache, die sie seit dem Morgen nicht losließ. Ein unbedeutender flacher Schlüssel, der aus der Brusttasche eines Jacketts herausgefallen war. Kein Schlüssel für ein Vorhängeschloß oder ein Auto, nein, ein einfacher Schlüssel für irgendeine Türe. Bloß, für welche?

Valérie durchstöberte nie die Kleidungsstücke oder Papiere von Mathieu. Der Gedanke wäre ihr nicht einmal im Traum gekommen. Dieser Schlüssel war einfach herausgerutscht, als sie die Jacke aufgehängt hatte, und mit einem dumpfen Schlag aufs Parkett gefallen. Konnte so ein winziges Geräusch wirklich solche Konsequenzen haben? Während sie unter der Dusche stand, während sie ihre blonden Locken fönte, hatte Valérie unaufhörlich darüber nachgedacht. Natürlich, es konnte sich um einen Schrankschlüssel aus dem Krankenhaus handeln oder um Gott weiß was für einen Schlüssel. Doch ihre Unruhe war von Stunde zu Stunde gestiegen. Satzfetzen kamen ihr in den Sinn; flüchtige Eindrücke, winzige Zweifel, die sich in ihrem Gedächtnis eingegraben hatten, fügten sich plötzlich zu einem logischen Ganzen, formten eine einzige quälende Frage.

Schon als sie noch Assistenzärztin war, hatte Mathieu einen eindeutigen Ruf gehabt. Schürzenjäger. Weiberheld. Die gebrochenen Herzen, die der junge und verführerische Professor Keller auf dem Gewissen hatte, waren ein unerschöpflicher Quell für Scherze gewesen. Sie war deshalb am Anfang sehr mißtrauisch gewesen, da sie nicht darauf erpicht war, die Liste um ihren Namen zu verlängern. Alle Welt war sich einig, daß sie es sehr geschickt angestellt hatte, um ihn sich zu angeln. Sie hatte nicht im geringsten aus Berechnung gehandelt. Sie hatte ihn damals gefürchtet – als Mann und als Vorgesetzten – und sich erst nach und nach in ihn verliebt. Er war ihr gegenüber sehr freundlich, sehr geduldig, sehr höflich gewesen. Und als er um ihre Hand angehalten hatte, war ihr dies nicht wie ein Sieg erschienen, sondern einfach als Liebesbeweis. Mathieu wollte Kinder, ein Heim, geordnete Verhältnisse. Sie hatte ihm all das bereitwillig geschenkt. Vierundzwanzig war sie gewesen, er vierzig am Tag ihrer Trauung.

Außer Atem beendete Valérie ihre Bahn und schwang sich auf den Mosaikboden am Beckenrand. Der Dalmatiner kam angelaufen und leckte ihre Beine ab, und sie betrachtete ihn einen Moment lang, bevor sie ihn in ernstem Ton fragte:

»Was meinst du, Atome? Betrügt er mich?«

Durch die Heirat mit ihr hatte sich weder Mathieus Persönlichkeit noch sein Charakter geändert. Wie oft hatte er, selbst in ihrem Beisein, einem hübschen Mädchen nachgeschaut.

Das Geräusch eines Motors, dann von Autotüren ließ sie herumfahren. Der Hund schoß bereits davon, um die Kinder zu begrüßen. Valérie stand auf und ging ebenfalls ihrem Sohn und ihrer Tochter entgegen, die die kiesbedeckte Einfahrt heraufrannten. Sie waren das Beste an ihrem Leben, und sie vergaß augenblicklich all ihre Sorgen.

Mathieu durchwühlte noch einmal seine Taschen, dann zuckte er die Schultern. Er drückte die Klingel, und die Tür öffnete sich fast im selben Moment, als hätte Laurence dahinter gestanden und gewartet. Sie warf sich an seine Brust, schlang die Arme um seinen Hals, bot ihm ihre Lippen zum Kuß. Sie empfing ihn in einer seltsamen Aufmachung, in einem Männerhemd, das ihr viel zu groß war, unter dem sie jedoch nichts trug. Er verspürte auf der Stelle ein heftiges Verlangen nach ihr. Sie hatte eine helle Haut, seidenweich und verführerisch. Er hob sie hoch und trug sie zum Sofa.

»Ich dachte schon, du kommst nicht mehr … Es ist schon ganz schön spät. Möchtest du etwas trinken?«

Er gab keine Antwort, ganz damit beschäftigt, sie mit der einen Hand zu liebkosen, während er sich mit der anderen auszog. Wie erwartet war es schwül in der Wohnung, obwohl das Fenster offenstand. Als Mathieu sich erhob, um eine Flasche Wasser aus der Küche zu holen, war er schweißgebadet. Laurence lag noch immer aufs Sofa hingegossen, und er beschloß, rasch zu duschen. Ihm wurde bewußt, daß er keine drei Worte geredet hatte seit seiner Ankunft und daß er sich höflichkeitshalber etwas bemühen müßte, bevor er wieder verschwände.

»Ich habe ein hinreißendes Ensemble gekauft für unsere Reise«, rief Laurence, während er sich abtrocknete.

Verärgert runzelte er die Stirn. Sie hatte es sich in den Kopf gesetzt, ihn zu diesem Kongreß in Tunis zu begleiten, da er den Fehler gemacht hatte, ihn ihr gegenüber zu erwähnen. Es wurde wirklich höchste Zeit, daß er sich von ihr trennte und sie ihn vergaß. Aber sie war eine umwerfende Geliebte, phantasievoll, zärtlich, die ihm jeden Wunsch erfüllte. Er ging wieder zu ihr und setzte sich neben sie. Zerstreut ließ er seine Hand über ihren Schenkel gleiten.

»Drei Tage und zwei Nächte ganz für uns«, flüsterte sie. »Davon habe ich schon so lange geträumt … Oh, mein Liebster …«

Sie hatte die Augen halb geschlossen, ein verzücktes Lächeln spielte um ihre Lippen. Sie bot ihm ihre Jugend ohne jeden Vorbehalt. Ihm fiel ein, daß sie in der kommenden Woche dreiundzwanzig würde und daß er nicht vergessen dürfte, ihr ein Geschenk zu machen. Selbst wenn es ein Abschiedsgeschenk wäre. Er konnte damit natürlich auch noch ein wenig warten … Es wäre trotz allem ziemlich angenehm, so ein junges Mädchen im Bett zu wissen während dieses verflixten Kongresses und auf diese Weise etwas Ablenkung zu haben nach all den einschläfernden Vorträgen seiner Kollegen und den unendlichen Ehrenbezeugungen für Charles Nicolle. Warum sich nicht zum Schluß noch dieses Vergnügen gönnen?

Eng an ihn gekuschelt, schnurrte sie wie ein Kätzchen. Er unterzog sie einer unnachsichtigen Musterung. Sie war klein, etwas rundlich, sehr begehrenswert. Ihre langen braunen Haare reichten ihr bis zu dem wohlgeformten Po. Er mußte unwillkürlich lächeln und warf einen Blick auf die Uhr, die er nicht abgelegt hatte.

»Ich muß gehen«, erklärte er unvermittelt.

Sie schlang ihre Arme um seinen Hals und zog ihn gewaltsam an sich, eine lächerliche Geste, die ihn in Rage brachte.

»Nun sei doch vernünftig, Liebling, ich bin ohnehin schon zu spät dran. Ich muß meinen Kindern noch einen Gutenachtkuß geben, bevor sie schlafen gehen ...«

Von seiner Familie zu sprechen war grausam und obendrein nur ein Vorwand. Seine väterlichen Gefühle waren nicht sehr ausgeprägt, er verspürte schlicht das Bedürfnis zu verschwinden.

»Sehen wir uns morgen?« fragte Laurence in jenem flehenden Ton, den er so haßte.

Er war drauf und dran, ihr eine kurzangebundene Antwort zu geben, hatte dann aber doch Skrupel. Sie hatte trotz allem etwas Rührendes an sich, trotz ihrer Unbeholfenheit, und sie liebte ihn derart leidenschaftlich, daß er sich geschmeichelt fühlte. Seit drei Monaten waren sie nun zusammen, und er hatte sie bereits betrogen. Aber er hatte nicht vergessen, daß sie auf sein Verlangen hin im Krankenhaus gekündigt und eine Stelle in einer Privatklinik angenommen hatte. Sie war unfähig, ihre Gefühle zu verbergen, verschlang ihn mit Blicken, saugte gierig jedes seiner Worte auf, und Mathieu war sich über das Risiko im klaren gewesen, falls er sie auf seiner Station behielte. Er hatte sich nie gefragt, ob sie unter dem Jobwechsel gelitten hatte, in den sie, ohne mit der Wimper zu zucken, eingewilligt hatte. Sie schien ihm ihr Leben zu Füßen zu legen, ohne im Gegenzug irgend etwas dafür zu verlangen.

Eilig küßte er sie auf die Nasenspitze, bevor er ging. Kaum hatte er die Tür hinter sich geschlossen, erhob sie sich und schlüpfte auf den winzigen Balkon hinaus. Sie sah ihm nach, wie er die Straße überquerte, in seinen Wagen stieg und den Motor anließ. Selbstverständlich hatte sie es nicht gewagt, mit ihm zu reden. Aber heute war einfach nicht der geeignete Moment gewesen. Abends war er grundsätzlich in Eile. Wenn er zum Mittagessen gekommen wäre, hätte sie ihm die Neuigkeit in aller Ruhe verkünden können. Der Champagner stand kühl, ebenso die mit Limonensaft beträufelten Lachsscheiben, nach denen er ganz verrückt war. Na ja, nicht weiter schlimm, dann eben morgen.

Sie trat vom Balkon ins Zimmer zurück, wo sie langsam auf- und abging. Für gewöhnlich kamen ihr die Abende ziemlich lang vor. Sie stellte sich Mathieu vor, wie er mit seinen Kindern spielte, Mathieu, wie er Freunde empfing, Mathieu in seinem wundervollen Haus in Mont-Saint-Aignan, Mathieu, der mit seiner schönen Frau schlafen ging ... Wenn die Verbitterung zu groß wurde, die Eifersucht zu brennend, rief sie ihre Schwester an oder eine Freundin oder ging etwas essen beim Chinesen um die Ecke. Alle Welt war sich einig, daß sie verrückt sei, eine Beziehung zu einem verheirateten Mann zu pflegen, der obendrein noch ihr Vater hätte sein können! Aber sie lachte nur über irgendwelche Ratschläge und Predigten. Mathieu war exakt der Mann ihrer Träume. Als er sie das erste Mal angeblickt, sie von Kopf bis Fuß taxiert hatte, war ihr klar gewesen: Er und kein anderer. Sie hatte mit ihrem Freund Schluß gemacht und auf eine Einladung zum Essen gewartet, die auch prompt erfolgt war. Zwei Tage später war er zu ihr auf ein Glas Wein gekommen. Sie hatte ihn nicht enttäuscht, ihn nicht hingehalten, sich ihm ohne Scham hingegeben und war im Handumdrehen im siebten Himmel gewesen. Mit Mathieu war die Liebe eine Herausforderung, eine Art Wettkampf, und er übertraf ihre kühnsten Erwartungen. Dies war jedoch nur die erste Runde, und die Partie war noch lang nicht gewonnen. Um einen Mann wie ihn an sich zu binden, mußte sie gewiefter als all ihre Vorgängerinnen vorgehen.

Laurence lachte ein kleines, nervöses Lachen, als sie an die zahllosen Schliche dachte, derer sie sich bedient hatte, um ihn wiederzusehen, ihn zu halten. Bis jetzt war alles gutgegangen. Er kam regelmäßig zu ihr, und sie bereitete ihm kleine Liebesmahlzeiten, wohlwissend, daß er sich niemals mit ihr in der Stadt sehen lassen würde. Als sie im Krankenhaus aufgehört hatte, hatte sie die Gelegenheit genutzt, ihm ihren Wohnungsschlüssel zu geben. Das war ein erster Schritt zu mehr Nähe gewesen. Sie war nicht mehr eine einfache Eroberung, sie war seine feste Geliebte geworden. Und bald wäre sie noch mehr als das. Sehr viel mehr!

Nicht ohne Mühe war es ihr gelungen, sich ein Wochenende in seiner Gesellschaft zu erkämpfen, in Etretat. Das war Anfang August, während Valérie – sie nannte sie Valérie, wenn sie an sie dachte – im Süden war mit den lieben Kleinen. Mathieu hatte ihren Bitten nachgegeben, hatte ihr endlich die Zweisamkeit gewährt, von der sie träumte. Sie hatten mittags eine Platte mit Meeresfrüchten gegessen, waren auf dem Deich spazierengegangen. Und dann hatten sie natürlich Lust bekommen, sich zu lieben, und Mathieu hatte ein Zimmer im Dormy House verlangt, einem Hotel auf den Klippen. Sie hatten eine wunderbare, außergewöhnliche Zeit miteinander gehabt. Hatten im Bett zu Abend gegessen, das erste Mal die Nacht miteinander verbracht, richtig zusammen gefrühstückt. Natürlich war Mathieu ein wenig beunruhigt gewesen auf dem Heimweg. Er hatte Angst gehabt, Valérie könnte angerufen haben und er müßte sich eine Geschichte einfallen lassen. Aber noch am selben Abend war er bei ihr aufgetaucht, hervorragend gelaunt, und hatte offensichtlich nicht das geringste Problem mit ihrem kleinen Ausflug gehabt.

Immer wenn Laurence an Etretat dachte, überkam sie ein heftiges Glücksgefühl. In Mathieus Armen hatte sie den Eindruck, wirklich Frau zu sein, ihre Bestimmung gefunden zu haben. Die Leute hatten sich nach ihnen umgedreht, und sie hatte sie arrogant gemustert. War es der Altersunterschied, der die Aufmerksamkeit der Passanten erregt hatte oder die strahlende Miene des jungen Mädchens? Wie auch immer, Laurence hatte dort bekommen, was sie gewollt hatte. Wirklich alles, auch wenn Mathieu noch nicht wußte, daß sie weit mehr als die bloße Erinnerung von dort mitgenommen hatte.

Sie bemerkte, daß der Teppich dringend gesaugt werden

mußte, hatte allerdings keine besondere Lust, die Wohnung zu putzen. Dieser Ort war für sie bislang ein reines Liebesnest gewesen, aber mit der Ankunft eines Kindes müßte man natürlich alles neu überdenken.

Im Badezimmer stellte sie sich seitlich vor den großen Spiegel. Sie hob das Hemd und betrachtete ihren flachen Bauch. Es war noch zu früh, natürlich. Wäre Mathieu gerührt, wenn er es erführe? Oder zornig? Sie hatte immer gehört, daß Männer über Fünfzig ganz verzückt wären, wenn sie noch einmal frischgebackene Väter würden. Sich einen kleinen Nachzügler zu gönnen ist ein probates Mittel, um dem Alterungsprozeß entgegenzuwirken. Und vielleicht sogar sein Leben ein letztes Mal neu zu beginnen. Das war auf jeden Fall das, worauf Laurence hoffte, worauf sie setzte.

Als Mathieu seine Zigaretten und sein Feuerzeug auf den Nachttisch legte, erblickte er den Schlüssel, gut sichtbar zwischen dem Radiowecker und dem Aschenbecher. Eine Sekunde lang überkam ihn die Panik. Wer hatte diesen vermaledeiten Schlüssel dort hingelegt? Valérie? Aber wo hatte sie ihn gefunden? Bestand da irgendein Zusammenhang zu ihrem unerwarteten Besuch im Krankenhaus?

Als er seine Frau aus dem Bad kommen hörte, griff er rasch nach der Fernbedienung für den Fernseher.

»Schaust du neuerdings Zeichentrickfilme an?« fragte Valérie erstaunt, während sie ihren weißen Morgenmantel über eine Stuhllehne warf.

»Ich habe die Kurznachrichten gesucht ...«

Er zappte ein wenig herum, dann schaltete er aus. Während er seine Frau aus dem Augenwinkel scharf beobachtete, nahm er eine Zigarette und stieß absichtlich gegen die Nachttischlampe.

»Mist ...«, fluchte er und stellte sie wieder auf. »Gott sei Dank ist die Birne ... Oh, da ist er ja, wie kommt denn der da hin?«

Er hatte mit Bedacht den Schlüssel in die Hand genommen.

»Ich bin wirklich ganz schön zerstreut zur Zeit. Die mangelnden Ferien machen sich einfach bemerkbar. Aber was das Ganze noch schlimmer macht, ist das Krankenhaus! Ich brauche Schlüssel für die Apotheke, für die Garderobe, für mein Büro … und weiß der Teufel, für was noch alles. Ich bin Kardiologe, kein Kerkermeister. Ich werde ihn Sylvie anvertrauen. Und wenn sie in den Ruhestand geht, weiß ich sowieso noch nicht, wie ich zurechtkommen soll, das wird hart … Sie erleichtert mir nun schon so lange das Leben …«

Als er sich endlich zu Valérie herumdrehte, trafen sich ihre Blicke, und er hatte das ungute Gefühl, daß sie auf eine Erklärung wartete.

»Schlafen die Kinder schon?« fragte er blöde, obwohl er genau wußte, daß sie ihnen zehnmal hintereinander gute Nacht sagte.

»Es ist Mitternacht«, bemerkte sie trocken.

»Was, schon? Ich bin erschöpft, ich schlafe jetzt …«

Er beugte sich über sie, küßte sie, streichelte ihre Schulter, ließ seine Hand bis zu ihrem Busen gleiten. Er fühlte sich nicht besonders in Form, wollte sie aber um jeden Preis diesen Schlüssel vergessen machen. Sie war sonnengebräunt, feingliedrig, durchtrainiert: das komplette Gegenteil von Laurence. Und sie roch himmlisch.

»Ich bin auch müde«, sagte sie und drehte sich weg.

Er unterdrückte einen Seufzer. Bevor er einschlief, nahm er ihre Hand, wie immer. Sein letzter Gedanke galt Laurence, die er sich schwor, aus seinem Leben zu verbannen – und zwar so schnell wie möglich.

2

Valérie gelang es, einen Parkplatz in der Rue Saint-Nicolas zu finden, zwei Schritte vom Geschäft ihres Vaters entfernt. Über Nacht hatte es einen Wetterumschwung gegeben, und der Himmel über Rouen war grau und verhangen.

Sie lief an mehreren Häusern mit Holzfassade entlang, um schließlich die Tür eines altertümlichen Ladens aufzudrücken. Hinter dem altmodischen Tresen hob Augustin den Kopf und schenkte seiner Tochter ein erfreutes Lächeln.

»Da schau an! Das versöhnt mich doch gleich mit diesem scheußlichen Morgen, man könnte meinen … Wie geht's dir, mein Mäuschen?«

Er hatte seine Brille auf die Stirn hochgeschoben, um sie anzusehen. Er war derart stolz auf sie, daß ihn bei ihrem Anblick jedesmal wieder die Rührung überkam. Wie auch immer sie sich kleidete, gleich, ob sie gut oder schlecht gelaunt war, für ihn war sie die schönste und bezauberndste Frau auf Erden.

»Als ich vorhin aus der Wohnung ging, hat deine Mutter gerade einen Kirschkuchen gebacken. Er müßte inzwischen fertig sein. Falls dich das lockt …«

Er ging zum Schaufenster, drehte das Schild herum, das den Kunden seine vorübergehende Abwesenheit anzeigte, und steuerte auf den rückwärtigen Raum zu. Sie stiegen hintereinander die alte Eichentreppe hinauf. Auf dem Absatz trat er einen Schritt zur Seite.

»Geh du vor, mein Mäuschen …«

Der Eingang mit seinem Geruch nach zitronenduftendem

Bohnerwachs, die schmalen Fenster mit den kleinen Scheiben, die dunklen alten Möbel und der ausgetretene Boden waren für Valérie eine vertraute Welt und hatten etwas Beruhigendes an sich. Mathieu behauptete, man ersticke in diesen Häusern aus dem 17. Jahrhundert, und hatte daher seinen Fuß nur zweimal in zehn Jahren hier hineingesetzt.

Sie stieß die Tür zur Küche auf, stürzte auf ihre Mutter zu und löste zum Scherz das Band ihrer Schürze.

»Ich lade euch zum Italiener ein«, verkündete sie.

Pizzateig war eines der wenigen Dinge, die Suzanne nicht zubereiten konnte. Valérie griff sich ein Messer, um den Kirschkuchen anzuschneiden.

»Er ist entschieden zu heiß«, protestierte ihre Mutter. »Der wird dir viel zu schwer im Magen liegen.«

Augustin lachte amüsiert und verdrückte sich unauffällig. Ihre Tochter verstand seit langem soviel mehr von Gesundheit, daß es ihm lachhaft erschien, sie mit diesen alten Sprüchen zu traktieren.

»Geht's dir gut?« erkundigte sich Suzanne mit einem kaum merklichen Stirnrunzeln.

Sie war es gewohnt, daß Valérie überraschend auftauchte und unvermutete Einladungen aussprach, aber Suzanne fand, daß sie heute einen etwas merkwürdigen Eindruck machte. Sie setzten sich einander gegenüber an den schweren Eichentisch, auf dem das Küchenmesser zahllose Furchen hinterlassen hatte.

»Was machen die Kinder? Und Mathieu?«

Die üblichen Fragen, aus denen aufrichtige Zuneigung herauszuhören war.

»Und du selbst?«

»Danke, danke …«

Eine Fliege näherte sich dem Kuchen, und, mit überraschender Geschicklichkeit, erschlug Suzanne sie mit einem Geschirrtuch.

»Ich habe gestern Apfelbonbons für die Kleinen gemacht. Sie bekommen sie am Mittwoch.«

Einmal pro Woche empfing Suzanne ihre Enkel und entfaltete eine unerschöpfliche Phantasie. Sie verzog sie, genau wie sie einst Valérie verwöhnt hatte. Und sie tat, als bemerke sie nicht, daß Mathieu bei ihren familiären Zusammenkünften, die sie nach Möglichkeit an den Geburtstagen oder zum Jahresende organisierte, grundsätzlich nicht dabei war. Sie bewies ein Taktgefühl, das fast schon an Selbstverleugnung grenzte, und versagte sich jede Frage nach Valéries Zukunftsplänen. Das Thema war einfach tabu. Auch wenn Suzanne und Augustin erstaunt und enttäuscht waren, daß ihre Tochter den Beruf, für den sie so lange studiert hatte, nicht ausübte, hatten sie ihr doch nie in irgendeiner Weise Vorwürfe gemacht. Zunächst kam die Hochzeit, das erste Kind wurde geboren, dann das zweite, und so waren die Jahre verflogen. Valérie war nicht gezwungen, ihren Lebensunterhalt zu verdienen. Nein, gezwungen war sie nicht, aber hatte sie nicht vielleicht Lust dazu?

»Was schaust du mich denn so an, Maman?«

Suzanne gab keine Antwort, sondern begnügte sich damit, ihre Tochter zu mustern. Nach einer Weile, als diese den Blick abwandte, verkündete sie:

»Ich werde mich umziehen, dir zu Ehren …«

»Du bist doch bestens angezogen, Maman. Das Blau ist hinreißend.«

Suzanne schüttelte den Kopf und murmelte:

»Bedrückt dich etwas, mein Liebes? Möchtest du mit mir darüber reden?«

Augenblicklich bereute Valérie ihr Kommen. Mit welchem Recht erschien sie, den Frieden ihrer Eltern zu stören? Sie konnte ihnen doch wohl nicht diese lächerliche Schlüsselgeschichte auftischen! Um das Thema zu wechseln, erkundigte sie sich nach den Geschäften des Vaters. Suzanne fing schallend an zu lachen.

»Das Problem bei deinem Vater ist, daß er im Grunde nichts verkaufen will. Wenn er all seine Schätze für sich behalten könnte, wäre er der glücklichste Mensch auf Erden. Weißt du, er ist losgezogen, um bei einem Nachlaß eine Bestandsaufnahme zu machen, und hat drei Kisten Bücher nach Hause gebracht. Nur will er sich nun von keinem einzigen Band trennen, stell dir das bloß vor! Im Moment stellt er Zertifikate für die Ausgaben aus, überlegt hin und her, aber er zeichnet die Bücher nicht aus ... Wegen der starken Sonneneinstrahlung der letzten Tage hat er sogar das Schaufenster leergeräumt, mit der Begründung, daß die Einbände leiden würden. Gottlob macht er einige Zugeständnisse an treue Stammkunden. Aber es tut ihm um jedes Stück leid, das kannst du mir glauben.«

Voller Zärtlichkeit betrachtete Valérie die Fältchen um die Augen ihrer Mutter. Zuviel Lachen und zu viele Sorgen hatten das Gesicht der Mutter unauslöschlich gezeichnet.

»Ich glaube, Mathieu betrügt mich, Maman.«

Nicht länger imstande, der warmen und liebevollen Atmosphäre dieser Küche zu widerstehen, die ihr bis ins kleinste Detail vertraut war, war Valérie, ohne es zu wollen und entgegen ihren guten Vorsätzen, damit herausgeplatzt. Die braunäugige Suzanne blickte ihrer Tochter tief in die grünen Augen.

»Ja, das glaube ich auch«, erwiderte sie bedächtig.

Mathieu verließ niedergeschlagen als erster den Raum. Er war außer Atem und schweißgebadet. Er hatte alles getan, was in seiner Macht gestanden hatte, und sein Team hatte ihm einwandfrei assistiert. Er hätte die Sache Gilles überlassen sollen. Oder sogar dem Assistenzarzt. Jeder andere wäre ebenfalls an seiner Stelle gescheitert, aber der Zweifel nagte weiter an ihm, auch im nachhinein.

Er warf lautstark die Tür zu seinem Büro ins Schloß. Er war einfach zum falschen Zeitpunkt dort gewesen, während der Visite auf der Intensivstation, das war alles. Während er dem Kranken in jovialem Ton die üblichen Fragen gestellt hatte, hatte sich das Unglück ganz plötzlich ereignet. Und keine Chance, das widerspenstige Herz wieder zum Schlagen zu bringen. Massage, Elektrostimulation, Adrenalinspritze: ohne Erfolg. Keine Möglichkeit, die Uhr noch einmal in Gang zu setzen. Während der Assistenzarzt sich um die künstliche Beatmung kümmerte und Gilles das Defibrillationsgerät bediente, hatte Mathieu fast eine Viertelstunde verzweifelt gekämpft. Vergebens. Eingeliefert wegen eines plötzlichen Infarktes, war der Patient eigentlich nicht der schwerste Fall auf der Station gewesen, bei weitem nicht. Warum also er, und warum genau in dieser Minute?

Mathieu erinnerte sich, daß er eine Schwester angeschnauzt hatte, als er begriffen hatte, daß alles verloren war. Er hatte jemanden gebraucht, an dem er Dampf ablassen konnte, das war doch verständlich. Er malte sich bereits aus, was man sich auf dem Gang erzählte.

»Möchten Sie einen Kaffee?«

Mathieus Blick fiel auf Sylvie. Er hatte sie nicht hereinkommen hören.

»Es gab zwei Anrufe für Sie. Beide Male die gleiche Person, und sie hat keine Nachricht hinterlassen.«

In Mathieu stieg die Wut hoch. Laurence rief ihn jeden Morgen an, immer um dieselbe Zeit. Das war zur Gewohnheit, sprich zu einem Zwang, geworden. Als das Telefon erneut klingelte, ging er aus dem Zimmer und überließ es Sylvie abzuheben. Er wagte sich bis zur Kaffeemaschine vor und studierte eine Weile die Bedienungsanleitung. Er vernahm laute, heitere Stimmen hinter seinem Rücken, schnappte aber nur das Ende eines Satzes auf.

»... und in dem Moment, wo der Typ zur Antwort ansetzen will, schneidet er eine fürchterliche Grimasse, und wutsch, ist Sendepause – kein Pieps mehr, keine Kurven mehr auf dem Monitor. Nichts mehr zu machen! Du hättest sehen sollen, wie sie sich auf ihn gestürzt haben.«

Mathieu drehte sich plötzlich um und stand Auge in Auge einem jungen Assistenzarzt gegenüber, der leichenblaß wurde. Mathieus Blick glitt zu dem Ansteckschild hinunter, das an dessen Hemd befestigt war. Er studierte aufmerksam den Namen.

»Brauchen Sie Kleingeld, Monsieur?« fragte der junge Mann mit erstickter Stimme.

Hinter ihm standen die beiden Mädchen, mit denen er gescherzt hatte, wie versteinert. Mathieu zuckte nur die Achseln und ließ das kleine Grüppchen stehen. In seinem Büro fand er Gilles vor, der auf ihn wartete.

»Das war vielleicht eine scheußliche Viertelstunde ... Man vergißt immer wieder, daß diese Dinge jederzeit passieren können. Trotzdem, ich habe das nicht verstanden.«

Gilles lauerte auf Mathieus Reaktion, der sich mit der knappen Antwort begnügte:

»Kein Fehler bei der Diagnose und auch keiner bei der Behandlung. Er war einfach am Ende, das ist alles.«

Mit einem langgezogenen Seufzer ließ er sich in seinen Sessel fallen und wetterte.

»Wie ich das hasse! Aber das geht vermutlich allen so.«

Die Leute starben, natürlich. In der Kardiologie war das Gros der Patienten betagt. Und hier, auf der Intensivstation, wohin sie wegen ernsthafter Probleme kamen, waren sie besonders labil. Andererseits standen sie hier unter vorzüglicher Überwachung. In den Intensivpflegebereichen kontrollierte ein Assistenzarzt fortlaufend die Bildschirme der zwölf Oszillographen.

»Er ist mir unter den Händen weggestorben, Gilles ...«

»Aber du konntest nichts machen.«

»Heute morgen nicht mehr. Aber gestern? Vorgestern? Du wirst mir seine Akte rausholen und die anderen zu einer kleinen Teambesprechung zusammentrommeln. Ich will sichergehen, daß wir nichts übersehen haben.«

Sprachlos starrte Gilles Mathieu an. Er fragte sich, wie lange Mathieu sie noch mit dieser Geschichte quälen würde. Wenn es etwas gab, was sein Vorgesetzter nicht ertragen konnte, dann war es ein Scheitern.

»Ich bin um fünfzehn Uhr wieder da«, verkündete Mathieu und warf sich die Jacke über die Schulter.

Er stürzte zu einem Aufzug und bedeutete, daß man ihm die Tür offenhalten solle. Er verspürte das dringende Bedürfnis, sich abzulenken. Laurence würde dafür sorgen, daß er diese schreckliche Angelegenheit vergaß. Ebenso wie das dämliche Lachen dieses Assistenzarztes. Das ganze Krankenhaus wußte Bescheid über den morgendlichen Kampf, in den sich Professor Keller gestürzt hatte – ohne jeden Erfolg. Diese Vorstellung machte Mathieu rasend. Er wollte auf keinen Fall Zielscheibe des Spottes im Stationszimmer sein.

Seine schlechte Laune war einer etwas aufgeräumteren Stimmung gewichen, als er den Schlüssel ins Schloß des Apartments steckte. Laurence machte sich an dem kleinen runden Tisch zu schaffen, und das erste, worauf Mathieus Blick fiel, war die Champagnerflasche im Eiskübel. Bevor er sie noch begrüßen konnte, warf sie sich ihm bereits an die Brust, küßte ihn und drückte ihn an sich, so fest sie konnte.

»Ich hatte Angst, daß du nicht kommst. Du hast mich gar nicht zurückgerufen … Hat dir Sylvie überhaupt ausgerichtet, daß ich zweimal versucht habe, dich zu erreichen?«

Sie benahm sich, als sei er ihr Rechenschaft schuldig, als sei sie mit ihm verheiratet. Nicht einmal Valérie stellte so viele Fragen.

»Der Morgen war anstrengend. Wir hatten einen sehr unangenehmen Todesfall.«

Er wollte nicht darüber sprechen und steuerte geradewegs auf den Tisch zu, um den Champagner zu öffnen. Sie setzte sich zwischen ihn und das Fenster, und ihre Konturen im Gegenlicht hatten etwas sehr Appetitliches an sich. Ihr baumwollenes Kleid brachte ihre runden Formen zur Geltung, was ihm ein unwillkürliches Lächeln entlockte. Er reichte ihr ein Glas und hob sein eigenes, um ihr zuzuprosten.

»Auf was trinken wir?« fragte er genießerisch.

Laurence holte tief Luft und erwiderte leise:

»Auf uns drei, mein Liebling.«

Valérie war gegen ein Uhr nach oben gegangen, nachdem sie, ganz wie immer, alles im Wohnzimmer und in der Küche aufgeräumt hatte. Sie behauptete, nur in einem tadellos aufgeräumten Raum frühstücken zu können. Die Spüle mußte leer sein und der Tisch sauber, sonst konnte sie ihren Kaffee nicht genießen. Mathieu dagegen war, kaum daß die Gäste fort waren, unter die Dusche und dann ins Bett verschwunden, ohne seine Hilfe anzubieten.

Als sie sich neben ihn hingelegt hatte, hatte sie kein Wort über den Abend verloren, an dem über nichts anderes als über Medizin und die Reform der Sozialversicherung geredet worden war. Das Essen war ohne Zwischenfälle verlaufen. Valérie war eine gewandte Gastgeberin, und alles war perfekt gewesen, von der Tischordnung bis zum Menü.

Er hatte gewartet, bis sie eingeschlafen war – er kannte ihre regelmäßigen Atemzüge genau –, um unendlich vorsichtig aufzustehen. Er hatte sich aus dem Badezimmerschrank einen frischen Morgenmantel genommen und war nach draußen gegangen, wo er versuchte, seine Gedanken etwas zu ordnen. Die Nacht war mild, aber es war zu spüren, daß der Sommer sich nun wirklich dem Ende zuneigte.

Inzwischen war es fast drei Uhr früh, und er war immer noch nicht müde. Für ihn war der Abend, selbst wenn er es sich nicht hatte anmerken lassen, eine einzige Qual gewesen. Wie hätte es nach diesem Horrortag auch anders sein können?

Er saß am Rand des Swimmingpools, ließ die Füße ins Wasser baumeln und schloß die Augen, um den Widerschein des Mondes auf dem Wasser und die gigantischen Umrisse des Hauses zu seiner Rechten nicht mehr sehen zu müssen. Einige Stunden zuvor hatte er eine rasende Lust niederkämpfen müssen, Laurence wüst zu beschimpfen oder sie gar zu ohrfeigen. Es war ihm gelungen, sich zu beherrschen, aber dennoch war die Nachricht von dieser Schwangerschaft eine Katastrophe. Er war schon einmal, vor Jahren, in derselben mißlichen Lage gewesen. Das Mädchen hatte sich einsichtig gezeigt. Wie hieß sie doch gleich noch? Lisa? Elisa? Er wußte nicht einmal mehr ihren Namen. Aber er sah sich selbst noch einen Scheck über ein erkleckliches Sümmchen ausstellen, mit dem die Angelegenheit ein für allemal bereinigt worden war.

Bei Laurence war mit Geld nichts zu machen. Sie war überglücklich, ein Kind zu erwarten. Und er selbst steckte in einer verteufelten Falle. War sie sich dessen bewußt? Ja, natürlich. Sie war zwar erst dreiundzwanzig, aber sie war Krankenschwester. Krankenschwester, unverfroren und verliebt. Drei gute Gründe, die dafür sprachen, daß sie absichtlich gehandelt hatte. »In Etretat«, hatte sie mit einem schmachtenden, leicht entrückten Blick hinzugefügt. Ein Ort, der für ihn künftig ein rotes Tuch sein würde!

Er öffnete die Augen, wandte den Blick zum Haus. Sämtliche Fenster waren dunkel. Drinnen lagen seine Frau und seine Kinder und schliefen friedlich. Eine Frau, die er liebte, Kinder, die er sich gewünscht hatte. In einem Haus, das er nach seinen Vorstellungen hatte bauen lassen und das symbolischer Ausdruck seines Erfolgs war. Wie konnte Laurence nur glauben, daß er all das aufgeben würde? Für einen knackigen Po und einen runden Bauch? Sie mußte den Verstand verloren haben …

Für einen Moment versuchte er sich auszumalen, wie ein gemeinsames Leben mit ihr aussehen würde. Er bemühte sich, sich seine Geliebte an einem anderen Ort als auf dem Sofa in ihrem Apartment vorzustellen. Sie könnte wahrhaftig seine Tochter sein, sie wirkte noch jünger, als sie war. Und vor allem hatte sie nicht das Format von Valérie. Weder konnte sie es an Schlagfertigkeit mit ihr aufnehmen, noch hatte sie deren wundervolle grüne Augen … Schließlich zuckte er die Achseln. Wie dem auch war, der Brief war geschrieben. Er hatte eine ganze Weile in seinem Arbeitszimmer im Erdgeschoß gesessen, um ihn zu verfassen. Dann hatte er ihn sorgfältig verschlossen, hatte vorsichtshalber nichts auf den Umschlag geschrieben und ihn in der Innentasche seines Jacketts verstaut. Er hatte den Schlüssel zu den beiden Blättern in den Umschlag gesteckt. Es blieb ihm keine andere Wahl.

Er zog die Füße aus dem Wasser, legte sich der Länge nach auf den Mosaikboden und verschränkte die Arme unter dem Kopf. Er wußte haargenau, daß er Laurence einen Dolchstoß versetzen würde. Er bedauerte das, ebenso wie es ihm leid tat, daß er sich in Zukunft nicht mehr an ihrem geschmeidigen, weichen Körper würde erfreuen können. Sie war wahrhaftig talentiert in der Liebe, brachte eine Phantasie und ein Feuer ein, die unwiderstehlich waren. Es war wie mit dem Rauchen, Mathieu hatte sich bereits hundertmal gelobt aufzuhören. Und dann, wenn er sie sah, sie genoß … Aber jetzt war die Situation eine andere. Er wollte kein Doppelleben führen, und noch weniger sein gewohntes Leben gegen ein wie auch immer geartetes anderes eintauschen.

Valérie hatte kein Licht gemacht. Sie hatte eine ganze Weile verharrt und den Geräuschen im Haus gelauscht. Seit Mathieu endlich sein Arbeitszimmer verlassen hatte und in den Garten hinausgegangen war, hatte sie hinter dem Samtvorhang im Schlafzimmer gestanden und ihn ununterbrochen beobachtet. Er litt für gewöhnlich nicht unter Schlaflosigkeit. Und wenn, dann war er so egoistisch, sie zu wecken, damit sie ihm Gesellschaft leistete.

Schließlich entschied sie sich, auf Zehenspitzen hinunterzugehen. Es war dunkel, aber ihre Augen hatten sich an die Finsternis gewöhnt. In der Diele angekommen, versicherte sie sich, daß Mathieu noch am Beckenrand lag, unübersehbar in seinem weißen Morgenmantel. Dann begab sie sich in sein Arbeitszimmer, dessen Fenster auf die andere Seite hinausgingen. Alles war aufgeräumt, kein Blatt Papier, kein Buch lag herum. Und doch hatte er eine gute Stunde dort zugebracht. Verwirrt setzte sie sich in den Ledersessel. Sie hatte ihren Mann selten so zerstreut wie an diesem Abend erlebt, in so miserabler Verfassung und so schweigsam. Für gewöhnlich liebte er es, an solchen Abenden zu glänzen. Er wollte, daß die Leute sich gerne an die Einladungen in seinem Hause erinnerten, und er verstand es zu parlieren, selbst wenn er müde war.

Sie warf einen Blick auf die Standuhr und stellte fest, daß es fast vier Uhr früh war. Der morgige Tag würde ein Alptraum, wenn sie nicht unverzüglich hochginge und schliefe. Sie stand auf, streifte dabei Mathieus Jackett, das über der Stuhllehne hing und fühlte etwas. Kaum hatten ihre Finger den Umschlag berührt, wußte sie, daß sie gefunden hatte, wonach sie unbewußt auf der Suche gewesen war. Sie ertastete die Umrisse des Schlüssels durch das Papier, doch sie hatte bereits verstanden. Sie merkte, daß sie vergessen hatte zu atmen, und holte tief Luft. Mit einer entschlossenen Geste zog sie den Umschlag aus der Tasche und legte ihn auf den Schreibtisch. Sie setzte sich in Ruhe hin und knipste die bauchige kleine Stehlampe an. Von seinem Platz aus konnte Mathieu das Licht nicht sehen. Im übrigen spielte das nun auch keine Rolle mehr. Sie riß wohlüberlegt den Umschlag auf, zog die Blätter heraus und faltete sie auseinander. Ihr Herz raste. »Laurence, mein Liebling«, fing sie an zu lesen und verdrehte unwillkürlich die Augen.

»Mein Liebling …«, wiederholte sie halblaut.

Die zwei Wörter schienen von den Wänden widerzuhallen. Wie um sich selbst Mut zu machen, blickte Valérie sich um. Sie war es gewesen, die die tabakbraune Wandvertäfelung und die zwei gemütlichen Sessel, die gegenüber vom Schreibtisch standen, ausgesucht hatte. Sie ließ ein paar Sekunden verstreichen, um dann, die Augen wieder auf das Blatt gerichtet, die Fortsetzung des Opus zu lesen: »Es tut mir unendlich leid, Dir diese Zeilen schreiben zu müssen, Dir auf diesem Wege zu erklären, was ich Dir nicht zu sagen wage. Wir hätten niemals so weit gehen dürfen und so lange zusammensein. Ich bin mehr als doppelt so alt wie Du, und mein Leben verläuft in festen Bahnen, das hast Du gewußt. Du hast mir gegenüber nie Deinen Wunsch nach einem Kind erwähnt, und Du hast ganz allein eine folgenschwere Entscheidung getroffen. Wir müssen uns trennen, so daß Du Dir voll im klaren über die Lage bist, wenn Du über das weitere Vorgehen nachdenkst. Ich bin bereit, jede vernünftige Lösung in Betracht zu ziehen. Finanziell, das weißt Du, kannst Du auf mich zählen, egal wie Du Dich entscheidest. Wir haben eine herrliche Zeit miteinander verbracht, und Etretat bedeutet mir soviel wie Dir. Wir haben uns aufrichtig geliebt, mein Engel, aber mein Platz ist nicht an Deiner Seite. Vergiß dieses Kind, und Du wirst mich ebenso vergessen. Wenn Du es behältst, belastest Du Deine Zukunft mit einer schweren Hypothek, und das wäre doch schade. Ich respektiere Deine Gefühle ebenso, wie ich Deinen Willen achten werde, aber ich muß aus Deinem Leben verschwinden, gleich was es mich kosten mag. Ruf mich bitte nicht im Krankenhaus an. Ich werde Dich kommenden Montag besuchen, und wir können dann in Ruhe über alles reden. Bis dahin, überleg es Dir gut. Tausend Küsse, ich liebe Dich.«

»Was tut man in so einem Fall«, murmelte sie halblaut. »Setzt man die ganze Bude in Brand? Greift zum Revolver? Bekommt einen Nervenzusammenbruch?«

Das Blatt auf dem Schreibtisch schien sie zu verhöhnen. Valérie fing an, auf- und abzugehen, in der Erwartung, daß das Gefühl der Betäubung, das sie förmlich lähmte, von ihr weichen würde. Schließlich blieb sie unschlüssig stehen, dann öffnete sie eine Schublade. Sie nahm einen Umschlag, der dem von ihr zerrissenen vergleichbar war, und ließ den Schlüssel mitsamt dem Brief hineingleiten, bevor sie ihn zuklebte. Nachdem sie alles in die Tasche des Jacketts zurückgesteckt hatte, löschte sie das Licht, knipste es aber gleich darauf wieder an, um die Überreste des ersten Umschlags einzusammeln. Als sie das Arbeitszimmer ihres Mannes verließ, deutete nichts mehr auf ihr Eindringen hin. Sie stieg die Treppe hinauf, ging bis zum Kinderzimmer, warf einen kurzen Blick hinein und kehrte schließlich in ihr eigenes Zimmer zurück. Erschöpft ließ sie sich auf das Fußende des Bettes fallen. Wie sollte sie sich verhalten, wenn Mathieu sich entschlösse, wieder ins Haus zu kommen? Sie schleppte sich zum Fenster und sah den hellen Fleck des Morgenmantels am Rand des Swimmingpools. Sie empfand nur noch eine ungeheure Mattigkeit. Wo blieben der Schmerz, der Kummer, der Zorn? Hatte sie der Adrenalinschub zehn Minuten zuvor derartig ihrer Energie beraubt?

Sie gab sich einen Schubs und stand auf, um ins Bad zu gehen. Immer noch im Dunkeln, tastete sie nach einem Röhrchen Schlaftabletten. Fürs erste mußte sie einfach alles vergessen. Sie drehte das Wasser auf, doch im letzten Moment besann sie sich anders und warf die Tabletten in den Abfalleimer. Wenn sie das Zeug jetzt schluckte, wäre sie nicht in der Lage, die Kinder zur Schule zu fahren. Ihre eigenen und die der Nachbarin, denn sie war heute an der Reihe. Schließlich hielt sie ihren Kopf unter den Strahl, und ihr blieb fast die Luft weg, als sie das kalte Wasser spürte.

»Dieser Dreckskerl«, murmelte sie.

Zunächst einmal mußte sie Mathieu aus dem Weg gehen. Sie wäre niemals fähig, normal mit ihm zu reden. Sie würde ihn unversehens beschimpfen, in Tränen ausbrechen, und was wäre das Ende vom Lied? Die Entdeckung dieser Nacht war derart irrwitzig, absurd, unvorstellbar ... Wenn etwas Zeit verstrichen wäre, hätte sie immer noch Gelegenheit, sich mit der Situation auseinanderzusetzen. Der Wahrheit ins Auge zu sehen.

»Welcher Wahrheit?« fragte sie den verschwommenen Schatten im Spiegel über dem Waschbecken.

Wer war Laurence? Wann fand Mathieu überhaupt die Zeit, sie zu treffen? Was hatte Etretat mit der ganzen Sache zu tun?

»Ich bin die am ärgsten hintergangene Ehefrau in ganz Rouen ...«

Sie dachte dabei nicht etwa an die Seitensprünge Mathieus, sondern an das Kind dieser Laurence. Ein Kind ... Sie schaffte es gerade noch, den Klodeckel hochzuheben. Lange Zeit blieb sie so vor der Schüssel knien. Es war beinahe sechs Uhr, als sie sich endlich aufraffte zu duschen. Sie warf sich rasch einen Seidenpyjama über, putzte sich die Zähne und ging ins Kinderzimmer. Ohne ihn aufzuwecken, schob sie den im Schlaf grunzenden Jérémie ein Stück zur Seite. Sie legte sich neben ihn, auf die äußerste Kante der Matratze. Auf der anderen Seite des Doppelbettes schlief Camille, mit offenem Mund, ein Bein schaute unter der Decke hervor. Mathieu ging stets sehr früh aus dem Haus. Wenn er seine Frau nicht im Schlafzimmer vorfände, würde er hierherkommen, in der Annahme, daß eines der Kinder schlecht geträumt hatte. Er würde einen liebevollen Blick auf sie werfen, ganz guter Familienvater, und dann auf Zehenspitzen hinausschleichen, da war sie sich sicher. Im übrigen war es nicht Mathieu, dessentwegen sich Valérie den Kopf zerbrach; was sie beschäftigte, war mehr die Frage, wie sie es anstellen sollte, diese Laurence aufzutreiben. Solange sie diese Frau nicht mit eigenen Augen gesehen hätte, wäre sie nicht in der Lage, auch nur einen klaren Gedanken zu fassen.

Es war bereits zwei Uhr nachmittags, als Valérie die Auskunft bekam. Nach einem kurzen, unruhigen Schlaf war sie in einem völlig anormalen Zustand aufgestanden. Vor den Kindern war es ihr gelungen, die Fassade zu wahren, sie hatte das Frühstück zubereitet, geprüft, ob ihre Schulranzen richtig gepackt waren. Dann hatte sie sich angezogen und sorgfältig geschminkt, alle an der Schule abgesetzt und war zum C.H.U. gerast.

Das Charles-Nicolle, eine der fünf Kliniken des C.H.U., ist ein derart riesiges Krankenhaus, daß man dort ohne Probleme unbemerkt hindurchlaufen kann, ja selbst sich verlaufen. Doch Valérie hatte dort mehrere Jahre lang als Assistenzärztin gearbeitet und fand sich in den Räumlichkeiten bestens zurecht. Sie kannte zudem die Gewohnheiten Mathieus. Sie machte sich auf die Suche nach Dr. Carlier und hatte nicht allzuviel Mühe, ihn aufzustöbern. Sie hatten zusammen die Facharztausbildung absolviert vor zehn Jahren, und er war ihr immer sehr zugetan gewesen. Sie hatten sogar gelegentlich darüber ihre Scherze gemacht, die wenigen Male, da sie sich außerhalb der offiziellen Medizinertreffen gesehen hatten. Carlier war seinen Weg gegangen. Er war immer noch unverheiratet und würde niemals die Stelle von Gilles erhalten, erst recht nicht die von Mathieu, aber er schien mit seinem Los zufrieden zu sein.

Er führte Valérie in die Cafeteria und ließ sich bereitwillig aushorchen. Zu Beginn schien er ein wenig verlegen angesichts der direkten Fragen, die sie ihm stellte. Dennoch war für ihn, wie für jeden anderen auf der Station auch, sonnenklar gewesen, daß früher oder später ein Eklat unvermeidbar war. Er hatte sie als intelligente, sensible Frau mit einem scharfen Beobachtungsvermögen in Erinnerung. Die Seitensprünge Mathieus konnten niemandem entgehen, und es war logisch, daß sie schließlich ihre Konsequenzen daraus ziehen würde. Er begriff, daß die Zeit gekommen war und daß es an ihm war, ihr dabei behilflich zu sein. Obgleich er es weder schätzte zu klatschen noch andere zu denunzieren, gab er ihr bereitwillig Auskunft.

»Laurence?« fragte er erst einmal, um Zeit zu gewinnen.

»Ich weiß nur den Vornamen.«

»Nun, es gab eine Krankenschwester namens Laurence auf der Station, aber sie hat vor zwei Monaten ihre Kündigung eingereicht.«

»Wie alt ist sie?«

»Zweiundzwanzig, dreiundzwanzig ...«

»Hübsch?«

»Ja.«

Valérie kippte ihren Kaffee in einem Zug hinunter und lächelte Carlier dankbar an.

»Du bist wirklich nett.«

»Das hast du mir schon immer gesagt. Das war aber nicht das, was ich hören wollte!«

Er fing an zu lachen, in der Hoffnung, der Situation so etwas von ihrer Dramatik zu nehmen.

»Wo arbeitet sie jetzt?«

Diesmal zögerte er. Eine Aussprache zwischen den beiden Frauen war mit Sicherheit nicht zu vermeiden, doch er hatte keine Lust, die Verantwortung dafür zu übernehmen.

»Hör mal, Valérie ... Ihr werdet euch doch nicht auf dem Gang einer Klinik in die Haare geraten wollen?«

»Welcher Klinik?«

Sie hatte sich etwas in den Kopf gesetzt, und er konnte sie sehr gut verstehen. Er entschied sich für die einfachste Lösung. Valérie bräuchte sich nur an die Personalabteilung zu wenden, um die Adresse von Laurence zu erfahren. Also konnte er sie ihr auch direkt geben.

»Vielen Dank«, murmelte sie, ohne sich irgend etwas zu notieren. Er vermutete, daß sie sich auf der Stelle dorthin begeben und ganz sicher die Straße und Hausnummer nicht vergessen würde. Womöglich bahnte sich da ein Drama an. Er ergriff Valéries feingliedrige, sonnengebräunte Hand.

»Mach keine Dummheiten«, sagte er ernst.

»Wofür hältst du mich? Dummheiten habe ich schließlich genug begangen bis jetzt! Es wird Zeit, damit aufzuhören. Wirklich höchste Zeit.«

Sie stand auf, nahm ihre Tasche und sah Carlier lange an.

»Mach dir keine Sorgen. Ich werde nur etwas Ordnung in die ganze Angelegenheit bringen. Du warst sehr …«

Sie hatte Mühe, das passende Wort zu finden. Wollte nicht wieder den Ausdruck »nett« gebrauchen. Sie kniff ihre grünen Augen zusammen und fügte hinzu:

»… fair. Du hättest dich auf die Seite der Männer schlagen können …«

Er stand ebenfalls auf. Keine andere Frau hatte ihm je so gut gefallen. Sie hatte an Sicherheit gewonnen im Laufe der Jahre, hatte sich weiterentwickelt. Er beugte sich zu ihr hinunter und hauchte ihr einen zarten Kuß auf die Wange.

»In Erinnerung an die guten alten Zeiten, Frau Doktor«, flüsterte er.

Valérie hatte das Gebäude ohne Schwierigkeiten gefunden, zwang sich aber, noch ein bißchen zu warten, bevor sie aus dem Wagen stieg. Als sie sich ruhiger fühlte, trat sie in den Hausflur und ging die Liste der Bewohner durch. Ob Mathieu seinen Brief wohl bereits eingeworfen hatte, oder würde er dies erst auf dem Rückweg vom Krankenhaus, heute abend, tun? Es sei denn, er besänne sich eines Besseren … Doch das spielte jetzt ohnehin keine Rolle mehr, da Valérie ihre Entscheidung getroffen hatte. Sie wußte nicht mehr genau, zu welchem Zeitpunkt des Tages – oder der vergangenen Nacht –, aber ihr Entschluß stand fest. Vielleicht waren die Würfel in dem Augenblick gefallen, als Carlier sie »Frau Doktor« genannt hatte.

Der Aufzug brachte sie in den sechsten Stock. Es gab nur drei Wohnungen auf dieser Etage. Ihr Blick blieb an dem Vornamen »Laurence« über der Klingel hängen. Sie drückte den Knopf und hoffte, daß die Krankenschwester zu Hause wäre. Sie hätte die

Kraft zu warten, falls nötig, aber lieber war es ihr, die Sache sofort hinter sich zu bringen. Als die Tür aufging, spürte sie so etwas wie Erleichterung.

Die zwei Frauen musterten sich schweigend, mit einer gewissen Neugier. Laurence hatte oft das Foto von Valérie betrachtet, das auf dem Schreibtisch von Mathieu stand. Sie hatte sie auch ein- oder zweimal persönlich gesehen, damals, als sie noch am Charles-Nicolle gearbeitet hatte.

»Sie gestatten?« fragte Valérie ganz automatisch.

Sie trat ein und schloß die Tür hinter sich. Laurence trug ein orangefarbenes T-Shirt und eine kurze Jeans, eines so hauteng wie das andere. Sie war erschreckend jung. Valérie nahm die helle Haut wahr, die langen Haare.

»Sie wissen, warum ich gekommen bin?« fragte sie mit dumpfer Stimme.

Laurence verschränkte die Arme vor der Brust und hob herausfordernd den Kopf. Sie war kleiner als Valérie, versuchte aber, sie von oben herab anzusehen.

»Das trifft sich sehr gut! Daß Sie auf dem laufenden sind, erleichtert die ganze Sache. Hat Mathieu endlich mit Ihnen geredet?«

Den Namen ihres Mannes aus dem Mund dieser Göre zu hören hatte etwas Befremdliches an sich.

»Sie erwarten ein Kind von ihm?«

»Ja.«

Die Antwort kam wie aus der Pistole geschossen, klang aggressiv und überheblich. Offensichtlich hatte Laurence noch keine Ahnung, wie Mathieu zu der Sache stand. Aber das änderte nun nichts mehr. Valérie wußte nicht, ob sie Mitleid mit ihrer Rivalin haben oder sich auf sie stürzen sollte.

»Wenn Sie geschieden sind, kann Mathieu endlich …«

»Hat er das Ihnen gegenüber so gesagt?« fiel ihr Valérie ins Wort.

Von der schneidenden Ironie dieser Frage getroffen, zog Laurence für einen Moment die Stirn kraus, dann fing sie sich wieder.

»Wir lieben uns! Dagegen können Sie nichts machen!«

Sie war am Rande des Nervenzusammenbruchs, und sie hatte Angst. Sie war in keiner Weise auf diese Konfrontation vorbereitet gewesen und fing jetzt an zu schreien.

»Er braucht mich! Warum sonst käme er hierher, auf der Suche nach Zuflucht, hm? Sie haben ihn nie verstanden. Ich dagegen schon.«

Valérie trat einen Schritt vorwärts und legte ihre Hände auf Laurence Schultern. Starr vor Schreck riß diese die Augen auf. Sie fühlte einen heftigen Stoß und glaubte zu stürzen. Ihr Nacken schlug hart gegen die Wand in ihrem Rücken.

»Hören Sie …«, sagte sie jetzt in kläglichem Tonfall.

Aber Valérie hatte bereits die Tür hinter sich zugeschlagen. Laurence lauschte und hörte, wie sich der Aufzug schloß. Sie stieß einen erleichterten Seufzer aus und stürzte zum Telefon. Als Sylvie sie nach etlichen Ausweichmanövern endlich zu Mathieu durchstellte, trompetete das junge Mädchen:

»Eben ist deine Frau bei mir zur Tür hinaus, mein Liebster.«

Am anderen Ende der Leitung, inmitten seines eleganten Büros auf der Kardiologie, hatte Mathieu Keller das Gefühl, daß die Decke über ihm einstürzte.

3

Mathieu war bereits eine halbe Stunde später in Mont-Saint-Aignan. Er stellte sein Auto neben dem von Valérie ab, dessen Motorhaube noch warm war, und stürzte ins Wohnzimmer, wo er aber niemanden antraf. Daraufhin rannte er, mehrere Stufen auf einmal nehmend, die Treppe hinauf. Die Schlafzimmertür war offen; Valérie stand vor dem Mahagonischrank und schien in Gedanken versunken. Sie machte sich nicht die Mühe, sich nach ihm umzudrehen, aber er war mit zwei Sätzen bei ihr und faßte sie mit solcher Vehemenz um die Taille, daß sie das Gesicht zu einer Grimasse verzog.

»Bitte verzeih mir«, murmelte er kaum hörbar.

Es hatte nicht länger Sinn zu taktieren, er mußte mit offenen Karten spielen, wenn er noch irgend etwas retten wollte.

»Ich flehe dich an, mein Liebling, hör mir zu ...«

Der Brief an Laurence begann mit denselben Worten. »Mein Liebling«. So ging man der Gefahr aus dem Weg, daß einem der falsche Vorname über die Lippen kam. Valérie war froh, daß sie gegenüber Laurence ihre Wut gezügelt hatte. Sie für ihren Teil würde sich nicht in der Zielscheibe ihres Zorns irren. Sie versetzte Mathieu eine Ohrfeige und nötigte ihn zurückzuweichen.

»Mach, daß du hier rauskommst ...«, knurrte sie. »Verschwinde! Geh schwimmen, geh Frauen aufreißen, scher dich zum Teufel, und laß mich in Ruhe packen!«

Sie unterstrich ihre Worte, indem sie eine Reisetasche aufs Bett feuerte. Mathieu startete einen erneuten Versuch und faßte sie bei den Schultern.

»Warte! Ich bitte dich, warte … Laß mich reden …«

Er vergrub seinen Kopf am Hals seiner Frau.

»Ich will dir alles erklären … Dieses Mädchen bedeutet mir nichts … Ich weiß nicht, wie ich es dir sagen soll …«

Er hatte plötzlich große Angst, sie zu verlieren. Er roch den Hauch von Chanel, spürte die seidige Haut unter seinen Lippen. Hatte das Gefühl, als kenne er sie schon seit jeher und als sei sie ein Teil seiner selbst. Er klammerte sich an sie wie ein Ertrinkender.

»Du hast sie geschwängert, Mathieu«, erwiderte Valérie wie aus weiter Ferne.

Erneut stieß sie ihn fort. Dabei warf sie einen Stapel Pullover zu Boden, die sie mit einem wütenden Fußtritt zur Seite beförderte. Hastig ergriff sie zwei Paar Jeans, ein Kleid, ein paar Hemden und stopfte sie in die Tasche.

»Du kannst doch nicht einfach gehen. Wo willst du hin?«

»Zu meinen Eltern. Jérémie und Camille sind schon dort.«

»Wir müssen erst miteinander reden!«

Er war laut geworden, und sie warf ihm einen verächtlichen Blick zu.

»Es gibt nichts mehr zu bereden. Schluß mit dem ganzen Blabla. Behalt deine Lügen für dich.«

»Dieses Mädchen und sein Balg sind mir piepegal«, brüllte er. »Ich bin ihr in die Falle gegangen! Okay, das ist meine Schuld. Ich nehme die gesamte Verantwortung auf mich. Aber es ist nicht so, wie du glaubst.«

Während er versuchte, sich zu rechtfertigen und alle möglichen Argumente ins Feld zu führen, fing Valérie an sich zu entkleiden. Er verstummte bei ihrem Anblick und stand wie versteinert. Sie sah wirklich blendend aus in ihrer weißen Unterwäsche. Sie zog sich ein Sweatshirt, einen Rock und Turnschuhe an.

»Was muß ich tun, damit du mir vergibst?«

»Nichts. Da ist nichts mehr zu machen, fürchte ich. Außer, zwei Anwälte aufzutreiben.«

Ihm blieb die Luft weg, als er begriff, daß sie von Scheidung sprach. In einer spontanen Anwandlung stürzte er sich auf sie und fing an, sie zu schütteln.

»Ich liebe dich, du Schaf! Ich liebe dich!«

Sie machte sich los, bevor sie ihm antwortete.

»Ich dich aber nicht. Nicht mehr. Es ist aus, Mathieu.«

Er sah sie im Gang verschwinden und hechtete hinter ihr her. Er versuchte sie im Wohnzimmer festzuhalten, aber es gelang ihr, sich zu befreien. Sie rannte zu ihrem Auto, schlug die Tür zu und ließ sämtliche Knöpfe von innen herunter. Sie hatte zu zittern begonnen, so daß sie Mühe hatte, den Schlüssel ins Zündschloß zu stecken. Mathieu schlug mit der Faust gegen die Scheibe, er wirkte völlig verstört. Als sie das Lenkrad einschlug und nach hinten stieß, geriet er ins Straucheln. Sie riß das Steuer scharf herum, um ihn nicht anzufahren, und raste dann mit Vollgas aufs Tor zu. Im Rückspiegel sah sie ihn, wie er mitten auf der Einfahrt stand, die Arme zum Himmel erhoben.

Bis sie das Stadtzentrum erreicht hatte, war ihr Kopf wieder klar. Ihr Atem ging rasch, aber sie vergoß keine Träne, und es erschreckte sie, wie wenig bekümmert sie war. Sie hatte zehn Jahre ihres Lebens mit Mathieu geteilt, sie war tausendmal Hand in Hand mit ihm eingeschlafen, sie hatte bisweilen eindeutig Lust in seinen Armen empfunden – selbst wenn diese nachgelassen hatte –, sie hatte ihm zwei Kinder geboren, hatte seine Abendeinladungen organisiert, seine Ferien geplant, seine Anzüge in die Reinigung gebracht, ihm einen Grog bereitet, wenn er erkältet war ... Und niemals hätte sie sich träumen lassen, daß sie fern von ihm alt werden oder sterben könnte. Nun aber hatte sie ihn binnen weniger Minuten verlassen, ohne daß sie völlig niedergeschmettert und verzweifelt gewesen wäre. Sie versuchte, an ihn zu denken, Bilanz zu ziehen, doch ihre Gedanken waren darauf gerichtet, eine Wohnung zu finden und eine Arbeit zu suchen. Das Durcheinander lichtete sich allmählich ... Es mischte sich sogar unter all die wirren Gedanken, die auf sie einstürzten, der Geschmack geschwänzter Schultage, der von Semesterende, mit einem Wort eine Ahnung von Freiheit. Denn Mathieu hatte sie schlichtweg angekettet. Da sie fünfzehn

Jahre jünger war, hatte sie seine Entscheidungen niemals angezweifelt, ebensowenig wie seine Autorität. Da sie aus einfachen Verhältnissen stammte, hatte sie sich stets bemüht, sich etwas im Hintergrund zu halten. Und da sie Assistenzärztin auf seiner Station gewesen war, hatte sie ihn weiterhin als ihren Chef angesehen. Dabei war es Valérie eigentlich nicht gegeben, weder auf Grund ihrer Persönlichkeit noch auf Grund ihrer Jugend, nur die zweite Geige zu spielen. Im Gegenteil, sie hatte alles darangesetzt, sich in eine führende Position hochzuarbeiten. Und dann war sie in dieser Ehe, die für ihre damaligen Freundinnen völlig unerwartet gekommen war, nach und nach zu einer hübschen Marionette degradiert worden. Sie hatte es nicht wahrhaben wollen, war völlig in ihrem Leben als Ehefrau und Mutter aufgegangen, eifrig darum bemüht, alles gut zu machen, jede Situation zu meistern.

In der Innenstadt herrschte noch reger Verkehr, und sie verlor eine gute Viertelstunde damit, einen Parkplatz zu suchen. Ihre Reisetasche war nicht sehr schwer. Im Gegenteil, sie war entschieden zu leicht dafür, daß sie das Symbol einer endgültigen Trennung war.

Valérie erspähte ihren Vater schon von weitem. Er beobachtete das Treiben auf der Straße von seiner Türschwelle aus. Er hatte nicht den geringsten Kommentar abgegeben, als sie ihn am Morgen telefonisch darum gebeten hatte, Atome in seine Obhut zu nehmen, dann die Kinder von der Schule abzuholen und alle zu sich mit nach Hause zu nehmen. Er war ihren Anweisungen nachgekommen, ohne seine Bestürzung zu zeigen. Zur verabredeten Stunde war er nach Mont-Saint-Aignan gefahren, zum Haus seiner Tochter. Er besaß einen Satz Schlüssel, von denen er bis dahin keinen Gebrauch gemacht hatte. Atome hatte ihn freudig empfangen, und er hatte ihn auf dem Vordersitz seines kleinen Saxo auf eine Decke gesetzt. Dann war er zur Grundschule gefahren. Jérémie und Camille hatten auf dem Rücksitz Schokocroissants gegessen, die er einer plötzlichen Eingebung folgend besorgt hatte.

»Wie wär's mit einem kleinen Abstecher?« hatte er lachend

gefragt. »Suzy erwartet euch, sie hat ein wahres Festmahl gekocht!«

Die Kinder nannten ihre Großmutter Suzy, seit sie sprechen konnten.

»Was gibt's denn zu feiern?« hatte Camille besorgt gefragt.

Sie fürchtete, einen Geburtstag vergessen zu haben, und Augustin hatte sie im Rückspiegel liebevoll angelächelt.

Jetzt wartete er auf seine Tochter und ging in großen Schritten auf dem Trottoir auf und ab, wobei er unentwegt auf die Uhr schaute. Als er sie erblickte, mit ihrer Reisetasche über der Schulter, überkam ihn große Erleichterung.

Ohne ihr Fragen zu stellen, ging er vor ihr her bis zur Wohnung. Camille und Jérémie hatten es sich vor dem Fernseher auf dem alten rotbraunen Ledersofa bequem gemacht. Valérie umarmte sie, strich ihnen übers Haar, erkundigte sich nach ihrem Tag. Dann überließ sie sie wieder ihrem Zeichentrickfilm und gesellte sich zu ihren Eltern in die Küche, deren Tür sie behutsam hinter sich schloß.

»Ich habe Mathieu verlassen«, verkündete sie, an die Tür gelehnt.

Augustin öffnete den Mund, sagte jedoch nichts, während Suzanne anfing, sich ohne ersichtlichen Anlaß die Hände an ihrer Schürze trockenzureiben.

»Ich muß eine Wohnung finden, hier in der Nähe, da ich euch einspannen muß, für die Kinder ... Ich würde sie gerne in meiner alten Schule anmelden, das Schuljahr hat ja gerade erst angefangen ... Und dann suche ich mir einen Job.«

»Was für einen Job?« fragte Augustin, eine winzige Spur zu schnell.

»Das einzige, wovon ich etwas verstehe, Papa, ist als Ärztin zu arbeiten.«

Während sie diese Worte aussprach, hatte sie das paradoxe Gefühl, ihnen ein richtiges Geschenk zu machen. Sie hatten so viele Jahre auf diesen Moment gewartet!

»Bist du sicher, daß das wie mit dem Fahrradfahren ist, daß man das nicht verlernt?«

Ihr Vater zog das Ganze ins Scherzhafte, um seine Bewegtheit zu verbergen. Valérie machte zögernd zwei Schritte, dann ließ sie sich auf einen Stuhl fallen.

»Es gibt zahlreiche Kliniken in der Stadt ... Ich werde einfach überall einmal mein Glück versuchen. Ich habe wenig Berufserfahrung, aber ich habe meine Diplome ... Und dann habe ich ja Gott sei Dank dafür gesorgt, daß ich am Ball bleibe ...«

Sie sprach mehr zu sich selbst als zu ihren Eltern. Augustin öffnete den Kühlschrank und holte eine eisgekühlte Flasche Muscadet heraus. Er stellte drei Gläser auf den Tisch und schenkte sie randvoll.

»Trinken wir darauf«, entschied er.

Suzannes vorwurfsvoller Blick entging ihm nicht, aber er beschloß, ihn zu ignorieren. Als sie so schweigend dasaßen, vernahmen sie das Lachen der Kinder, worauf Suzanne fragte:

»Wo ist Mathieu?«

»Zu Hause.«

»Was sagt er zu der ganzen Sache?«

»Was soll er dazu schon sagen?« gab Valérie scharf zurück. »Er hat ein Verhältnis mit einem jungen Mädchen, das ein Kind von ihm erwartet! Sie ist dreiundzwanzig. Ich habe sie vorhin getroffen.«

Drückendes Schweigen machte sich in der Küche breit. Suzanne setzte sich schließlich. Sie griff nach ihrem Glas, das sie noch nicht angerührt hatte, und leerte es in einem Zug. Sie hatte seit langem geahnt, daß Mathieu ihrer Tochter untreu war. Aus dem, was diese ihr anvertraute – manchmal in aller Naivität –, und den Gerüchten, die in der Stadt und im Laden umgingen, hatte sie sich einiges zusammenreimen können. Aber sie hatte eher vermutet, daß es sich um flüchtige Abenteuer, um kurze Affären handelte.

»Wer erwartet ein Kind?« brachte Augustin schließlich hervor.

Sein Blick war düster, er hatte Schatten unter den Augen, und seine Falten wirkten tiefer als sonst. Valérie kannte ihren Vater zugut, als daß sie nicht gewußt hätte, was er dachte. Sie sah ihn durchdringend an.

»Es ist meine Angelegenheit, Papa. Mein Leben. Ich war einfach dumm, ich bin mitverantwortlich. Ich werde nicht bis zum Ende meiner Tage das Opfer bleiben, das kannst du mir glauben. Aber misch dich nicht ein … okay?«

Er sah sie einen Moment prüfend an. Sie war sein ein und alles, das Beste, was er zustandegebracht hatte in seinem Leben. Sie war schön, intelligent, einfach perfekt, sie war seine einzige Tochter.

»Wir sind für dich da, mein Mäuschen«, murmelte er. »Du machst selbstverständlich, was du für richtig hältst.«

Daß er das so schlicht formuliert hatte, als sei es die natürlichste Sache der Welt, ließ sie plötzlich in Tränen ausbrechen.

Mathieu hatte sich ein weiteres Glas Wodka eingeschenkt, einige Eiswürfel dazugegeben und sich dann ein Sandwich zubereitet, das er am Ende nicht gegessen hatte. Er war ziellos im Haus umhergeirrt und hatte dabei überall das Licht eingeschaltet. Kaum war die blinde Panik abgeebbt, die Valéries Verschwinden bei ihm ausgelöst hatte, war er von rasendem Zorn gepackt worden. Auf Laurence, auf sich selbst, auf Gott und die Welt. Danach hatte er eine ganze Weile damit zugebracht, sich selbst zur Vernunft zu rufen und im Geiste seine Argumente durchzugehen. Seine Frau hatte bei ihren Eltern Zuflucht gesucht, das war klar. Und dort standen die Münder wahrscheinlich nicht still. Da sie ihnen stets alles erzählte, würde sie mit dieser Neuigkeit nicht hinter dem Berg halten und hemmungslos auspacken. Aber die Reaktion seiner Schwiegereltern war ihm vollkommen egal. Was die Kinder anlangte, würde Valérie ihnen gegenüber vermutlich nichts verlauten lassen. Sie würde ein Weilchen schmollen. Das war nicht die Art Episode, die sie so ohne weiteres zu schlucken vermochte. Sie war im gleichen Maße redlich wie stolz, was die Sache nicht einfacher machte.

In aller Ruhe hatte er sich die Mittel vor Augen geführt, die ihm zu Gebote standen. Geduld natürlich und Reue – vorausgesetzt, sie wirkten aufrichtig. Dann eine kleine romantische Reise, nur sie beide allein … Um die Zeit bis dahin zu überbrücken, würde er gleich morgen zu einem Juwelier gehen und etwas Außergewöhnliches aussuchen, das er zu ihren Eltern schicken lassen würde.

»Sobald ich das erledigt habe, werde ich eine Kleinigkeit für die arme Laurence besorgen …«

Der Gedanke entlockte ihm ein verächtliches Lächeln. Konnte ein kleines Abschiedsgeschenk den Trennungsschmerz lindern? Als sie ihm wenige Stunden zuvor verkündet hatte, daß Valérie gerade bei ihr zur Tür hinausgegangen sei, hatte er ihre triumphierende Stimme am Telefon regelrecht gehaßt! Valérie in Laurence' Wohnung … Diese Situation hatte etwas derart Unwirkliches, daß er es einfach nicht glauben konnte. Wie hatte sie die Adresse herausgefunden? Wie hatte sie überhaupt davon erfahren? Der Brief befand sich noch immer in seiner Tasche, und er fragte sich, was er damit anstellen sollte. Er konnte eigentlich genausogut alles persönlich erklären, konnte einfach zu ihr fahren; es war erst neun Uhr abends, und Valérie würde so bald nicht anrufen. Es bedurfte mit Sicherheit einiger Tage, bis sie sich wieder beruhigt hatte.

Er beschloß, sich zunächst noch einen Wodka zu genehmigen. Den brauchte er jetzt. Glücklicherweise hatte sich der ganze Skandal weit weg vom Krankenhaus abgespielt. Er war heilfroh, daß er Laurence dazu bewegt hatte zu kündigen. Selbst wenn nun die Wahrheit ans Licht gekommen war, blieb zumindest die Station aus dem Spiel.

Als er mit seinem Glas in der Hand aus der Küche trat, betrachtete er sich einen Moment lang selbst in dem großen Spiegel im Flur. Er sah erschöpft aus, was er auch war. Seine Frau hatte ihm eine derart deftige Ohrfeige verpaßt, daß einer ihrer Ringe einen kleinen Kratzer auf seiner Wange hinterlassen hatte. Sie war schön, wenn sie zornig war, absolut begehrenswert. Er lächelte bei diesem Gedanken und ging ins Badezimmer hoch, um sich umzuziehen. Er entschied sich für ein Polohemd und eine schwarze Jeans, sprühte sich mit Eau de toilette ein und musterte erneut sein Spiegelbild. Erschöpft, ja, aber trotzdem nicht schlecht erhalten für sein Alter. Sein braunes Haar lichtete sich ein wenig, das war seine größte Sorge. Aber er war schlank und durchtrainiert geblieben dank Schwimmen und Tennisspielen. Wenn er wollte, besaß er ein charmantes Lächeln, das von zwei äußerst anrührenden Fältchen unterstrichen wurde.

Er überlegte, ob er Laurence vorwarnen sollte, daß er käme, beschloß dann jedoch, es sein zu lassen, da er für heute genug telefoniert hatte. Sie mußte jetzt einfach einsichtig und vernünftig sein. Er für seinen Teil gelobte sich, sich großzügig zu zeigen. Großzügig und nett, aber unnachgiebig. Er mußte reinen Tisch machen, sich eine Weile lang untadelig verhalten. Valérie käme nur unter dieser Bedingung zurück.

Er fuhr schnell, die Scheiben heruntergekurbelt, so daß er die frische Nachtluft spürte. Als er bei Laurence klingelte, mußte er zwei, drei Minuten warten, bevor sie aufmachte. Sie trug den blauseidenen Morgenmantel, den er ihr geschenkt hatte, und ihre Augen waren gerötet. Als sie ihn sah, stieß sie einen Schrei aus und warf sich ihm weinend in die Arme.

»Mathieu! Ich hatte solche Angst! Oh, mein Liebster, du bist gekommen! Mathieu …«

Wie von Sinnen klammerte sie sich an ihm fest, und er versuchte, sie zu beruhigen. Er führte sie zu dem Sofa, das sie bereits für die Nacht ausgezogen hatte. Der Morgenmantel öffnete sich, als sie sich hinlegte. Sie streckte ihm flehend die Arme entgegen, aber er begnügte sich damit, sich neben sie hinzusetzen.

»Wir müssen miteinander reden«, hob er an.

Sie lag derart einladend da, daß er die Augen abwenden mußte, um fortzufahren. Er betete ihr den Brief, den sie nicht gelesen hatte, aus dem Gedächtnis herunter. Danach blickte er sie verlegen an. Sie hatte aufgehört zu weinen. Schenkte ihm sogar ein kleines Lächeln.

»Du glaubst nicht ein Wort von dem, was du sagst, Liebster. Du leierst es einfach nur auswendig herunter.«

Achselzuckend erwiderte er:

»Ich meine das durchaus ernst. Ich will meine Frau und meine Kinder nicht verlieren.«

Sie war zusammengefahren, bot ihm aber tapfer die Stirn.

»Das Schlimmste ist doch geschafft, Liebling. Du hast den Mut gehabt, mit ihr zu reden, und jetzt bekommst du die Folgen zu spüren. Das verstehe ich.«

»Du begreifst überhaupt nichts! Laurence, zwischen uns ist es aus. Ich will dieses Kind nicht. Und dich auch nicht.«

Erneut füllten sich ihre Augen mit Tränen.

»Du sagst diese Gemeinheiten nur, um dich zu rächen. Ich liebe dich, Mathieu. Der Rest interessiert mich nicht.«

Sie rutschte auf dem Laken zu ihm herüber, bis sie ihn berührte. Da er regungslos sitzenblieb, nahm sie seine Hand und bedeckte sie mit Küssen. Sie war völlig hilflos, zu jung und zu unerfahren. Diese Bewunderung, die sie ihm so vorbehaltlos entgegenbrachte, ließ ihn keineswegs kalt, ebensowenig wie ihr attraktiver Körper, der an sein Knie gekuschelt lag.

»Gib uns ein wenig Zeit, bitte … Fäll heute abend keine Entscheidungen mehr …«

Er legte seine Finger auf ihre helle Haut, was sie erschauern ließ.

»Ich werde jetzt nach Hause fahren«, sagte er heiser.

Schweren Herzens wollte er aufstehen, doch sie richtete sich abrupt auf und hinderte ihn daran. Eng an ihn gepreßt kniete sie auf dem Bett.

»Warte! Geh nicht einfach so fort!«

Er hatte es nicht wirklich eilig, und das spürte sie. Sie versuchte verzweifelt, das auszunutzen.

»Nur einen kleinen Augenblick noch, Mathieu …«

»Aber das wird nichts ändern«, wandte er zögernd ein.

Sein Verlangen nach ihr brachte ihn trotz allem ziemlich in Wallung, ungeachtet der Umstände. Von den letzten Eroberungen Mathieus war Laurence die jüngste und sinnlichste. Sie hatte sein schwarzes Polohemd hochgeschoben und streichelte ihn. Er gelobte sich, daß dies das letzte Mal wäre. Aber als er die

Augen schloß, sah er plötzlich Valéries Gesicht vor sich. Es kam vor, daß er an seine Frau dachte, während er mit einer anderen schlief. An ihre grünen Augen, ihre aschblonden Locken. Freundlich und bestimmt schob er Laurence von sich fort.

»Ich rufe dich an«, sagte er halbherzig, während er zur Türe ging.

Valérie erwachte kurz nach Tagesanbruch in ihrem alten Zimmer. Sie ließ ihren Blick über die vollgestellten Bücherregale schweifen und über die Ordner aus den verschiedenen Abschnitten ihres Studiums. Damals war sie spät schlafen gegangen, da sie häufig als Babysitter gejobbt hatte. In einem Sommer hatte sie eine Stelle als Bedienung beim Italiener gefunden. Während der Weihnachtsferien hatte sie ihrem Vater im Laden geholfen, wo sie gelernt hatte, wunderhübsch Geschenke zu verpacken. Unter Geschäftsleuten wäscht eine Hand die andere, und so hatte sie in den Semesterferien immer Nebenjobs bekommen. Später, während der dreijährigen Facharztausbildung, hatte sie Ferienvertretungen in Arztpraxen übernommen. Und sie hatte sogar aufreibende Nachtwachen auf der Notfallstation akzeptiert. An diese Phase ihrer Jugend hatte sie lauter gute Erinnerungen. Zahlreiche Männer hatten ihr den Hof gemacht, aber sie hatte keine Zeit gehabt, sich zu verlieben, und sich nicht von ihrem eigentlichen Ziel ablenken lassen wollen: dem Diplom. Auch wenn sie keine Streberin gewesen war, so war sie doch ziemlich fleißig und vernünftig gewesen.

Gedankenverloren betrachtete sie die Fotos an der Wand, die sie einst mit Reißzwecken dort hingeheftet hatte. Sie hatte Mühe, den Gesichtern der damaligen Freunde Namen zuzuordnen. Mathieu hatte sie nach und nach ihren Freunden entfremdet. Diese hatten sich einer nach dem anderen niedergelassen und praktizierten heute fast alle.

»Außer dir, du jämmerliche Versagerin.«

Sie war mit einem Satz auf den Beinen, räkelte und streckte sich wie eine Katze und ging duschen. Sie empfand immer noch nicht mehr Kummer als am Vorabend. Die Kluft, die sich zwischen ihr und Mathieu aufgetan hatte, war nicht mehr zu überbrücken.

»Das war vermutlich der berühmte Tropfen, der das Faß zum Überlaufen gebracht hat.«

Wo waren denn die Gefühle für ihren Mann geblieben? Sie konnten sich doch nicht von einem Moment auf den anderen in Luft aufgelöst haben? Mathieu war immer nett zu ihr gewesen. Bisweilen hatte er sie vielleicht zu sehr bedrängt, aber er war nett gewesen. Er war gleichzeitig zu allgegenwärtig und zu häufig fort gewesen. Das Krankenhaus, die Kongresse, sein übervoller Terminkalender, mit dem er seine Affäre tarnte. Seine Affäre oder seine Affären. Schon immer. Hatte er sie bereits kurz nach der Hochzeit betrogen? Oder sogar noch davor? Während sie in der Klinik lag und sich von der Geburt ihrer Tochter erholte? Während sie mit den Kindern am Meer war und sich am Strand langweilte? Er war unersättlich, und sie wußte das ganz genau. Ein hübsches Mädchen brachte ihn aus der Fassung. Er war der schlimmste Schürzenjäger, den sie kannte, und er verbrachte seine Tage umgeben von einer Schar schnuckeliger junger Dinger. Was hatte sie sich nicht alles vorgemacht, um sich zu beruhigen? Daß sein Ungestüm mit zunehmendem Alter nachlassen würde? Was für ein Hohn! Daß er es nie zulassen würde, daß seine Liebeleien wirklich Bedeutung erlangten? Tja, diesmal hatte er es zugelassen. Dafür hatte eine hübsche kleine Krankenschwester gesorgt, jung und provozierend, wie er es liebte, ein bißchen mollig und ein wenig vulgär.

»Was hat sie, was ich nicht habe?«

Sie bürstete wütend ihre Locken, die ihr wirr in die Stirn und über die Wangen fielen. Sie würde bei Null anfangen müssen. Für den Anfang würde sie sich eine Liste der Kliniken zusammenstellen, bei denen sie sich bewerben könnte. Man würde nirgends auf sie warten, und doch hatte sie einen schönen Lebenslauf und schmeichelhafte Beurteilungen vorzuweisen. Sie hatte darüber hinaus eine Auszeichnung für ihre Zulassungsarbeit erhalten. Wenn sie wirklich nichts fände, könnte sie sich immer noch als selbständige Ärztin niederlassen, aber das wollte sie eigentlich nicht. Die Krankenhausatmosphäre hatte ihr immer gefehlt, seit sie den Dienst quittiert hatte.

»Und du hast bis heute damit gewartet, dir das alles einzugestehen?«

Vielleicht war dieses Mädchen ja eine begnadete Liebhaberin, wohingegen sie selbst, wenn sie ehrlich war, die Sache stets mehr oder weniger rasch hinter sich zu bringen versuchte.

»Nun, du hast es ja nicht anders gewollt …«

Wie lange schon hatte sie Mathieu nicht mehr gesagt, daß sie ihn liebte? Er brauchte ganz ohne Zweifel diese Art Zuwendung.

»Ja, er braucht es, daß man ihm schmeichelt, ihn bewundert, ihn liebt, er stets an erster Stelle kommt …«

Sie schlüpfte in ein leichtes Kleid und beige Slipper. Beschloß, sich überall unter ihrem Mädchennamen vorzustellen. Der Name Keller war in Rouen in Medizinerkreisen zu bekannt.

»Und er hat sich nicht einmal geschützt! Wie ein kleiner Junge! Und … O nein … Aber er ist verrückt, unverantwortlich!«

Sie schauderte und versuchte, den Gedanken an die Krankheit zu verscheuchen. War er tatsächlich dieses Risiko eingegangen? Hatte sie mit hineingezogen? Mit welchem Recht? Aus welchem monströsen Egoismus heraus? Sie mußte sich umgehend einen Termin im Labor besorgen.

Als sie die Badezimmertür öffnete, sprang Atome an ihr hoch und leckte ihre Arme ab.

»Mein Armer! Willst du nach draußen? Komm, wir gehen die Zeitung und Croissants holen …«

Sie stürzte die Treppen hinunter, den Hund im Schlepptau, ging durch den Laden und sperrte die Türe auf. Es war frisch draußen, und sie lief zügig die schmale Gasse hinunter.

Als Gilles im Ehrenhof auf Mathieu traf, erfaßte er sofort, daß etwas nicht stimmte. Nachdem sie sich begrüßt hatten, gingen sie zusammen zum Pavillon Derocque hinüber.

»Du übernimmst heute für mich die Visite«, verkündete Mathieu kategorisch.

»In Ordnung.«

»Ich brauche die Untersuchungsergebnisse für den Neuzugang von gestern. Seine Akte ist äußerst lückenhaft, voller Fragezeichen. Mach noch einmal eine transoesophagiale Echokardiographie.«

Als Mathieu im dritten Stock aus dem Aufzug stieg, ging er geradewegs in sein Büro. Gilles sah ihm verwirrt nach. Es war nicht das erste Mal, daß sein Vorgesetzter hundsmiserable Laune hatte, bestimmt nicht, aber diesmal war da noch etwas anderes. Er trug eine seltsame Miene zur Schau … schuldbewußt, verlegen. Hatte er privaten Ärger?

Er ging an einer Gruppe Krankenschwestern vorbei, die sich lebhaft unterhielten, und lächelte ihnen zerstreut zu, um sich dann ins Stationszimmer zur Oberschwester zu begeben, die gerade eine Schachtel Pralinen öffnete.

»Ein Geschenk von Madame Martin«, erklärte sie, »ihr Mann ist heute morgen entlassen worden. Er war zehn Tage hier, ein Rekord! Möchten Sie? Sie sind wirklich köstlich …«

»Nein, aber wenn Sie vielleicht ein Täßchen Kaffee hätten … Der Automat ist kaputt.«

Während sie ihm eine Tasse reichte, beschloß er, daß es nett wäre, sie zu warnen:

»Der Chef hat eine Stinklaune!«

»Ach ja? Vermutlich hat er zuwenig geschlafen …«

Sie fingen beide an zu lachen.

»Sie haben Glück«, fügte Gilles hinzu, »heute übernehme nämlich ich die Visite.«

Er wollte gerade noch etwas hinzufügen, sah aber, wie sie plötzlich erbleichte, und folgte ihrem Blick. Mathieu stand in den Türrahmen gelehnt und bedachte sie mit einem spöttischen Lächeln.

»Wer hat Glück? Die Patienten oder das Personal?«

»Ich wollte sagen, daß …«

»Spar dir die Entschuldigungen«, unterbrach ihn Mathieu. »Es ist doch allgemein bekannt: Wenn die Katze nicht da ist, dann … Leider gehöre ich nicht zu den Chefs, die ihre Visite *prinzipiell nicht* selbst machen. Und die demzufolge jeglichen Kontakt zu den Patienten verlieren. Nein, das trifft auf mich kaum zu. Solange Ihr mich am Hals habt, wird ordentlich gearbeitet auf dieser Etage …«

Sie sahen sich alle drei spöttisch an. Schließlich erinnerte sich die Stationsschwester des kaputten Automaten und bot Mathieu eine Tasse Kaffee an.

»Danke, nein. Ich verschwinde. Gehabt euch wohl!«

Auf dem Flur lief er Sylvie in die Arme, der er noch ein paar Anweisungen für den Vormittag erteilte. Er machte sich nicht die Mühe, auf den Aufzug zu warten, und stürzte die Treppe hinunter. Seit dem Aufwachen hatte ihm der Gedanke an Valérie keine Ruhe mehr gelassen. Er hatte am Vorabend zuviel getrunken und daher fürchterliche Kopfschmerzen. Er holte sein Auto vom Parkplatz und fädelte sich in den bereits ziemlich dichten Verkehr auf dem Quai ein. Eines schien ihm klar: Er hätte niemals die Geduld zu warten, bis sie aufhörte zu schmollen. Er mußte ihre Versöhnung beschleunigen, ganz egal wie.

Vor der Auslage des Juweliers zögerte er einen Moment. Ach was, warum sollte er nicht voll zuschlagen, zum Teufel mit dem dummen Geld! Schließlich hatte er keine finanziellen Probleme. So traf er binnen fünf Minuten seine Wahl, und als er den Laden verließ, fühlte er sich bereits etwas besser. Man hatte ihm versichert, daß die Zustellung noch am selben Tag erfolgen könne, doch er hatte sich plötzlich anders besonnen. Zu Augustins Geschäft war es nicht mehr weit, und selbst wenn er dort niemals hinging, kannte er doch den Weg. Es war ein heikles Unterfangen und daher um so verdienstvoller, dort aufzutauchen. Valérie sähe dies zwangsläufig als Zeichen seines guten Willens.

»Wohin des Weges?«

Er hätte sie fast übersehen, ja wäre um ein Haar in sie hineingelaufen, denn sie hatte sich mitten auf dem Bürgersteig vor ihm aufgebaut. Ihr kurzangebundener Ton verhieß nichts Gutes.

»Ich wollte zu dir. Wir müssen einmal ernsthaft reden.«

Mit wie vielen Frauen mußte er wohl verhandeln, damit sein Leben wieder ins Gleis kam? In Bahnen, die sie für ihren Teil nie hätte verlassen dürfen?

»Komm, laß uns irgendwo zusammen was essen gehen.«

»Wozu denn, großer Gott?«

Gekränkt bombardierte er sie mit einer Fülle von Fragen.

»Wie lange willst du bei ihnen bleiben? Sieh mal, Val, du bist doch kein kleines Mädchen mehr! Zur Mama zurückgehen, das tun vielleicht Hausmeistersfrauen! Und die Kinder? Denkst du an sie? Was hast du ihnen erzählt? Daß ich auf Reisen bin? Über kurz oder lang mußt du mir zuhören. Also, warum nicht heute?«

Sarkastisch mimte sie die Bekümmerte:

»Ja, Chef. Ist recht, Chef ... Bin ich dir nicht völlig egal? Jede beliebige Hausmeistersfrau bedeutet dir tausendmal mehr! Ganz zu schweigen von deiner Süßen!«

Da er sich unwillkürlich umsah, sprach sie noch lauter.

»Hast du Angst, daß man dich erkennt? Und wenn? Steh nicht hier herum, geh wieder zu ihr. Du hast Entscheidungen zu treffen, wirst bald eine neue Familie zu versorgen haben! Was die Scheidung betrifft, sei unbesorgt, ich werde keine großen Forderungen stellen!«

Wie vom Donner gerührt schaute er sie verständnislos an.

»Valérie«, sagte er langsam. »Oh, Valérie ...«

Ein kalter Nieselregen hatte eingesetzt. Er nahm keine Notiz davon. Sie standen einander so dicht gegenüber, daß er verstohlen ihre Hand nehmen konnte, noch ehe sie die Chance hatte zu reagieren.

»Komm mit mir, bitte ... Du kannst aussuchen, wohin wir gehen ...«

Er zog sie bis zu einem Restaurant, wo sie nebeneinander Platz nahmen. Er hielt immer noch ihre Hand umklammert.

»Ich liebe dich«, flüsterte er, ohne sie anzusehen. »Ich habe mich wie das letzte Schwein benommen. Und das alles für nichts und wieder nichts! Die andere ist mir egal. Wenn das nicht wahr wäre, würde ich es nicht sagen. Nicht jetzt.«

Während er redete, hatte er das kleine Päckchen aus der Tasche gezogen.

»Das ist für dich. Ich weiß, daß das keine Entschuldigung ist, aber mir war einfach danach.«

»Mathieu …«

»Dir steht Schmuck. Du kannst im übrigen alles tragen. Du hast mir Kinder geschenkt, die so schön sind wie du. Ich will nicht ohne dich leben. Eine Scheidung kommt nicht in Frage, du bist verrückt! Verlang von mir, was du willst.«

Die Antwort ließ ein bißchen auf sich warten. Da sie das Päckchen nicht anrührte, öffnete er es selbst. Er nahm die Kette aus der Schatulle und legte sie ihr um den Hals. Seine Hände zitterten, als er den Verschluß zumachte.

»Das ist … Das ist absurd, Mathieu!«

Ein Kellner kam heran, und Mathieu bestellte einen Wodka und einen Kir. Sie nutzte die Gelegenheit, um rasch die Kette abzunehmen und auf den Samt zurückzulegen. Sie klappte den Deckel zu und ließ das Schächtelchen in Mathieus Tasche gleiten.

»Ich will sie nicht. Du kannst nicht alles mit Geschenken wieder ins Lot bringen.«

Die Angst, die ihn überkommen hatte, ließ nicht nach. Valérie wirkte unnahbar. Schlimmer noch, sie schien verändert.

»Ich suche mir eine Wohnung«, sagte sie. »Wir werden uns scheiden lassen.«

»Nein! Du wirst nachdenken, ein wenig Zeit verstreichen lassen. Man zerstört nicht eine Familie aus einer spontanen Wut heraus. Nimm dir eine Wohnung, okay. Wenn dir das lieber ist, überlasse ich dir das Haus und suche mir ein …«

»Apartment? Nicht nötig, ich kenne da einen Anwalt, der wird sich um deine Belange kümmern, und das Mädchen ist auf diese Weise auch gleich versorgt!«

Sie waren wieder am Ausgangspunkt ihrer Diskussion angelangt. Ihm schwante, daß sie ihm das nie vergessen würde. Vielleicht hätte sie angesichts der Affäre mit Laurence ein Auge zugedrückt, aber da war noch die Sache mit dem Kind. Ein wahrer Alptraum. Er fragte sich, wie er sie zum Nachgeben bewegen könnte, ihre Abwehr durchbrechen, aber es fiel ihm nichts ein.

»Was hast du *ihr* denn gesagt? Daß du sie fallenläßt? Daß sie deine Zweitfrau wird? Ach was, du bist feige, wie alle Männer, du hast ihr überhaupt nichts gesagt …«

»›Wie alle Männer‹? Und woher beziehst du diese Weisheit? Jetzt hör mir mal zu, Val, ich versichere dir, daß die Geschichte beendet ist. Aus und vorbei!«

»So schnell? Und ihr Kind?«

»Entweder treibt sie es ab, oder sie wird eine alleinerziehende Mutter, das ist mir piepegal!«

»Aber es ist auch dein Kind, Mathieu. Nicht nur ihres. Hast du daran gedacht?«

»Und du, woran denkst du? Warum willst du mich noch weiter in die Sache hineintreiben? Siehst du nicht, daß mir das Wasser schon bis zum Halse steht? Ich gäbe Gott weiß was darum, wenn ich dieser Ziege nicht begegnet wäre.«

»Oder darum, daß ich nicht von ihr erfahren hätte?«

»Hör auf! Hör auf! So hör doch endlich auf!«

Er war ziemlich laut geworden und nahm sich jetzt zurück.

»Entschuldige bitte. Ich kann nicht mehr.«

Er stützte sich auf die Lehne der Bank und stieß einen tiefen Seufzer aus.

»Sag, was ich machen soll.«

»Das weiß ich doch nicht«, erwiderte sie. »Ich stecke nicht in deiner Haut, meine eigenen Sorgen reichten mir!«

Diesmal wandte er sich zu ihr um und sah sie endlich an. Sie hatte eine verbissene Miene und preßte die Lippen zusammen, ihr Blick war geradeaus auf die Straße geheftet. Es regnete immer noch.

»Trotzdem ist da noch etwas, was ich gerne wissen würde«, sagte sie tonlos.

Ihre Blicke kreuzten sich für einen Moment. Valéries Augen funkelten zornig.

»Da du sie geschwängert hast, hast du offensichtlich kein Kondom benutzt. Ich werde dir niemals verzeihen, daß du mich diesem Risiko ausgesetzt hast. Das ist absolut schändlich, Mathieu …«

»Aber … du … Also, wie kannst du … Sie ist keine … keine …«

Er war fassungslos angesichts ihrer Anschuldigung und suchte vergebens nach Worten. All das, was er hätte erwidern können, konnte er unmöglich aussprechen. Laurence war sehr jung, sehr verliebt und sehr treu. Obwohl er im allgemeinen vorsichtig war, hatte sich Mathieu bei ihr nach drei Wochen im vollen Vertrauen gehen lassen.

»Läßt du dich wenigstens hin und wieder untersuchen?«

»Zweimal pro Jahr«, gab er zu rasch zurück.

»Natürlich …«

»Hör mal, du kannst dir doch vorstellen, daß man im Krankenhaus …«

Aber er war kein Chirurg und keinem besonderen Risiko ausgesetzt, das wußten sie alle beide. Die häufigen Kontrollen waren ihm regelmäßig eine Beruhigung. Selbst wenn man achtgab, blieb ein Rest von Zweifel bestehen.

»Und mit den anderen hast du es genauso gehandhabt? Ebenso lax?«

»Mit welchen anderen?« schrie er. »Ich habe …«

»Verkauf mich doch nicht für blöd! Das ist vorbei.«

»Ich habe immer aufgepaßt«, murmelte er. »Das schwöre ich dir.«

»O nein, keine Schwüre!« warf sie empört ein. »Du bist fünfzig Jahre alt, du bist Arzt, und du hast dich wie das letzte Schwein benommen. Was hättest du mir denn erzählt, wenn du auf einmal positiv gewesen wärst? Daß dir ein Patient ins Gesicht gespuckt hat? Du hast keinen Moment lang an mich gedacht und auch nicht an die Kinder, sondern nur an dein mieses kleines Vergnügen! Das ist widerwärtig, niederschmetternd, ich habe den Eindruck, daß ich einem Fremden gegenübersitze.«

Sie sagte all dies in gleichgültigem, fast entrücktem Ton, und er war sich sicher, daß die Chance, ihre Beziehung zu retten, nur noch ziemlich gering war. Er schwieg eine ganze Weile, aber sie hatte ihm nichts mehr zu sagen.

»Ich möchte nicht, daß wir uns trennen, Val … Allein der Gedanke daran ist mir unerträglich.«

»Du bist derjenige, der uns dahin gebracht hat, wo wir jetzt sind!« gab sie zurück. »Und das ist eine Sackgasse.«

Die Diskussion war müßig, und er wurde sich dessen voller Verzweiflung bewußt.

»Ich werde Abend für Abend warten, daß du zurückkommst«, murmelte er, während er sich erhob.

Sie packte ihn am Ärmel, und er blieb stehen.

»Das ist nicht nötig, Mathieu. Es ist aus zwischen uns beiden. Seit gestern. Hast du das noch immer nicht begriffen?«

Er wartete ein wenig, dann flüsterte er, kaum hörbar:

»Wie hast du davon erfahren? Hat dir jemand …«

»Nein, du selbst hast dich verraten. Ich war wohl so leicht zu hintergehen, daß du dich nicht mehr besonders vorgesehen hast, weißt du … In diesem Punkt genauso wie in den übrigen …«

Sie wirkte plötzlich zart und zerbrechlich. Das liebte er an ihr ganz besonders, daß sie von einer Sekunde auf die andere wie ausgewechselt war, je nachdem, wie sie gerade empfand.

»Ich bitte dich um Verzeihung«, wiederholte er noch einmal, »und ich werde trotz allem auf dich warten.«

Er verließ das Lokal so unglücklich wie noch nie in seinem ganzen Leben. Aber er war ein verzogenes Kind und hatte bis dahin nie wirklich gelitten.

4

Den restlichen September spielte sich alles so einigermaßen ein. Augustin und Suzanne kümmerten sich wie gewohnt ohne großes Aufhebens um ihre Enkel und waren eine große Hilfe. Sie nahmen sie zum Picknicken in den Forêt de Roumare mit, ins Naturkundemuseum, in den Botanischen Garten und ins Kino. An einem Sonntag betraute Augustin sie sogar damit, das Schaufenster im Laden zu dekorieren. Und Suzanne fuhr mit ihnen, in einer Anwandlung von Selbstlosigkeit, zu Glups in der Rue du Gros-Horloge und erlaubte ihnen, sich eine Riesentüte bunter Bonbons abzufüllen.

Wie alle Kinder stellten Camille und Jérémie direkte Fragen, die Valérie so offen wie möglich zu beantworten suchte. Sie erklärte ihnen daher, daß sie sich von ihrem Papa getrennt habe, die Kinder ihn aber sehen könnten, so oft sie wollten. Erst indem sie ihnen gegenüber diese ganz einfache Wahrheit aussprach, wurde sie ihr wirklich bewußt. Camille schien ihre früheren Schulfreundinnen zu vermissen und Jérémie das Haus in Mont-Saint-Aignan mit seinem Swimmingpool. Um sie abzulenken, erlaubte ihnen Valérie, von der neuen Schule, die nicht weit weg war, alleine nach Hause zu gehen, unter der Bedingung, daß sie sich bei der Hand hielten.

Augustin setzte alle Hebel in Bewegung, um eine Wohnung im Viertel zu finden. Er hätte seine Tochter und seine Enkel gerne bei sich behalten, aber die Räumlichkeiten über dem Laden waren sehr beengt. Er sprach alle Geschäftsleute an, klapperte sämtliche Immobilienbüros ab und machte schließlich eine schöne Drei-Zimmer-Wohnung in einem uralten Haus zwei Straßen weiter ausfindig. Sie lag im zweiten Stock und war etwas dunkel, hatte aber riesige Räume, die soeben frisch geweißelt worden waren. Die Fachwerkfassade und den gemauerten Kamin, der das Prunkstück des Wohnzimmers war, fanden die Kinder lustig, und beides nahm Valérie auf Anhieb für die Wohnung ein.

Sobald sie sich mit dem Eigentümer in Verbindung gesetzt hatte, begriff sie, daß nun erst das eigentlich Schwierige kommen würde. Sie war zehn Tage lang von einer Klinik zur anderen gefahren und hatte überall ihre Bewerbung unter dem Namen Valérie Prieur eingereicht. Sie hatte eine Menge Lauferei auf sich nehmen müssen, so etwa wegen der Wiederaufnahme in die Ärztekammer oder der amtlichen Beglaubigung ihrer Zeugniskopien. Diese Dinge hatten sie derart in Anspruch genommen, daß sie noch nicht darüber nachgedacht hatte, wie sie ihr Leben praktisch organisieren würde. Nun aber stellte sie bestürzt fest, daß sie für jede finanzielle Verpflichtung – wie Kaution, Mietvorschuß, Miete – die Unterschrift ihres Mannes brauchte. Sie existierte, für ihren Bankier zum Beispiel, nur als Madame Keller. Alle Unterlagen, die man ihr aushändigte, mußten mit einer Einverständniserklärung von Monsieur versehen sein.

Sie hatte Mathieu noch nicht wieder getroffen, ihn aber mehrmals angerufen, wobei sie sich bemüht hatte, heiter und gelassen zu wirken. Es war ihr aber nicht danach gewesen, ihn persönlich zu sehen. Wenn sie an ihn dachte, empfand sie lediglich ein Gefühl der Demütigung und des Zorns, welches alles andere überlagerte. Sie war nach Hause zurückgekehrt, um Kleidung und ein paar Sachen für die Kinder zu holen, hatte aber einen Zeitpunkt gewählt, zu dem sie Mathieu sicher im Krankenhaus wußte. Sie hatte nicht die geringste Lust, sich seine Unschuldsbeteuerungen anzuhören, seine Liebeserklärungen, seine Lügen. Wozu sich erneut mit ihm streiten? Es gab in dieser Stadt eine Frau namens Laurence, die ein Kind erwartete. Das Kind von Mathieu. Das also, wenn es geboren würde, der Halbbruder oder die Halbschwester von Camille und Jérémie wäre. Dieser Gedanke genügte, um eine unüberwindliche Barriere zu schaffen. Sie wußte, daß es für sie kein Zurück mehr gäbe. Der Verrat Mathieus, der für sie aus heiterem Himmel gekommen war, zu einem Zeitpunkt, da nicht das Geringste darauf hingedeutet hatte hatte, Valéries Gefühle für immer erkalten lassen. Sie hatte sich ihm niemals verweigert, hatte niemals mit ihm gestritten, hatte nichts getan, womit sie es verdient hätte, derart verunglimpft, betrogen und lächerlich gemacht zu werden. Das würde sie ihm nie verzeihen, ganz egal, was die Zukunft brächte. Trotz allem würde sie nicht umhinkommen, sich mit ihm zu verabreden, damit er ihr diese verdammten Papiere unterzeichnete und sie ein paar Sätze über die nahe Zukunft sprachen.

Widerwillig rief Valérie ihn eines Morgens an, um sieben Uhr, bevor er ins Charles-Nicolle fuhr, und teilte ihm mit, daß sie noch am selben Abend käme. Er wirkte erleichtert und sehr erfreut. Sie legte wütend auf, dann saß sie ein paar Minuten gedankenverloren und starrte das Telefon an, ohne es wirklich wahrzunehmen. Was hatte er die letzten zehn Tage gemacht? Die Putzfrau hatte wahrscheinlich seine Hemden gebügelt und das Haus in Ordnung gehalten, aber wie hatte er seine Zeit verbracht? Seine Abende und Nächte zum Beispiel? Sie ging jede Wette ein, daß er nicht voller Reue zu Hause gesessen und ins Kopfkissen geschluchzt hatte!

Sie fuhr am Abend also nur widerstrebend nach Mont-Saint-Aignan. Als sie ihren Wagen neben den von Mathieu unter den Kastanien abstellte, beschlich sie ein seltsames Gefühl. Sie hatte bereits nicht mehr den Eindruck, hier zu Hause zu sein. Sie stieg aus, ging am Swimmingpool entlang, dessen Wasser ein wenig trüb war, und erblickte ihren Mann, der in der verglasten Terrassentür lehnte. Sie standen sich Auge in Auge gegenüber, ziemlich verlegen.

»Du bist dünner geworden«, sagte er und musterte sie von Kopf bis Fuß.

Sie trug eine Jeans und eine marineblaue Lederjacke über dem weißen T-Shirt.

»Ich hatte vergessen, wie grün … deine Augen sind … Man muß sie sehen, um es glauben zu können …«

Das Kompliment war aufrichtig gemeint, und sie mußte ein wenig lächeln.

»Komm«, sagte er, während er sie ins Wohnzimmer zog.

Sie mußte schwer an sich halten, um nicht laut loszulachen, als sie entdeckte, daß er für gedämpftes Licht gesorgt und einen Tisch mit Champagner und Kerzen gerichtet hatte wie für Verliebte. Das Geschirr war etwas zusammengewürfelt, aber er hatte vermutlich genommen, was ihm gerade in die Hände gefallen war. Er kümmerte sich prinzipiell nicht um derlei Dinge. Bis dahin war es für ihn normal gewesen, von seiner Frau bedient zu werden.

»Was für einen Zirkus du veranstaltest …«, murmelte sie, während sie auf der Sofakante Platz nahm.

»Setz dich doch nicht so hin, man könnte meinen, du seist zu Besuch!«

Er ging zu ihr hinüber und drückte sie gegen die Lehne.

»Ich weiß gar nicht, wo ich anfangen soll«, warnte er sie. »Aber wir haben uns zweifellos eine Menge zu erzählen. Wie geht's den Kindern?«

»Denen geht's gut.«

»Gefällt ihnen die neue Schule?«

Er wahrte einen neutralen, fast schon förmlichen Ton.

»Ja, ich denke schon. Apropos, du müßtest bitte einen Zettel für die Rektorin unterschreiben … Und dann würden sie dich gerne sehen.«

»Ich sie auch! Sie sind hier zu Hause, sie haben ihr Zimmer.«

»Nimm sie doch für ein Wochenende«, schlug sie vor.

»Ein ganzes Wochenende?« rief er aus. »Aber was soll ich denn so lange mit ihnen anfangen?«

»Nun … Du brauchst sie doch bloß zu McDonald's auszuführen …«

»O nein! Ich, mit den Kindern allein auf der Straße – das kann ich mir nicht vorstellen. Ich hätte das Gefühl, Witwer zu sein!«

Es war offensichtlich, daß er nicht scherzte. Die Vorstellung, sich seinem Sohn und seiner Tochter ohne seine Frau gegenüber zu sehen, war ihm unangenehm. Valérie begriff, daß er nach zehn Minuten nicht mehr wüßte, wie er sie unterhalten sollte.

»Auf alle Fälle wird diese Situation ja nicht von Dauer sein, oder?«

»Selbstverständlich wird sie das«, sagte sie bestimmt. »Übrigens habe ich eine Wohnung gefunden. Das ist der Grund, weshalb ich hier bin. Du mußt die Formulare ausfüllen, dein Einverständnis erklären und einen Scheck ausstellen.«

Angespannt griff er nach seinen Zigaretten und steckte sich eine an, während sie in ihrer Tasche nach dem Mietvertrag suchte. Er warf einen Blick darauf, tat, als würde er ihn lesen, dann legte er ihn auf den Wohnzimmertisch.

»Mietest du das als Zweitwohnsitz? Ich darf dich daran erinnern, daß man keine zwei Hauptwohnsitze haben darf, der Steuer wegen.«

Da sie beharrlich schwieg, ganz in der Defensive blieb, nahm er die Blätter erneut zur Hand und las sie wirklich aufmerksam durch.

»Ein bißchen teuer für eine Mietwohnung ... Du wirst sie mich doch besichtigen lassen, hoffe ich? Und wie gedenkst du die Einrichtung zu bewerkstelligen?«

»Ich werde ein paar einfache Stücke kaufen.«

Nach kurzem Zögern beschloß er, großherzig zu sein. Er ging einen Stift und sein Scheckheft holen, füllte die Formulare aus, unterschrieb und stellte die nötigen Schecks sowie noch einen weiteren auf Valéries Namen aus, über eine Summe von fünfzigtausend Francs.

»Bitte schön«, sagte er, »damit kannst du was Leckeres zu essen einkaufen.«

Er warf alles lose in die Handtasche seiner Frau und drehte sich zu ihr herum.

»Hör zu, Valérie«, sagte er, »wir befinden uns in einer etwas schwierigen Phase ... Sehen wir zu, daß diese nicht von Dauer ist, okay? Ich habe das Ganze durchaus verdient, du übst Rache, und das ist dein gutes Recht. Aber bleib trotzdem auf dem Teppich! Du kannst nicht die Kinder hin- und herzerren, da hört der Spaß auf. Also, ich gebe dir drei Monate. Sagen wir, bis Weihnachten. Dann kannst du, ohne das Gesicht zu verlieren, hierher zurückkommen, ja?«

Ungläubig starrte sie ihn an, als sähe sie ihn zum ersten Mal. Er war ganz Professor Keller. Ein Mann, dessen Entscheidungen niemals angezweifelt wurden.

»Du ›gibst‹ mir drei Monate? Ich habe dir zehn Jahre gegeben, Mathieu!«

Angesichts des Stimmungsumschwungs seiner Frau beeilte er sich, den Rückzug anzutreten.

»Ich sterbe vor Sehnsucht nach dir! Drei Monate, das ist eine elendige Durststrecke! Du fehlst mir ganz schrecklich, und ich liebe dich wie am ersten Tag. Mehr noch sogar! Du bist mein ein und alles, Val … «

Er hatte sich zu ihr hinübergebeugt. Nahm sie in die Arme und zog sie, obwohl sie sich sträubte, an sich, allerdings ohne sie zu küssen, wie sie es befürchte hatte.

»Ich verstehe Deine Gefühle«, murmelte er. »Ich denke die ganze Zeit an nichts anderes. Ich habe dich gekränkt, dich leiden gemacht …«

Sie hätte gern widersprochen, denn sie empfand keinen wirklichen Schmerz, seit sie ihn verlassen hatte.

»Aber wenn du wüßtest, was *ich* durchmache! Ich träume von dir, ich begehre dich, ich bin besessen von dir! Was du auch glauben magst, meine Gefühle für dich haben sich nicht geändert. Wenn du dich ein bißchen besänftigt hast, könnten wir eine kleine Reise machen, nur du und ich. Ich würde dich gerne tanzen, lachen, an meiner Seite sehen … Ich habe mich ins Unrecht gesetzt, aber ich bin fähig, dich anzuflehen, mich dir zu Füßen zu werfen, wenn es das ist, was du willst …«

Er sprach ganz leise und hielt sie nach wie vor an sich gepreßt. Nie hatte er ihr so deutlich seine Liebe erklärt. Sie schluckte schwer, Tränen in den Augen. Er dauerte sie, das war ein neues und unangenehmes Gefühl. Er hatte den Worten

Taten folgen und sich vom Sofa auf den Teppich gleiten lassen. Als er so vor ihr kniete, konnte er ihre Rührung sehen.

»Schließen wir Frieden?«

Dieser kleine Satz war genau einer zuviel. Valérie spielte nicht Krieg, zahlte ihm seine Untaten nicht mit gleicher Münze heim. Aber sie würde nie wieder mit Mathieu zusammenleben, soviel wußte sie.

»Tut mir leid«, sagte sie mit erstickter Stimme. »Obwohl es nicht an mir ist, irgend etwas zu bedauern. Ich ... Ich glaube, du hast mich nicht verstanden. Unsere Wege haben sich ... getrennt.«

Er erhob sich langsam, stellte sich vor sie hin und blickte sie unnachsichtig an.

»Du bist ganz schön starrköpfig ... Nun, es ist wohl noch zu früh, um über unsere Zukunft zu reden. Du zeigst mir voll deine Krallen!«

»Soll das ein Witz sein? Wenn ich die Krallen ausgefahren hätte, hätte ich hier alles kurz und klein geschlagen!«

Nie hatte sie in diesem Ton mit ihm gesprochen, und er erstarrte.

»Wollen wir essen?« schlug er vor. »Ich bin auf dem Heimweg vom Krankenhaus bei einem Feinkostladen vorbeigefahren. Ich hoffe, daß du die Sachen magst ...«

Er ging zum Tisch hinüber, zog einen Stuhl zurück, wartete, daß sie ihm folgte. Er schenkte Champagner ein, bevor er in die Küche verschwand, wo sie ihn den Kühlschrank öffnen und Papier zerknüllen hörte. Er kam triumphierend mit einer Platte Meeresfrüchte zurück.

»So, Madame. Es ist angerichtet!«

»Das sind ja ganz neue Sitten.«

Er ignorierte die Bemerkung und setzte sich ihr gegenüber.

»Nächste Woche fliege ich nach Tunis. Hast du noch daran gedacht? Ich werde vier Tage fort sein.«

»Fliegst du allein?«

»Selbstverständlich!«

»Da kannst du ja vorher die Kinder noch sehen.«

»Ich werd's versuchen. Aber ich ertrinke in Arbeit.«

»Apropos Arbeit, ich habe da und dort eine Bewerbung eingereicht …«

Er hielt erstaunt inne, eine Auster in der Hand.

»Wie bitte? Aber Val … Du bist ja eine wahre Suffragette geworden, meine Güte!«

Die Bemerkung klang ziemlich bitter. Die Vorstellung, daß seine Frau Arbeit suchen könnte – und welche finden –, erzürnte ihn.

»Im übrigen hast du keine Berufserfahrung, du hast seit zehn Jahren nicht gearbeitet!«

»Tatsächlich?«

Sie warf ihm einen vernichtenden Blick zu, und er beeilte sich zu verbessern.

»Als Ärztin, meine ich. Als Kardiologin. Die paar Stunden, die du am Anfang Dienst geschoben hast, kannst du vergessen … Im übrigen ändert sich alles so rasch! Du wirst völlig den Anschluß verloren haben. Und die Leute werden nicht zimperlich sein, das laß dir gesagt sein. Vor allem, wenn sie erfahren, daß du meine Frau bist!«

»Nicht mehr lange, das kannst du mir glauben!«

Mit einem Satz sprang er auf und kam um den Tisch herum.

»Fang nicht wieder mit dieser Erpressertour an, das ist widerlich! Ich möchte nicht, daß du arbeitest, und ich will kein Wort mehr von Scheidung hören, verstanden?«

Ohne sich dessen bewußt zu sein, hatte er mit dem Fuß aufgestampft wie ein Kind.

»Das interessiert mich herzlich wenig«, antwortete Valérie ruhig. »Deine Forderungen sind mir wirklich absolut egal.«

Er packte sie beim Arm und zog sie von ihrem Stuhl hoch.

»Du machst mich noch wahnsinnig! Bist du nur gekommen, um mir Abscheulichkeiten zu sagen und deine Schecks abzuholen?«

Valérie erbleichte schlagartig und machte ihren Arm los.

»Bist du sicher, daß du dir nicht etwas viel herausnimmst? Glaubst du wirklich, du hättest das Recht, laut zu werden?

Warst nicht du es, der unser gemeinsames Leben zerstört hat, hm? Ich gebe mir Mühe, Mathieu, ich spreche dich nicht auf deine kleine Krankenschwester an, auf deinen zukünftigen Sprößling, aber du wirst sie doch trotz allem nicht vergessen haben? Wir sind getrennt, begreif das doch endlich. Und du wirst mir nie wieder vorschreiben, was ich zu tun und zu lassen habe. Nie wieder! Zehn Jahre Unterwerfung, das reicht. Regle du dein Leben, ich kümmere mich um meines. Adieu!«

In drei Sätzen war sie beim Couchtisch und schnappte sich ihre Handtasche.

»Warte! Verdammt, so warte doch!«

Anstatt wegzulaufen, sah sie ihm in die Augen.

»Ich will hierher kommen, ohne Angst zu haben«, sagte sie. »Und normal von hier fortgehen und nicht flüchten. Hast du verstanden?«

Obwohl sie krampfhaft versuchte, sich zu beherrschen, bebte ihr Kinn. Es fiel ihr nicht leicht, ihrem Mann die Stirn zu bieten.

»Ich begleite dich«, murmelte Mathieu beschwichtigend.

Schweigend liefen sie zu den Autos.

»Ich muß mich ums Schwimmbecken kümmern, das Wasser ist kurz vor dem Umkippen«, bemerkte er zerstreut.

»Die Reinigungsmittel sind im Keller …«

Wieder waren sie beide verlegen, standen einander wie Fremde gegenüber.

»Darf ich dir trotzdem einen Kuß geben?« fragte er.

Reglos, den Rücken an die Türe gelehnt, ließ sie es zu, daß er sich ihr näherte. Seine Lippen berührten die ihren, er ergriff sanft von ihrem Mund Besitz. Als er mit der Hand ihre Brüste streifte, wollte sie ausweichen, doch sie war eingezwängt. Die Umarmung weckte in ihr keinerlei lustvolle Gefühle. Im Gegenteil, sie war ihr zutiefst zuwider. Er wich einen Schritt zurück, sich seines Scheiterns bewußt. Sie schwang sich hinters Steuer und fuhr los, wobei sie sich zwang, die Auffahrt langsam hinunterzurollen.

Die ganze darauffolgende Woche war Valérie mehr als beschäftigt. Sie verbrachte Stunden mit ihren Kindern, entschlossen, ihnen die guten Seiten ihres neuen Lebens vor Augen zu führen. Sie durften sich bei Habitat ein Stockbett aussuchen. Es gab eine lange Debatte, wer oben schlafen durfte, und schließlich einigten sie sich darauf, sich abzuwechseln. Anschließend setzten sie sich eine Schreibplatte mit Böcken und Drehstühle in den Kopf. Valérie suchte ein paar einfache und unerläßliche Möbelstücke aus, dann setzte sie etwas Wäsche und Geschirr mit auf den Bestellschein. Ihr Einzug war für den darauffolgenden Montag geplant, und sie mußte sich noch darum kümmern, daß Wasser- und Stromzähler aktiviert wurden, schloß eine Versicherung ab, beantragte einen Telefonanschluß.

Mit jedem dieser Schritte entfernte sie sich ein Stück weiter von Mathieu. Sie erledigte all das eher mit Neugier als mit Vergnügen. Sich eine neue Existenz aufzubauen – und sei diese auch noch so notdürftig –, bereitete ihr ein gewisses Unbehagen. Sie hatte keine Zeit gehabt nachzudenken, sich darauf vorzubereiten. Von einem Tag auf den anderen war sie in ein völlig verändertes Leben geworfen worden.

Suzanne war wiederholt in die noch leere Wohnung gekommen. Sie hatte alles vermessen und auf ihrer Maschine weiße Pikeevorhänge genäht. Nach kurzer Überlegung hatte sie diesen einfachen, klassischen Stoff gekauft, um ihre Tochter nicht vor den Kopf zu stoßen und den Anschein zu erwecken, daß sie für sie entscheiden wolle. Sie hatte das Gefühl, daß diese ratlos war, völlig beherrscht von dem Gedanken, eine Arbeit zu finden, unfähig, sich solchen Nebensächlichkeiten wie der Wohnungseinrichtung zu widmen. Suzanne kannte Valérie besser als irgend jemand sonst auf der Welt. Im Gegensatz zu Augustin war sie nicht völlig verblendet, und sie hätte eine genaue Liste der Stärken und Schwächen ihrer Tochter erstellen können. Sie wußte sehr gut, daß diese trotz der Entschlossenheit, die sie zur Schau trug, von Kummer und Zweifeln erfüllt sein mußte. Zehn Jahre gewachsene Gewohnheiten und angenehmes Leben ließen sich nicht einfach so von einem Moment auf den anderen ausradieren. Abends im Bett versuchte sie, mit Augustin über ihre

Ängste zu sprechen, aber er wollte nichts davon hören. Für ihn tat Valérie mehr als recht daran, ihren Mann zu verlassen. Sie würde sich scheiden lassen und ein neues Leben aufbauen, was war daran so kompliziert? Sie war erst fünfunddreißig, sie war schön und intelligent, wo war das Problem? Und vor allem könnte sie endlich ihren Beruf ausüben, sich auf diese Weise selbst verwirklichen, eine Kapazität werden. In Suzanne kochte der Zorn hoch, als sie Augustin so reden hörte. Wie konnte er glauben, daß die Zukunft ihrer einzigen Tochter so leicht zu regeln sei? Mathieu war nicht der Typ, der so einfach aufgab, es hinnahm, daß er so mir nichts, dir nichts sitzengelassen wurde. Allein in seinem riesigen Haus in Mont-Saint-Aignan, würde er wahnsinnig werden. Augustin konnte noch so sehr beteuern, daß es ihm recht geschehe, Suzanne machte sich weiter Sorgen. Sie konnte ihren Schwiegersohn zwar nicht leiden, aber sie bedauerte ihn, wohingegen Augustin ihn aus tiefstem Herzen haßte und seine Verachtung hundertfach erwiderte. Mit seinen fünfzig Jahren war Mathieu immer noch ein verwöhntes Kind. Seine Eltern, die einen luxuriösen Lebensabend unter der Sonne Floridas genossen, hatten ihm stets alles durchgehen lassen. Für sie hatte er recht, egal was er tat, und mit dieser wunderbaren Gewißheit war er groß geworden. Als sie Frankreich verlassen hatten, hatte Mathieu ihnen nicht eine einzige Träne nachgeweint, da er es ohnehin von jeher gewohnt war, nur sich selbst zu lieben. Suzanne war ihnen ein einziges Mal begegnet, am Hochzeitstag. Sie waren vornehme, kühle Leute, die ihre Schwiegertochter kaum eines Blickes gewürdigt hatten, da sie völlig damit beschäftigt gewesen waren, ihren Sohn anzuhimmeln. Auf jeden Fall hatten sich Suzanne und Augustin während der Trauung und des anschließenden Empfangs völlig fehl am Platz gefühlt in einer Welt, die nicht die ihre war. Valérie war in eine andere Schicht aufgestiegen, um so besser für sie, doch das hatte sie nicht ihrem Mann zu verdanken, sondern ihrer Ausbildung. Kurz bevor sie die Frau von Professor Keller wurde, war sie Frau Doktor Prieur geworden, Assistenzärztin am Krankenhaus.

Während sie so die Säume der Vorhänge steppte, hatte

Suzanne sich geschworen, ein Auge auf Valérie und ihre Enkel zu haben. Ihre Tochter probte gerade ihre wiedergewonnene Freiheit, man sollte sie nicht zwingen, sich erneut irgendeiner Autorität zu beugen. Suzanne hatte sich jeden Kommentar zu den Möbeln, die Valérie gekauft hatte, verkniffen. Warum hatte sie nicht welche aus Mont-Saint-Aignan mitgebracht? Vielleicht war ihr der Anblick eines Umzugswagens zuwider, vielleicht war es aus Rücksicht auf Mathieu, oder sie wollte vorerst nichts Endgültiges in die Wege leiten? Oder vielleicht wollte sie sich sogar im Gegenteil nicht mit Gegenständen umgeben, die der Vergangenheit angehörten? Wie dem auch sei, man mußte ihre Entscheidung respektieren. Sie schien nicht wirklich unglücklich zu sein, und das war die Hauptsache. Dennoch dachte sie sicherlich an die Geliebte ihres Mannes. Mehr zornig als bekümmert, das war offensichtlich.

»Eine dreiundzwanzigjährige Göre! Er wird alt, das ist doch wirklich nicht zu fassen ...«, dachte Suzanne angeekelt.

»Es hat geklappt!« rief Valérie fröhlich.

Ihre Mutter war jäh hochgefahren, und der Unterfaden war mit einem Ruck abgerissen.

»Du hast mich vielleicht erschreckt«, beschwerte sie sich, eine Hand auf dem Herzen.

Mit einem strahlenden Lächeln ging Valérie um die Nähmaschine herum zum Fenster.

»Ich habe die Stelle, Maman! Es ist nur eine Vertretung für einen Monat und nur halbtags! Aber du kannst dir gar nicht vorstellen, wie ich mich freue ...«

Mit vor Stolz leuchtenden Augen betrachtete Suzanne ihre Tochter einen Moment lang.

»Dein Vater wird so froh sein ... Wo ist es denn?«

»In der Bleuets-Klinik. Eine mittelmäßige Einrichtung, meiner Meinung nach, aber es ist ein guter Einstieg für mich ... Am Dienstag fange ich an.«

»Ich freue mich riesig, mein Liebling.«

»Was ist das denn?« fragte Valérie, als sie den zugeschnittenen Stoff erblickte, der bis auf den Boden herabfiel.

»Deine Vorhänge. Die Gasse ist eng, du hast Leute gegenüber wohnen, es ist nicht wie in deinem Haus.«

Ihre Tochter setzte plötzlich eine ernste Miene auf und schien verstimmt.

»Ich hätte ihn nicht ohne dich aussuchen sollen, aber ich wollte dich überraschen«, entschuldigte sich Suzanne. »Weiß paßt doch zu allem ...«

»Sie werden wunderbar aussehen, Maman. Das ist sehr lieb von dir. Aber weißt du ... Dort, das ist nicht mehr *mein* Haus.«

»Bist du sicher, Liebling?«

Valérie nickte. Ihr Blick war hell und klar. Sie setzte sich direkt auf den Boden, ihrer Mutter zu Füßen.

»Er glaubt, daß ich mich räche, daß das alles nur vorübergehend ist, aber da täuscht er sich. Ich will nicht mehr mit ihm zusammenleben, ich möchte nicht mehr, daß er mich anrührt. Nicht wegen dieses Mädchens, nicht allein deswegen jedenfalls ... Es ist nur – ich habe einfach keine Lust mehr darauf. Ich war mir dessen nicht einmal bewußt, und doch muß wohl schon seit einer ganzen Weile ... nun, so manches zerbrochen, gestorben gewesen sein. Bei dieser Geschichte mit dem Kind hat es mir im wahrsten Sinne des Wortes den Magen umgedreht. All diese Lügen, die Vorstellung, daß er fähig war, eine nach der anderen zu vernaschen, und mich noch als Dreingabe! Und auch seine Hochnäsigkeit, sein Größenwahn, sein Egoismus! Es brauchte noch einen Auslöser, der die Bombe zum Platzen brachte, aber das Maß war bereits mehr als voll ...«

Wie versteinert lauschte Suzanne dem unerwarteten Geständnis.

»Warst du nicht glücklich, mein Liebling?«

»Die Frage habe ich mir gar nicht gestellt. Ich kam immer an letzter Stelle, Maman. Du kennst das ja, du hast das vor mir erlebt! Man denkt immer zuerst an die Kinder. An die anderen. Daran, daß jeder glücklich ist, an die tausend alltäglichen Kleinigkeiten, daran, sich schönzumachen. Man ist wie ... wie ein artiger kleiner Soldat.«

»Und nun desertierst du?«

»Ich habe mein eigenes Bataillon zusammengestellt, Maman. Von nun an bin ich der Chef.«

Obwohl ihr eigentlich nicht danach zumute war, lachte Suzanne schallend los. Sie beugte sich zu ihrer Tochter hinunter und strich ihr über das lockige Haar.

»Ich hab' dich schrecklich lieb«, sagte sie, wieder ganz ernst.

Und plötzlich brach Valérie aus heiterem Himmel in Tränen aus. Suzanne ließ einfach ihre Hand auf dem seidig schimmernden Haar liegen und machte keine Anstalten, sie in den Arm zu nehmen oder ähnliches. In das Schluchzen, das ihre Tochter schüttelte, mischte sich die ganze Müdigkeit, die Anspannung der letzten Tage und vielleicht sogar eine Spur Erleichterung.

Am anderen Ende der Stadt weinte, in ihre Sofakissen vergraben, eine weitere Frau. Obwohl er nun Valérie loshatte, war Mathieu nicht zu haben. Er war mehrmals aufgetaucht, hatte sich aber nie lange aufgehalten. Natürlich hatte er ihren Avancen nicht widerstanden und sie geliebt, allerdings hastig, auf eine gewaltsame Art, als ob er ihr grollte. Und jedesmal hatte er wieder von einer Abtreibung angefangen. Aber Laurence war entschlossen, standhaft zu bleiben und ihr Kind auszutragen. Denn das war das einzige Mittel, auch Mathieu an sich zu binden, ob er wollte oder nicht. Sie hatte das Ganze zu gut geplant, um nun zu verzichten, hatte zu viele Hoffnungen daran geknüpft, um einen Rückzieher zu machen. Vor allem jetzt.

Sie streckte die Hand nach einer Packung Kekse aus und riß die Schachtel auf. Sie aß zuviel, sie nahm stetig zu, aber sie brauchte das, um sich zu trösten. Mathieu schien niedergeschmettert, daß Valérie gegangen war, und nicht etwa erleichtert. Er hatte Laurence gegenüber nie groß über sie gesprochen. Diese mußte sich nun wohl oder übel eingestehen, daß sie sich reinen Spekulationen hingegeben, dem Schicksal gewaltsam nachgeholfen hatte. Auf welche Weise Valérie von ihrer Existenz und der des Kindes, das sie im Bauch trug, erfahren hatte, war ihr schleierhaft. Mathieu wich dieser Frage aus und schien es im übrigen selbst nicht zu wissen. Jedenfalls war sowieso alles umsonst.

Sie stand auf und holte sich Sprudel, den sie in großen Schlucken direkt aus der Flasche trank. Sie durfte ihr Ziel nicht aus den Augen verlieren. Sie liebte Mathieu abgöttisch. Er war für sie der Vater, den sie nicht gekannt hatte, Geliebter und Traummann in einem. Sobald er den Mund auftat, schmolz sie vor Bewunderung. Er verfügte über alles, was ihr selbst fehlte: Selbstsicherheit, Wohlstand und eine angesehene gesellschaftliche Stellung, einen beißenden Humor, die Fähigkeit, die Welt von oben herab zu beurteilen. An seiner Seite fühlte sie sich ganz klein und auf eine köstliche Weise geborgen. Vom ersten Tag ihrer Affäre an hatte sie den Entschluß gefaßt, daß er ihr irgendwann einmal ganz gehören sollte.

Mit einem Seufzer ließ sie sich aufs Sofa fallen und fing wieder an, Kekse zu knabbern. Er gab vor, das Kind nicht zu wollen, schön und gut, aber wenn es erst einmal auf der Welt wäre, würde er vielleicht seine Meinung ändern. Sich Mathieu vor der Wiege auszumalen gefiel ihr und rührte sie wider Willen.

Sie betrachtete das Stück Keks, das sie gerade in den Mund stecken wollte, und legte es zurück in die Packung. Mathieu begehrte sie so, wie sie war, ein bißchen mollig, aber nicht fett. Denn sein Verlangen nach ihr vermochte er nicht zu verhehlen, letztendlich wurde er jedesmal schwach. Was zwischen ihnen fehlte, war ein wenig Intimität. Sie mußte ihn unbedingt überzeugen, was diese Reise nach Tunis betraf. Er wollte kein Wort davon hören, aber egal, sie würde trotz allem mitkommen. Ein paar gemeinsame Tage, weit weg von Rouen, konnten sie einander nur näherbringen. Sie würde ihm zeigen, bis zu welchem Grad sie sich diskret zu verhalten verstand.

Eine plötzliche Lust, ihn anzurufen, begann sie zu quälen. Sie kam um vor Verlangen, seine Stimme zu hören, zu erfahren, ob er vorhatte, am Abend zu kommen. Bis zum nächsten Tag zu warten erschien ihr als reinste Folter. Sie versicherte sich mit einem kurzen Blick, daß ihr Koffer gut verstaut im Schrank stand. Sie durfte ihn weder vor den Kopf stoßen noch ihn vor vollendete Tatsachen stellen. Dennoch hatte sie ihre Sachen fertig gepackt, und sie hatte erst an diesem Morgen in der Klinik ihren Urlaub eingereicht. Fehlte nur noch das Flugticket. Als das erste Mal von dieser Reise die Rede gewesen war, hatte Mathieu gesagt, daß er sich darum kümmern würde. Doch was würde er nun tun? Warum weigerte er sich, sie mitzunehmen? Um sie zu bestrafen, wegen des Babys?

Mit einem Lächeln auf den Lippen legte Laurence sich bequem zurecht. Sie würde um nichts auf der Welt auf dieses Kind verzichten. Sie war gerade daran einzuschlafen, als das Telefon klingelte und sie hochfahren ließ. Sie stürzte hin, um abzunehmen, aber es war nur ihre Schwester, die sie zum Abendessen einladen wollte. Sie lehnte ab, schützte eine Verabredung vor. Falls Mathieu käme, wollte sie ihn nicht verpassen. Ihre Schwester, die sich nicht hinters Licht führen ließ, sagte ihr unumwunden die Meinung, bevor sie, ohne die Antwort abzuwarten, den Hörer aufknallte.

An jenem Tag aß Mathieu gemeinsam mit einem Kollegen zu Abend, einem Herzspezialisten, den er seit dreißig Jahren kannte und der sich soeben hatte scheiden lassen. Sie tauschten ihre Eindrücke bezüglich des Junggesellendaseins aus, wobei sie reichlich lachten und entschieden zuviel tranken. Danach fuhr er nach Hause zurück und schlief sofort ein. Am nächsten Morgen wartete er, bis die Putzfrau kam, und bat sie, seinen Koffer zu packen, da er noch am selben Abend nach Tunis reisen würde. Dann fuhr er ins Charles-Nicolle, wo er den ganzen Vormittag lustlos seiner Arbeit nachging. Er stellte einen Artikel über eines seiner Lieblingsthemen fertig, nämlich über die Verabreichung von Digitalispräparaten bei Herzinsuffizienz mit niedriger Pumpleistung. Er schrieb viel und veröffentlichte seine Beiträge in verschiedenen internationalen Zeitschriften.

Laurence rief zweimal an, aber er bedeutete Sylvie, ihr zu sagen, daß er nicht da sei. Er hatte weder Lust, mit ihr zu reden noch sich ihr Gejammer anzuhören. Er beabsichtigte, durch seinen Tunis-Aufenthalt auf andere Gedanken zu kommen, sich nach Möglichkeit ein wenig abzulenken und – warum auch nicht? – neue Bekanntschaften zu schließen. Von dort würde er der armen Laurence einen Brief schicken und sich ihrer auf elegante Weise entledigen. Er könnte sie natürlich auch anrufen. Aus der sicheren Distanz liefe er nicht Gefahr, schwach zu werden. Die ganze letzte Zeit über hatten sie sich nur in den Armen gelegen, anstatt einmal wirklich miteinander zu reden, es war furchtbar. Jawohl, ein Anruf, und die Sache wäre erledigt. Das war nicht so dramatisch – und auch nicht so verfänglich – wie ein Brief. Indem sie nichts davon hören wollte, den Kopf in den Sand steckte, hatte Laurence eine unüberwindbare Mauer zwischen ihnen errichtet. Weil sie ihn anzog wie der Honigtopf den Bären, steckte er nun bis über beide Ohren in Schwierigkeiten. Er mußte sich wie ein Erwachsener verhalten und mit ihr brechen. Um so mehr, als sie sich – das schwante ihm mittlerweile – in den Kopf gesetzt hatte, die zweite Madame Keller zu werden. Wirklich eine vermessene Idee. Mein Gott, sie hatte ja keine Ahnung!

Um fünf Uhr nachmittags machte Mathieu es sich mit zehn Kollegen im Zug nach Paris bequem. Zwei Erste-Klasse-Abteile waren für sie reserviert worden. Gleich am nächsten Tag würden sie zu Vorträgen und verschiedenen Veranstaltungen am Charles-Nicolle-Krankenhaus von Tunis erscheinen müssen. Der Mann, nach dem die Einrichtung benannt war, stammte aus Rouen (auch dort trug ja ein Teil des Uniklinikums seinen Namen) und hatte zu Beginn des Jahrhunderts dreißig Jahre lang das Institut Pasteur in Tunis geleitet. Er hatte den Nobelpreis für seine Arbeiten zur Bakteriologie erhalten, und seit einiger Zeit machte man ihm zum Gedächtnis in beiden Ländern einen großen Wirbel, das eine Jahr in Frankreich, das andere in Tunesien. Das bot fünf Tage lang die Gelegenheit zu einem interessanten Austausch auf beruflicher Ebene, war aber auch ein Vorwand zum Feiern. Für Mathieu war es vor allem eine Fluchtmöglichkeit. Er beschloß, Laurence zu vergessen und Valérie Geschenke für die Kinder zu schicken. Er hatte keine

Zeit mehr gefunden, sie vor seiner Abreise zu sehen, würde das aber nach seiner Rückkehr nachholen. Mit ein bißchen Glück fände er etwas Außergewöhnliches oder Originelles zu kaufen. Und wenn seine Frau beim Öffnen der Päckchen nur lächeln oder sich anrühren lassen würde, so wäre schon viel gewonnen. Die Entfernung und die Zeit würden für ihn arbeiten, dessen war er sich sicher.

»Ich bin als erster dran, das haben wir doch so ausgemacht!« brüllte Jérémie.

Er klammerte sich an den Sprossen der kleinen Leiter fest, die zum oberen Bett hinaufführte. In den Schlafanzug ihres Bruders verkrallt, zog Camille nach Leibeskräften.

»Ihr werdet euch weh tun«, schimpfte Valérie, die gerade die Installation einer Steckdose für die Nachttischlampe beendete.

Nach der letzten Umdrehung des Schraubenziehers richtete sie sich schweißgebadet auf. Sie war es gewohnt, Handwerksarbeiten auszuführen, und war nicht ungeschickt.

»Der Besitzer hat alles frisch streichen lassen, okay, aber die elektrischen Anschlüsse sind wahrlich vorsintflutlich«, sagte sie zu ihrem Vater. »Ganz zu schweigen von den Sicherungen … Ich weiß gar nicht, ob das überhaupt noch gesetzlich zulässig ist. Es gibt zweifelsohne Sicherheitsbestimmungen …«

Er war gerade damit fertig, Schulbücher in ein Regal zu räumen. Das Zimmer der Kinder war wirklich freundlich und geräumig.

»Maman«, kreischte Camille, die soeben einen Fußtritt mitten ins Gesicht erhalten hatte.

»Jérémie! Komm sofort da herunter! Ihr seid einer so unmöglich wie der andere! Ihr werdet euch doch wegen dieser Betten nicht in die Wolle kriegen.«

Sie fingen beide an zu schreien, und Valérie versuchte sie zu beruhigen.

»Wir werden Hälmchen ziehen, okay? Und jeden Montag wird gewechselt.«

Jérémie wollte hinunterspringen und landete unsanft auf dem Boden.

»Und wer die Leiter nicht benutzt, setzt eine Runde aus«, fügte Valérie hinzu und sah ihren Sohn an. »Kommt mit, in der Küche sind Strohhalme.«

Suzanne hatte den Tisch gedeckt und Sandwiches für ihren improvisierten Imbiß zubereitet. Augustin hatte zwei Flaschen trockenen Pouilly mitgebracht, um den Einzug zu feiern.

»Du hast gesagt, du würdest den Kamin anzünden, Großvater!« erinnerte Camille ihn streng.

Er hatte bereits den Abzug überprüft und versprochen, nach dem Essen ein schönes Feuerchen zu machen. Die letzten Septembertage waren trüb und verregnet.

»Versprochen …«, antwortete er lächelnd.

Valérie warf ihm einen dankbaren Blick zu. Sie war sich all der Mühe bewußt, die ihre Eltern sich gaben, ihrer unerschütterlich guten Laune, ihrer Selbstlosigkeit und liebevollen Zuwendung. Natürlich würde sie lernen müssen, allein zu leben, aber augenblicklich war sie glücklich, daß sie da waren.

»Und, morgen ist der große Tag?« fragte Augustin.

Er konnte seinen Stolz nicht verbergen. Seine Tochter würde sich endlich den weißen Kittel überziehen, ein Stethoskop um den Hals hängen und ihren Beruf als Kardiologin ausüben.

»Auf dein Wohl, mein Mäuschen …«

Um ihm eine Freude zu machen, leerte sie gleichzeitig mit ihm das Glas in einem einzigen Zug.

»Wann sehen wir Papa wieder?« fragte Camille mit vollem Mund.

»Er ist verreist, Liebling. Gleich nach seiner Rückkehr, das verspreche ich euch. Er hatte die letzten Tage viel um die Ohren …«

»Und du, wirst du jetzt auch arbeiten?«

Eine gewisse Besorgtheit schwang in Jérémies Worten mit. Valérie setzte sich, nahm ihren Sohn auf den Schoß und küßte ihn in den Nacken.

»Bist du wirklich Ärztin?« fragte er.

»Ja, mein Liebling.«

Sie tauschte einen kurzen Blick mit ihrer Mutter, lächelte flüchtig und gab ihrem Sohn noch einen Kuß. Ein Windstoß ließ eine der Scheiben erzittern, und sie wandten alle den Kopf zum Fenster. Es war schon fast finster.

»Wie die Zeit verfliegt«, sagte Suzanne.

Wieder überkam Valérie das seltsame Gefühl, als sei alles nur ein Traum. Sie fragte sich flüchtig, was sie hier tat. Dann faßte sie sich ebenso schnell wieder, nahm sich ein Sandwich und schlang es hinunter. Den ganzen Tag über war sie ohne Unterlaß Treppen gestiegen, und sie kam um vor Hunger.

»Kommt nicht in Frage, sich gehen zu lassen, meine Gute!« sagte sie zu sich selber, während sie kräftig kaute.

Ihre Eltern und ihre Kinder sahen sie an, und sie schluckte hinunter, bevor sie mit kampflustiger Miene noch ein Glas Weißwein verlangte.

Nach einer grauenvollen Nacht, in der sie nur geschluchzt und vergeblich versucht hatte, Mathieu telefonisch zu erreichen, hatte Laurence ihren Entschluß gefaßt. Sie hatte ihren Koffer zugeklappt und war zum Bahnhof gerast. Sie mußte Mathieu nachreisen, auf Teufel komm raus. Sie konnte unmöglich in ihrem Apartment bleiben und Trübsal blasen, das hielt sie nicht aus. Sie hatte seit einem Monat von dieser Reise geträumt, und sie würde nicht darauf verzichten, komme, was wolle. Sie kannte den Namen des Hotels, in dem die französische Delegation untergebracht war. Und sie hatte genug Geld auf dem Konto, um sich das Flugticket zu kaufen. Er könnte sie nicht nach Paris zurückschicken. Wäre sie erst einmal vor Ort, traute sie sich ohne weiteres zu, ihn zu verführen und umzustimmen.

Während der ganzen Zugfahrt entwarf sie die unterschiedlichsten Pläne, bereitete sich in Gedanken darauf vor, was sie sagen und wie sie sich verhalten würde. Erst als sie im Flugzeug nach Tunis saß, bekam sie es allmählich mit der Angst zu tun.

»Du? Aber was machst du denn hier?«

Überrascht sah Valérie ihren Freund Carlier an. Er fing schallend an zu lachen und nahm auf der anderen Seite des kleinen Schreibtisches Platz.

»Du hättest mich wohl nicht als Patient erwartet, was? Nun, ich wollte eben der erste sein, meine Liebe! Seit einer Stunde stehe ich mir im Wartezimmer die Beine in den Bauch, aber ich wollte dich auf keinen Fall verfehlen. Es ist zu schön, dich endlich wieder in unseren Reihen zu wissen.«

»Oh«, sagte sie gerührt, »du bist so ...«

»Nett?«

Er fing wieder zu lachen an, dann blickte er sich kurz um.

»Nicht gerade umwerfend hier. Aber ein Anfang! Du wirst sehen, hier arbeiten die letzten Pfeifen. Ich hatte etwas Besseres für dich ausfindig gemacht, aber daraus wurde dann doch nichts ...«

»Warum?«

Ein wenig verlegen wand er sich auf seinem Stuhl.

»Nun, das war in der Klinik, in der meine Freundin arbeitet ... Sie ist Abteilungsleiterin der Gynäkologie ... Es ist nur so, daß dieses Mädchen dort arbeitet, weißt du, die, von der wir neulich gesprochen haben ...«

Sie senkte den Blick, wartete jedoch auf eine Reaktion. Da sie nichts sagte, fragte er:

»Ist alles in Ordnung, Valérie? Alle Welt weiß, daß du Mathieu verlassen hast. Ich habe ein wenig den Eindruck, die Sache forciert zu haben.«

»Da mach dir mal keine Sorgen«, gab Valérie gleichgültig zurück. »Die Tatsache, daß ich sie getroffen habe, hat mir nichts gebracht und auch nichts genommen. Mein Entschluß stand bereits vorher fest. Ich hatte es satt, das Gespött aller Leute zu sein, verstehst du?«

Sie hatte dies einfach auf gut Glück so in den Raum gestellt, um die Wahrheit zu erfahren, und Carlier tappte blindlings in die Falle.

»Ja, natürlich! Das habe ich mir auch gesagt, ich kenne dich doch. Früher oder später würdest du es nicht mehr aushalten, das stand fest.«

»Da haben wir's, jetzt weiß ich Bescheid ... Alle Welt hat über mich gelacht, nur ich hatte keine Ahnung, so ist es ja immer ... Dieser Mistkerl!« dachte sie, bevor sie laut fortfuhr:

»Mathieu behauptet, zwischen ihnen sei es vorbei, aber das ist mir völlig egal. Nach dieser wird es eine andere geben und wieder eine ...«

Carlier runzelte besorgt die Stirn.

»Er hat mit ihr Schluß gemacht? Das mag sein, aber zwei Dinge weiß ich von meiner Freundin. Das erste ist, daß dieses Mädchen ständig am Telefon hängt, um im Charles-Nicolle anzurufen, und das zweite ist, daß sie für diese Woche Urlaub eingereicht hat. Genau für die Zeit, in der der Kongreß in Tunis stattfindet!«

Er hielt ihrem Blick stand. Er wollte ihr nicht weh tun, im Gegenteil. Sie hatte sich von Mathieu gelöst, was sicher kein Zuckerschlecken gewesen war, und sie durfte nicht wieder rückfällig werden. Seit zehn Jahren schon bedauerte Carlier sie aus der Ferne. Keller hatte eine Frau wie sie nicht verdient, das war Perlen vor die Säue werfen.

»Und, meinst du, sie sind zusammen gefahren?«

Valéries Miene war jetzt verschlossen. Mathieu hatte bis zuletzt gelogen, bis hin zu seinen leidenschaftlichen Liebesbeteuerungen, seiner angeblichen Trennung von Laurence, seiner Einsamkeit eines verlassenen Mannes. Er war wirklich ein Ausbund an Schamlosigkeit und Leichtfertigkeit.

»Deine Entscheidung war richtig, meine Liebe«, sagte Carlier und beugte sich über den Schreibtisch. »Was ich dir jetzt sage, ist grausam, aber es gibt mindestens zwölf Frauen im Krankenhaus, die sich freuen, weil du sie gerächt hast. Kennst du den Spitznamen deines Mannes? Herzspezialist ... für gebrochene Herzen!«

Valérie sah Carlier aus ihren grünen Augen durchdringend an und fragte:

»Haßt du ihn?«

»Alle Welt haßt ihn! Nun erzähl mir nicht, daß dich das überrascht. Er hat sich nur Feinde gemacht. Sein wertvollster Triumph im Leben, das warst du. Selbstverständlich ist ihm das nicht im geringsten bewußt. Ich hoffe, du hast Erfolg, Valérie. Beruflich, meine ich. Wenn man bedenkt, wie gut du warst während unserer Assistenzarztzeit und daß er dich bewußt daran gehindert hat, deinen Beruf auszuüben ...«

Er war aufrichtig froh, all das ausgesprochen zu haben, was er schon lange auf dem Herzen gehabt hatte. Widerstrebend erhob er sich.

»Eine Sache noch, meine Liebe ... Ich bin nicht hierher gekommen heute morgen, um dich zu becircen oder irgendwas in der Richtung. Ich hatte nie eine Chance bei dir, und ich bin nicht so dämlich, das Gegenteil anzunehmen. Ich spiele ein ehrliches Spiel, bin dir ein guter Freund. Und davon hast du, glaube ich, nicht mehr allzu viele. Wenn's dir schlecht geht, ruf mich an, dann führen wir dich zum Essen aus; ich werde dir meine Freundin vorstellen.«

Valérie war ein oder zwei Sekunden sprachlos, dann kam sie hinter ihrem Schreibtisch hervor und ging auf ihn zu. Sie legte ihm die Hände auf die Schultern und schüttelte ihn freundschaftlich.

»Du bist wirklich eine treue Seele«, sagte sie mit belegter Stimme.

In einer spontanen Anwandlung küßte sie ihn auf beide Wangen. Er zwinkerte ihr zu, bevor er zur Tür hinausging. Sie wartete ein paar Minuten, dann begab sie sich auf den Flur, um ihren ersten Patienten hereinzurufen. Drei Stunden lang konzentrierte sie sich ganz auf ihre Arbeit. Sie war angespannt, hatte Angst, alles vergessen zu haben. Sie suchte nach Worten, zögerte beim Ausfüllen der Rezepte und sah unablässig in der Roten Liste nach. Die Anspannung wich erst von ihr, als das Wartezimmer endlich leer war. Sie nahm sich die Zeit, die Patientenkarten noch einmal durchzulesen und hier und dort noch einen Kommentar in ihrer krakeligen Schrift anzufügen. Gegen Mittag kam eine Schwester herein, um ihr einen Kaffee anzubieten.

In der Klinik ging es ziemlich ruhig zu, und die Atmosphäre war nicht zu vergleichen mit der eines großen Krankenhauses, aber es war immerhin ein Anfang. Die Schwester hieß Caroline, war nicht wirklich hübsch und mußte so um die dreißig sein. Da sie sehr warmherzig war, hatte Valérie den Eindruck, daß sie sich gut verstehen könnten.

Als sie in der Wohnung ankam, war es fast vierzehn Uhr. Sie hatte keinen Hunger, zwang sich aber, eine Dose Sardinen zu öffnen. Danach ging sie durch ihr neues Reich und inspizierte es bei Tageslicht. Es wirkte im großen und ganzen ziemlich freundlich, aber noch ein bißchen steril, doch die Kinder würden schon dafür sorgen, daß etwas Unordnung entstand. Diese Umgebung hier konnte nur ein Provisorium sein, gleichwohl war sie soweit in Ordnung. Über geschmackliche Fragen würde sie sich später den Kopf zerbrechen – eine Sache, um die sie sich seit zehn Jahren keine Gedanken mehr gemacht hatte.

Später … Es war ein seltsames Gefühl, sich eine völlig neue Zukunft zu entwerfen. Merkwürdig, ja, aber spannend. Es war so lange her, daß sie wirklich etwas entschieden hatte!

In ihrem Zimmer entdeckte sie einen Strauß Tulpen, in eine Karaffe hineingequetscht. Suzanne hatte wohl keine Vase gefunden. Valérie betrachtete das Telefon, das direkt auf dem Boden stand, daneben ein brandneues Telefonbuch. Sie setzte sich neben dem Apparat auf die Erde und sah ihn eine ganze Weile nachdenklich an. Dann wählte sie die Nummer von Mont-Saint-Aignan, hörte die Ansage auf dem Anrufbeantworter, daß Professor Keller am 2. Oktober zurück sei. Sie legte auf, nahm das Telefonbuch zur Hand und suchte die Nummer von Laurence heraus. Dort lief ebenfalls ein Band und setzte den Anrufer davon in Kenntnis, daß die Teilnehmerin bis zum Zweiten verreist sei.

Valérie legte vorsichtig auf. Sehr gut. Carlier war nicht gemein, er war im Gegenteil einer der famosesten Typen, die sie kannte. Und er hatte recht, sie mußte aufhören, sich der Lächerlichkeit preiszugeben, auf ewig die Dumme bei diesem Spiel zu sein. Sie legte das Telefonbuch zur Seite und blätterte die Gelben Seiten durch. Es gab eine beeindruckende Liste von Kanzleien in Rouen. Einige Namen waren ihr vertraut, und sie überging sie daher. Sie wollte die Wahl ihres Anwalts ganz dem Schicksal überlassen. Sie entschied sich für eine Sozietät, deren Anzeige sich durch ein witziges Logo auszeichnete. Sie bat um einen Termin beim ersten der drei Partner, doch der war für zwei Wochen in Ferien. Man machte ihr den Vorschlag, mit dem zweiten vorliebzunehmen, der einen bretonischen Namen trug und am übernächsten Tag Zeit für sie hatte.

5

Es war viel schlimmer, als Laurence es in ihren ärgsten Träumen befürchtet hatte. In Tunis herrschte eine sengende Hitze, und ihr war der Flug nicht besonders gut bekommen. Zum ersten Mal, seit sie schwanger war, war ihr übel geworden. Anschließend hatte sie eine Ewigkeit auf ihr Gepäck warten müssen. Als sie endlich in ein Taxi gestiegen war, hatte sie sich im Spiegel ihres Puderdöschens betrachtet und bemerkt, wie schrecklich sie aussah. In dem Hotel, in dem die französischen Mediziner abgestiegen waren, angelangt, hatte sie gehofft, in Mathieus Zimmer warten zu können, um ihn zu überraschen. Aber davon hatte die Dame an der Rezeption nichts wissen wollen, und sie hatte sich schließlich ins Foyer gesetzt, krank vor Ungeduld. Sie war sich nicht mehr so sicher, ob es eine gute Idee gewesen war, herzukommen.

Nachdem sie eine gute Stunde unschlüssig herumgesessen hatte, ließ sie nolens volens ihren Koffer alleine und ging auf die Toilette, um sich zu frisieren und ihr Make-up aufzufrischen. Sie schwitzte trotz der Klimaanlage, hatte Ringe unter den Augen, und ihre Kleider waren zerknittert. Nach einer Viertelstunde setzte sie sich wieder hin, bestellte einen Kaffee und erkundigte sich, ob es französische Zeitungen gäbe. Sie hätte es riskieren sollen, sich als Madame Keller vorzustellen. Dann hätte man sie aufs Zimmer gelassen, und sie hätte ein Bad nehmen und sich umziehen können. Sie war über das Programm des Kongresses nicht im Bilde und hatte keine Ahnung, um wieviel Uhr Mathieu ins Hotel zurückkommen würde. Die Vorstellung, den ganzen

Tag hier im Foyer zu verbringen, war deprimierend. Sie begann sich allmählich zu fragen, ob es nicht eine Riesendummheit war, ihn hier zu belästigen. Vielleicht war es das klügste, sich ein Zimmer zu nehmen und sich dort ein wenig auszuruhen. Sie war gerade an diesem Punkt ihrer Überlegungen angelangt, als sie einen von Mathieus Kollegen erkannte, der durch die Drehtür hereinkam. Sie vertiefte sich in die Lektüre ihrer Zeitung, das Herz schlug ihr bis zum Hals. Nicht wissend, wie sie sich am besten verhalten sollte, ging sie dazu über, die Hereinkommenden aus dem Augenwinkel zu beobachten. Mathieu kam als einer der letzten, in ein angeregtes Gespräch verwickelt, wobei er seinen Worten noch mit ausladenden Gesten Nachdruck verlieh. Laurence wünschte, sie könnte sich verstecken, aber es war zu spät, er hatte sie schon erspäht. Sein erstaunter Gesichtsausdruck, der ziemlich rasch sichtlichem Zorn wich, raubte der jungen Frau ihre letzten Illusionen. Er wandte sich seinem Gesprächspartner zu, sagte noch ein paar Sätze, dann löste er sich von den anderen und durchquerte die Halle.

»Soll das ein schlechter Witz sein?« zischte er statt einer Begrüßung.

Mit einem Blick registrierte er das zerknautschte Kleid, die matten Züge, das erbärmliche Aussehen. Laurence' Erscheinen kam ihm derart ungelegen, und sie wirkte in seinen Augen dermaßen fehl am Platz, daß er nicht einmal den Versuch machte zu lügen.

»Mit welcher Absicht hast du mich bis hierher verfolgt? Was muß ich noch anstellen, daß du es endlich begreifst? Du gibst mich der Lächerlichkeit preis.«

Er wollte sichergehen, daß niemand sie beobachtete, aber als er sich umdrehte, stellte er bestürzt fest, daß sämtliche Blicke auf sie gerichtet waren. Er nahm im nächstbesten Sessel Platz, schlug die Beine übereinander, steckte sich eine Zigarette an und wartete, bis alle Leute, die er kannte, in den Aufzügen verschwunden waren.

»Du hast mir diese vier Tage versprochen«, erinnerte sie ihn mit unsicherer Stimme. »Bei dir weiß ich nie, woran ich bin. Du durchläufst eine schwierige Phase, und ich möchte dir helfen, sie zu überwinden.«

Er beugte sich drohend zu ihr hinüber.

»Fertig mit den Moralpredigten? Ich brauche dich nicht. Laß mich in Frieden, und geh zurück, wo du hergekommen bist.«

Sie fing lautlos an zu weinen, und dicke Tränen rollten ihr über die Wangen, so daß ihre Schminke verlief. Entnervt schloß er für einen Moment die Augen und versuchte, seine Beherrschung wiederzugewinnen.

»Ich komme gleich wieder«, erklärte er, während er sich erhob.

An der Rezeption erkundigte er sich nach Flügen Richtung Paris. Für den Tag selbst war alles ausgebucht, und er reservierte einen Platz für den nächsten Morgen. Auch ein freies Zimmer war nicht mehr zu haben. Er verlangte seinen Schlüssel und kam wieder auf Laurence zu, die sich nicht vom Fleck gerührt hatte.

»Komm mit«, sagte er mürrisch.

Da er gut erzogen war, ergriff er automatisch den Koffer und ging ohne ein Wort bis zu seinem Zimmer voraus. Sie fragte umgehend nach dem Bad, und er wies mit der Hand darauf. Sie schloß sich ein, während er wütend hin- und herrannte. Das Zimmer war geräumig und hell, mit großen Fenstern, die auf die Grünanlagen hinausgingen. Die Klimaanlage surrte leise. Er öffnete die Minibar und schenkte sich einen Wodka ein. Er konnte ihn in aller Ruhe schlürfen, bis sich Laurence endlich wieder zu ihm gesellte. Sie hatte geduscht, ihr langes Haar war naß, und sie war in ein Badetuch gewickelt. Sie setzte sich ans Fußende des Bettes und zog eine schuldbewußte Miene, wie ein kleines Mädchen.

»Es tut mir leid, Liebling …«

»Nicht so leid wie mir! Dein Flugzeug geht morgen früh um zehn.«

Das war immerhin eine Gnadenfrist, und ihr war nicht mehr ganz so elend zumute. Erbarmungslos fuhr er fort:

»Für heute war alles ausgebucht, und das bedaure ich aufrichtig, glaub mir!«

Er goß sich noch einen Wodka ein, bot ihr aber nichts an. Schweigend trank er ein paar Schlucke. Erst am Morgen hatte er eine hübsche kleine Dolmetscherin entdeckt, die er am Abend zu einem Spaziergang hatte einladen wollen. So wie es aussah, fiel dieses Vorhaben ins Wasser; er müßte es auf später verschieben. Und womöglich hatte ein anderer Mann dieselbe Idee wie er. Er warf einen unnachsichtigen Blick auf Laurence. Dieses gutmütige Schaf hatte keine Ahnung von der Freude am Erobern.

»Ich ziehe es vor, das Ganze für ein Mißverständnis zu halten«, erklärte er schließlich. »Du hast es nicht absichtlich getan.«

Aber er wußte sehr gut, daß sie in voller Kenntnis der Sachlage gehandelt hatte. Genau wie mit dem Baby.

»Ich habe keine Zeit heute abend, wir sind bei einem Galadiner, zu dem ich dich unter keinen Umständen mitnehmen werde. Du kannst dir ja ein Essen aufs Zimmer bestellen oder in der Stadt spazierengehen, ganz wie du möchtest.«

»Natürlich!« willigte sie hastig ein. »Ich werde ganz ruhig auf dich warten, mach dir keine Sorgen.«

»Meine einzige Sorge ist, daß du aufhörst, mich zu verfolgen«, schrie er.

Um sie nicht mehr sehen zu müssen, trat er ans Fenster.

»Meine gute Laurence, ich will nicht gemein sein, aber nun streng dich doch auch mal ein bißchen an … Ich schaffe es nicht, mit dir zu reden, ich habe den Eindruck, meine Worte stoßen auf taube Ohren.«

»Mathieu, ich bitte dich …«

Er fuhr herum, zornentbrannt.

»Unterbrich mich nicht!«

Mit einer ängstlichen Geste zog sie das Handtuch fester um sich herum. Sie ahnte, daß er sie unwiderruflich verstoßen würde.

»Ich werde niemals ein neues Leben mit dir beginnen«, sagte er halblaut. »Nicht einmal ein winziges Stück Leben. Das laß dir klar gesagt sein. Ich bedaure, daß du ein Kind erwartest, bedaure, daß du es wirklich bekommen willst, aber das ändert nichts. Ich liebe dich nicht. Es macht mir keinen Spaß, dies so deutlich zu sagen, aber du zwingst mich dazu ... Körperlich hast du mir gefallen, weil du jung und hübsch bist. Nur bist du trotz alledem erwachsen und mußt gewisse Dinge begreifen. Ich war nicht der erste, und ich werde nicht der letzte in deinem Leben sein. Die Sache zwischen uns war ein flüchtiges Abenteuer, nichts weiter als gegenseitige Anziehung. Sie ist beendet. Es ist also nicht nötig, daß du nun die ganze Nacht heulst oder nackt auf dem Bett herumtanzt.«

Sie kämpfte gegen die Tränen, regungslos, wie versteinert.

»Es gibt etwas, was ich dir nie verzeihen werde«, fuhr er fort, »nämlich, daß Valérie gegangen ist. Ich liebe meine Frau, selbst wenn ich sie betrüge. Ich liebe sie sogar sehr! Und ich werde alles tun, um sie zurückzugewinnen. Morgen früh verschwindest du aus meinem Leben, und zwar ein für allemal. Hab keine Angst, du wirst dich schnell trösten! Was dieses Kind anbelangt, solltest du so rasch wie möglich eine vernünftige Entscheidung treffen. Aber das ist deine Sache und interessiert mich nicht. Ich werde dir Geld geben, das ist normal, du wirst es brauchen ...«

Da sie ihn hatte ausreden lassen, ohne ihm ins Wort zu fallen, merkte er, wie sein Zorn allmählich verebbte.

»Ich erscheine dir sicher sehr grausam, aber das ist alles nicht so einfach, in meinem Alter ... So, das war's, ich habe dem nichts mehr hinzuzufügen.«

Er stellte sein Glas auf den Tisch und ging ins Bad. Als er die Tür hinter sich geschlossen hatte, sackte Laurence in sich zusammen. Sie fror und war völlig verzweifelt. Ein Foto auf dem Nachttisch erregte ihr Augenmerk. Sie neigte sich ein wenig hinüber, um es besser sehen zu können. Wie erwartet, war Valérie darauf abgebildet. Mit ihren grünen Augen, den kurzen Locken und einem triumphierenden Lächeln blickte sie herausfordernd in die Kamera. Laurence wagte es nicht, das Foto zu packen und zu zerreißen, was sie für ihr Leben gerne getan hätte. Nie war ihr Mathieu so gutaussehend und verführerisch erschienen wie heute. Sie würde niemals über ihn hinwegkommen. Er ließ ihr keine Chance, keine Hoffnung. Doch trotz allem würden sie heute nacht notgedrungen im selben Bett schlafen. Wäre es möglich, binnen dieser wenigen Stunden ein Mittel zu finden, ihn zum Nachgeben zu zwingen?

In Rouen regnete es seit Stunden. Valérie war völlig durchgeweicht, als sie an der Kanzleitür klingelte. Eine Sekretärin führte sie unverzüglich in das Zimmer von Ludovic Carantec, der sie bereits erwartete.

»Verzeihen Sie bitte die Verspätung«, sagte sie und schüttelte entschuldigend den Kopf, so daß einige Regentropfen auf die Schreibunterlage fielen.

»Aber ich bitte Sie, nehmen Sie Platz«, forderte der Anwalt sie lächelnd auf. »Bedienen Sie sich …«

Er schob eine Schachtel Papiertücher zu ihr hinüber. Verblüfft schaute sie erst die Schachtel an, dann den Mann, dessen dunkle Augen amüsiert funkelten, und fing an zu lachen. Sie fuhr sich mit den Fingern durch die Locken, die an ihrer Stirn klebten, und strich sie zurück.

»Ich bin hier, um meine Scheidung einzureichen«, erklärte sie ruhig.

»Mein Gott, der Unglückliche!«

Es war lediglich im Scherz dahingesagt, aber sie runzelte die Stirn.

»Verzeihen Sie, das war nur Spaß … Fangen wir einfach von vorne an, Madame Prieur. Zunächst einmal zu Ihrem Personenstand, das ist Vorschrift.«

Er nahm ein Formular von einem Stapel und bat seine Mandantin um die Angaben zu ihrer Person.

»Valérie Suzanne Augustine, geborene Prieur …«

Sie gab ihr Geburtsdatum und ihre neue Adresse an. Dann kam sie auf Mathieu und die Kinder zu sprechen.

»Wohnen diese augenblicklich bei Ihnen?« fragte der Anwalt.

»Augenblicklich und auch künftig, ich glaube nicht, daß mein Mann Wert darauf legt, sich um sie zu kümmern!«

Er hob den Kopf, musterte sie und schenkte ihr erneut ein

aufmunterndes Lächeln. Er besaß großen Charme, aber er spielte nicht damit, sondern war lediglich darum bemüht, daß sie sich wohl fühlte. Sie stellte amüsiert fest, daß er dieselbe Haarfarbe hatte wie sie. Es goß in Strömen, und die Regenschwaden peitschten gegen die Scheiben. Es war erst halb ein Uhr mittags, aber der Himmel war wirklich bleiern und finster.

»Der Herbst geht reichlich schlecht los«, bemerkte er, während er aufstand, um eine Halogenlampe anzuknipsen. »Warum wollen Sie sich scheiden lassen, Madame Prieur … äh, Keller?«

Valérie sah auf ihre beigefarbenen Slipper hinab, auf denen sich dunkle Ringe ausbreiteten. Sie hätte besser den Pfützen ausweichen sollen, das empfindliche Ziegenleder wäre unwiederbringlich ruiniert. Plötzlich des Schweigens gewahr, blickte sie zu dem Anwalt auf, der ohne jedes Zeichen von Ungeduld wartete.

»Weil ich die Nase voll habe«, murmelte sie.

Sie hatte einen Kloß im Hals und mußte mehrmals schlucken. Da sie nicht so recht wußte, wo sie anfangen sollte, entschied sie sich dafür, die Geschichte vom Ende her aufzurollen, und erzählte von ihrer kurzen Begegnung mit Laurence. Dann rezitierte sie den Brief, den sie auswendig kannte, beschrieb das Haus in Mont-Saint-Aignan, dann das Charles-Nicolle-Krankenhaus und die Stellung ihres Mannes, um schließlich auf ihre eigenen Jahre als Assistenzärztin zu sprechen zu kommen.

»Ich strotzte damals wirklich vor Tatendrang. Ich sah den Abschluß des Studiums nahen, sah Licht am Ende des Tunnels und die Belohnung winken. Mathieu war ein junger Chefarzt, der großen Eindruck auf mich machte. Natürlich habe ich mich blenden lassen. Ich war vierundzwanzig, kannte nicht viel anderes als Rouen …, verstand natürlich ein bißchen was von Kardiologie, das schon … Ich bin ihm nicht sofort in die Arme gefallen, das hätte für mein Empfinden zuviel von einem … Groschenroman gehabt! Alle Welt beteuerte mir, ich könne mich glücklich schätzen, also glaubte ich es. Mathieu hatte immerhin noch nie einem Mädchen die Ehe angetragen! Er gefiel mir sehr, aber – und das ist merkwürdig – ich glaube, er gefiel mir aus der Ferne. Ich verliebte mich in die Vorstellung, daß er mich liebte, aber ich weiß nicht, ob ich *ihn* wirklich geliebt habe.«

Sie hielt inne, besorgt angesichts der Vorstellung, sie könne sich in der Aufzählung überflüssiger Details verlieren. Aber der Anwalt wartete schweigend auf die Fortsetzung.

»Meine Eltern sind großartige Menschen«, nahm sie den Faden wieder auf. »Sie hätten geschmeichelt sein müssen angesichts der gesellschaftlichen Stellung ihres Schwiegersohns! Doch sie wirkten im Gegenteil fast enttäuscht. Auch wenn sie nichts gesagt haben ... Kaum daß wir verheiratet waren, wollte Mathieu Kinder haben. Ich steckte gerade im letzten Jahr meiner Facharztausbildung, und als ich auf einmal schwanger war, hat er mir nahegelegt, die Kardiologie fallenzulassen. Ich wollte trotz allem meine Ausbildung abschließen und war hochmotiviert ... Er sagte, daß ich müde sei, daß das schlecht für das Kind wäre. Ich glaube, daß er keinen Wert darauf legte, daß ich auf seiner Station zugegen war. Ich war seine Frau geworden, mein Platz war zu Hause. Wir sind wiederholt aneinandergeraten. Ich habe im Juni meinen Abschluß gemacht, und im Juli wurde Camille geboren, vor dem Termin. Ein zartes Neugeborenes, wie prophezeit. Mathieu hat immer recht, das ist allseits bekannt! Ich habe meine Tochter vom ersten Moment an heiß und innig geliebt, aber ich hatte das Gefühl, als fehlte mir etwas. Die Krankenhausatmosphäre, die Arbeit ... Ich hielt weiterhin einen Vormittag Sprechstunde in der Uniklinik, aber das war nicht mehr dasselbe, ich war eine Fremde geworden auf der Station ...

Valéries grüne Augen streiften Ludovic Carantec, ohne daß sie ihn wirklich wahrnahm. Sie hatte Camille von einem Kinderarzt zum nächsten schleppen müssen. Und als die Kleine dann mit drei Monaten auch noch eine ausgewachsene Bronchitis bekam, hatte sie festgestellt, daß sie ein zweites Kind erwartete. Mathieu hatte sich begeistert gezeigt. Der Gedanke an eine ernsthafte Rückkehr ins Krankenhaus rückte erneut in weite Ferne. Jérémie wurde ebenfalls im Sommer geboren. Ein dickes, pausbäckiges Baby, das jede Nacht schrie und am Tage schlief. Camille bekam weiterhin eine Kinderkrankheit nach der anderen, ohne eine einzige auszulassen. Valérie hatte ganze Sommer lang mit den Kindern ans Meer fahren müssen. Die restliche Zeit über lud Mathieu jede Menge Gäste ein. Er liebte es, im Mittelpunkt zu stehen und bewundert zu werden. Daneben nahm er es mit seinen ehelichen Pflichten sehr genau. Er wollte unbedingt ein drittes Kind, und Valérie ließ sich eine Spirale einsetzen, ohne ihn nach seiner Meinung zu fragen. Er hatte das Grundstück in Mont-Saint-Aignan gekauft, und sie wurde von den Arbeiten dort auf Trab gehalten. Anschließend mußte das viel zu große Haus eingerichtet werden. Dann war es soweit, Camille wurde in der Schule angemeldet, und die Fahrerei begann.

»Ich dachte immer: ›Nächstes Jahr bist du freier.‹ Es ist verrückt, wie die Zeit vergeht. Man kann sein Leben verplempern, wenn man nicht achtgibt. Ich war blind. Frauen neigen dazu, sich aufzuopfern … Ich habe meinen Vormittag im Krankenhaus fallenlassen. Aber ich ging weiter zur Uni, um Seminare und Vorlesungen zu besuchen. Ich wollte unbedingt am Ball bleiben, mich auf dem laufenden halten über die Entwicklungen, die neuesten wissenschaftlichen Erkenntnisse … Es ist nur so – es gibt Dinge, die kann man nicht halb machen, das bringt nichts …«

Mathieu war immer wieder verreist. Ab und an war er spät heimgekehrt. Einige Details hätten Valérie alarmieren müssen, aber sie hatte es vorgezogen, darüber hinwegzusehen.

»Hatten Sie Zweifel an seiner Treue?«

»Selbstverständlich. Aber ich habe sie unterdrückt. Ich nehme an, das war in gewisser Hinsicht bequemer. Mathieu ist anstrengend … auf allen Gebieten …«

Ein Lächeln huschte über sein Gesicht; er hüstelte und fragte dann:

»Haben Sie all Ihre persönliche Habe am ehelichen Wohnsitz zurückgelassen?«

»Im Haus, ja … Wissen Sie, es ist ein protziger, seelenloser

Ort, aber das ist mir erst aufgefallen, als ich fortgegangen bin. Ich bin in einer wundervollen kleinen Wohnung aufgewachsen. Nun, wahrscheinlich sehe ich das so, weil es eine herrliche Zeit war. Ich war Valérie Prieur, hatte eine schöne Zukunft vor mir … Als Madame Keller war ich zehn Jahre lang eingeschläfert, dahin bringen mich keine zehn Pferde mehr zurück. Eine gutbürgerliche Gattin im Schatten ihres großartigen Mannes! Allein das ist nicht besonders toll, aber darüber hinaus war ich auch noch die ›arme‹ Madame Keller. Die nichts mitbekommt. Die ein dümmliches Lächeln zur Schau trägt, während sie die Petits fours herumreicht! Die nicht weiß, warum die anderen lachen und sich mit dem Ellbogen in die Seite stoßen.«

Ein Donnergrollen ließ die Scheiben erzittern. Ludovic war nicht aus der Ruhe zu bringen und hielt die Augen weiter auf seine Mandantin gerichtet.

»Wie hat er es aufgenommen, daß Sie gegangen sind?«

»Hm … Nun, ich … Er wollte alles wieder ins Lot bringen mit einem Geschenk, einer Reise, wie gewohnt. Das ist seine Sprache, er kennt keine andere. Aber eine Frau zu verwöhnen, mit ihr zu schlafen, das bedeutet kein echtes Interesse an ihrer Person. Er bildet sich ein, daß ich nach einer Weile zurückkomme. In der Zwischenzeit spielt er den Unglücklichen, führt aber weiterhin sein kleines Leben als Don Juan. Im Augenblick ist seine Geliebte mit ihm in Tunis.«

»Glauben Sie, er hängt an ihr?«

»Nein … Gar nicht mal. Er spricht schlecht von ihr, und es klingt, als ob er Grund dazu hätte. Sie hat offensichtlich ein Baby gewollt. Oder vielleicht war es ein Unfall. Aber das ist es nicht, was ihn stört. Es ist nur der Umstand, daß er sich … Mathieu ist ein Kind. Ein großes Kind … Wissen Sie … Wie soll ich es sagen … Ich sah mich gezwungen, einen Test wegen … nun, einen Aidstest zu machen, … denn es könnte ja sein, nicht wahr … Und wenn ich an dieses Risiko denke, finde ich das Ganze wirklich ungeheuerlich … Heutzutage hat die Untreue einen exorbitanten Preis für den Betrogenen … Natürlich war das Ergebnis negativ … Gott sei Dank! Ich weiß nicht, wozu ich sonst fähig gewesen wäre … Jedenfalls säße ich nicht hier und würde Ihnen das alles so ruhig erzählen.«

Sie bekam kaum noch Luft und brachte nur noch abgehackte Satzfetzen hervor … Sie nahm ein Papiertuch, um sich die Wangen abzuwischen, und schniefte. Ludovic wandte ein wenig verlegen den Blick ab. Es regnete immer noch, aber nicht mehr so heftig. Er erhob sich und kam hinter seinem Schreibtisch hervor. In diesem Zimmer hatten schon viele Frauen geweint, aber Valérie war anders als die anderen. Er war überzeugt, daß sie schon ewig nicht mehr so offen gesprochen hatte. Sie strahlte eine seltsame Mischung aus Entschlossenheit und Zerbrechlichkeit aus. Er warf einen raschen Blick auf die alte Wanduhr.

»Madame Prieur, haben Sie Hunger?«

Überrascht schaute sie ihn an.

»Hunger?«

»Es ist halb zwei. Was halten Sie davon, die Unterhaltung bei einem Essen fortzusetzen?«

»Aber, ich …«

»Sehr gut, also gehen wir, ich hole noch einen Schirm.«

Der Vorschlag kam so natürlich und spontan, daß er nicht unangemessen wirkte. Als sie nach draußen traten, war es noch immer ziemlich düster. Es fiel ein feiner, für die Jahreszeit außergewöhnlich kalter Nieselregen. Auf den Straßen waren nur wenig Leute unterwegs. Valérie fröstelte und stellte den Kragen ihres Regenmantels auf. Dann spürte sie, wie Ludovic sie am Ellbogen faßte.

»Bleiben Sie hier drunter …«

Er hielt schützend seinen großen schwarz-rot gemusterten Regenschirm über sie. Schnellen Schrittes bogen sie in eine schmale Gasse ein und standen kurz darauf vor dem Restaurant du Beffroy. Er mußte nicht einmal nach einem Tisch fragen. Man führte sie sofort in ein stilles Eckchen, und Valérie schloß daraus, daß er Stammgast sein mußte. Sie vertiefte sich in die Speisekarte, wobei sie erstaunt feststellte, daß sie einen Bärenhunger hatte. Ludovic gab die Bestellung auf, fragte, welchen

Wein sie wolle, und schlug einen Bordeaux vor. Als der Kellner sich wieder entfernt hatte, tauschten sie einen Blick.

»Haben Sie's eilig?«

»Nein.«

»Um so besser. Ich fände es schön, wenn Sie mit Ihrer Erzählung fortfahren würden.«

Valérie wirkte unschlüssig und verzog hilflos das Gesicht.

»Ich glaube, Sie wissen so ziemlich alles.«

»O nein! Wir sind noch lange nicht am Ende. Hat Ihr Mann einen bestimmten Anwalt, an den er sich für gewöhnlich wendet?«

»Ja, er pflegt engen Kontakt mit François Bréval. Ich nehme an, daß seine Wahl auf ihn fallen wird.«

»Sehr gut. Ich kenne ihn, mit dem werden wir nichts zu lachen haben.«

»Aber warum denn? Ich verlange doch nichts Außergewöhnliches.«

»Das ist nicht der Punkt. Es gibt keine Scheidung, die völlig reibungslos verläuft. Sobald es ums Geld geht, kommt es zur Katastrophe. In Ihrem Fall ist Ihr Mann hundertprozentig im Unrecht. Rein juristisch, versteht sich. Abgesehen davon, daß Sie das eheliche Heim nicht hätten verlassen dürfen …«

»Wären *Sie* vielleicht geblieben?«

Die Frage kam wie aus der Pistole geschossen, unumwunden und aggressiv. Er schüttelte amüsiert den Kopf.

»Das kann ich so nicht sagen … Sicher nicht. Ich wollte damit nur ausdrücken, daß Sie besser daran getan hätten, ihn hinauszuwerfen, aber fahren wir fort. Stört es Sie, wenn ich rauche?«

Er bot ihr eine Zigarette an und gab ihr Feuer. Er hatte eine seltsame Art, den Filter zwischen den Zähnen zu halten. Sie bemerkte, daß er einen relativ dunklen Teint, energische, scharf geschnittene Züge hatte und daß er ein bißchen hager war. Er konnte nicht älter als vierzig sein, hatte ein charmantes, jungenhaftes Lächeln, und es gelang ihr nicht, ihn sich vor Gericht vorzustellen.

»Ich kann kaum glauben, daß Sie in der Kardiologie tätig sind, Madame Prieur.«

Da sich ihre Gedanken überschnitten hatten, fand Valérie ihn auf einmal sympathisch.

»Wenn ich Sie Herr Rechtsanwalt nenne, nennen Sie mich dann Frau Doktor?« fragte sie lachend.

»Nein, das ist es nicht. Sie könnten gut Kinderärztin oder Chirurgin sein, das würde passen, aber ein Kardiologe ist für mich ein seriöser, nicht mehr ganz junger Herr. Derjenige, der meinen Vater betreut hat, hatte einen dicken Bart und eine Brille ... Ist die Kardiologie interessant?«

»Faszinierend! Sie ist der Kern des ganzen Systems. Das Herz ist das, was die Leute am meisten beschäftigt. Haben Sie das noch nicht festgestellt? Ich verstehe überhaupt nicht, wie man sich auf etwas anderes spezialisieren kann. Ich muß so um die zehn Jahre alt gewesen sein, als ich beschlossen habe, das und nichts anderes zu machen.«

»Und all die Lernerei?«

»Die Ausbildung ist langwierig, aufwendig und teuer.«

Valéries Augen schlugen ihn in den Bann. Er hörte ihr durchaus zu, suchte aber gleichzeitig nach einem Adjektiv, um ihre eigenwillige Farbe zu beschreiben.

»Sie haben vorübergehend eine Stelle gefunden, ist das richtig?«

»Ja, in einer zweitklassigen Klinik, aber das ist schlicht, um wieder einen Fuß in die Tür zu bekommen. Natürlich hoffe ich, etwas Besseres zu finden. Was sicher nicht so ganz einfach wird! Mathieu wird keinen Finger krumm machen, um mir zu helfen, und vielleicht wird er mir sogar Knüppel zwischen die Beine werfen, wer weiß? Als ich ihm mitgeteilt habe, daß ich wieder arbeiten wolle, hat er total überheblich reagiert.«

Sie sprach zwischen den einzelnen Bissen, aß aber mit gesundem Appetit. Ihr Teller war leer, während er seinen kaum angerührt hatte; der Kellner trug alles ab und kam mit dem Nachspeisenwagen. Mit hungrigem Blick entschied sie sich für Windbeutel.

»Das erste, was wir tun müssen, ist, die Trennung von Tisch und Bett zu beantragen. Haben Sie bei der Eheschließung Gütergemeinschaft vereinbart?«

»Gütergemeinschaft? Aber … es gehört alles Mathieu, nehme ich an. Wir haben einen Vertrag über Gütertrennung abgeschlossen bei der Heirat. Jedenfalls besaß ich nichts. Mein Vater ist ein einfacher Kaufmann. Ich sage ›einfach‹, weil er nicht reich ist, er ist eher ein Original. Im Prinzip verkauft er alte Bücher. Das Problem ist, daß er sie alle behalten will! Er ist ein leidenschaftlicher Büchernarr … Also kurzum, ich hatte nur ein paar Jeans und einen Stapel T-Shirts.«

Sie erinnerte sich, daß sie es am Anfang nicht gewagt hatte, ihren Mann um Geld zu bitten. Er überwies ihr monatlich eine bestimmte Summe für die Kinder, das Haus, sie selbst. Er schätzte es, wenn sie elegant angezogen war, aber sie scheute sich, ein Vermögen für Kleidung auszugeben, und ihre Zurückhaltung ärgerte Mathieu. Sie war es einfach gewohnt, ihr Geld zusammenzuhalten, zu rechnen.

»Wie sieht's für die unmittelbare Zukunft aus? Haben Sie sich auf eine bestimmte Summe geeinigt, unter Umständen auch nur vorübergehend?«

»Nein … Aber seien Sie unbesorgt, ich kann Ihnen einen Scheck über einen Vorschuß ausstellen. Ich …«

»Aber ich bitte Sie!«

Begütigend legte er für einen Moment seine Hand auf Valéries Arm, zog sie aber gleich darauf wieder zurück.

»Darüber reden wir später«, sagte er freundlich.

Er bestellte Kaffee, schob seinen Stuhl ein Stück zurück und steckte sich eine weitere Zigarette an.

»Haben Sie Freunde, Madame Prieur?«

»Nein. Bekannte, alte Studienkollegen, aber keine wirklichen Freunde. Fast alle, mit denen ich studiert habe, haben sich niedergelassen oder sind fortgezogen. Mathieu hat nur Leute aus seiner Generation eingeladen, aus seinem Milieu. Er stammt aus vornehmem Hause und bildet sich einiges darauf ein.«

Ludovic fand seinen künftigen Gegner reichlich unsympathisch. Er hatte hin und wieder am Rande über Professor Keller reden hören, ein guter Spezialist und ein Typ, der jungen Mädchen das Herz brach.

»Meine Geschichte ist gewöhnlich«, sagte Valérie. »Ein Mann betrügt seine Frau, sie geht mit den Kindern fort. Da ist nichts, was drei Akten füllen könnte.«

»Sie sind nicht gewöhnlich«, gab Ludovic spontan zurück.

Bevor sie etwas erwidern konnte, bestellte er zwei weitere Tassen Kaffee. Er hätte das Mittagessen gerne noch in die Länge gezogen, auch wenn es schon spät war, aber sie hatte bereits zweimal auf ihre Armbanduhr geblickt.

»Also gut, ich schlage vor, wir sehen uns nächste Woche in meiner Kanzlei wieder. Dann werde ich wahrscheinlich einige Papiere für Sie zum Unterzeichnen haben.«

Er sagte das einfach so ins Blaue, da ihn der Gedanke, sich nun von ihr trennen zu müssen, seltsam traurig stimmte. Er legte seine Kreditkarte auf den Teller mit der Rechnung, dann sah er erneut Valérie an. Er fand sie unbeschreiblich hübsch.

»Falls es irgendwelche Probleme gibt, zögern Sie nicht, mich anzurufen. Selbst, wenn es eine Frage ist, die Ihnen belanglos erscheint.«

Da sie die letzten Gäste im Lokal waren, wurde das Schweigen um sie herum allmählich unangenehm. Sie erhob sich, und er tat es ihr schweren Herzens gleich. Er hätte sie gerne auf die Wange geküßt und schalt sich einen Idioten, als er ihr lediglich die Hand gab. Nachdem er sich versichert hatte, daß es aufgehört hatte zu regnen, ließ er ihr beim Hinausgehen den Vortritt.

In Tunis war der Spätnachmittag ganz anders als in Rouen sengend heiß gewesen. Der Abend brachte ein bißchen Kühlung. Nach einem endlos langen und einschläfernden Essen genehmigte sich Mathieu den geplanten Spaziergang in Begleitung der kleinen Dolmetscherin. Er hatte während des Essens ihre Aufmerksamkeit erheischt und sie dazu gebracht, herzlich zu lachen. Schon eine ganze Weile bevor der Kaffee serviert wurde, hatte er geahnt, daß sie willfährig sein würde. Er war gezwungen, sich bis zum nächsten Abend zu gedulden, um seinen Sieg in die Tat umzusetzen, aber von diesem leidigen Umstand konnte er letztendlich nur profitieren. Die junge Frau schlösse daraus, daß er kein Draufgänger war, daß er sich in Geduld üben konnte. Sie waren alle gleich, brauchten ein bißchen Romantik. Er hatte sie zum Abschied geküßt, was ihm erlaubte zu testen, ob sie wirklich bereit war, seinen Avancen zu erliegen. Obschon leicht frustriert, kehrte er guter Dinge auf sein Zimmer zurück. Er setzte seine Verführungskünste mit einer geradezu erstaunlichen Leichtigkeit ein. Bislang hatte er sich nur selten einen Korb geholt und sich, wenn doch, beeilt, die Betreffende zu vergessen, stets sorgsam darauf bedacht, nichts dem Zufall zu überlassen. Sein Vater hatte ihn gutes Benehmen und Humor gelehrt, Lektionen, die Mathieu nie vergessen hatte. Er wußte genau, wie man sich vorteilhaft kleidete, ließ daher seine Hemden und Anzüge maßschneidern und verbrachte Stunden damit, Schuhe und Krawatten auszusuchen. Zudem war er sich des Prestiges, das ihm sein Titel einbrachte, in höchstem Maße bewußt und verstand es, dieses zu nutzen. Zahllose junge Mädchen, Krankenschwestern wie Praktikantinnen, schenkten ihm verzückte Blicke. Er war der Chef, er war verführerisch und charmant, autoritär, aber brillant, beneidet, aber geachtet.

Als er das Zimmer betrat, hoffte er, daß Laurence eingeschlafen war. Er hatte keine Lust mehr, mit ihr zu reden, war ihres Anblickes überdrüssig, sie war für ihn nur noch ein Klotz am Bein. Er hatte selten solche Mühe gehabt, eine Frau loszuwerden. Seit zehn Jahren nahm er gerne Zuflucht zu seinem Status als Ehemann und Familienvater, um Abenteuern, die sich zu sehr in die Länge zogen, ein Ende zu bereiten. Er versprach nichts, ließ sich nie wirklich ein. Mit Laurence hatte er gleich mehrere Fehler gemacht. Er hätte sich von Anfang an darüber im klaren sein müssen, daß sie unersättlich und unberechenbar war. Ihre Jugend entschuldigte nicht alles, ebensowenig ihre Verblendung oder ihre unerhörte Hartnäckigkeit. Natürlich hatte es etwas Schmeichelhaftes, auf diese Weise von einer hübschen

Göre vergöttert zu werden. Sie hatte sich mit Händen und Füßen an ihn geklammert, und er hatte jedesmal nachgegeben, da sie alles daran gesetzt hatte, ihm eine phantastische Geliebte zu sein. Aber er hatte nie auch nur das Geringste für sie empfunden, und er hätte besser daran getan, ihr das beizeiten zu sagen. Vor Etretat zum Beispiel. Wenn er den Mut dazu gehabt hätte, hätte Valérie mit Sicherheit nichts erfahren.

Der Gedanke an seine Frau stimmte ihn plötzlich traurig. Sie schlief vermutlich, in einer Wohnung, die er nicht kannte, allein in ihrem Bett und ohne daß jemand ihre Hand hielt. Wann würde sie sich dazu entschließen, nach Hause zurückzukehren? War es möglich, daß ihre andauerte oder – noch schlimmer – endgültig war? Diese Vorstellung schien ihm unerträglich.

Ohne das Licht anzuschalten, ging er durchs Zimmer und setzte sich im Bad auf den Rand der Wanne. Keine Frau könnte Valérie ersetzen, aus einem ganz einfachen Grund: Er liebte sie. Das war etwas ganz Natürliches, ein altvertrautes und tiefes Gefühl. Es war kein Zufall, daß er um ihre Hand angehalten hatte, auch war dies nicht geschehen, um einen Schlußstrich unter sein damaliges Leben zu ziehen oder eine Familie zu gründen oder solide zu werden. Er liebte sie!

Verwirrt betrachtete er sein Spiegelbild. Er war fünfzig, und sie war fünfunddreißig. Hatte sie dann und wann anderen Männern nachgeschaut? Dieser Gedanke traf ihn wie eine Ohrfeige. Valérie in den Armen eines anderen? Das war derart unvorstellbar, widerlich … Aber es wäre doch das, was unweigerlich geschähe, falls sie sich nicht versöhnten. Eines Tages würden ihre grünen Augen, ihre außergewöhnlichen grünen Augen, an irgendeinem Typen hängenbleiben, der jünger oder treuer wäre als er.

Er war mit einem Satz auf den Beinen, gepackt von dem unbändigen Drang, sie anzurufen, ihre Stimme zu hören, ihr zu gestehen, daß er unglücklich war. Aber neben dem Telefon lag diese bescheuerte Laurence, die es sich in seinem Bett bequem gemacht hatte und so tat, als schliefe sie. Das machte ihn wahnsinnig. Nach einigem Zögern durchquerte er erneut das Zimmer, ohne auch nur einen einzigen Blick in Richtung Bett zu werfen, und ging türeschlagend hinaus. An der Rezeption mußte er in seinem kleinen Kalender die Nummer seiner Frau in Frankreich nachschlagen. Sie hob nach dreimaligem Läuten ab, und Mathieu murmelte, plötzlich eingeschüchtert, nur seinen Vornamen. Es verstrichen einige Sekunden, bevor sie ihn in frostigem Ton nach dem Grund seines Anrufs fragte. Dann wünschte sie ihm, ohne die Antwort abzuwarten, einen angenehmen Aufenthalt in Gesellschaft von Laurence und legte auf.

Wie vor den Kopf geschlagen hielt Mathieu den Hörer weiter umklammert. Wie konnte sie wissen, was selbst er heute morgen noch nicht geahnt hatte? Er verspürte eine heftige Woge des Zorns gegen Laurence in sich aufsteigen. Diese dämliche Kuh machte sich vielleicht einen Spaß daraus, Valérie zu provozieren, um ihr Netz dichter um ihn zu spinnen. Es sei denn, es handelte sich um eine reine Vermutung von seiten seiner Frau …

Langsam ging er zur Bar hinüber, nahm auf einem der hohen Hocker Platz und bestellte einen Wodka. Es waren kaum noch Leute da, und es herrschte eine triste Atmosphäre. Mathieu sagte sich, daß er um jeden Preis schlafen müsse, versuchen, ein bißchen von seiner Nacht zu retten, denn er mußte am nächsten Tag gleich in aller Frühe einen Vortrag halten. Seine Kollegen aus der Thorax- und der Gefäßchirurgie würden versuchen, ihn niederzumachen, wie immer. Es war in seinem eigenen Interesse, seine Notizen vor dem Schlafengehen noch einmal durchzulesen, wenn er ohne Zuhilfenahme seiner Brille sprechen wollte. Sein Privatleben durfte ihn nicht derart in Beschlag nehmen, daß es ihm schadete, da mußte er aufpassen. Morgen würde Laurence aus Tunis verschwinden. Falls es nötig sein sollte, würde er ihr noch ein letztes Mal den Kopf zurechtrücken. Danach sähe er sie nie wieder. Weder sie noch dieses verflixte Kind.

Nach zwei Gläsern fühlte er sich allmählich besser, und er beschloß, wieder auf sein Zimmer hinaufzugehen. Lautlos schlich er hinein und zog sich im Dunkeln aus. Er war mittlerweile wirklich müde und schlüpfte unter die Decke, wobei er achtgab, Laurence nicht zu berühren. Einige Minuten lang hörte er das leise Pfeifen der Klimaanlage. Just als er im Einschlafen begriffen war, spürte er, wie sich etwas gegen ihn preßte. Die junge Frau hatte sich mit einem tiefen Seufzer umgedreht, und er wollte von ihr abrücken, aber sie flüsterte:

»Mein Geliebter …«

Dieses eine Wort genügte, um ihn in maßlose Wut zu versetzen, während Laurence Hände sich zu ihm vorwagten.

»Halt still. Ich will nichts von Dir. Laß es einfach geschehen, Liebling.«

Ihre Stimme klang übertrieben sinnlich und war voller Verheißungen, an denen er nicht interessiert war. Er richtete sich auf und stieß sie brutal zurück.

»Jetzt reicht's aber!«

Er knipste seine Nachttischlampe an. Der Zorn hatte ihn wieder vollends wach gemacht. Würde sie ihn denn überhaupt nicht in Frieden lassen? Mußte es wirklich sein, daß sie diese Nacht in einen Alptraum verwandelte? Sie hatte sich an ihn geklammert, sah ihn aber nicht an. Ungeschickt hielt sie ihn fest, überzeugt, daß eine Umarmung alle Probleme lösen würde.

»Entweder gibst du jetzt Ruhe, oder du schläfst auf dem Teppich!«

Die Drohung klang derart glaubhaft, daß Laurence stillhielt und sich dann einzuigeln schien; ihre schmalen, rundlichen Schultern wurden von stillen Schluchzern geschüttelt. Sie hätte sich eingestehen müssen, daß sie geschlagen war, aber das schaffte sie nicht. Bei dem Gedanken, Mathieu schon in wenigen Stunden für immer zu verlieren, schnürte sich ihr vor Angst die Kehle zu.

An das Kopfteil des Bettes gelehnt, blickte er sie verächtlich an.

»Wenn du meinst, du müßtest einen hysterischen Anfall bekommen, dann nimm eine kalte Dusche!«

Langsam glitt sie an den Bettrand, schaffte es aufzustehen.

»Mir ist schlecht«, murmelte sie.

Er lachte laut heraus – es klang gezwungen, unangenehm.

»Ach, da schau mal einer an!«

Ihr war wirklich schwindlig.

»Wenn du nicht gerade die verruchte Liebhaberin mimst, dann machst du einen auf schwangere Frau! Sag mal, was glaubst du eigentlich? Vorbei ist vorbei. Ich komme nicht zurück. Versuch wenigstens, einen letzten Rest Selbstachtung zu wahren!«

Außer sich konterte sie mehr schlecht als recht.

»Ob dir das paßt oder nicht, mein Liebster, ich trage unser Kind in meinem Bauch!«

»Das paßt mir natürlich nicht! Nicht im geringsten! Du hast mich nicht um meine Meinung gebeten.«

Er war nun seinerseits aufgestanden und taxierte sie von oben bis unten.

»Ich will dein verdammtes Balg nicht!« brüllte er, mit den Nerven am Ende.

Er verlor vollkommen die Kontrolle, packte sie bei den Schultern und schüttelte sie. Dann stieß er sie brutal von sich. Sie taumelte zurück und krachte gegen einen Stuhl, wobei sie im Sturz ein kleines Tischchen mitriß. Sie blieb eine Weile auf dem Teppichboden liegen und rang nach Luft. Als sie den Kopf hob, sah sie, daß er ins Bett zurückkletterte. Er knipste die Nachttischlampe aus. Mit schmerzverzerrtem Gesicht saß sie im Dunkeln, unfähig, einen klaren Gedanken zu fassen.

»Jetzt komm schon schlafen«, sagte Mathieu, dessen Stimme noch bebte vor Zorn. »Laß uns das Kriegsbeil begraben, das ist doch lächerlich. Wir haben nur noch drei Stunden bis zum Aufstehen.«

Zu widersprechen war sinnlos. Zu weinen ebenfalls. Sie sah keinen Ausweg mehr. Sie konnte nicht einmal dieses Zimmer verlassen. Und sie hatte den Mann, den sie liebte, endgültig verloren.

Sie hievte sich mühsam auf den Sessel, rollte sich zusammen und zog die Knie bis ans Kinn. Die Klimaanlage sorgte für kühle Luft, und sie fröstelte. Um nicht zu schniefen, atmete sie durch den Mund. Noch nie in ihrem ganzen Leben hatte sie sich so allein gefühlt. Sie fühlte sich dermaßen verlassen, daß sie sich fragte, ob sie nicht lieber sterben, dem ganzen Schrecken einfach ein Ende setzen sollte. Mathieu lag wenige Meter von ihr entfernt, aber er war unerreichbarer, als wenn er am anderen Ende der Welt gewesen wäre.

Kurz vor Tagesanbruch fuhr sie zähneklappernd aus dem Halbdämmer hoch. Sie war stocksteif, schaffte es aber, sich aufzusetzen, und stand auf. Ihre Beine waren eingeschlafen und kribbelten. Sie ging ins Bad und, kaum hatte sie die Tür hinter sich zugezogen, sah sie zu ihren Füßen einen roten Fleck auf den Fliesen. Ohne genau zu verstehen, was geschah, trat sie automatisch zur Seite. Sofort fielen neue Blutstropfen mit einem dumpfen Platschen auf den Boden. Entsetzt sah sie die langen Rinnsale an ihren Schenkeln und Waden. Sie griff sich ein Handtuch, um sich abzuwischen, aber ihr wurde schwindlig, und sie mußte sich am Waschbecken festhalten. Sie stieß einen erstickten Schrei aus, bevor sie lauthals zu brüllen begann.

Betroffen hatte Mathieu sich schließlich dazu durchgerungen, einen Krankenwagen zu rufen. Er hatte Laurence flach hingelegt, beunruhigt über das Ausmaß der Blutung, und nach einigem Zögern im Charles-Nicolle-Krankenhaus in Tunis angerufen.

Mit dem untrüglichen Gefühl, daß er sich komplett lächerlich machte und endlose Erklärungen würde abgeben müssen, hatte er trotzdem alles Nötige veranlaßt, damit Laurence in die Gynäkologie aufgenommen wurde. Dann hatte er sich beeilt, in den weit entfernten Kongreßsaal zu kommen, wo alle Welt ihn erwartete. Er hatte es geschafft, seinen Vortrag ohne Stottern zu halten, und für seinen Beitrag donnernden Applaus geerntet. Zur Mittagszeit war er gezwungen gewesen, bei seinen Kollegen zu bleiben und ihre Fragen über sich ergehen zu lassen, denn die Neuigkeit hatte sich natürlich in der französischen Delegation herumgesprochen. Das Hotelpersonal hatte es ohne

Zweifel an Diskretion mangeln lassen, aber sowohl der Krankenwagen wie auch die Trage wären ohnehin nicht unbemerkt geblieben!

Mit den Nerven völlig am Ende, mußte Mathieu all die gesellschaftlichen Verpflichtungen durchstehen, die dieser nicht enden wollende Tag mit sich brachte. Sein einziger Trost war die Aussicht auf ein gemeinsames Abendessen mit der kleinen Dolmetscherin. Was auch kommen mochte, er war fest entschlossen, sich nicht mehr weiter um Laurence zu kümmern. Er war so umsichtig gewesen, ihren Koffer und ihre Handtasche mit in den Krankenwagen zu geben. Dennoch kam er wohl nicht umhin, sich nach ihr zu erkundigen, und stattete ihr daher am Spätnachmittag einen kurzen Besuch ab. Als Patientin des großen französischen Kardiologen hatte man sie in einem geräumigen Einzelzimmer untergebracht. Ihr Zustand war nicht besorgniserregend, und sie bräuchte einfach nur zwei Tage Ruhe.

Mathieu blieb zurückhaltend einige Meter vom Bett entfernt stehen und beschränkte sich darauf, ein paar reine Höflichkeitsfragen zu stellen. Ziemlich niedergeschlagen teilte Laurence ihm mit, daß sie ihre Schwester verständigt habe, da sie nicht alleine hier bleiben mochte. Diese wollte sie abholen und nach Frankreich mit zurücknehmen. Er begnügte sich damit, dies mit ernster Miene gutzuheißen, bevor er einen Umschlag aufs Nachtkästchen legte.

»Ich lasse dir ein bißchen was da, damit du deine Kosten begleichen kannst«, murmelte er.

Es handelte sich um einen ansehnlichen Scheck, da er seine Schuld tilgen wollte, indem er sich großzügig zeigte.

»Ich bedaure, daß das alles auf diese Weise endet«, fügte er gepreßt hinzu. »Aber ohne Zweifel hat das Ganze auch sein Gutes. Und deine Chancen, irgendwann Mutter zu werden, sind dadurch nicht gesunken, das hat man mir versichert.«

Er sprach als Mediziner zu ihr, ohne sie anzusehen, und sie wußte nichts zu erwidern. Sie steckte immer noch mitten in einem Alptraum.

Er zwang sich, zwei Schritte näherzutreten, und tätschelte ihr väterlich die Hand, die auf der Bettdecke lag.

»Also, Laurence, sagen wir uns auf Wiedersehen …«

Benommen sah sie ihn weggehen, die Türe öffnen, verschwinden. Kaum war er auf dem Flur, spürte er eine solche Erleichterung, daß er unwillkürlich lächeln mußte. Er lief einer jungen Frau über den Weg, die ihn überrascht ansah und der er zuzwinkerte, nur so, aus purem Vergnügen.

Als er im Erdgeschoß aus dem Aufzug stieg, blieb er kurz stehen. Das hatte er glücklich hinter sich gebracht! Die Geschichte war gegessen, und er war mit einem blauen Auge davongekommen. Dieses Kind würde nicht geboren werden. Er würde sich niemals sagen müssen, daß irgendwo sein Sohn oder seine Tochter lebte, ohne daß er etwas davon wüßte, ja, wissen wollte …

»Monsieur Keller?« ertönte eine laute Stimme, dicht hinter ihm.

Die junge Frau, der er vor wenigen Augenblicken auf der Gynäkologie in die Arme gelaufen war, kam entschlossenen Schrittes auf ihn zu.

»Sind Sie Mathieu Keller?« wiederholte sie und blieb vor ihm stehen.

Verlegen trat er einen halben Meter zurück.

»Ja …«

»Sie sind ein erbärmlicher Mistkerl! Das letzte Dreckschwein!«

Sie sprach laut und fixierte Mathieu drohend. Er hatte den Eindruck, daß sämtliche Gespräche in der riesigen Eingangshalle verstummt waren.

»Aber, wer …«

»Mein Name ist Brigitte, und ich bin die Schwester von Laurence. Sie kamen vor drei Minuten mit völlig selbstzufriedener Miene aus ihrem Zimmer … Schon wieder vergessen?«

»Hören Sie«, sagte er begütigend, »schreien Sie nicht so herum, ich …«

»Ich schreie, so laut ich will! Haben Sie Angst vor einem Skandal, Monsieur Keller?«

Ihr durchdringendes Organ schallte durch den ganzen Eingangsbereich, und die Leute waren stehengeblieben, um zuzuhören.

»Sie haben sie belogen, ihr ein Kind gemacht, ihr Gewalt angetan, haben ihr auf dem Krankenbett den Laufpaß gegeben! Und Sie glauben im Ernst, daß Sie sich einfach so aus der Affäre ziehen können?«

Sie fuchtelte mit dem Scheck vor seiner Nase herum.

»Lassen Sie uns draußen weiterreden«, schlug er vor und versuchte, ihr zu entkommen.

»Weiß der Herr Doktor vielleicht nicht, wie man es verhindert, Kinder in die Welt zu setzen? Und dann hätte ich noch eine Frage …«

Sie wurde erneut laut.

»Was hat bloß ein gutaussehendes junges Mädchen wie meine Schwester an einem alten, glatzköpfigen Gecken wie Ihnen gefunden? Jedenfalls ging's ihr nicht um die Kohle.«

Sie zerriß den Scheck in kleine Schnipsel und schleuderte sie ihm ins Gesicht.

»Sie sind ein Charakterschwein, Monsieur Keller, ein echter Kotzbrocken, und Ihr hübscher kleiner Anzug kann daran auch nichts ändern.«

»Nun halten Sie endlich den Mund! Schweigen Sie!«

»Ich denk' überhaupt nicht daran! Fürchten Sie den Skandal? Nun, dann hätten Sie ihn ja nicht provozieren müssen!«

Schreckensstarr sah Mathieu einen französischen Kollegen auf sie zukommen.

»Hast du ein Problem?« fragte er, als er auf ihrer Höhe angelangt war.

Brigitte wirbelte herum und wandte sich an den Mediziner.

»Ob er ein Problem hat? Nein, natürlich nicht! Typen wie er haben nie ein Problem! Er hat dafür gesorgt, daß seine Freundin eine Fehlgeburt hat, hat gerade im rechten Moment ein bißchen nachgeholfen! Nun kann sie sehen, wie sie damit klarkommt, so ist eben das Leben! Und dann ist es hier ja sehr hübsch, ein nettes Urlaubsland! Die Kleine hat wirklich keinen

Grund zur Klage! Hier, schauen Sie, sie hat sogar auf den Zaster verzichtet, daran sehen Sie ja, daß alles bestens ist!«

Sie scherte sich nicht länger um den Unbekannten und richtete das Wort ein letztes Mal an Mathieu.

»Lassen Sie in Zukunft die Finger von ihr, Sie jämmerliche Kreatur! Suchen Sie sich andere Opfer, verstanden? Und kommen Sie mir bloß nicht mehr unter die Augen!«

Sie schob ihn unsanft zur Seite und schlug mit der Faust auf den Liftknopf. Mathieu machte, daß er möglichst unauffällig fortkam. Er war aschfahl, und sein Kollege folgte ihm, ohne ein Wort zu sagen.

Vor Laurence' Tür blieb Brigitte einen Moment stehen, bis sie sich wieder etwas beruhigt hatte. Sie hatte schon einen langen Tag hinter sich seit dem Anruf ihrer Schwester in aller Herrgottsfrühe. Sie hatte alles stehen- und liegenlassen, war auf der Stelle von der Arbeit weg zum Zug gehechtet und hatte gerade noch den Flieger erwischt. Während der Reise hatte sie sich nur noch weiter in ihren Zorn hineingesteigert. Da sie selbst von einem verheirateten Mann enttäuscht worden war, hatte sie das Ganze seit langem vorausgesehen. Es war ihr klar, daß Laurence dazu verdammt war zu leiden, daß das Ende vom Lied unweigerlich eine schmerzhafte Trennung wäre. Aber solch ein Drama hatte sie nicht erwartet. Sie hatte es nicht für möglich gehalten, daß die Geschichte so schäbig und grauenvoll ausginge. Ihre Schwester hatte sich am Telefon derart niedergeschmettert angehört, daß sie Angst bekommen hatte, wirklich große Angst. Nun war die Sache gegessen. Ihre Schwester mußte es bloß noch akzeptieren. Sie betrat entschlossen das Zimmer.

»So, das hätten wir, ich habe diesem Vollidioten ordentlich Bescheid gesagt!«

Laurence sah sie prüfend an und versuchte zu erraten, was sich abgespielt hatte. Sie bereute bitter, daß sie ihrer Schwester zehn Minuten zuvor auf die Nase gebunden hatte, daß Mathieu gerade gegangen war und ihr einen Scheck dagelassen hatte. Brigitte hatte ihn an sich genommen und war wie von Sinnen wieder aus dem Zimmer gerannt.

»Ich habe deinen Süßen im Foyer angetroffen, und er hat seine Abreibung bekommen, das kannst du mir glauben!«

»Das hättest du nicht tun dürfen ...«, seufzte Laurence mit Tränen in den Augen.

»Und warum bitte? Hast du überhaupt keinen Stolz, oder was?«

Es entstand ein kurzes Schweigen. Dann zog sich Brigitte einen Stuhl ans Bett.

»Ich bleib' jetzt bei dir ... Nachher versuche ich, ein Hotelzimmer aufzutreiben. Ich lass' dich nicht mehr allein, altes Haus ...«

Das war ihre Art, ihre Zuneigung zu zeigen.

»Ich habe das Kind verloren«, sagte Laurence mit kläglicher Stimme.

»Gott sei's gedankt! Im übrigen kann man in diesem Stadium noch nicht von ›Kind‹ sprechen ...«

Ihre Schwester wirkte nicht sehr überzeugt, und sie fügte in einem Ton, der keinen Widerspruch duldet, hinzu:

»Hat dir dein Macker nicht gesagt, daß die Natur die Dinge manchmal von selbst regelt? Daß man bei einer Fehlgeburt häufig einen Fötus abstößt, der entweder mißgebildet oder nicht lebensfähig ist?«

»Nein, ich ...«

»Wie dem auch sei, was hättest du denn damit gemacht?«

»Ich wollte es haben! Es wäre ...«

»... ein Klotz am Bein! Der dein Leben zerstört hätte, du Schaf! Und überhaupt ist es, wie's ist, basta. Du konntest es dir nicht aussuchen. In zwei Tagen fliegen wir nach Hause zurück. Du kommst für eine Weile mit zu mir, okay? Ich werd' dich ein bißchen verwöhnen ...«

Ihr ruppiger Ton vermochte nicht über ihre Besorgtheit hinwegzutäuschen. Sie hatten beide kein Glück mit den Männern.

»Weißt du«, fuhr sie nachdenklich fort, »Typen, die behaupten, sie liebten ihre Frau nicht mehr, nur um bei einem hübschen Mädchen zu landen, gibt es wie Sand am Meer ... Sie schwören, daß sie sich scheiden lassen, aber zu Hause sind sie lammfromm und bringen ihrer Angetrauten Blumen mit, kaum daß sie sich mal eine halbe Stunde verspätet haben ... Ich hab' dich damals gewarnt, als du im Krankenhaus gekündigt hast, hab' dir gesagt, daß du eine Riesendummheit begehst.«

»Du hast keine Ahnung«, brauste Laurence auf. »Du kennst Mathieu nicht.«

»Nun, ich hatte fünf Minuten lang die Gelegenheit ihn kennenzulernen! Wenn du ihn vorhin hättest erleben können, würdest du dir keine Illusionen mehr machen! Er ist eine feige Socke, eine echte Niete! Und er hat dich nie geliebt, soviel ist sicher. Damit mußt du dich abfinden. Aber du wirst schon sehen, das ist gar nicht so schwer. Beantworte doch einfach einmal die Frage: Ist die Frau von deinem Mathieu häßlich? Ist sie alt, mißgestaltet, schwachsinnig, ordinär oder eine Rabenmutter?«

Laurence warf ihrer Schwester einen hilflosen Blick zu. Sie dachte an das Foto von Valérie auf dem Nachttisch.

»Also, warum sollte er sie verlassen?« schloß Brigitte unbarmherzig.

Sie wartete ein Weilchen auf eine Antwort, die aber nicht kam. Dann erhob sie sich und trat ans Fenster. Die Dunkelheit war über Tunis hereingebrochen, und an dem nachtblauen Himmel standen leuchtend die Sterne. Sie dachte kurz, aber heftig an das Kind, das es nun nicht mehr gab. In ihrem Rücken schluchzte Laurence leise vor sich hin. Sie war ihre kleine Schwester, sie würde sie nicht eher allein lassen, als bis sie geheilt war.

6

Ludovic hielt brav seine Tasse hin, und Axelle schenkte ihm Kaffee ein. Sie war hinreißend mit ihrem goldbraunen Teint. Sie hatte den ganzen Sommer in der Bretagne verbracht und sah wirklich blendend aus. Aber nun, da das Semester wieder begonnen hatte, würde die Bräune nach und nach verblassen, sie würde wieder Ringe unter den Augen haben, und es würde immer schwieriger, sie morgens wach zu bekommen.

»Was siehst du mich denn so an?«

»Du bist bildhübsch, mein Schatz.«

Das Kompliment entlockte ihr ein Lächeln, dann biß sie in ihr marmeladebestrichenes Croissant.

»Heute ist der Erste«, erinnerte sie ihn mit vollem Mund.

»Ich weiß. Ich hab' dir Geld auf das Vertiko gelegt.«

Herrisch, wie sie war, und stets auf ihre Unabhängigkeit bedacht, fand sie kein Wort des Dankes. Für sie war es eine Selbstverständlichkeit, daß ihr Vater sich um alles kümmerte, daß er für ihre Bedürfnisse aufkam, sie aber dabei ihr eigenes Leben leben ließ. Im Gegenzug tat sie so, als hielte sie das Haus in Schuß. Zu ihrem großen Glück kam zweimal die Woche eine Frau aus dem Dorf und bemühte sich, ein wenig Ordnung zu schaffen. Ludovic sammelte seit Jahren Möbel, Graphiken und Nippes, so daß das barocke Gebäude vollgestopft war mit dem seltsamsten Trödel. Axelle hatte sich sofort wohl gefühlt. Als sie zu ihrem Vater zurückgekehrt war, war alles ganz einfach gewesen, als seien sie nie getrennt gewesen. Und doch war sie bei ihrer Mutter aufgewachsen, weit weg von Ludovic, den sie nur ein- oder zweimal im Monat gesehen hatte. Sie war gerade zwölf Jahre gewesen, als ihre Eltern sich in gegenseitigem Einvernehmen getrennt hatten. Sie hatten nach wie vor ein sehr gutes Verhältnis zueinander, aber es war stets Ludovic gewesen, der die Reise auf sich genommen und die Wochenenden bei seiner Exfrau verbracht hatte. Nach dem Abitur hatte sich die Frage nach dem richtigen Studium gestellt, und Axelle hatte sich ganz selbstverständlich an der Kunstakademie in Rouen eingeschrieben. Sie hatte das Haus Ludovics zunächst mit Erstaunen erkundet, war aber bald hellauf begeistert gewesen. Erbaut im 17. Jahrhundert, stand das alte steinerne Wohnhaus an einen Turm hingeduckt. Der kleine Pfarrgarten, der auf der einen Hälfte von Mauern umgeben war, öffnete sich zum Fluß hin auf eine riesige Wiese. Erst ein ganzes Stück weiter hinten fing der Wald an. Das Haus stand völlig isoliert zwei Kilometer von dem Dörfchen Clères entfernt, und es gab keinerlei Nachbarn. Der Ort besaß eine unwiderstehliche Anziehungskraft, und Axelle war auf der Stelle verzaubert gewesen. Wenn man durch die schwere Eichentür ins Innere trat, stand man in einem großen Gewölbe, wo inmitten eines liebenswerten Tohuwabohus ein imposanter Kamin aufragte. Von einem Zimmer zum nächsten führten stets mehrere Stufen, als sei nichts auf gleicher Höhe gebaut worden. Die uneinheitliche Architektur wies Spuren zahlreicher Umbauten auf, die im Laufe der Jahrhunderte vorgenommen worden waren. Im Turm hatte sich Ludovic einen großen runden Raum eingerichtet, der ihm auch als Arbeitszimmer diente. Eine steinerne Wendeltreppe führte zu einem Bad mit pastellfarbenen Rattanmöbeln, das wie ein extravaganter kleiner Salon gestaltet war. Die Küche befand sich in einem Raum, der ehemals eine Kapelle gewesen sein mochte, denn dort waren herrliche Fenster erhalten.

Nach einigem Zögern entschied sich Axelle dafür, sich im ersten Stock einzurichten, wo sie zwei ineinander übergehende Zimmer in Beschlag nahm, eins als Schlaf-, das andere als Arbeitszimmer. Das Bad war in einem leicht baufälligen Zustand, und Ludovic ließ Handwerker kommen, damit seine

Tochter den nötigen Komfort hätte. Ihr Zusammenleben spielte sich rasch und ohne größere Zusammenstöße ein. Axelle traf die Entscheidungen, und Ludovic fügte sich. Er war überglücklich, sie im Haus zu wissen und den Hardrock aus ihrem Zimmer dröhnen zu hören, ohne den sie nicht leben konnte. Er erstand für sie einen gebrauchten Kleinwagen, damit sie nach Belieben kommen und gehen konnte. Als Gegenleistung erbat er sich von ihr, daß sie das Einkaufen übernahm. Unauffällig hatte er sie im Auge, und er nahm sich stets Zeit, mit den Freunden zu plaudern, die sie gelegentlich aus der Uni mitbrachte. Ihr erstes gemeinsames Trimester war ein bißchen chaotisch, aber harmonisch. Axelle war stets darauf bedacht, den Ton anzugeben, und Ludovic amüsierte sich über ihre bestimmende, besitzergreifende Art. Wenn er spät oder gar überhaupt nicht heimkam, schmollte sie einen ganzen Tag lang und bombardierte ihn danach mit Fragen. Er wich aus, indem er schallend lachte, und behielt sein Privatleben für sich. Er wollte sie weder schockieren noch sie betrüben, ja er wollte überhaupt nicht erst irgendeine Rivalität zwischen ihr und einem anderen weiblichen Wesen aufkommen lassen.

Wie jeden Morgen fragte sie ihn, ob er zum Abendessen da sei.

»Im Prinzip, ja. Wenn nicht, ruf' ich dich an.«

Sie schloß die Klappe der Spülmaschine mit einem Fußtritt – eine abscheuliche Angewohnheit –, verteilte mit einem viel zu nassen Schwamm die Krümel über den ganzen Tisch und beugte sich zu ihrem Vater hinunter, um ihn in den Nacken zu küssen.

»Bis heute abend!« warf sie ihm im Hinausgehen zu.

Er hörte sie mit dem Twingo davonfahren, stieß einen Seufzer aus und goß sich noch etwas Kaffee ein. Er hatte schlecht geschlafen, war unfähig gewesen, ein Auge zuzutun. Wieder und wieder hatte er an Valérie Prieur gedacht und an ihre grünen, tränenverschleierten Augen. Wenn er die Lider schloß, sah er ihr Gesicht, hörte er ihre Stimme. Er hatte sich in sie in weniger als einer Stunde verliebt, was ihn verblüffte. Er konnte sich nicht erinnern, daß ihn je eine Frau dermaßen verwirrt hatte, und schon gar nicht so schnell. Er fragte sich, was mit ihm geschehen war und warum. Es war nicht das erste Mal, daß eine hübsche Mandantin zu ihm kam, weiß Gott nicht. Wenn er gebrochene Herzen trösten wollte, könnte er dies das ganze Jahr hindurch tun. Doch dazu hatte er sich noch nie hinreißen lassen. Im Gegenteil, er war stets sorgsam darauf bedacht, Beruf und Privatleben zu trennen. Das war eine der Grundregeln in seinem Metier.

Seit seiner Scheidung war er ein wenig mißtrauisch, was die großen Gefühle anlangte. Vor neunzehn Jahren hatte er geglaubt, Nathalie zu lieben, und zwar so sehr, daß er ihr einen Heiratsantrag gemacht hatte, obwohl er noch nicht einmal sein Jurastudium abgeschlossen hatte. Sie stammten beide aus der Bretagne und kannten sich von Kindesbeinen an. Doch Ludovic hatte sich in sich selbst getäuscht und bezüglich dessen, was er für Liebe gehalten hatte. Nach wenigen Monaten war ihm langweilig geworden. Er hatte relativ große Ehrlichkeit bewiesen und Nathalie dies nach und nach gestanden. Er hatte ihr keinen Kummer bereiten oder sich über sie lustig machen wollen, geschweige denn sie der Lächerlichkeit preisgeben. Axelle war bereits unterwegs gewesen, und ihre Geburt hatte die Sache nicht verbessert. Sie hatten dann wie Freunde zusammengelebt, einer so diskret wie der andere, hatten getrennte Zimmer bewohnt, aber ohne allzu große Verbitterung ein gemeinsames Leben geführt. Trotzdem war Nathalie explodiert, als er davon gesprochen hatte, sich wirklich zu trennen. Da war Axelle, und ihr zuliebe sollte der Schein gewahrt werden. Ludovic konnte nur unter der Bedingung tun und lassen, was er wollte, daß er seine Vaterrolle weiterspielte und sich nichts anmerken ließ. Er hatte diese Situation noch ein paar Jahre ertragen, dann hatte sich Nathalie schließlich in einen anderen verguckt und in die Scheidung eingewilligt. Sie war in die Bretagne zurückgekehrt und hatte Axelle mitgenommen. Wenn Ludovic auch über den Auszug seiner Frau erleichtert gewesen war, so hatte er doch unter der Abwesenheit seiner Tochter gelitten. Er hatte sich zu trösten gesucht, indem er dieses Haus gekauft und hergerichtet hatte. Letzten Endes hatte Nathalie nicht wieder geheiratet, da sich ihre Beziehung als kurzes Abenteuer entpuppt hatte. Sie hatte vorgegeben, daß dies so besser sei, da Axelle dadurch mit keinem Stiefvater zurechtkommen mußte und Ludovic kommen konnte, so oft er wollte. Er hatte ihr Geld geliehen, und sie hatte eine Gemäldegalerie eröffnet, die während der Sommermonate gut lief. Seit einiger Zeit hatte sie angefangen zu aquarellieren, und was sie Ludovic gezeigt hatte, schien ihm in der Tat interessant.

Er stellte seine Tasse in die Spüle und verließ das Haus durch den Hintereingang. Bevor er ins Auto stieg, sah er nach, ob alle Türen verschlossen waren. Die Fahrt nach Rouen bot ihm normalerweise Gelegenheit, über bestimmte Fälle nachzudenken, seine Termine für den Tag noch einmal Revue passieren zu lassen. Aber an diesem Morgen ging ihm Valérie nicht aus dem Kopf, und kaum daß er in seiner Kanzlei angekommen war, rief er seinen Kollegen François Bréval an. Der schien, da Mathieu Keller noch keinen Kontakt mit ihm aufgenommen hatte, aus allen Wolken zu fallen, daß dessen Frau ein Scheidungsverfahren in die Wege geleitet hatte. Nachdem er aufgelegt hatte, blieb Ludovic eine Weile gedankenverloren sitzen. Wohlwissend, daß er seine Mandantin nicht jedesmal, wenn sie einen Termin bei ihm hatte, zum Essen einladen konnte, überlegte er dennoch, in welches Restaurant er sie führen würde. Und wenn sie ablehnte, bräuchte er nur irgendwelche Schmerzen in der Herzgegend zu erfinden und in ihrer Sprechstunde zu erscheinen! Diese abstruse Idee entlockte ihm ein Lächeln und versetzte ihn für den Rest des Vormittags in gute Laune. Er beschloß, über die Gegensprechanlage seine Sekretärin anzuweisen, den ersten Mandanten hereinzubitten.

Valérie ließ das Stethoskop sinken und runzelte die Stirn. Vor ihr stand ihr letzter Patient, und der machte ihr etwas Sorgen. Sie bedeutete ihm, daß er sich wieder anziehen könne, und warf währenddessen einen Blick auf seine Karteikarte. Sie war weder mit der Diagnose noch mit der Behandlung des Kardiologen einverstanden, den sie vertrat. Aber wie sollte sie das formulieren? In zehn Tagen wäre ihr Kollege wieder da. Sie wußte um den Verhaltenskodex ihres Berufsstandes, sagte sich aber, daß das Interesse des Patienten absolute Priorität habe. Sie könnte ohne weiteres ergänzende Untersuchungen anordnen, um ihren Verdacht zu erhärten. Selbst wenn die Bestimmungen der gesetzlichen Krankenversicherung diese Art Untersuchung nur begrenzt vorsahen. Denn hier lag keine banale Koronarinsuffizienz vor, dessen war sie sich sicher.

Sie lächelte dem alten, kahlköpfigen Herrn zu, der auf dem Stuhl ihr gegenüber Platz nahm. Er wirkte befangen und mißtrauisch. Sie war zu jung, als daß sie ihm hätte Vertrauen einflößen können, das war ganz offensichtlich.

»Haben Sie sich seit ihrem letzten Besuch irgendwie unwohl gefühlt, eine unerklärliche Müdigkeit verspürt oder irgendeinen besonderen Schwächezustand erlitten?« fragte sie mit einem gewinnenden Lächeln.

»Nein.«

»Keine Atembeschwerden, kein Schwindelgefühl?«

»Nein.«

Er war nicht willens, mit ihr zusammenzuarbeiten. Sie unterdrückte ein Seufzen und fing an, mechanisch mit ihrem Bleistift herumzuspielen. Sie war sicher, daß sie im Stethoskop etwas gehört hatte. Das klügste war, den Mann in die Uniklinik zu überweisen, wo man ihn durchchecken würde. Zumindest würde man dort ein Herzecho machen. Das Krankenhaus hier war für solcherlei Untersuchungen nicht ausgerüstet. Aber er würde sich natürlich weigern und den Schluß ziehen, daß sie keine Ahnung hätte.

»Wann ist mein Doktor wieder da?« fragte der alte Mann prompt in grollendem Ton.

Valérie schenkte ihm erneut ein äußerst professionelles Lächeln.

»Am Vierzehnten. Wir werden gleich einen Termin bei ihm vereinbaren, einverstanden?«

Sichtlich erleichtert nickte er mit dem Kopf. Sie trug ihn in den Terminkalender ein.

»Am Vierzehnten also, um neun Uhr.«

Sie brachte ihn bis zur Türe. Er schüttelte ihr die Hand und redete sie zum Abschied mit »Mademoiselle« an. Hatte er sie für eine Krankenschwester gehalten? Sie lächelte bei dem Gedanken und setzte sich wieder hin. Vielleicht trat sie nicht sicher genug auf? Der Zustand des Mannes, der soeben hinausgegangen war, war nicht beunruhigend, und die Sache konnte ein paar Tage warten; aber wenn in der Zwischenzeit irgend etwas passierte, war sie moralisch verantwortlich. Die Jahre zu Hause machten sich deutlich bemerkbar. Sie mußte zu ihrem sicheren Auftreten zurückfinden, zu ihrer natürlichen Autorität, über die sie am Ende ihrer Assistenzarztzeit verfügt hatte, einem Überzeugungs- und Durchsetzungsvermögen, das dem Patienten keine Wahl ließ. Um ihren Spezialistenstatus wiederzuerlangen, hätte sie die Atmosphäre der Uniklinik gebraucht, diesen riesigen, gut geölten Apparat, in dem sie fürs Leben gern wieder eine Stelle angenommen hätte. Hier war sie sich selbst überlassen, verfügte nur über geringe Mittel und hatte keinerlei Kontakte.

Quer über die Karteikarte, die sie immer noch anstarrte, schrieb sie ihre eigene Diagnose, versehen mit einem Fragezeichen, welches sie aus reiner Höflichkeit hinzufügte. Sie hoffte, ihren Kollegen nicht vor den Kopf zu stoßen, war jedoch überzeugt, daß er ein bißchen nachlässig gewesen war. Sie vermutete, daß die Tarife in dieser Einrichtung hier umgekehrt proportional zur Qualität der Behandlung standen. In einigen Tagen würde sie dieser Klinik ohne Bedauern den Rücken kehren, aber bis dahin mußte sie sich erneut dahinterklemmen, eine Stelle zu finden. Sie war sich unschlüssig, ob sie beim Generaldirektor des C.H.U. vorstellig werden sollte, ohne zuvor mit Mathieu zu sprechen. Es wäre eigentlich normal, ihn vorzuwarnen oder sogar um seine Meinung zu fragen, aber sie ahnte schon, wie er reagieren würde. Er würde es schlecht aufnehmen und Vorwände finden, um sie zu entmutigen. Es sei denn, er böte ihr seine Unterstützung an, wenn sie im Gegenzug ... Was? Sich wieder mit ihm versöhnen würde? Waren sie überhaupt zerstritten? Sie für ihren Teil empfand keinen Zorn mehr. Ihre Wut war inzwischen großer Gelassenheit gewichen. Sie litt noch immer nicht und war darüber verwundert. Die Kränkung war sehr wohl da, aber sie schmerzte fast gar nicht. Falls es sich um eine Art Trancezustand handelte, gäbe es ein unsanftes Erwachen. Sie hatte trotz allem im Besprechungszimmer ihres Anwalts wie ein Schloßhund geheult – auch wenn sie den Eindruck hatte, daß dies eher aus Verbitterung als aus echtem Kummer heraus geschehen war. Sie hatte am nächsten Morgen einen Termin in der Kanzlei, und sie würde durchziehen, was sie ins Rollen gebracht hatte: diese Scheidung, die Mathieu so sehr aus der Bahn warf.

Sie zog ihren weißen Kittel aus, nahm ihre Tasche und verließ das kleine Büro. Auf dem Gang war keine Menschenseele zu sehen, es war so ruhig wie immer. Sie lief über den Parkplatz, und als sie zu ihrem Auto kam, blickte sie frappiert auf den Äskulapstab auf der Windschutzscheibe. Das war *ihr eigener* Aufkleber und nicht ein von Mathieu geliehener, um Strafzettel zu vermeiden.Er war das Symbol ihres neuen Lebens, ihrer ärztlichen Tätigkeit. Stellte sich einzig und allein noch die Frage, wo sie ihren Beruf würde ausüben können. Mathieu käme in zwei Tagen zurück, und sie würde ihn umgehend anrufen. Er hätte dann seinerseits die Möglichkeit, ihr den Grund seines ungelegenen nächtlichen Anrufs zu erklären. Er hatte auf sie einen traurigen, ängstlichen Eindruck gemacht, obwohl er doch Tunis so liebte und dort mit Sicherheit glänzte, wie immer auf dem Kongreß. Und dann war ja noch seine junge Geliebte bei ihm gewesen, warum also dieses plötzliche Bedürfnis, mit seiner Frau zu sprechen?

Auf dem Weg zurück ins Zentrum versuchte sie sich Mathieu mit dieser Laurence vorzustellen. Hielt er beim Einschlafen ihre Hand? Ganz sicher nicht, denn es sah nicht so aus, als liebte er sie oder als sei er erpicht darauf, sich um sie zu kümmern. Aber war er überhaupt fähig zu lieben, sich um etwas anderes zu kümmern als um sich selbst? Er hatte nicht einmal daran gedacht, sich nach den Kindern zu erkundigen ... Valérie verspürte einen schmerzlichen Stich. Camille und Jérémie brauchten sie, und zwar um so mehr, als sie ihnen gerade erst ein neues Leben, eine Trennung und die Abwesenheit ihres Vaters aufoktroyiert hatte. Sie war verpflichtet, diese einschneidenden Veränderungen täglich zu kompensieren. Kein Kind erlebte eine Scheidung positiv, selbst wenn es nicht darüber sprach. Camille liebte Mathieu abgöttisch, und eines Tages würde sie es ihrer Mutter zwangsläufig übelnehmen, daß sie ihn verlassen hatte. Bis dahin müßte Valérie ihnen wieder eine angenehme, interessante und behagliche Existenz aufgebaut haben. Und sie müßte sich selbst entfaltet haben, da dies der einzige Weg war, auch ihre Umgebung glücklich zu machen. Ein weiterer Grund, zu kämpfen und erfolgreich zu sein. Sie schwor sich, daß sie es schaffen würde, egal wie hoch der Preis dafür wäre.

Auf dem Rückflug nach Frankreich versuchte Mathieu vergebens, sich auf die Lektüre seiner Zeitungen zu konzentrieren. Im vorderen Teil der Maschine, die vollständig von den Kongreßteilnehmern in Beschlag genommen war, herrschte ausgelassene Stimmung. Jeder wußte eine Anekdote zu erzählen, eine Begegnung oder Erinnerung zum besten zu geben. Mathieu hielt seinen Kopf hartnäckig über seine Tageszeitung gebeugt, aber sein Nachbar knuffte ihn in die Rippen.

»Und du? Wie war's bei dir?«

Er setzte gerade widerwillig zu einer Antwort an, als direkt hinter ihm eine Stimme ertönte.

»Oh, von Mathieu können wir alle noch etwas lernen! Er hat sich Proviant mitgenommen!«

Schallendes Gelächter folgte dem Scherz.

»Ach, tatsächlich? Ich hätte schwören können, daß du dir vor Ort einen süßen Käfer aufgelesen hast. Du bist mit der Dolmetscherin gesehen worden, Gott, war die schnuckelig!«

Sein lüsterner Blick brachte Mathieu endgültig in Rage. All diese Typen träumten von Frauen und Abenteuern, aber sie wagten nie den Sprung ins kalte Wasser. Er hatte wenigstens keine Zeit vergeudet. Kaum war die lästige Episode mit Laurence beendet gewesen, hatte er in der Tat eine unvergeßliche Nacht mit der jungen Tunesierin verbracht, die so gut französisch sprach.

»Sie war wirklich sehr liebenswert, das stimmt«, sagte er bedächtig. »Man sollte solch eine Gelegenheit nie ungenutzt verstreichen lassen.«

»Wenn es einen gibt, der kein Kostverächter ist, dann bist du das!«

Es war ganz natürlich, daß die in der Flugzeugkabine zusammengepferchten Mediziner von der Enge profitierten, um eine Stationszimmer-Atmosphäre zu schaffen. Sie genossen dieses entspannte Beisammensein, die paar Stunden Verschnaufpause, bevor sie wieder ihren äußert ernsten Tätigkeiten nachgingen.

»Wie wär's, wenn du uns von der kleinen Brünetten erzählst, die auf einer Trage dein Zimmer verlassen hat?«

Natürlich wurde diese Frage von erneuten Lachsalven quittiert. Mathieu unterdrückte einen nervösen Seufzer. Er hatte nicht nur Freunde hier im Flugzeug, denn seine zahlreichen Eroberungen hatten stets auch Neid erregt.

»Und wie wär's, wenn ihr mir einfach meine Ruhe lassen würdet?« gab er hochmütig zurück.

Ein mißbilligendes Raunen ging durch die Reihen, dann erhob sich Mathieus Nachbar, um sich woanders hinzusetzen. Mathieu hielt seine Zeitung umklammert, schloß die Augen und lehnte seinen Kopf zurück. Die Unterhaltung hinter ihm ging munter fort. Jeder konnte mit einer außergewöhnlichen Anekdote glänzen, ganz gleich ob wahr oder von Anfang bis Ende erfunden.

»Bin ich denn genauso dämlich wie sie?« fragte er sich.

Er wußte doch zumindest stets seine Chance zu ergreifen oder sich eine Gelegenheit zu verschaffen. Auf diesem Gebiet war er wirklich kein Waisenknabe. Und er hinterfragte seinen ewigen Eroberungsdrang nicht etwa, denn er war viel zu sehr damit beschäftigt, ihn auszukosten. Zum Älterwerden bliebe ihm noch genügend Zeit. Das einzige, was ihm leid tat, war, daß er nicht vorsichtig und nicht schlau genug vorgegangen war. Vor Laurence war sein Leben mit Valérie in geordneten Bahnen verlaufen. Aber nun …

Eine Lautsprecherstimme informierte die Passagiere, daß man im Anflug auf Paris begriffen sei. Alle setzten sich wieder auf ihre Plätze, um sich anzuschnallen, und Mathieu wandte sich zum Fenster, um jedem Gespräch aus dem Weg zu gehen. Der Gedanke an seine Frau hatte ihn traurig gestimmt, wie immer die letzten Tage.

Am Mittwoch beendete Valérie ihre Sprechstunde um kurz vor elf. Sie hatte nur fünf Patienten gehabt, und es war kein besonders aufregender Fall darunter gewesen, aber sie fühlte sich langsam wohler in ihrer Haut. Am Abend davor war sie erst spät schlafen gegangen, nachdem sie darüber nachgedacht hatte, wie sie ihre Bewerbungsunterlagen am besten präsentieren könnte. Ihre Abschlußzeugnisse und die Praktikumsbescheinigungen sprachen für sich, da sie alle mit überschwenglichen Beurteilungen versehen waren. Trotz allem müßte sie in einigen Sätzen die lange Unterbrechung einer Medizinerkarriere erklären, die so brillant begonnen hatte. Und natürlich dürfte sie nicht vergessen, ein paar sorgsam gewählte Worte über ihre Beweggründe, jetzt wieder einzusteigen, anzufügen. Sie hatte eine Menge Papier verschlissen, war aber mit dem Ergebnis zufrieden. Das wichtigste war, einen Termin bei dem jeweiligen Direktor zu bekommen, danach hätte sie es selbst in der Hand, sich überzeugend zu verkaufen. Falls sie in Rouen keine Stelle fände, müßte sie mit entfernter liegenden Krankenhäusern Kontakt aufnehmen. Sie war bereit, sämtliche Lösungen ins Auge zu fassen, einstweilen allerdings unter der Voraussetzung, daß sie nicht noch mehr Unruhe in das Leben ihrer Kinder brächte.

Sie fuhr, so schnell sie konnte, ins Zentrum und ging direkt zu ihren Eltern. Augustin stand hinter dem Ladentisch und versuchte, Camille beizubringen, wie man ein Buch in Geschenkpapier einschlägt. Das kleine Mädchen ließ ihr Paket halbfertig liegen, um sich ihrer Mutter in die Arme zu werfen. Valérie drückte sie an sich, etwas zu fest. Vor fünfundzwanzig Jahren hatte Augustin ihr dieselben Handbewegungen gezeigt, ebenso geduldig und zweifellos mit demselben silbrigen Papier.

»Wo ist dein Bruder?«

»Oben. Suzy hat ihm Buntstifte gekauft, eine riesige Schachtel!«

Camille schmollte.

»Sie malen eine Karte, für Erdkunde ...«, fügte sie erklärend hinzu.

Valérie warf ihrem Vater einen verschwörerischen Blick zu. Was hätte sie ohne ihre Eltern getan? Hätte sie es gewagt, alles auf den Kopf zu stellen, ein luxuriöses und eingefahrenes Leben über den Haufen zu werfen? Aber sie waren da, ganz wie immer, und hießen die Entscheidungen ihrer einzigen Tochter schon im vorhinein gut.

»Ich muß unbedingt deinen Pony schneiden, sonst fängst du noch an zu schielen«, bemerkte Valérie.

Augustin konnte sich eines leichten Lächelns nicht erwehren und reichte ihr unverzüglich die Schere, die auf dem Ladentisch lag. Diese heikle Angelegenheit sollte man nicht hinausschieben. Camille schloß beunruhigt die Augen und lauschte auf das Knirschen der Scherenblätter, die ihre feinen Haare durchtrennten. Ihre Mutter war geschickt, es saß jede Bewegung, und daher war die Sache in wenigen Minuten vorüber.

»So! Jetzt siehst du wieder viel besser aus«, befand Augustin.

Das kleine Mädchen öffnete die Augen und betrachtete die Strähnen, die auf ihre Latzhose gefallen waren.

»Meinst du, Jérémie leiht mir seine Buntstifte mal?«

»Komm«, sagte Valérie und nahm sie auf den Arm, »wir fragen ihn einfach.«

Als sie so die Treppe hochstieg, stellte sie fest, daß Camille ziemlich schwer geworden war. Auf dem Weg durch die Diele flüsterte ihre Tochter ihr ins Ohr:

»Wann sehen wir Papa?«

»Er kommt übermorgen zurück.«

»Gehen wir dann alle zusammen essen?«

Ihr dünnes Stimmchen hatte ein bißchen gezittert, und es war große Hoffnung herauszuhören. Valérie drückte sich um eine Antwort und stieß die Küchentür auf. Jérémie stürzte sich – genau wie seine Schwester fünf Minuten zuvor – auf seine Mutter.

»Was für ein Baby! Trägst du sie noch immer auf dem Arm?« beschwerte er sich.

Sie gab ihm einen Kuß und wandte sich an Suzanne, die sie alle drei lächelnd betrachtete.

»Jérémie ist schon ein großer Junge«, sagte diese, »er war vorhin ganz allein mit Atome unten auf der Straße.«

»Ich mag das nicht machen, er zieht zu sehr an der Leine!« brüllte Camille.

In der Küche roch es gut, und Valérie warf einen Blick zum Herd. Ihre Mutter kochte stets das, was die Kinder mochten.

»Ich hab' einen Termin beim Anwalt«, seufzte sie.

»Sollen wir mit dem Essen auf dich warten?«

»Nein, bloß nicht, so lange halten die Kinder nicht durch! Gib ihnen zu essen, Maman, ich werde den Anschluß schon noch kriegen …«

Auf der Schwelle drehte sie sich noch einmal um und sah ihren Sohn an.

»Jérémie … Würdest du deiner Schwester vielleicht ausnahmsweise einmal deine Buntstifte leihen? Sie möchte ein Bild für mich malen.«

Er zögerte, willigte dann aber feierlich ein, in dem Bewußtsein, daß seine Mutter mit ihm wie mit einem Erwachsenen gesprochen hatte.

Valérie wandte sich ab, damit er ihr Lächeln nicht sähe, und eilte die Treppe hinunter. Im Vorbeirennen küßte sie ihren Vater auf die Wange, dann stürzte sie aus dem Laden. In der sicheren Überzeugung, daß sie eine irrsinnige Zeit mit der Parkplatzsuche vergeuden würde, entschloß sie sich, besser zu Fuß in die Kanzlei zu laufen. Im übrigen liebte sie es über alles, durch die Straßen der Altstadt zu flanieren, die sie wie ihre

Westentasche kannte. Sie wurde es nie satt, die Fachwerkfassaden zu bewundern, die seit einigen Jahren perfekt renoviert waren. All die Namen, über die sie sich früher amüsiert hatte und die jetzt ihre Kinder zum Träumen verleiteten, weckten bei ihr irgendwelche Erinnerungen: Rue des Bons-Enfants, des Tonneliers, des Bonnetiers, de la Tour-au-Beurre, Rue aux Ours, Ecuyère, Massacre, Pavillon-des-Vertus, und natürlich ihre eigene Straße, die Rue du Gros-Horloge. Mathieu war für den Charme von Worten nicht empfänglich, ebensowenig wie für die mittelalterliche Architektur. Zu allem, was nicht in unmittelbarem Zusammenhang mit seiner Karriere stand, schien er keinen Bezug zu haben, und er fand ganz offensichtlich auch keinen Gefallen daran. Beim Bau seines Hauses in Mont-Saint-Aignan hatte er keinerlei Originalität bewiesen. Er legte Wert auf ausgesuchte Materialien, erstklassige Arbeit, sprach aber nur in Begriffen wie Investition und Kapitalanlage. Nie war er von etwas hingerissen oder spontan begeistert, und er hatte sich kein bißchen für die Inneneinrichtung interessiert, da er die Ansicht vertrat, daß dies Frauensache sei. Warum eigentlich? War ihm seine unmittelbare Umgebung denn derart gleichgültig? Jedenfalls hatten seine Forderungen nach riesigen Glasfenstern, Marmor und Hochglanzpolituren jegliche Kreativität Valéries im Keim erstickt. Sie hatte sich daher mit neutralen Farben begnügt, und nie würde sie die herablassende Miene Mathieus vergessen, als er zum ersten Mal das Haus ihrer Eltern betreten hatte: In seinen Augen war es die reinste Rumpelkammer. Sie hatte die Lektion verinnerlicht und sich gleichgültig dem kargen Modernismus angepaßt, den ihr Mann zu schätzen schien. Während sie nun so darüber nachdachte, fragte sie sich, ob sie nicht von vornherein geahnt hatte, daß sie das alles nicht wirklich anging.

In der Rue de Vicomte angelangt, stellte sie fest, daß sie eine gute Viertelstunde Verspätung hatte. Sie stürzte in das Gebäude und klingelte außer Atem an der Kanzlei. Beinahe im selben Moment öffnete Ludovic selbst die Tür, wobei er sich beeilte zu versichern, daß die Sekretärin zum Essen gegangen sei. Valérie glaubte einen Vorwurf herauszuhören, aber als sie sich in Entschuldigungen erging, schenkte er ihr ein unwiderstehliches Schuljungenlächeln.

»Madame Prieur, Sie werden denken, ich übertreibe ein bißchen, aber ich würde es gern meiner Sekretärin gleichtun und einen Happen essen gehen ... Wenn Sie mir also dabei Gesellschaft leisten mögen, ohne daraus zu schließen, daß ich ein unseriöser Jurist bin oder Ihnen nun regelmäßig dieses Programm zumute ...«

Er holte Luft, seine Augen immer noch auf Valérie geheftet, bevor er fortfuhr:

»Außerdem regnet es heute nicht, stimmt's?«

»Herr Rechtsanwalt, ich ...«

»Aber ich bitte Sie! Wir waren doch das letzte Mal übereingekommen, daß wir uns bei Tisch nicht gegenseitig mit Titel anreden können, erinnern Sie sich denn nicht mehr? Bitte, gehen Sie vor, ich schließe die Tür ab. Ich heiße Ludovic. Erlauben Sie, daß ich Sie beim Vornamen nenne? Valérie, das klingt absolut hinreißend. Ich hätte meine Tochter so taufen sollen. Sie hat den Namen Axelle geerbt, das klingt ein wenig hart, finde ich, wie alle Wörter mit einem x.«

Valéries Antwort war ein herzliches Lachen, und es wirkte kein bißchen gekünstelt. Während sie vor ihm die Treppe hinunterging, erklärte sie:

»Sie sind sehr ... sprachgewandt! Bringt das Ihr Beruf mit sich? Bei Gericht gibt man Ihnen vermutlich recht, nur damit sie zu reden aufhören, oder?«

Er war begeistert, daß sie zum Scherzen aufgelegt und vor allem ganz offensichtlich guter Laune war.

»Ich verstecke meine Schüchternheit hinter einer Flut von Worten, andernfalls könnte ich nicht vor Gericht auftreten«, sagte er ernsthaft.

Ein winziger Sonnenstrahl fiel vor ihnen aufs Pflaster. Sie liefen Richtung Place du Vieux-Marché, wobei sie nebeneinander hergingen wie zwei alte Freunde. Dann bogen sie ein in die Rue de la Pie und suchten sich einen Platz im Nymphéas. Bevor sie sich in die Karte vertieften, fühlte sich Ludovic bemüßigt, noch einmal ein klärendes Wort zu sprechen:

»Ich verspreche Ihnen, daß ich Sie hiermit zum letzten Mal zwinge, mit mir Mittag zu essen. Vor allem mittwochs. Sie hätten sich vielleicht gerne Ihren Kindern gewidmet?«

Sie vollführte eine vage Geste, ohne etwas zu erwidern. Schon lange hatte sich kein Mann mehr ihr gegenüber so direkt und unterhaltsam gegeben. Er vermied es, sie anzusehen, und studierte die Weinkarte, wobei er sich allerdings fest gelobte, daß er demnächst den Mut aufbringen würde, sie zum Abendessen einzuladen. Er erriet, daß sie ihn beobachtete, und fühlte, wie er blitzartig rot wurde. Valérie brachte ihn aus der Fassung, sie war völlig überraschend in sein Leben eingebrochen, und er fühlte sich wie elektrisiert. Daß der Kellner zu ihnen an den Tisch kam, war ihm eine willkommene Ablenkung.

»Sie sprachen vorhin von Ihrer Tochter ... Axelle, so heißt sie, nicht wahr? Wie alt ist sie denn?«

»Achtzehn. Sie ist im zweiten Jahr an der Kunstakademie.«

»Haben Sie noch weitere Kinder?«

»Nein! Dies eine reicht. Sie ist ein richtiger Teufelsbraten.«

In Ludovics Blick lag soviel Zärtlichkeit, daß es für Valérie außer Zweifel stand, daß dieser Mann seine Tochter vergötterte und stolz auf sie war. Eine derartige Begeisterung hatte sie an Mathieu nie festgestellt, wenn er von seinen Kindern sprach.

»Ich habe meinem Kollegen Bréval einen Brief geschickt. Ihr Mann hat ihn noch nicht kontaktiert. Heute werde ich Ihnen ein paar unangenehme Detailfragen stellen. Ich brauche konkrete Zahlen, was das Einkommen Ihres Mannes anbelangt, sein Kapitalvermögen, kurz seinen gegenwärtigen Vermögensstand. Das muß sein. Und dann ... etwas persönlichere Details, Ihr und sein Leben betreffend.«

Ludovic, der sonst ohne Hemmungen sprach, wenn er einen Fall erörterte, wartete verlegen auf Valéries Reaktion.

»Ich würde gerne ...«, begann sie, »oder sagen wir, ich habe mir vorgenommen, daß wir im Guten auseinandergehen.«

»Im gegenseitigen Einvernehmen?«

»Ich weiß nicht, wie man das nennt. Und ich weiß auch nicht, ob ... er überhaupt damit einverstanden ist.«

»Hören Sie mal, Valérie ...«

Es war ihm die reinste Freude, ihren Vornamen auszusprechen, und er ließ ihn sich auf der Zunge zergehen, bevor er fortfuhr:

»Nach allem, was Sie mir anvertraut haben, geht es nicht um die Frage, ob Ihr Mann einverstanden ist oder nicht. Er ist hundertprozentig im Unrecht! Sie werden ab jetzt ein für allemal darauf verzichten, jedesmal seinen Segen einzuholen. Rein juristisch betrachtet ...«

»Die juristische Seite ist mir völlig egal! Was ist mit der moralischen? Ich habe Mathieu verlassen, weil er sich schlecht benommen hat ...«

»Das ist ja wohl milde ausgedrückt!«

»Lassen Sie mich ausreden.«

Überrascht von ihrem autoritären Ton lehnte sich Ludovic in seinem Stuhl zurück und wartete.

»Entschuldigen Sie, es tut mir leid«, seufzte sie. »Ich wollte Ihnen nur begreiflich machen, daß ... Nun, ich glaube, er ist aufrichtig unglücklich über diese Trennung, so paradox das auch klingen mag. Ich kenne ihn besser als irgend jemand sonst auf der Welt, und sein Egoismus ist grenzenlos. Momentan glaubt er sich ohne Zweifel zu Unrecht verlassen, selbst wenn er in den Armen einer anderen Trost sucht. Ich weiß, es hört sich verrückt an, aber es ist so. Ich habe den Eindruck, daß die Frauen ihm nicht viel bedeuten ... mit Ausnahme seiner eigenen, auch wenn es nicht so scheint ...«

Sie hielt inne, als suche sie nach Worten. Den Kopf leicht schräg geneigt, spielte sie mit ihrem Besteck. Er fragte leise:

»Sie werden mir doch jetzt nicht etwa erklären, daß Sie Ihre Entscheidung bereuen?«

Sie starrte ihn fassungslos an.

»Natürlich nicht! Im Gegenteil, ich hätte ihn schon viel früher verlassen sollen. Doch nur weil ich ihn verlassen habe, möchte ich ihn nun nicht auch noch finanziell ruinieren. Meine Gefühle für ihn sind nicht so leidenschaftlich, daß ich mich mit Rachegedanken oder dergleichen trage.«

Wieder beruhigt, beeilte er sich, ihr beizupflichten. Er hatte auf einmal Angst bekommen, daß sie ihm eine schlechte Nachricht verkünden würde. Das schlimmste wäre gewesen, wenn sie ihm gestanden hätte, ihren Mann noch zu lieben. Er fragte sich, ob er nicht drauf und dran war, den Kopf zu verlieren. Wie sollte er gelassen in einem Fall auftreten, in den er bereits so persönlich verwickelt war? Er kannte Mathieu überhaupt nicht, und trotzdem haßte er ihn.

»Haben Sie Mitleid mit ihm?«

»Ja … ein bißchen … Auch wenn das albern ist. Oder lassen Sie es mich anders sagen: Mich beschleicht eine gewisse Melancholie, wenn ich an die Familie denke, die wir einmal waren und die wir nie wieder sein werden. Mathieu tut mir leid, solange ich ihn nicht sehe, nicht mit ihm spreche. Aus der Distanz gelingt es mir zu vergessen, aber es ist besser, ich treffe ihn nicht. Wenn ich ihm gegenüberstehe, überkommt mich ein Gefühl der Verbitterung und auch des Zorns. Und zwar ziemlich heftig! Da Sie ein Mann sind, weiß ich nicht, ob Sie meinen Standpunkt verstehen können, Ludovic. Aber genau den werden Sie verteidigen müssen.«

Er antwortete ihr nicht sofort, und zwischen ihnen entstand ein beklemmendes Schweigen. Er war knapp davor, ihr zu sagen, daß sie ihm zu gut gefiel, als daß er sie gerichtlich hätte vertreten können, ganz gleich, welches sein Standpunkt war, aber er traute sich nicht. Es war nicht der richtige Augenblick, und er befürchtete, daß sie sich in die Enge getrieben fühlte, wenn er sich zu einer solchen Erklärung hinreißen ließe. Und dann hatte sie ihn mit einer solchen Selbstverständlichkeit Ludovic genannt, daß er es vorzog, den Moment zu genießen, und kein Risiko eingehen mochte. Für eine Frau wie sie erschien ihm keine Strategie passend.

»Ich bin Bretone«, sagte er völlig unvermittelt. »Mein Name läßt daran ja keinen Zweifel! Und wenn es jemanden gibt, der in der Lage ist, starrköpfige Menschen zu verstehen, dann bin ich es. Trotzdem muß ich Sie warnen, daß es nichts bringt, sich großzügig zu zeigen. Ihr Mann wird Ihnen böse sein, selbst wenn er an allem schuld ist. Sie riskieren ein böses Erwachen … Leute, die sich scheiden lassen, sind mit denjenigen zu vergleichen, die sich hinters Steuer setzen – das macht einfach aggressiv! Erbschaftsgeschichten und Scheidungen, da werden die Messer gezückt. Bei einem Paar, das in Trennung lebt, ist jeder überzeugt, daß der andere bereitwillig seine guten Seiten anerkennt, aber das ist niemals der Fall, glauben Sie mir, ich habe Erfahrung. Wie werden Sie reagieren, wenn Ihr Mann Ihnen jegliche Unterhaltungszahlungen verweigert oder das Sorgerecht für die Kinder beantragt? Machen Sie sich auf alles nur Erdenkliche gefaßt, damit Sie keine unschöne Überraschung erleben.«

Sie hatte keine Anstalten gemacht, ihn zu unterbrechen, auch wenn ihr seine Ausführungen reichlich verwirrend erschienen waren. Sie versuchte sich einen Krieg mit Mathieu vorzustellen und mußte sich eingestehen, daß sie dieser Gedanke erschreckte.

»Ich hoffe, daß alles gutgeht«, murmelte sie.

Von einer plötzlichen Traurigkeit ergriffen, schluckte sie schwer. Trotz all seiner Fehler war ihr Mann doch eigentlich derjenige, der sie bis zum Ende ihrer Tage hatte beschützen sollen. Der enorme Altersabstand hatte dieses Gefühl der Geborgenheit und vielleicht sogar der Abhängigkeit noch verstärkt. Aber sie hatte beschlossen, sich davon zu befreien, und müßte nun sämtliche Konsequenzen tragen.

»Ich bin betrübt, Sie so besorgt zu sehen, ich wollte Sie nicht verunsichern«, entschuldigte sich Ludovic leise.

»Keine Ursache. Seien Sie doch so nett und schenken Sie mir noch etwas von diesem Wein ein …«

Sie war blaß und wirkte verstört. Er machte sich Vorwürfe, daß er zuviel geredet und sie völlig um ihre fröhliche Stimmung gebracht hatte. Er beeilte sich, ihr nachzugießen, tat dies aber derart überstürzt, daß ihr Glas umfiel. Obwohl sie rasch reagierte, konnte sie nicht weit genug zurückweichen, und auf ihrem Rock breitete sich ein großer Fleck aus. Sie streckte die Hand nach der Serviette aus, aber Ludovic war schon bei ihr.

»Ich weiß gar nicht, was ich sagen soll, es ist mir entsetzlich peinlich«, murmelte er betroffen und hielt ihr sein Taschentuch hin.

Sie nahm es ihm aus der Hand, befeuchtete es in dem mit Eiswürfeln gefüllten Sektkübel und tupfte den Stoff ab. Wie er so unschlüssig vor ihr stehenblieb und wartete, wurde sein Heiligenschein noch größer. Mathieu hätte in einer vergleichbaren Situation einfach mit dem Finger geschnippt und einen Kellner herangerufen.

»Setzen Sie sich doch wieder hin, ich werde diese Überschwemmung überleben«, sagte sie mit einem beschwichtigenden Lächeln.

»Schicken Sie mir die Rechnung für die Reinigung?«

»Nein, Sie brauchen es ja bloß von Ihrem Honorar abzuziehen. Apropos …«

Sie blickte zu ihm auf und hatte ihren Rock schon vergessen.

»Wir sollten uns darüber unterhalten. Ich muß Ihnen einen Vorschuß geben, das ist doch so üblich, oder?«

»Ja, aber nicht heute – nach einem derartigen Mißgeschick. Ich würde vor Scham vergehen, wenn Sie mir auf diesem verwüsteten Tisch auch noch einen Scheck ausstellten …«

Ein Kellner war aufgetaucht und drapierte kunstvoll frische, blütenweiße Servietten. Im Handumdrehen beseitigte er die Spuren des Malheurs, wechselte die Gläser aus und brachte einen Eiskübel mit einer neuen Flasche Wein.

»Tja, dann werden wir uns einfach betrinken, während wir darauf warten, daß Ihr Kleid trocknet.«

Er rechnete es ihr hoch an, daß sie nicht die geringste Spur von Verärgerung gezeigt hatte.

»Sie sind wirklich sehr nett … oder sehr gut erzogen!«

Sie machte sich die Mühe, ihn genauer anzusehen, da er sie plötzlich interessierte. Sie hatten sich erst zweimal getroffen, und ihre Beziehung war anders, als sie eigentlich sein sollte. Auch wenn sie noch nie einen Anwalt gebraucht hatte, schwante ihr, daß Ludovic Carantec sich ziemlich außergewöhnlich benahm. Sie stellte fest, daß er etwas sehr Jungenhaftes an sich hatte.

»Und, zu welchem Ergebnis kommen Sie?« fragte er amüsiert. »Wollen Sie mich weiter als Rechtsbeistand haben, oder finden Sie mich zu schrullig und tolpatschig?«

»Ich finde, daß Sie etwas Besonderes sind.«

»Sagen Sie das, um mir eine Freude zu machen?«

Die Angst, die sie bei dem Gedanken an Mathieu befallen hatte, verflog. Die Gesellschaft Ludovics war ihr trotz allem angenehm.

»Sie hatten mir doch noch einige indiskrete Fragen zu stellen«, erinnerte sie ihn.

»Ach ja, schreckliche Fragen, aber leider unerläßlich … Fangen wir beim lieben Geld an. Ich nehme an, Ihr Mann verdient ganz gut.«

»Sehr gut.«

»Das Haus …, ich meine, der Besitz in Mont-Saint-Aignan gehört ihm vollständig?«

»Ja.«

»Keinerlei Kredit, Darlehen oder Hypothek?«

»Nein.«

»Verfügt er noch über andere Einkünfte?«

»Ein Aktienpaket, glaube ich. Ich weiß aber nicht genau, über welche Summe.«

»Das ist nicht wichtig. Der Richter wird seine Erkundigungen einziehen. Die Gesamtsumme ist maßgeblich für die Ausgleichszahlungen. Und wie sieht's bei Ihnen aus?«

»Meine Stelle war nur vorübergehend, und ich suche nun etwas Dauerhafteres. Vollzeit, denn sonst nimmt mich niemand ernst. Ich lege keinen Wert darauf, nur gelegentlich zu praktizieren.«

»Glauben Sie, Sie werden leicht etwas finden?«

»Nein, leicht wohl nicht. Aber ich werde es schaffen.«

»Oh, da habe ich keinen Zweifel …«

Er lächelte erneut auf die ihm eigene, liebenswerte Art, die ihn fast rührend erscheinen ließ.

»Sie haben mir anvertraut, daß Ihr Mann Frauen sammelt wie andere Leute Briefmarken. Was Sie selbst anbelangt, haben Sie … äh …, könnte er als Argument anführen, daß …«

Unfähig, die passenden Worte zu finden, verlor er den Faden, und sie kam ihm zu Hilfe.

»Nein, nie. Ich weiß nicht einmal, ob ich dazu Lust gehabt hätte, denn es ist mir gar nicht erst in den Sinn gekommen.«

»Sehr gut«, stellte er mit einem etwas zu erfreuten Gesichtsausdruck fest.

Es gab also keinen anderen in ihrem Leben und auch nicht in ihrem Herzen, und er fühlte sich wie im siebenten Himmel.

»Es ist spät. Ich muß jetzt wirklich gehen«, sagte Valérie plötzlich.

Das war eine nüchterne Feststellung, und er erinnerte sich, daß ihre Kinder sie zweifelsohne erwarteten; dennoch fiel es ihm schwer, das schier unerträgliche Gefühl der Enttäuschung niederzukämpfen. Er beglich eilig die Rechnung und fragte sie dann, ob er sie noch zurückbegleiten dürfe. Unterwegs sprach er nur über unwichtige Dinge, wobei er sie verstohlen beobachtete. Was könnte er sich einfallen lassen, um sie möglichst bald wiederzusehen? Er wollte nichts überstürzen. Wie würde sie reagieren, wenn sie merkte, daß er in sie verliebt war? Sie hatte binnen weniger Wochen zu viele Erschütterungen erlitten, als daß sie dafür offen wäre, dessen war er sich sicher. Und sie zählte auf seine juristische Unterstützung, seinen fachlichen Rat.

»Da wären wir …«

Valérie hatte vor dem Schaufenster ihres Vaters angehalten und wandte sich Ludovic zu.

»Vielen Dank für das Essen«, sagte sie nur, bevor sie die Ladentür aufstieß.

Hilflos blieb er auf dem Bürgersteig stehen. Nach einer Weile hob er den Kopf und betrachtete das alte Gebäude. Valérie war hier aufgewachsen, und hier hatte sie auch Zuflucht gesucht, an dem Tag, an dem sie beschlossen hatte, alle Brücken hinter sich abzubrechen und ein neues Leben anzufangen. Bei ihren Eltern fühlte sie sich offenbar gut aufgehoben; frei, just an jenem Ort ihr eigenes Leben wieder aufzunehmen, an dem sie es vor zehn Jahren aufgegeben hatte. Er entfernte sich ein paar Schritte, dann ging er noch einmal am Schaufenster vorbei. Das Ladenschild kannte er nur zu gut, denn – Ironie des Schicksals – er hatte bereits zweimal bei Augustin Bücher gekauft. Er beschleunigte seinen Schritt und lief zu der Adresse, die Valérie ihm gegeben hatte. Er betrachtete das Haus, in dem sie eine Wohnung gemietet hatte, und ging dann langsamer in die Rue de la Vicomté zurück. Ein Berg Arbeit erwartete ihn, und er war schon ziemlich spät dran; dennoch nahm er sich die Zeit, bei einem Blumenhändler anzuhalten. Er war sich bewußt, daß sein Verhalten lächerlich, ja vielleicht sogar aufdringlich war, doch er schrieb auch noch ein paar Sätze auf ein Kärtchen, um sich für den Zwischenfall beim Mittagessen zu entschuldigen. Selbst wenn der Vorwand an den Haaren herbeigezogen wirkte, war es besser, als einfach nur so Blumen zu schicken. Er bat darum, daß man ihr den Strauß am Abend zu Hause vorbeibringen möge.

Als er in seine Kanzlei zurückkam, verkündete ihm seine Sekretärin in vorwurfsvollem Ton, daß seine Mandanten bereits ungeduldig würden. Er enthielt sich jeglichen Kommentars und dachte bei sich, daß seine Verspätung ein Nichts war verglichen mit dem, was *er* empfand – ach, er konnte es kaum erwarten, Valérie wiederzusehen. Er hätte gern ihre Vorlieben gekannt, ihre Ticks, ihre Schwächen, wünschte, er stünde ihr bereits wirklich nahe. Er träumte davon, sie zu sich einzuladen, ihr sein Haus zu zeigen, sie liebevoll zu umsorgen. Aber wie wäre das möglich bei einer Frau, die er kaum kannte? Wie sollte er sie dazu bringen, wieder Vertrauen zu fassen, wo die Verletzungen noch so frisch waren? Ihr Ehemann war ein Schwachkopf, ein Rohling, und Ludovic schwor sich, ihn mit allen Mitteln zu bekämpfen bei dieser Scheidung. Das Glück zu haben, mit so einer Frau verheiratet zu sein, und dann auch nur daran zu denken, sie zu betrügen!

Ein fünfzigjähriger Typ, erfolgreich, hat ein wahres Juwel von einer Frau zu Hause und hat nichts Besseres zu tun, als kleine Krankenschwestern zu schwängern … Was für ein Vollidiot!

»Soll ich Madame George hereinbitten? Oder soll ich ihr einen Kaffee anbieten und sie noch etwas vertrösten – sie wartet bereits seit über einer Stunde!«

Bei seinen Träumen ertappt, schenkte Ludovic seiner Sekretärin ein unwiderstehliches Lächeln.

»Selbstverständlich … Worauf warten Sie denn?«

Verärgert wollte sie die Türe zuschlagen, aber diese war aus Diskretionsgründen gepolstert und fiel lautlos ins Schloß.

7

Die arme Putzfrau hatte eine regelrechte Strafpredigt über sich ergehen lassen müssen, den Zustand des Swimmingpools, des Gartens, ja selbst des Hauses betreffend. Indes waren dies Aufgaben, die nicht in ihren Zuständigkeitsbereich fielen. Im Prinzip kümmerte sich Valérie um all diese Dinge, und wenn *sie* dies jetzt übernehmen sollte, bräuchte sie eben länger. Herablassend erwiderte ihr Mathieu, daß es ihm völlig egal sei, wie viele Stunden sie benötige, und daß er einfach nur wolle, daß alles picobello sei. Und da er gerade schon dabei war, bat er sie auch noch, sich ums Einkaufen zu kümmern, so daß die Vorratsregale und der Kühlschrank stets voll wären.

Kaum daß sie weg war und er seinen Koffer ausgepackt sowie seine Sachen aufgeräumt hatte, schenkte sich Mathieu einen Wodka ein. Ihn beschlich ein seltsames Gefühl in diesem leeren Haus. Er hatte doch schon früher alleine gelebt, bevor er Ehemann und Familienvater geworden war. Nun ja, nicht wirklich allein, denn er war stets von irgendwelchen Mädchen oder Kumpels umgeben gewesen. Nur hatte er sich in den letzten zehn Jahren daran gewöhnt, jeden Abend seine Frau und seine Kinder vorzufinden, die auf ihn warteten. Valérie brachte eine gewisse Ruhe und auch etwas Fröhliches in das Erdgeschoß hinein. Sie hörte für ihr Leben gern klassische Musik, und wenn er ins Wohnzimmer kam, besang immer gerade ein Tenor oder Sopran sein Leid in herzzerreißenden Tönen. Daneben schlugen ihm Wohlgerüche aus der Küche entgegen, stolperte er über Spielzeug, das Camille oder Jérémie hatten liegen lassen, irgendwo im Treppenhaus war schallendes Gelächter zu hören, und Atome kam schwanzwedelnd angelaufen, ihn zu begrüßen.

Er ging zurück in die Küche, um Eiswürfel zu holen, und seine Schritte hallten auf den Fliesen. Bis dahin hatte er Valéries Verschwinden nicht ernst genommen. War es möglich, daß sie nie wieder zurückkehrte? Und falls dem so wäre, wie würde er sein Leben organisieren?

Sein Glas in der Hand, ging er in sein Büro hinüber und drückte die Wiedergabetaste des Anrufbeantworters. Zerstreut hörte er die Nachrichten ab, bis ihn plötzlich die Stimme François Brévals aufhorchen ließ. Er hielt das Band an und spulte ein Stück zurück, um die Nachricht noch einmal abzuspielen. Trennung von Tisch und Bett? Das Herz schlug ihm bis zum Hals, und er rang nach Luft. Er mußte sich den Tatsachen beugen: Seine Frau beabsichtigte, sich scheiden zu lassen.

Bestimmt fünf Minuten saß er einfach nur da und starrte geistesabwesend vor sich hin. Das hatte er nun dieser Ziege von Laurence zu verdanken. Darüber käme er nicht hinweg! Er hatte so lange tun und lassen können, was er wollte, daß er sich niemals nach den möglichen Konsequenzen seiner Untreue gefragt hatte und auch nicht die nötige Phantasie gehabt hatte, sich ein eventuelles Drama auszumalen. Eine Scheidung war eine schwerwiegende Angelegenheit, wirklich schwerwiegend für einen Fünfzigjährigen. Vor allem wegen nichts und wieder nichts, ohne klar umrissenes Ziel und ohne irgendeine leidenschaftliche Auseinandersetzung; eine völlig überflüssige Scheidung, die er nicht wollte. Er nahm den Hörer ab und wählte die Nummer seines Anwaltes. Er vereinbarte mit ihm einen Termin in einem Restaurant in der Stadtmitte, ohne daß er es für nötig befunden hätte, ihn zu fragen, ob er überhaupt frei war. Er brauchte viel zu dringend jemanden, der ihn beruhigte, und er hatte keine Lust, allein zu Abend zu essen. Im Hinausgehen schaltete er die Alarmanlage ein und warf dann die Geschenke, die er den Kindern aus Tunis mitgebracht hatte, auf den Rücksitz. Wenn er sich nach dem Essen ruhiger fühlte, würde er noch bei Valérie vorbeischauen. Eine Unterredung mit Bréval würde ihm helfen, klarer zu sehen.

Doch weit gefehlt! Zwei Stunden später war er trotz eines guten Essens eher niedergeschmettert als beruhigt. Sein Anwalt, ein alter Freund von ihm, hatte ihm verkündet, daß der Gegner Carantec heiße und in dem Ruf stehe, in derlei Angelegenheiten seine Kontrahenten das Fürchten zu lehren. Selbstverständlich wäre es nicht ganz einfach, Mathieu in diesem Fall zu vertreten. Die Geschichte mit Laurence und ihrer Schwangerschaft schien sich bereits in ganz Rouen herumgesprochen zu haben. Mathieu hatte sich das alles genervt und nicht wirklich überzeugt angehört. Vielleicht hatte Valérie aus einer spontanen Wut heraus gehandelt, vielleicht bestünde die Möglichkeit, daß sich alles wieder einrenkte, da er ja schließlich mit seiner Geliebten gebrochen hatte? Bréval hatte skeptisch gewirkt, hatte aber eingeräumt, daß man im Augenblick noch nichts Definitives sagen könne. In einigen Wochen würde man vor Gericht einen ersten Versöhnungsversuch unternehmen. Mathieu könne sich bemühen, die Sache wieder ins Lot zu bringen, wenn er dies wolle, wobei er es allerdings vermeiden müsse, sich ins Unrecht zu setzen. Was die Kinder betreffe, würden vorübergehende Maßnahmen getroffen, falls die beiden Parteien zu keiner Einigung gelangten.

Als er wieder hinter dem Steuer saß, ließ Mathieu seinen sorgenvollen Gedanken, die er das ganze Essen über verborgen hatte, freien Lauf. Er überlegte eine ganze Weile hin und her, fuhr ziellos ein paar Kilometer durch die Gegend und parkte schließlich vor dem Haus seiner Frau. Er nahm die Geschenke, stieß das Hoftor auf und stieg mit dem unangenehmen Gefühl, sich in einem Traum zu befinden, die hölzerne Treppe hinauf. Als Besucher, ja vielleicht sogar als Eindringling zu Valérie zu kommen, war schwer zu akzeptieren. Sie schien überrascht, als sie öffnete, aber weder glücklich noch verärgert.

»Ich bin gekommen, um den Kindern hallo zu sagen …«

»Das ist eine gute Idee, aber du hättest uns ja mal vorwarnen können. Komm rein …«

Ehe sie sich versah, hatte er ihr mit einer autoritären Geste den Arm um die Taille gelegt.

»Erst mal guten Abend!« sagte er und küßte sie auf den Mund.

Da sie nur einen Seidenpyjama trug, bekam er sofort Lust auf sie. Unter seinen Fingern fühlte sie sich wohlig warm und zerbrechlich an. Einmal mehr mußte sie konsterniert feststellen, daß er nur eine Sprache kannte: die seiner Begierde. Sie wand sich los und ging voraus zum Zimmer der Kinder. Die Klingel hatte deren Schlaf nicht zu stören vermocht, und sie schlummerten, einer über dem anderen, in ihren Stockbetten. Valérie wollte das Licht anknipsen, aber Mathieu hielt sie zurück, den Zeigefinger auf den Lippen.

»Nicht wecken«, flüsterte er. »Es ist schon spät, und ich will gleich wieder weiter. Sie wären enttäuscht ... Ich werde sie am Sonntag zum Mittagessen ausführen.«

Er legte seine Geschenke in die Nähe des Nachtkästchens, strich Camille übers Haar und zog Jérémies Decke wieder richtig hoch. Leise schlich er hinaus und schloß die Türe. Valérie erwartete ihn im Gang.

»Wann bist du zurückgekommen?«

»So gegen fünf.«

»War's schön in Tunis?«

Ihr ironischer Unterton reizte Mathieu, und er verteidigte sich sogleich.

»Es war nicht so, wie du glaubst. Ich weiß nicht, woher du deine Informationen beziehst, aber die Wahrheit ist, daß dieses Mädchen mich bis dorthin verfolgt hat ... Nur wollte ich ...«

Einen Moment war er versucht, ihr die Wahrheit zu offenbaren, ihr zu sagen, daß das Thema Kind erledigt war, aber dann hätte er ihr beichten müssen, was sich wirklich zugetragen hatte, und ließ es sein.

»Nun, ich bin sie jedenfalls los!« brachte er seinen Satz zu Ende. »Ein für allemal! Ich habe dir bereits erklärt, daß es vorbei ist, und ich lüge nicht.«

»Mathieu! Nun red doch nicht solchen Blödsinn ... Im übrigen ist mir das völlig egal.«

Sie hatte voller Abwehr die Arme vor der Brust verschränkt, ohne zu bemerken, daß sie auf diese Weise die Seide an ihren Körper preßte und sich darunter alles abzeichnete. Mathieus Blick sprach Bände, und sie wandte ihm den Rücken zu und ging ins Wohnzimmer davon.

»Hübsch hast du es hier«, sagte er und folgte ihr.

»Es ist noch ein bißchen improvisiert. Da du nun schon einmal da bist ... Möchtest du reden?«

»Ja, klar! Vorausgesetzt, du bietest mir etwas zu trinken an.«

»Ich hab' keinen Wodka. Darf's auch ein Gläschen Weißwein sein?«

Er verzog das Gesicht, nickte aber und setzte sich auf einen der Regiestühle, die sie auf die Schnelle besorgt hatte, ohne lange zu suchen. Sein Blick blieb an einem halbfertigen Puzzle hängen, an einem Plüschbären, der kopfüber in der Ecke lag, Buntstiften, einer Vase mit Blumen, die direkt auf dem Boden stand.

»Schau mal, wer da ist ...«, verkündete Valérie, die in Begleitung von Atome aus der Küche zurückkam.

Der Hund stürzte sich auf Mathieu und begann ihm freudig die Hände abzulecken.

»Du fehlst mir, mein Liebling. Das Haus ist so trostlos ohne dich, ohne die Kinder, und auch ohne ihn hier ...«

Ein bißchen überrascht stellte er fest, wie schön es war, den seidigen Kopf des Dalmatiners zu streicheln.

»Du wirst dich schon dran gewöhnen, da habe ich keine Bedenken!« antwortete Valérie mitleidlos.

Verblüfft sah er seine Frau an. Sie musterte ihn unnachsichtig aus ihren grünen Augen.

»Warum bist du so aggressiv?«

Sie unterdrückte einen kleinen Seufzer und setzte sich ihm gegenüber. Dann reichte sie ihm ein Glas und versuchte trotz allem zu lächeln. Seine Haut war leicht gebräunt von den paar Tagen Tunis, und er war so verführerisch und von sich selbst eingenommen wie eh und je. Nur berührte sie das jetzt nicht mehr, er gefiel ihr nicht mehr, machte ihr nicht einmal mehr angst.

»Ich habe einen Anwalt aufgesucht ...«, erklärte sie.

»Einen gewissen Carantec, ich weiß, François hat mich schon verständigt. Ich finde das völlig verfrüht. Ich bin unter keinen Umständen mit dieser Scheidung einverstanden. Ich werde bis zuletzt versuchen, dich davon abzubringen, ich warne dich.«

»Das ist reine Zeitvergeudung, Mathieu!«

Wie konnte es sein, daß sie ihm binnen so weniger Tage so vollständig entglitten war? Sie wirkte frei, gleichgültig, ja sogar fremd, was sie noch begehrenswerter erscheinen ließ.

»Ich trage mich mit dem Gedanken, den Direktor der Uniklinik um ein Gespräch zu bitten. Siehst du da irgendwelche Probleme?«

»Warum willst du dich mit ihm unterhalten?«

»Weil ich mich um eine Stelle bewerben möchte. Die Klinik, in der ich im Moment arbeite, ist wirklich miserabel. Das war nur ein Einstieg ...«

»Und nun willst du dich hochhangeln, darf man erfahren, wann und wie?« erkundigte er sich verächtlich.

»Das C.H.U. umfaßt mehrere Krankenhäuser«, fuhr sie ungerührt fort. »Es steht überhaupt nicht zur Debatte, daß ich dich um Protektion bitte, ich kann mir vorstellen, daß du mich äußerst ungern auf deiner Station sähest. Aber ich kann ja nach Bois-Guillaume oder nach Oissel gehen ...«

»Dort gibt es keine Kardiologie! Du wirst wieder meiner Station zugeteilt, das weißt du ganz genau.«

»Und ich weiß ebensogut, daß du mich dort nicht haben willst!«

»Wie kann man nur dermaßen verbohrt sein! Dort gibt es so oder so keine Stelle. Warum willst du denn arbeiten? Wenn es ums Geld geht, kann ich dir monatlich Unterhalt zahlen, soviel du willst, und ...«

»Wie lange denn? So lange, wie du mir nachtrauerst, hoffst, mich zurückzugewinnen? Und danach? Du wirst wieder heiraten, du wirst neue Kinder haben, du hast ja den Grundstein bereits gelegt! Dann wirst du dich allmählich sträuben, ich kann dich jetzt schon reden hören. Wie dem auch immer sei, es geht nicht allein ums Geld; stell dir bloß vor, ich habe Lust zu arbeiten! Sehr große Lust sogar ... Seit zehn Jahren fehlt mir das Krankenhaus.«

»Das hast du niemals gesagt!«

»Doch, aber du hast mir nie zugehört. Sieh zu, daß du dein Leben wieder auf die Reihe bekommst, und laß mich das meine deichseln. Ich will eine Stelle haben, und ich werde sie bekommen, hier oder woanders, ob es dir paßt oder nicht. Du machst dir nicht die geringste Vorstellung davon, wie entschlossen ich bin ...«

Verdutzt suchte er nach Worten, wußte dem aber nichts entgegenzusetzen.

»Stell dich doch beim Direktor vor, wenn dir das Spaß macht«, stieß er gepreßt hervor. »Aber meinen Namen läßt du aus dem Spiel!«

Sie begnügte sich mit einem Lächeln, was den Zorn ihres Mannes nur noch weiter schürte.

»Ich habe schon selbst dran gedacht und mich bei der Ärztekammer wieder unter meinem Mädchennamen eingetragen.«

»Unter deinem Mädchennamen ...«, wiederholte er. »Mein Gott, wie anders du damals warst!«

»Ja, nicht wahr? Untertänig, schüchtern, voller Bewunderung ... die reine Freude für dich!«

»Nun übertreibst du aber, das ist ja lächerlich.«

Er fühlte sich auf den Schlips getreten und vermochte dies nicht zu verbergen. Außerdem war er beunruhigt. Sie sprach völlig ungerührt von Trennung, Scheidung und ihrer Zukunft, und es klang kein bißchen aufgesetzt.

»Ich liebe dich«, sagte er leise. »Das ist etwas, was du nicht leugnen kannst.«

»Wie viele kannst du gleichzeitig lieben?«

Das war es also, sie war ihm immer noch böse, wollte es ihm heimzahlen. Er verspürte den Drang, ihre Abwehr zu durchbrechen, um endgültig Klarheit zu haben. Er stellte sein Glas auf dem Boden ab, erhob sich und ging auf sie zu.

»Valérie, ich möchte nicht, daß wir uns trennen. Wir werden irreparablen Schaden anrichten und es danach bitter bereuen, beide – das ist eine Dummheit. Alle Paare stecken mal in der Krise. Ich habe mich schuldig bekannt, aber wenn dir das nicht genügt, sag, was ich noch machen soll.«

Er hatte sich gebückt und, ehe sie reagieren konnte, nahm er sie auf den Arm. Oft schon hatte er sie so getragen, einfach zum Spaß. Er überlegte, wo wohl ihr Zimmer sein mochte, und ging auf gut Glück den Gang entlang.

»Laß mich los, Mathieu.«

»Nein, ich will mit dir schlafen, ich will, daß wir zu streiten aufhören und wieder ein bißchen zueinander finden …«

Er sah eine halboffene Türe, welche er mit dem Ellbogen aufstieß. Er setzte Valérie sanft auf dem großen Bett ab, und noch bevor sie irgendeine Bewegung machen konnte, löste er den Gürtel von ihrer Schlafanzugjacke.

»Wie schön du bist, mein Liebling …«

»Schöner als die anderen? Gleich schön? Ein bißchen weniger schön? Ein bißchen älter? Beine, Busen, du mußt doch Vergleiche anstellen? Vergibst du Noten?«

Er wollte sie gerade küssen, hielt aber abrupt inne. Valéries Augen funkelten im Halbdunkel. Nicht in der Lage zu unterscheiden, ob es aus Haß oder aus Kummer war, zögerte Mathieu.

»Hau ab«, murmelte sie mit tonloser Stimme. »Bitte, geh!«

Langsam erhob er sich, stieg aus dem Bett, trat zwei Schritte zurück. Sie rührte sich nicht, wandte sich nicht einmal nach ihm um. Er hatte Angst, daß sie schreien könnte, und zog es vor zu verschwinden. Als er in sein Auto stieg, wußte er nicht, wie ihm geschehen war. Keine Frau hatte ihn bislang mit einer derartigen Kälte, einer derart eisigen Verachtung behandelt. Verstört spürte er, wie ihm die Tränen in die Augen stiegen. Er fing jetzt an, das Ausmaß eines Gefühls zu begreifen, über das er sich zehn Jahre lang überhaupt keine Gedanken gemacht hatte. Aber es bestand für ihn nicht der geringste Zweifel: Er liebte Valérie aufrichtig. Als er den Wagen anließ, mußte er wieder an den Blumenstrauß denken. Hatte sie ihn besorgt, um ein bißchen Farbe in diese halbleere Wohnung zu bringen? Oder hatte sie ihn geschenkt bekommen? Etwas wie Eifersucht schnürte Mathieu das Herz zusammen, und er trat aufs Gas.

Axelle beobachtete ihren Vater aus dem Augenwinkel. Er kam ihr seit einiger Zeit ziemlich vergnügt vor, war stets zum Scherzen aufgelegt und pfiff immer wieder vor sich hin. Jedesmal, wenn er ein Abenteuer hatte, kam sie ihm mit untrüglichem Instinkt auf die Schliche und kehrte prompt die Schlechtgelaunte heraus. Er nahm davon überhaupt keine Notiz, stellte ihr prinzipiell niemanden vor und ging auch nicht auf ihre Fragen ein. Eifersüchtig hütete er sein Privatleben, was sie aus der Fassung brachte. Sie hätte sich gerne ein Bild gemacht von den Frauen, die sich an ihren Vater ranmachten, ... und hätte ihnen gerne den Mut genommen! Niemand verdiente es, jemals die Stelle ihrer Mutter einzunehmen, das hatte sie sich, ohne sich dessen wirklich bewußt zu sein, geschworen.

»Manche Leute versetzt der Frühling in eine gehobene Stimmung, bei dir, könnte man meinen, ist es der Herbst«, bemerkte sie mürrisch.

Er zwinkerte ihr zerstreut zu, mit seinen Gedanken völlig woanders.

»Ich geh' heute abend mit Freunden ins Kino, aber wenn du willst, können wir ja danach gemeinsam essen ...«

»Eine hervorragende Idee! Ich werde lange arbeiten, auf mich wartet ein ganzer Berg Akten. Hol mich doch auf dem Rückweg ab.«

»So gegen zehn, paßt dir das? Aber ich will nicht deine Pläne durchkreuzen. Wenn du etwas anderes vorhast ...«

»Ganz und gar nicht!«

Der selige Gesichtsausdruck ihres Vaters brachte sie endgültig zur Weißglut. Sie stand auf, fuhrwerkte wie gewohnt zum

Schein ein bißchen mit dem Schwammtuch herum und ging türeschlagend aus der Küche. Ludovic sah durchs Fenster dem davonfahrenden Twingo nach. Er unterdrückte ein Seufzen. Schon seit fast einer Woche hatte er Valérie nicht mehr gesehen und sann fieberhaft nach einer Möglichkeit, sie zu treffen. Er hatte sie bereits zweimal ohne besonderen Grund angerufen, nur um ihre Stimme zu hören. Er war bis zum Laden von Augustin gelaufen, hatte in den alten Büchern herumgestöbert und eine seltene Ausgabe ausgegraben, die er gekauft hatte, weil sie ihm wirklich gefiel. Er hatte die Gelegenheit genutzt, mit dem alten Antiquar zu plaudern, und war im Hinausgehen einem kleinen Mädchen und einem kleinen Jungen begegnet, die gerade Hand in Hand von der Schule kamen. Er hatte sie sofort erkannt, selbst wenn sie nicht die herrlichen grünen Augen ihrer Mutter hatten.

Ludovic war unbehaglich zumute, er war unfähig, sich auf seine Akten zu konzentrieren, und wußte nicht, wie er diese schwierige Sache anpacken sollte. Ganz von ihren Kindern, ihrer Scheidung und ihrer Jobsuche in Anspruch genommen, würde Valérie seine Avancen möglicherweise falsch verstehen, enttäuscht oder schockiert sein. Er mußte sich geduldig zeigen, wenn er sich seine Chancen bei ihr nicht verbauen wollte. Aber es würde sicher nicht lange dauern, daß sie einer ganzen Reihe Männer begegnete, die vermutlich weniger Skrupel hätten als er. Wenn sie eine starke Schulter brauchte, wieder mit alten Freunden Kontakt aufnahm ... So zermarterte er sich den lieben langen Tag das Hirn. Und zu allem Überfluß hatte nun natürlich auch noch Axelle gemerkt, daß mit ihm etwas nicht stimmte. Sie würde ihm daher in der nächsten Zeit allen nur erdenklichen Ärger bereiten.

Um ein Haar hätte er einen Unfall gebaut, so zerstreut war er an diesem Morgen. In der Kanzlei hatte er seine liebe Not, sich auf die laufenden Fälle zu konzentrieren. Als einer seiner Partner hereinkam und ihm vorschlug, wie jeden Montag zusammen essen zu gehen, nahm er das Angebot erleichtert an. Sie waren ein ausgezeichnetes Team und gut miteinander befreundet. Charles war der Älteste, dann kam Ludovic, danach Hubert, ein junger Kollege, der vor zwei Jahren zu ihnen gestoßen war. Jeder hatte sein Fachgebiet, rechnete unabhängig ab, aber sie halfen sich gegenseitig bereitwillig aus, ebenso wie sie sich die einzige Sekretärin teilten, ohne daß es irgendwelche Reibereien gegeben hätte.

Sie gingen in ihr Lieblingsrestaurant, ein feines Bistro, wo sie ihren Stammplatz hatten. Eine Stunde lang drehte sich das Gespräch um alle möglichen Themen, und Ludovic konnte ungestört seinen Gedanken nachhängen, bis ihn plötzlich ein Wort von Charles aufhorchen ließ. Auf einmal hellwach, bat er ihn, seinen Satz noch einmal zu wiederholen.

»Ich sagte, daß das Keller und Martin sind, zwei Chefärzte aus der Uniklinik, dort hinten, in der Ecke. Im übrigen spricht man, glaube ich, nicht mehr von ›Chefärzten‹. Das sind P.U.P.H.s! Puphs! Wißt Ihr, was das bedeutet? Professor an der Universität, praktizierend am Hospital. Ich frage mich, durch welche Abkürzung das Wort Rechtsanwalt nächstens ersetzt werden wird! Kurzum, um auf die Herren Doktoren zurückzukommen – ich habe Martin vergangenes Jahr in einer scheußlichen Geschichte vertreten. Die wir übrigens gewonnen haben. Das ist der mit den weißen Haaren … Ein toller Typ … Der andere, der mit der beginnenden Glatze, ist Kardiologe.«

Ludovic hörte nicht länger zu, sondern starrte wie hypnotisiert zu den beiden Männern hinüber, die nur wenige Meter entfernt zu Mittag aßen. Er sah Mathieu von der Seite und musterte ihn mit grenzenloser Neugier; er registrierte das perfekt sitzende Sakko, das hellblaue Hemd, die elegante Krawatte, die feingliedrigen Hände, den braunen Teint. Keller verfügte wirklich über alle Attribute des perfekten Verführers bis hin zur Cartier-Uhr.

»Was glotzt du sie denn so an?« fragte Charles pikiert.

»Die Frau von Keller ist meine Mandantin, sie hat soeben die Scheidung eingereicht«, erwiderte Ludovic leise.

Ohne zu den beiden hinüberzusehen, lächelte Charles hintergründig.

»Mit dem wirst du deinen Spaß haben! Dieser Typ führt das reinste Lotterleben, und falls du Zeugenaussagen brauchst, werden sie vor deiner Kanzlei Schlange stehen!«

Er prustete hinter vorgehaltener Hand. Ludovic beobachtete noch immer Mathieu. Dieser Mann besaß unbestreitbar Charisma, aber er war sich dessen ausgesprochen bewußt und spielte damit. In dem Moment drehte er den Kopf, um mit einer herrischen Geste einen Kellner heranzuwinken. Er war es offensichtlich gewohnt, daß er kommandierte und die anderen ihm gehorchten.

»Verhalt dich ein bißchen diskreter!« raunte Hubert und stieß Ludovic mit dem Ellbogen in die Seite.

Doch Mathieu war so in die Diskussion mit seinem Kollegen vertieft, daß er die restlichen Tische überhaupt nicht beachtete. Im übrigen interessierten ihn andere Menschen nicht, wenn es sich nicht gerade um hübsche Mädchen handelte.

»Wie sieht denn die Frau von Keller aus?« fragte Hubert, der von der Hartnäckigkeit Ludovics überrascht war.

»Sie ist sehr, sehr schön …«

Sein Tonfall sprach Bände, so daß seine beiden Kompagnons in schallendes Gelächter ausbrachen.

»Du kennst die Spielregeln, Alter, Mandantinnen anzubaggern ist verboten!« erinnerte ihn Charles gutgelaunt.

»Ich baggere nicht, ich begnüge mich momentan damit zu schwärmen«, erwiderte Ludovic.

»Das Beste, was du tun kannst, um sie zu verführen, ist, ihm ein Vermögen für die Ausgleichszahlungen abzuknöpfen. Die Familie Keller gehört nicht gerade zu den Armen dieser Welt! Ich bin ein- oder zweimal dem Vater, Adrian, begegnet, vor seiner Abreise nach Florida. Er besaß ein hübsches kleines Portefeuille, das er sehr gut ganz alleine verwaltet hat …«

Ludovic hörte Charles nicht mehr zu. Jetzt, da er mit dem Namen Mathieu ein Gesicht verband, war ihm ausgesprochen unwohl zumute. Es war doch lächerlich, einen Mann, den man zum ersten Mal sah, derart zu hassen. Er zwang sich, nicht mehr zu ihm hinüberzusehen, sich nicht länger Valérie in seinen

Armen vorzustellen. Zehn Minuten lang schaffte er es, dem Gespräch zwischen Charles und Hubert zu folgen und sogar Interesse zu heucheln.

Im Hinausgehen kamen sie an dem Tisch der beiden Mediziner vorbei, die gerade ihren Kaffee tranken.

»Frauen sind derart wankelmütig!« bemerkte Mathieu mit vor Verachtung und Spott triefender Stimme.

Sein Kollege antwortete mit einer ähnlich banalen Feststellung. Ludovic warf ihnen einen letzten, gereizten Blick zu und hoffte von ganzem Herzen, daß Valérie zumindest an ihrer Entscheidung festhielte.

Der Generaldirektor der Uniklinik saß erst seit achtzehn Monaten auf seinem Posten. Er stammte nicht aus Rouen und hatte auch nicht vor, dort den Rest seines Berufslebens zu verbringen. Inzwischen leitete er diesen riesigen Komplex mit enormem Geschick, wenig beeindruckt von den enormen Summen, die er verwaltete, und den sechstausendzweihundert Angestellten, die unter ihm arbeiteten.

»Ihre Bewerbungsunterlagen sind interessant, Madame Prieur, selbst wenn sie etwas aus dem Rahmen fallen. Diese zehn Jahre …, in denen Sie pausiert haben, stellen natürlich ein Handikap dar.«

Er hatte sie nur mit dem Namen angesprochen, unter dem sie sich beworben hatte, aber er wußte ganz genau, daß sie die Frau von Mathieu Keller war. Während der ganzen zehn Minuten, die er nun mit ihr sprach, hatte er keinerlei Anspielung darauf gemacht.

»Ich sehe für Sie keine Möglichkeit hier im Rahmen des C.H.U.«

Valérie sah ihn unverwandt an, aufmerksam und bereits aller Hoffnungen beraubt. Er blätterte ein paar der Papiere auf seinem Schreibtisch durch.

»Sie haben einen ausgezeichneten Werdegang hinter sich, und all Ihre Praktikumszeugnisse sind einhellig positiv … Ich habe Ihre Doktorarbeit aus dem Archiv holen … und sie lesen lassen. Man hat mir bestätigt, daß es sich um eine hervorragende Arbeit handelt, seriös, gut recherchiert, ziemlich ehrgeizig, und sogar … innovativ.«

Er sah auf, und ihre Blicke trafen sich.

»Warum möchten Sie arbeiten, Madame Prieur?«

Ohne zu überlegen, welches die geschickteste Antwort wäre, erwiderte Valérie:

»Weil es ein Riesenirrtum war, damit aufzuhören. Ich liebe meinen Beruf, und seit zehn Jahren fehlt er mir. Er lag mir, er war meine Leidenschaft. Ich verstehe nicht einmal mehr, wie ich es so lange ohne ihn aushalten konnte.«

Aus ihren Worten klang nicht die geringste Spur von Eitelkeit heraus. Sie beugte sich ein wenig vor und legte ihre Hand auf den Tisch, entschlossen, ihren Gesprächspartner zu überzeugen.

»Ich habe es wie viele Frauen gemacht, Monsieur, ich habe irgendwann kapituliert. Es ist schwierig, an drei Fronten gleichzeitig zu kämpfen. Sie wissen sehr gut, daß man mit einem Halbtagsjob nicht Karriere machen kann. Wenn man Erfolg haben will, muß man voll zur Verfügung stehen. Heute kann ich das, meine Kinder gehen zur Schule, und ich bin erst fünfunddreißig. Zudem habe ich nie aufgehört, mich weiterzubilden. Ich glaube sogar, daß ich keine einzige Vorlesungsreihe an der Uni verpaßt habe! Ich war zu meinem Vergnügen dort, als Gasthörerin, aber vor allem auch, um den Anschluß nicht zu verlieren.«

Sie holte Luft, während er ein Lächeln unterdrückte.

»Sie haben ein sehr überzeugendes Auftreten, Madame Prieur, und Sie sind mit Sicherheit hochmotiviert. Ich werde Sie auf der Liste der Bewerber behalten, das ist alles, was ich im Moment tun kann. Nichtsdestoweniger habe ich Ihnen einen Vorschlag zu machen.«

»Wirklich?«

Sie hatte fast geschrien, und er blickte amüsiert drein. Er fand sie sehr attraktiv, sie hatte etwas Zerbrechliches, aber auch etwas sehr Energisches, was ihm ausgezeichnet gefiel.

»Ihr letzter Vorgesetzter hier war Mathieu Keller. Er ist auch ...«

»... mein letzter Ehemann, ja!«

Die Antwort kam wie aus der Pistole geschossen, schnell und ein bißchen aggressiv. Valérie zerbrach sich den Kopf, was Mathieu wohl über sie erzählt haben mochte.

»Ich habe ihn gefragt, ob er – rein beruflich, versteht sich – irgendeinen Hinderungsgrund sähe, daß Sie eines Tages wieder im C.H.U. anfangen. Er hat keinerlei Vorbehalte geäußert, was Ihre Fähigkeiten anbelangt, außer natürlich die lange Unterbrechung.«

»Das ist ja zu liebenswürdig!« stellte Valérie in eisigem Ton fest.

Der Direktor erwartete offensichtlich noch mehr, denn er begnügte sich damit, sie anzusehen. Nach einer kurzen Pause fuhr sie, ruhiger, fort:

»Ich weiß, daß Mathieu ein äußerst angesehener Chefarzt ist, zu Recht übrigens; allerdings wäre ich Ihnen sehr verbunden, wenn Sie es ermöglichen könnten, daß wir in Zukunft ... getrennt voneinander eingesetzt werden.«

Er nickte, wie um ihr beizupflichten, und erwiderte:

»Ich habe seine Meinung eingeholt, weil Sie seine Studentin waren, Madame Prieur. Von nun an müssen Sie Ihre Fähigkeiten natürlich selbst unter Beweis stellen. Gestern hatte ich die Gelegenheit, mich mit einem Kollegen, dem Direktor der Saint-Lazare-Klinik, zu unterhalten. Es ist mittlerweile unbestritten, daß dies eine seriöse Einrichtung ist, und die Verantwortlichen legen hohe Maßstäbe an bei der Auswahl der dort arbeitenden Ärzte.«

Valérie hielt die Luft an und horchte.

»Einer der Kardiologen dort tritt in zwei Monaten in den Ruhestand, und man möchte sichergehen, daß sich die Ablösung reibungslos vollzieht. Wie Sie wissen, wollen Privatpatienten schonend behandelt werden ... Diese zwei Monate könnten Ihnen vielleicht als eine Art ... Wiedereinstieg dienen. Wenn man mit Ihnen zufrieden ist, ist das eine gute Stelle. Steigen Sie dort ein, und den Rest werden wir sehen – falls im C.H.U. ein Posten frei wird … Einstweilen rufen Sie doch den Direktor an und beziehen sich auf mich.«

Mit einem erneuten Lächeln auf den Lippen erhob er sich, als Zeichen, daß die Unterhaltung beendet sei, und Valérie saß da, völlig perplex. Sie begriff nicht, wem oder was sie diese unerwartete Fürsorglichkeit zu verdanken hatte. Der Direktor der Uniklinik hatte keinerlei Grund, sich ihrer anzunehmen. Er hatte weiß Gott Besseres zu tun.

Er reichte ihr zum Abschied die Hand und war überrascht, wie kräftig sie zudrückte. Als sie die Tür hinter sich geschlossen hatte, ging er langsam zu seinem Schreibtisch zurück. Er hatte den Wunsch verspürt, ihr zu helfen, seit er das erste Mal ihre Unterlagen in Händen gehabt hatte. Selbst wenn Keller alle nur denkbaren Qualitäten in sich vereinte, ging es nun schon zu lange so, daß er sich wie der Hahn im Hühnerhof benahm. Das Gespräch, das sie bezüglich Valérie geführt hatten, war kurz und freundschaftlich gewesen. Mathieu hatte keine Zeit gehabt, zu taktieren oder sein Territorium zu verteidigen. Denn genau darum ging es ihm, das hatte der Direktor rasch erfaßt.

Er schloß die Akte und schob sie zur Seite. Er hatte kaum die Zeit, sich eingehender mit dieser Angelegenheit zu befassen, aber das kleine Intermezzo hatte ihn unbestreitbar amüsiert. Diese Frau würde eine steile Karriere machen, davon war er überzeugt. Wenn er eines Tages die Gelegenheit hätte, sie ans C.H.U. zurückzuholen, würde er dies tun. Gleich, was Keller davon hielt. Die Ärzte verbrachten ihre Zeit mit Eifersüchteleien, damit, offene Rechnungen zu begleichen, zu jammern und auf ihre Privilegien zu pochen. Die siebzig Professoren hier am Krankenhaus trieben ihn irgendwann noch in den Wahnsinn. Auch versprach die Vorstellung, einem von ihnen eins auszuwischen, durchaus eine gewisse Abwechslung. Besonders, wenn er an eine ganz bestimmte junge Frau dachte, die ihm Mathieu, ohne mit der Wimper zu zucken, vor der Nase weggeschnappt hatte …

Im Pavillon Dérocque, auf der Kardiologie, hatte Gilles gerade eine regelrechte Strafpredigt über sich ergehen lassen müssen. Mathieu, der wie so oft in den letzten Wochen entsetzlich schlecht gelaunt gewesen war, hatte seine Station in höchste Anspannung versetzt, indem er unvermutet eine gründliche Inspektion durchgeführt hatte. Plötzlich hatte er auf die kleinsten Kleinigkeiten geachtet und Assistenzärzte, Krankenschwestern und sogar Studenten attackiert. Bestimmte Krankenakten waren nicht ganz richtig in den Computer eingegeben, bestimmte Zimmer waren nicht tipptopp in Ordnung, und bestimmte Patienten bekamen nicht die richtige Diät; an einem Kittel fehlte ein Knopf, bei einem Nachtlicht die Birne; in der Liste mit den Giftstoffen war herumgebessert worden, und eine Infusion tropfte zu schnell. Ungeduldig und gereizt hatte Mathieu eine junge Krankenschwester mit Fangfragen bombardiert, dann war er über einen Assistenzarzt hergefallen, den er wegen einer falschen Diagnose lächerlich gemacht hatte. Er war der Meinung, daß Gilles für alles, was nicht funktionierte, verantwortlich sei, und warf ihm in barschem Ton seinen Mangel an Wachsamkeit vor.

Normalerweise gelang es Gilles, die Wutanfälle Mathieus im Keim zu ersticken. Ebenso wie er nicht zögerte, ihm Paroli zu bieten, wenn er sich im Recht fühlte. Aber an diesem Morgen hielt er es für klüger, auf den beißenden Sarkasmus nicht weiter einzugehen. Er kannte ihn lange genug, um zu begreifen, was sich hinter diesem Zorn verbarg. Mathieu ging es ausnahmsweise einmal schlecht, so richtig schlecht. Es handelte sich nicht nur um einen kleinen, oberflächlichen und vorübergehenden Kratzer an seiner Eitelkeit. Daß Valérie ihn verlassen hatte – was auf der ganzen Station ausgiebig kommentiert worden war –, schien ihn in eine tiefe Krise gestürzt zu haben. Er litt wirklich, auch wenn er seine Verzweiflung hinter einer noch größeren Arroganz als sonst versteckte.

Sylvie war völlig niedergeschlagen und wußte nicht mehr ein noch aus, sie wagte nicht einmal mehr einen Versuch, irgend etwas zu unternehmen, aus Angst, einen Fauxpas zu begehen.

Der Chef vertrüge nicht die geringste mitleidige Geste, da war sie überzeugt. Als sie Gilles an der Kaffeemaschine begegnete, war sie am Rande der Verzweiflung.

»Du solltest ihm einfach statt des Zuckers einen Teelöffel Bromid in seinen Kaffee geben!« meinte er freundlich.

Die alte Sekretärin zuckte die Achseln. Der abgedroschene Scherz schien ihr auf einmal ziemlich deplaziert und entlockte ihr nicht einmal ein Lächeln.

»Er dauert mich«, erklärte sie leise, nicht ohne sich flüchtig umzusehen. »Ich habe ihn noch nie so ...«

Direkt neben ihnen leuchtete über der Tür eines Krankenzimmers ein Licht auf, und gleichzeitig ging der Alarm los. Gilles runzelte die Stirn und trat, ohne anzuklopfen, in den Raum. Am anderen Ende des Ganges kam die Stationsschwester aus ihrem Büro gerannt. Man hörte bereits das Räderquietschen des Notfallwagens, den ein Assistenzarzt heranschob. Sylvie hoffte inständig, daß es nicht eine weitere Panne auf der Station zu beklagen gäbe.

»Blinder Alarm!« verkündete Gilles im Hinauskommen. Madame Alvarez ist an einen Schalter gekommen, und das Überwachungsgerät hat ihr das verübelt!«

Er machte dem Assistenzarzt ein Zeichen, daß alles in Ordnung sei, dann lächelte er die Stationsschwester an und fügte leiser hinzu:

»Sie ist ein bißchen nervös. Wären Sie so nett und geben ihr was?«

Sylvie ging, den Kaffeebecher in der Hand, davon. Gilles holte sie ein.

»Falls Mathieu das Klingeln gehört hat, sag ihm einen schönen Gruß von mir, es sei nichts gewesen. Und bemutter ihn nicht zu sehr, du weißt ja, wie er das haßt ...«

Sie wurden durch Mathieu unterbrochen, der aus seinem Zimmer kam.

»Ich geh' kurz auf einen Sprung in die Intensivstation rüber, Joachim hat ein Problem, das er mit mir bereden will. Komm doch mit, wir können dich gut brauchen!«

Gehorsam folgte Gilles seinem Vorgesetzten zum Aufzug.

»Erinnerst du dich an einen gewissen Andrieux?« fragte dieser, während er auf den Knopf drückte. »Sein Zustand verschlechtert sich rapide. Joachim hat keinerlei Erklärung dafür. Er nimmt an, daß der Patient dahinsiecht, ohne auch nur den Versuch zu machen, sich dagegen aufzulehnen.«

Sie stiegen im Souterrain aus, wo es eine Verbindung zwischen den beiden neugebauten Pavillons gab, und hasteten zur Intensivstation.

»Tut mir leid, daß ich so barsch war heute morgen, aber ich finde, du läßt die Zügel ein bißchen zu sehr schleifen …«

Gilles verdrehte die Augen und gab deutlich zu erkennen, daß er diese Bemerkung vollkommen ungerechtfertigt fand.

»Und ich finde, daß du miserabel aussiehst!« erwiderte er. »Du wirkst erschöpft, mit den Nerven am Ende … Was machst du denn heute mittag? Wollen wir im achten Stock oben was essen gehen?«

Er spielte auf das Restaurant an, das allein den Ärzten vorbehalten war, aber Mathieu blieb abrupt stehen und blickte ihn wütend an.

»Ich sehe schon, daß alle Welt auf dem laufenden ist! Mein Gott, dieses miese Getratsche, das die ganze Atmosphäre im Krankenhaus vergiftet, also wirklich! … Meine Frau hat mich vorübergehend verlassen, mit den Kindern. So, nun weißt du Bescheid. Und wenn ich fortan Gesellschaft brauche, weiß ich mir unterhaltsamere Leute als dich!«

Er stürzte mit großen Schritten davon, auf Joachims Zimmer zu. Gilles stand einen Augenblick wie versteinert da, dann machte er, statt Mathieu nachzulaufen, auf dem Absatz kehrt. In seltenen Augenblicken – und dies war solch ein Augenblick – hatte er die Nase gestrichen voll von seinem Beruf, vom Krankenhaus und vor allem von Mathieu Keller, der zwar brillant, aber als Chef unausstehlich war.

»Valérie hat völlig recht daran getan abzuhauen. Auf jeden Fall hat er sie schon seit ewigen Zeiten betrogen. Er hat es absolut verdient, und ich bin einer der letzten, die sich noch von ihm zum Narren halten lassen. Der Typ braucht einem kein bißchen leid zu tun. Wenn er endlich einmal so richtig hart zu knacken hat, so ist das nur gerecht!«

Wütend lief er zu Fuß bis in den dritten Stock hinauf. Mathieu war viel zu egoistisch, um lange zu leiden, und in ein paar Tagen würde alles wieder seinen gewohnten Gang gehen. Man brauchte sich ja nur in Erinnerung zu rufen, mit welcher Kaltschnäuzigkeit er Laurence abserviert hatte. Erst hatte sie das Krankenhaus verlassen, dann er sie! Und auf welche Art und Weise! Wenn man den Erzählungen der Kollegen glaubte, die in Tunis dabei waren, hatten sich dort wirklich jämmerliche Szenen abgespielt.

Als er durch die Flügeltür der Kardiologie kam, wäre er fast mit der Stationsschwester zusammengestoßen.

»Ich nutze die Ruhe, um Mittagessen zu gehen«, sagte sie augenzwinkernd.

»Gute Idee, ich komme mit!« entschied er.

Mit einer energischen Geste schaltete er den Piepser aus, den er in der Brusttasche trug. Er wußte, daß Mathieu ihn, erstaunt über seine Abwesenheit, in den nächsten Minuten anfunken würde, und er wollte seinen Frieden. Sei's drum, wenn diese Unabhängigkeitsbezeugung einen neuen Wutanfall heraufbeschwor. Im übrigen diskutierten sich die beiden tollen Hechte vermutlich gerade die Köpfe heiß auf der Intensivstation und brauchten keine weiteren Ratschläge. Mathieu müßte ausnahmsweise einmal ohne seinen Lakaien auskommen.

»Ich habe vorhin etwas Hochinteressantes erfahren«, sagte die Oberschwester zu ihm, während sie durch die sogenannte Kapuzinerpforte gingen. Es sieht so aus, als habe Madame Keller eine Stelle am Saint-Lazare bekommen. Sie wird unter ihrem Mädchennamen arbeiten. Prieur, glaube ich …«

Gilles frohlockte innerlich angesichts dieser Neuigkeit. Valérie war während ihrer Facharztausbildung eine angenehme und begabte Kollegin gewesen. Es zeugte von Mut, daß sie sich so spät wieder der Medizin zuwandte. Und Mathieu mußte diese Vorstellung entsetzlich gegen den Strich gehen!

»Sieht so aus, als fänden Sie das erfreulich?«

»Sehr erfreulich sogar! Selbst wenn uns das so manchen Ärger bescheren wird …«

»Warum denn das?« fragte die Schwester erstaunt.

»Ach, das ist nur so ein Gefühl«, antwortete er gutgelaunt. »Wenn der Chef nicht gerade in den nächsten Tagen seine Traumprinzessin trifft, glaube ich, daß er uns das Leben zur Hölle machen wird!«

»Apropos Traumprinzessin, es kursieren wunderliche Gerüchte über den Tunisaufenthalt der Medizinpäpste … Es heißt, eine unbekannte, aber französische Frau habe mitten in der Eingangshalle des Krankenhauses für einen Skandal gesorgt! Und wissen Sie, wem sie die Szene gemacht hat? Unserem lieben Chef höchstpersönlich …«

Gilles zuckte mit unvermindert vergnüglicher Miene die Achseln.

»Ja, ich bin auf dem laufenden. Eine unschöne Geschichte … Eines Tages wird er richtig Ärger bekommen, Sie werden sehen.«

Er wollte Laurence' Namen nicht nennen. Die Arme hatte ihre unglückselige Liaison ohnehin schon teuer genug bezahlt. Er fragte sich, was wohl aus ihr würde. Sie war ein liebenswertes Geschöpf und hatte etwas anderes verdient als das, was Mathieu ihr angetan hatte.

8

Mathieu hatte sich schließlich bereit erklärt, die Kinder Samstag mittag am Schultor abzuholen. Er sollte sie zum Essen ausführen und den Nachmittag mit ihnen verbringen. Bevor sie morgens zur Schule gegangen war, hatte Camille so lange gebettelt, bis ihre Mutter ihr Zöpfe geflochten hatte und sie ihre Lackschuhe und ihre neuen roten Jeans hatte anziehen dürfen. Jérémie, den die Aussicht, den Vater zu treffen, weit weniger in Aufruhr versetzte, hatte keinerlei Umstände gemacht.

Valérie fieberte ungeduldig dem kommenden Montag entgegen, wo sie endlich im Saint-Lazare anfangen würde. Sie hatte ein sehr nettes Gespräch mit dem Direktor gehabt und auf der Stelle einen Vertrag unterzeichnet. Danach hatte er ihr die Kardiologie gezeigt und sie allen vorgestellt. Sie hatte zwei Stunden mit dem Chefarzt zugebracht, einem ruhigen und kompetenten Mann, der begeistert schien, das Ruder an eine junge Frau abzugeben. Er hatte versprochen, ihr den Weg zu ebnen und ihr Gelegenheit zu geben, sich in Ruhe mit allem vertraut zu machen. Sie hatte sich ihrerseits bemüht, so viele Vorlesungen wie möglich an der Uni zu besuchen, um ihre Kenntnisse aufzufrischen. Die Klinik war groß, gut geführt, das Personal wirkte vertrauenswürdig, und das Aufgebot an Technik war beeindruckend.

Um sich am Wochenende die Zeit zu vertreiben, beschloß sie, zunächst einmal einige Einkäufe zu tätigen. Sie hätte auch nach Mont-Saint-Aignan fahren können, um sich einen Teil ihrer Kleider zu holen, aber die Vorstellung, das Haus zu betreten, widerstrebte ihr. Später würde sie ohnehin aussortieren, packen, auseinanderdividieren müssen, und die Aussicht darauf war alles andere als erfreulich. Das einzige Mittel, nicht in Trübsal zu verfallen, war, den Blick starr nach vorne zu richten, auf ihre Zukunft. Für ihre neue Stelle am Saint-Lazare brauchte sie noch etwas anzuziehen. Sie kaufte zwei Röcke, eine schwarze Samthose, einen Blazer, Blusen und einen Kaschmirpullover mit Rollkragen. Vor einem Geschenkeladen wurde sie schwach beim Anblick zweier Kerzenleuchter, die sie überhaupt nicht brauchte, die aber ein erstes persönliches Stück Einrichtung in ihrer Wohnung wären. Sie betrat den Laden und erstand sie, ohne überhaupt nach dem Preis zu fragen. Die Verkäuferin bot ihr an, sich vier Kerzen auszusuchen, und sie entschied sich für tannengrünes Wachs.

»Treffen Sie schon die ersten Weihnachtsvorbereitungen?« ertönte eine vertraute Stimme hinter ihr.

An den Ladentisch gelehnt, blickte sie lächelnd Ludovic an. Er hielt eine kleine Bronzefigur in der Hand.

»Sie haben sehr schöne Sachen hier«, fügte er begeistert hinzu.

Sie hatte ihn am Vorabend angerufen, um ihm mitzuteilen, daß sie eine interessante Stelle gefunden habe, und er hatte ihr überschwenglich gratuliert. Danach hatte er den ganzen Tag darüber nachgedacht, wie er es anstellen könnte, sie zu treffen. Er hatte beschlossen, den Samstagvormittag im Zentrum herumzubummeln. Zwischen der Schule, Augustins Laden und ihrer Wohnung würde er Valérie mit Sicherheit früher oder später begegnen. Er war zwei Stunden vergeblich herumgeirrt, und nun – Ironie des Schicksals – war sie es, die ihn hier in diesem Laden aufgestöbert hatte, in den er sich zurückgezogen hatte, da er es müde geworden war, die Straßen abzulaufen und allen Gestalten nachzusehen.

Während sie der Kassiererin einen Scheck reichte, bemerkte er die zahllosen Pakete, die sie zu ihren Füßen abgestellt hatte.

»Gehört das alles Ihnen?« fragte er belustigt. »Nun, dann werde ich Ihnen tragen helfen!«

Entzückt, daß er einen Vorwand gefunden hatte, noch etwas

an ihrer Seite zu bleiben, beeilte er sich, die Bronzefigur zu zahlen, die er noch immer in der Hand hielt.

»Glauben Sie bloß nicht, daß ich meine Zeit damit verbringe, Klamotten zu kaufen«, sagte Valérie ruhig, während sie ihre Tüten hochnahm.

»Aber ich glaube gar nichts! Ich nehme an, Sie feiern den Beginn eines neuen Lebens.«

»Exakt!«

Draußen angekommen, liefen sie an der Kathedrale entlang, bevor sie in die Rue des Carmes einbogen. Es war kalt, und sie gingen zügig. Ludovic plauderte unbeschwert, während er insgeheim ängstlich darüber nachsann, wie er ihr Zusammensein verlängern könnte. Viel zu schnell waren sie bei Valéries Wohnung angelangt, und vor dem Hoftor gab er ihr ihre Pakete zurück.

»Haben Sie Zeit, mit mir zu Mittag zu essen?«

Ihm war nichts Besseres eingefallen, und er war erleichtert, daß sie zu lachen anfing.

»Schon wieder? Aber Sie denken ja bloß ans Essen! Nein, hören Sie, ich ...«

Sie hielt inne, zögernd. Im Grunde hatte sie nichts zu tun, und die Kinder kämen nicht vor dem Spätnachmittag nach Hause.

»Einverstanden«, willigte sie schlicht ein.

»Wunderbar! Ich gehe mein Auto holen und sammle Sie in zehn Minuten hier wieder ein, okay? Bei diesem Novemberwetter weiß ich einen kleinen Gasthof außerhalb, wo sie Feuer im Kamin gemacht haben werden, reizt Sie das?«

»Warum nicht? Bis gleich ...«

Er grub in seinen Taschen nach den Schlüsseln, als sie ihn noch einmal rief:

»Ludovic! Wäre es ein Problem, wenn mein Hund mitkäme? Er ist ganz brav.«

»Natürlich nicht! Nehmen Sie ihn mit, und wenn Sie eine Katze haben, tun Sie sich ebenfalls keinen Zwang an«, antwortete er lachend.

Sie verschwand unter dem Vordach und stieg die Treppe zu ihrer Wohnung hoch. Die Päckchen warf sie in einem wilden Haufen aufs Bett, bevor sie ins Bad huschte. Sie fuhr sich kurz durch die Haare, frischte die Wimperntusche auf und träufelte sich nach kurzem Zögern auch noch einen Tropfen Parfüm auf die Handgelenke. Dann tauschte sie ihre Jeansjacke gegen eine wetterfeste Sportjacke und ihre Stiefeletten gegen Mokassins aus.

»Du kommst mit uns«, sagte sie zu Atome, der sie hoffnungsvoll ansah.

Als sie die Tür wieder schloß, fragte sie sich, warum sie diesen Reflex von Koketterie gehabt hatte. Es lag nicht in ihrer Absicht, ihren Anwalt zu verführen.

»Schon passiert, meine Gute! Warum glaubst du, verbringt der Typ seine Zeit damit, dich einzuladen? Du gefällst ihm, und das bereitet dir Vergnügen ...«

Eine Hand auf dem Geländer, blieb sie auf halbem Wege stehen. Seit zehn Jahren hatte es nur Mathieu gegeben. Die Hände eines einzigen Mannes, seine Wärme, seinen Duft, seine Gewohnheiten ... Langsamer als zuvor ging sie die restlichen Stufen hinunter. Mathieu fehlte ihr nicht, weder tagsüber noch nachts. Und der Gedanke, zwei Stunden mit Ludovic zu verbringen, stimmte sie fröhlich. Sie hatte keinen Anlaß, sich schuldig zu fühlen. Im Gegenteil, es wurde höchste Zeit, daß sie wieder zu leben begann. Aber da ihr Mann sie jahrelang belogen hatte, schwor sie sich, nicht blindlings in die erstbeste Falle zu tappen.

Ludovic wartete neben seinem Honda, einem metallicroten Coupé mit beigefarbenen Ledersitzen, das nach Tabak roch.

»Ein richtiges Playboy-Auto!« lachte Valérie beim Einsteigen.

»Ganz und gar nicht! Das kleine Relikt einer jugendlichen Passion ... Mit fünfundzwanzig war ich ein totaler Autonarr und bin mit einer alten Karre durch die Gegend gefahren, die ich für einen Ferrari gehalten habe! Ich mußte mich noch eine Weile gedulden, bis ich mir etwas Besseres leisten konnte.«

»Und was war das?«

»Ein gebrauchter Morris, dessen Motor nach fünfhundert Kilometern zu qualmen anfing! Ich war frisch verheiratet, und meine Frau hatte überhaupt nichts für diese Art Spinnerei übrig.«

Sie warf ihm einen kurzen Blick zu, während er versuchte, den Verkehr im Zentrum zu umgehen, der ziemlich dicht war. Sie fand, daß er ein schönes, energisches Profil besaß, das seine blonden Haare nur unwesentlich weicher erscheinen ließen. Er mußte so um die Vierzig sein, da war sie sich ziemlich sicher.

»Sie könnten ein Seefahrer sein«, sagte sie unvermittelt.

»Ich, ein alter Seebär? Weil ich Bretone bin, oder warum? Oder liegt es an meinem Pullover?«

Sie mußte lachen und grub sich tiefer in den weichen Sitz. Atome lag brav auf der Rückbank und füllte den wenigen Platz, den das Coupé bot, völlig aus.

»Wo fahren wir hin?«

»Das ist eine Überraschung! Ich hoffe, daß Sie dieses Plätzchen noch nicht kennen.«

Am Ortsausgang von Rouen hatte er sich in Richtung Dieppe gehalten, aber zehn Minuten später verließ er die Nationalstraße und bog in eine kleine Straße ein. Er fuhr schnell, geschickt und sicher. Es war windig geworden, und vor ihnen auf dem Asphalt wirbelten überall Blätter herum. Valérie überlegte, wann sie das letzte Mal in Begleitung eines Mannes einen Ausflug unternommen hatte. Auf jeden Fall vor Mathieus Zeiten. Und die wenigen Abenteuer, die sie damals gehabt hatte, hatten keine nachhaltige Erinnerung bei ihr hinterlassen.

Entweder habe ich bewußt alles vergessen, oder ich bin ein naives Gänschen …

Ihr fiel wieder ein, daß Laurence sie als spießig bezeichnet hatte.

»Sie denken an etwas Unangenehmes«, stellte Ludovic fest.

Er war in einen Feldweg eingebogen und bremste vor einem alten Gasthof. Er wollte ums Auto herum, um ihr die Tür zu öffnen, aber sie war schon ausgestiegen und klappte den Sitz nach vorne, um Atome zu befreien.

»Gehen wir doch zuerst spazieren, damit er ein bißchen Auslauf bekommt«, schlug er vor.

Hinter dem Restaurant lag ein kleiner Wald. Ludovic kämpfte gegen den Wunsch, Valérie bei der Hand zu nehmen, und gab sich damit zufrieden, schweigend neben ihr herzulaufen. Der schmale Pfad zwang sie, ganz dicht beieinander zu bleiben, Schulter an Schulter.

»Sie duften nach Chanel Nummer fünf …, oder täusche ich mich?«

»Nein, da liegen Sie richtig. Ich bin dem Duft seit Jahren treu. Aber vielleicht habe ich zuviel aufgetragen?«

»Ganz und gar nicht! Im Gegenteil …«

Atome tollte um sie herum, die Schnauze dicht über der Erde.

»Ich liebe Hunde, aber ich würde nicht gerne einen Hund von morgens bis abends alleine lassen. Ich komme meist spät heim, meine Tochter ebenfalls … Das ist schade, mein Haus wäre ideal für Tiere.«

»Wohnen Sie auf dem Land?«

»Nicht sehr weit von hier. In der Nähe von Clères, ganz schön versteckt. Wenn Sie wollen, zeige ich's Ihnen nach dem Essen.«

Er hatte nicht vorgehabt, diese Einladung auszusprechen, und bereute es noch im selben Moment. Valérie war stehengeblieben und sah ihn stirnrunzelnd an. Da sie nach Worten zu suchen schien, beeilte er sich, ihr zuvorzukommen.

»Das war ein ehrenhafter Vorschlag ohne Hintergedanken, fühlen Sie sich also nicht genötigt abzulehnen.«

Etwas irritiert von seinem Humor lächelte sie ihn schließlich an. Er faßte sie leicht am Ellbogen, zum Zeichen, daß sie umkehren sollten, und sie gingen zum Restaurant zurück. Ludovic hatte nicht zuviel versprochen, im Kamin brannte ein Feuer, und sie setzten sich in dessen Nähe. Und schon kam auch der Koch, ein leutseliger Mensch, und erkundigte sich nach ihren Wünschen. Er schlug ihnen Ente mit Seitlingsragout vor und Forelle blau als Vorspeise. Valérie, die hungrig war, nickte zu allem und bestellte einstweilen einen Kir.

»Sie verbringen wohl den Großteil Ihres Lebens in Restaurants?« fragte sie fröhlich.

»Mehr oder weniger, ja. Wie viele Junggesellen, denke ich. Außerdem bin ich auch kein großer Koch vor dem Herrn, und meine Tochter erst recht nicht!«

Weit von Rouen und der vertrauten Atmosphäre dort entfernt, waren sie beide etwas befangen. Dieses Essen konnte nicht als Geschäftstermin durchgehen. Um sie herum saßen nur verliebte Pärchen. Ludovic hatte das Gefühl, Valérie über ihre Verlegenheit hinweghelfen zu müssen, und begann, sich ausführlich nach ihrer Stelle am Saint-Lazare zu erkundigen. Sie erzählte ihm, was sie sich von der neuen Arbeit erwartete, erläuterte ihm ihre Zukunftsperspektiven und betonte, wie sehr sie sich würde anstrengen müssen, um den Anforderungen der neuen Aufgabe gerecht zu werden. Sie sprach so begeistert von allem, daß er gerührt war. Er hatte sich nicht getäuscht, hinter ihrem hübschen Äußeren verbarg sich ein eiserner Wille. Sie würde ihr Ziel erreichen, gleich, welche Schwierigkeiten sie zu überwinden hätte. Ihre wiedergewonnene Freiheit schien sie zu beflügeln.

»In gewisser Weise«, schloß er, »helfe ich Ihnen also, die Zeit bis Montag morgen totzuschlagen?«

Er hatte es im Spaß gesagt, aber sie nickte ernst.

»Sie wissen, wie ungeduldig man wird, wenn man so knapp vor dem Ziel steht. Nun, genau so geht es mir. Ich habe den Eindruck, als wachte ich aus einem langen Schlaf auf. Mathieu ist dafür nicht verantwortlich. Ich habe mich in mir selbst getäuscht …«

Das war das erste Mal heute, daß sie seinen Namen aussprach.

»Und, da wir gerade bei meinem Mann sind, wie weit ist die Sache gediehen?«

»Ich habe mein Bestes getan, die Angelegenheit zu beschleunigen«, antwortete er absolut aufrichtig. »Wenn es nach mir ginge, wären Sie schon geschieden. Haben Sie …«

Er mußte schlucken, bevor er weitersprechen konnte, so sehr ging ihm der Gedanke gegen den Strich.

»Haben Sie ihn in letzter Zeit mal getroffen?«

»Er kam neulich abend vorbei, um die Kinder zu sehen, aber es war schon sehr spät. Wir haben versucht zu reden, nur … Ach, es ist immer dasselbe, er versucht jede Unterhaltung auf dieselbe Art zu beenden …«

Mit gezwungenem Lächeln deutete Ludoviç an, daß er verstanden habe.

»Kurzum, wir sind zu keiner Entscheidung gelangt, haben nichts besprochen, und ich habe ihn an die Luft gesetzt. Ich glaube, er sieht diese Trennung immer noch als vorübergehend an. Heute hat er sich entschlossen, Camille und Jérémie für ein paar Stunden abzuholen. Aber …«

Sie sprach nicht zu Ende, da sie Mathieu in diesem Punkt nicht angreifen wollte. Er war ein abwesender, zerstreuter Vater, der wenig mit den Kindern sprach. Was für sie ein weiterer Grund zur Enttäuschung gewesen war. Ludovic wollte wissen, was genau sie hatte sagen wollen, und sie erklärte es widerstrebend.

»Männer haben immer die hervorragende Ausrede, daß sie arbeiten müssen. Sie sind überlastet, erschöpft, stehen nicht zur Verfügung. Mathieu hatte niemals Zeit für die beiden. Ich hoffe, daß er jetzt ab und an ein paar Stunden für sie finden wird.«

In ihrer Stimme schwang ein Rest Zärtlichkeit mit, aber auch eine gehörige Portion Verbitterung. Sie beugte sich ungestüm über den Tisch und erklärte:

»Ich wünschte, es gäbe Zähler für alles! Wünschte, man könnte Handgriffe und Stunden addieren. Ich habe ungefähr dreitausendmal das gemeinsame Bett gemacht, bin Tausende Stufen gestiegen, um nachts nach den Kindern zu sehen, ich habe Hunderte Male Wasch- und Spülmaschine mit Wäsche und schmutzigem Geschirr gefüllt und sie wieder leergeräumt, ich habe kiloweise Krümel zusammengefegt, die ich nicht verursacht habe, habe Berge von Socken zusammengelegt, die mir nicht gehörten … Hausfrau zu sein ist wirklich eine idiotische Berufung!«

Verblüfft sah er sie an und fing schallend an zu lachen.

»Sie proben gerade den Aufstand! Sehr gut, nur weiter so. Doch Sie sprechen von ›den Männern‹, werfen uns alle in einen Topf; aber es gibt nicht nur Paschas.«

»Sind Sie sicher? Und doch braucht nur eine Mutter, eine Frau, eine Tochter oder Freundin in ihr Leben zu treten, und schon reißen sie die prestigeträchtigere Rolle an sich und degradieren die Frau zum Aschenputtel. Sie wechseln nie die Bettwäsche, scheuern weder Töpfe noch die Badewanne, finden es normal, daß stets Zahnpasta in der Tube ist …«

»Wer, ich?«

Milder gestimmt, schüttelte sie den Kopf und entschuldigte sich schließlich.

»Tut mir leid. Wenn endlich mal alles herausplatzt, dann ist es schwierig, sich zu bremsen …«

»Ich hoffe, daß Sie von Montag an viel Kardiologie und wenig Hausarbeit machen«, sagte er freundschaftlich und in versöhnlichem Ton. »Wie wär's, wenn wir den Kaffee bei mir trinken? Ich verspreche Ihnen, daß ich Sie nicht zum Tassenabspülen einspannen werde!«

Während sie in Richtung Toilette verschwand, erbat er die Rechnung. Er mußte mit der einen Hand seinen Scheck unterschreiben und mit der anderen Atome halten.

»Sie kommt wieder«, flüsterte er dem Hund zu. »Ich bin noch viel ungeduldiger als du, Alter …«

Als sie zurückkam, musterte er sie ausgiebig von Kopf bis Fuß. Er entschied, daß er alles an ihr mochte, angefangen von ihrem Gang bis zu ihren kleinen blonden Strähnen, dem Lächeln den feingliedrigen Händen, der schlanken Gestalt und den langen Beinen. Und allem voran die grünen Augen, diese unglaublichen grünen Augen.

»Möchten Sie fahren?« fragte er, als sie beim Auto angelangt waren.

Sie verneinte lachend, überzeugt, daß er auf ihre feministisch angehauchten Vorträge anspielte, mit denen sie ihn bombardiert hatte. Bis zu Ludovics Grundstück waren es nur wenige Minuten. Axelles Twingo stand neben dem Tor geparkt.

»Was für ein lustiges Haus ...«, murmelte Valérie und betrachtete die steinerne Fassade.

Er öffnete die Türe und trat zur Seite, um sie in den großen Wohnraum eintreten zu lassen. Sie machte drei Schritte, bevor sie zögernd stehenblieb.

»Das ist ... Das ist ganz ... bezaubernd!«

Sofort völlig hingerissen, war sie froh, mitgekommen zu sein. Er wohnte genau so, wie sie es sich – ohne es sich einzugestehen – immer erträumt hatte.

»Natürlich ist es ein bißchen unordentlich hier«, sagte er und rückte ein Kissen zurecht. »Suchen Sie sich einfach ein Plätzchen, ich werde Kaffee kochen.«

»Nein, ich komme mit, ich möchte gerne den Rest sehen!«

Verzückt begleitete sie ihn bis in die Küche. Jeder Gegenstand, auf den ihr Blick fiel, hätte von ihr selbst ausgesucht sein können.

»Seit wann leben Sie hier?«

»Seit sieben oder acht Jahren, ich weiß gar nicht mehr genau. Aber in diesem Haus werde ich für den Rest meines Lebens bleiben. Ich liebe es über alles, auch wenn es wirklich nicht gerade funktionsgerecht ist! Vorsicht, Stufe.«

Es setzte Wasser auf, während sie sich überall umsah und kleine Entzückensschreie ausstieß. Sie hatte noch nie einen derartigen Ort gesehen. Es war ein wunderbares Durcheinander von alten Möbeln und undefinierbaren kupfernen Utensilien. An den unverputzten steinernen Wänden hing eine Sammlung naiver Drucke und Fackelhalter. Vor den Fenstern blieb sie mit offenem Munde stehen.

»Hier muß einmal eine Kapelle gewesen sein«, sagte er und deutete auf die gewölbte Decke. »Ein bißchen gottlos, die Küche hier einzubauen, nicht wahr?«

Sie wollte gerade antworten, als die Tür mit Schwung aufflog.

»Du bist wieder da?«

Axelle wirkte bockig – sie wandte sich an ihren Vater und schien Valérie gar nicht zu bemerken.

»Darf ich vorstellen, meine Tochter, Axelle. Dr. Valérie Prieur …«

Das junge Mädchen drehte sich zu ihr herum und warf ihr einen langen forschenden Blick zu.

»Sehr erfreut!« brachte sie schließlich hochnäsig hervor. »Bist du krank? Also, ich bin oben, mit Freunden … und werde nicht länger stören …«

Sie wartete auf eine Antwort, die aber nicht kam, und zuckte beim Hinausgehen demonstrativ die Achseln. Ein wenig verlegen wandte sich Ludovic an Valérie.

»Sie benimmt sich stets sehr besitzergreifend mir gegenüber! Ich hoffe, daß sich das legt …«

Er nahm das Tablett, auf welches er Tassen und Kanne gestellt hatte. Vor Valérie hergehend, fügte er hinzu:

»Sie ist Ihnen gegenüber so unfreundlich, weil sie denkt, daß ich in Sie verliebt bin. Womit sie übrigens recht hat …«

Valérie verschlug es die Sprache, und es dauerte zwei Sekunden, bevor sie etwas erwidern konnte. Sie holte ihn in dem großen Zimmer ein und baute sich vor ihm auf.

»Was haben Sie da gerade gesagt? Glauben Sie nicht, daß Sie … daß Sie damit ein bißchen zu weit gehen?«

Sie war weder enttäuscht noch erzürnt, ihr wäre es aber lieber gewesen, er hätte geschwiegen.

»Hören Sie«, sagte er sanft, »das ist die Wahrheit. Da Sie ein großes Mädchen sind, werden Sie es früher oder später von selbst merken. Also komme ich Ihnen lieber zuvor, so mache ich mich weniger lächerlich. Ich glaube nicht, daß das eine Beleidigung ist. Und es bedeutet auch nicht, daß ich Sie belästigen werde. Geschweige denn, über Sie herfallen! Ich werde kein Wort mehr darüber verlieren, das verspreche ich Ihnen.«

Er holte Luft und schenkte ihr ein richtig jungenhaftes Lächeln.

»Setzen Sie sich doch trotzdem«, fügte er hinzu, während er ihr Kaffee eingoß. »Zucker?«

Er fürchtete immer noch, daß sie hinausrennen und die Tür

hinter sich zuschlagen könnte, aber sie nahm schließlich in einem mit Schottenkaro bezogenen Ohrensessel Platz. Als er ihr die Tasse reichte, gab er acht, ihre Finger nicht zu berühren. Danach machte er sich an dem großen Kamin in der Mitte des Raumes zu schaffen, um Feuer anzuzünden. Valéries Schweigen beunruhigte ihn, und er hätte sich ohrfeigen können, daß er nicht seinen Mund gehalten hatte. Als er mit dem Feuer zufrieden war, richtete er sich endlich auf.

»Soll ich Atome hinauslassen?« fragte er, da er feststellte, daß der Hund nervös war.

»Ja …«

Er verschwand, dicht gefolgt von dem Dalmatiner. Valérie seufzte, trank ihren Kaffee und blickte sich um. Die Atmosphäre in diesem Raum war besonders angenehm, behaglich, heiter. Nachtblaue Samtvorhänge rahmten die Sprossenfenster ein, und ein prächtiger persischer Teppich bedeckte die alten sechseckigen Bodenplatten aus gebranntem Ton nur zum Teil. Ludovic mußte sein gesamtes Einkommen bei den Antiquitätenhändlern der Umgebung lassen.

Sie unterdrückte ein Lächeln und schloß die Augen. Die Wärme des Feuers machte sie schläfrig, und sie bekam Lust, noch ein bißchen in diesem Haus zu bleiben. Es war erst vier Uhr, und sie hatte noch etwas Zeit. Es sei denn, Mathieu hätte nichts mehr mit den Kindern anzufangen gewußt und beschlossen, sie früher heimzubringen.

Und wenn schon, egal, er würde sich an Zeiten und Vereinbarungen gewöhnen müssen … Selbst auf die Entfernung würde er seinen Vaterpflichten nachkommen müssen, ob ihm das Spaß machte oder nicht.

Da Ludovic zurückkam, richtete sie sich auf. Er blieb auf der Schwelle stehen und sah sie durchdringend an. Sie hielt seinem Blick stand, bis er näherkam.

»Es tut mir leid, daß ich mich vorhin so taktlos benommen habe. Aber vergessen wir's einfach, okay? Ihr Hund inspiziert meine Ländereien. Keine Angst, die Straße ist weit entfernt. Ich frage mich, wo ich die kleine Bronzefigur hinstellen soll, die ich heute morgen gekauft habe. Dorthin vielleicht? Nein, da stünde sie im Gegenlicht … Ah, eher hierhin …«

Er plauderte unbeschwert und wischte damit jede Spur Verlegenheit zwischen ihnen beiseite. Vereinzelte Hardrock-Klänge drangen gedämpft zu ihnen herunter.

»Hören Sie das? Und dabei sind die Mauern dick! Sie werden noch taub werden. Aber wir waren in dem Alter genauso, schätze ich. Möchten Sie, daß wir dagegenhalten?«

Er zeigte auf eine ziemlich aufwendige Stereoanlage, die direkt auf dem Boden stand.

»Ich höre nur Opern«, warnte sie ihn verschmitzt.

»Wunderbar! Wie wär's mit ›Turandot‹? Ich habe eine phantastische Aufnahme, die Sie sich unbedingt anhören müssen … Sie ist bestimmt zehn Jahre alt, aber seither ist nichts Besseres eingespielt worden …«

Er legte eine CD ein und ließ die Ouvertüre in voller Lautstärke erschallen. So hörten sie fünf Minuten später nicht einmal Axelle hereinkommen, die gezwungen war, die Lautstärke mit einer autoritären Geste herabzudrehen, bevor sie sich an ihren Vater wandte.

»Ich esse auswärts zu Abend, aber du findest im Kühlschrank alles, was du brauchst … Mach's gut!«

Stirnrunzelnd sah Ludovic ihr nach, als sie aus dem Zimmer ging. Er nahm sich fest vor, sie später zur Rede zu stellen.

»Ich muß heim«, sagte Valérie und erhob sich.

»Ich bringe Sie nach Hause.«

Er versuchte nicht, sie aufzuhalten, wohl wissend, daß dies nichts nützen würde; aber er schwor sich, daß sie bald wieder hier in diesem Ohrensessel sitzen würde. Er hatte ein vertrautes Gefühl empfunden, als er sie darin gesehen hatte, als sei sie schon immer ein Teil seines Lebens gewesen.

Draußen sprang Atome bereits ums Auto herum.

»Diesmal fahre ich!« erklärte Valérie, die äußerst guter Laune war.

Sie machte sich während der ganzen Rückfahrt einen Spaß daraus, den Motor hochzujagen und mit der Gangschaltung zu spielen. Mathieu hatte ihr immer Autos geschenkt, die so elegant wie zahm waren. Das jüngste war schwarz, mit Automatik, Servolenkung und getönten Scheiben.

»Es war sehr schön«, beteuerte sie, als sie vor ihrem Mietshaus hielt.

Mit einem kurzen Blick versicherte sie sich, daß die Straße leer war und nicht Mathieu mit den Kindern irgendwo stand. Ludovic kam, ihr die Tür zu öffnen, und reichte ihr die Hand.

»Rufen Sie mich kommende Woche an«, sagte er leichthin. »Ich werde mit Sicherheit Neuigkeiten haben, und Sie können mir von Ihrem Start in der Klinik erzählen.«

Er bemühte sich, fröhlich zu bleiben, und lächelte, um sein Bedauern darüber zu verbergen, daß er sich jetzt auf dem Bürgersteig von ihr trennen mußte. Sie bedachte ihn mit einem unergründlichen Blick, nickte und ging auf die Hofeinfahrt zu. Sie ließ Atome vorbei, schloß das Tor und durchquerte dann den Hof in Richtung Treppe, die sie langsam hinaufstieg. Als sie die Wohnung betrat, war sie frappiert von der Kälte des Interieurs. Sie würde das alles richtig einrichten müssen, wenn sie einen angenehmen Winter verbringen wollte. Sie ging in ihr Zimmer, um die Tüte mit den Leuchtern zu holen, und nutzte die Gelegenheit, um einen kurzen Blick aus dem Fenster zu werfen. Das rote Coupé war fort.

Im Wohnzimmer zögerte sie einen Augenblick, dann stellte sie schließlich mit einem Seufzer die Leuchter auf den Kamin. In zwei Monaten war bereits Weihnachten. Sie schreckte hoch, als das Telefon klingelte; und als sie die liebevolle Stimme Suzannes hörte, die ihr vorschlug, mit den Kindern zum Abendessen zu kommen, überkam sie jäh die Lust zu weinen. Dankbar nahm sie die Einladung an. Sie hätte einen guten Vorwand, Mathieu wieder loszuwerden, wenn er läuten sollte. Und in der Zwischenzeit täte sie gut daran, eine Liste all derjenigen Dinge zu erstellen, die sie entweder kaufen oder in Mont-Saint-Aignan holen mußte. Sie war schließlich nicht im Urlaub, mußte weiter ihr Leben und das ihrer Kinder organisieren.

Ein bißchen irritiert von der Stille rundum, überlegte sie, ob sie sich ein Gläschen genehmigen solle, verzichtete aber darauf. Alleine zu trinken erschien ihr noch deprimierender.

Du bist ungern allein, das ist der Grund, daß du Mathieu geheiratet hast …

Die Entdeckung dieser Wahrheit berührte sie irgendwie merkwürdig. Hatte sie auf diese Weise all ihre Ängste mit falschen Heilmitteln in Schach gehalten, seit sie alt genug war, um Entscheidungen zu treffen? Das Leben ihrer Eltern hatte ihr, so bewundernswert es in gewisser Hinsicht auch war, ein bißchen Furcht eingeflößt. Die Aufopferung Suzannes und die ewigen Geldsorgen gehörten zu den Dingen, die sie weder für sich noch für die Kinder wollte. Eine sehr alte Erinnerung kam ihr wieder in den Sinn. Beim Basketball in der Schule war ihr ein Schneidezahn abgebrochen. Suzanne war mit ihr zum besten Spezialisten von Rouen gefahren und hatte, um den Vorschuß zu bezahlen, ein Armband und einen Ring verkauft. Augustin hatte mehr als ein Jahr gebraucht, bis er ihr wieder neuen Schmuck hatte kaufen können.

Und? Was ist daran eigentlich so schrecklich?

Aber es war einer der zahlreichen Gründe, die Valérie dazu bewogen hatten, unermüdlich zu arbeiten und nach Erfolg zu streben. Ihre Diplome und ihre Heirat hatten ihr Sicherheit vermittelt. Nun mußte sie wieder von vorne anfangen.

»Nein, nicht ganz … Da sind Camille und Jérémie …«

Schließlich ging sie sich doch ein Glas Weißwein einschenken, das sie in der Küche im Stehen leerte. Nichts zwang sie mehr, die Fassade zu wahren, zu taktieren, sich etwas vorzulügen. Von nun an konnte sie sich den Luxus leisten, genau so zu denken und zu handeln, wie sie es für richtig hielt. Und als erstes müßte sie sich abgewöhnen, alles zu kaschieren, was ihr peinlich war – und daher mußte sie sich auch einige Fragen zu Ludovic Carantec stellen.

Mathieu klappte energisch seinen Taschenkalender zu. Es gab durchaus zwei oder drei Mädchen, die er hätte anrufen können, aber er hatte keine rechte Lust. Valérie hatte sich sehr distanziert gegeben, als er die Kleinen zurückgebracht hatte. Sie hatte sie unten an der Haustür in Empfang genommen, als wollte sie ihn daran hindern, zu ihr hinaufzukommen. Dann hatte sie sich zu Fuß auf den Weg zu ihren Eltern gemacht, die Kinder an der Hand. Er hatte ihnen nachgesehen, wie sie die Straße hinunterliefen, vertraute, liebe Gestalten, und war ganz alleine zurückgeblieben.

Es war ein anstrengender Tag gewesen. Ihm lagen noch immer der Hamburger und die Coca Cola von McDonalds im Magen. Im Kino hatte Camille sich auf seinen Schoß setzen wollen und hatte sich aufgeführt wie ein richtiges Baby. Danach hatten die Kinder zu Hause unter Freudenschreien einen Teil ihrer Spielsachen wiederentdeckt und sie in sämtlichen Zimmern verteilt. Die Putzfrau würde morgen einiges zu tun haben.

Nun hatte er erst einmal Hunger. Er träumte von einer richtigen Mahlzeit und einem guten Bordeaux. Doch die Vorstellung, zunächst zwei Stunden für die Konversation mit einer Frau zu opfern, bevor er sie ins Bett ziehen konnte, war ihm zuwider. Er fragte sich ängstlich, ob er nicht ein wenig alt würde. Oder war es der Umstand, daß seine Frau nicht da war, der ihn so verstörte?

Er klappte noch einmal sein Notizbuch auf. Er hatte seit Jahren die Angewohnheit, Name und Telefonnummer seiner Eroberungen zu notieren, wobei er eine Art Code benutzte. Lächerliche Vorsichtsmaßnahmen, die ohnehin nichts gebracht hatten.

Vor einigen Tagen war ihm eine hübsche kleine Studentin aufgefallen. Die haselnußbraunen Augen, ihre Stupsnase und ihre verführerischen Brüste, die sich unter der Bluse abzeichneten, hatten seine Aufmerksamkeit erregt. Er hatte ihren Vornamen notiert: Céline. Nur Adresse und Telefonnummer hatte er noch nicht, das stünde die nächsten Wochen an. Einstweilen …

Er warf einen Blick auf die Uhr. Es war schon acht, und vielleicht käme ein guter Film. War wohl besser, früh schlafen zu gehen, damit er am nächsten Tag in Form war. Seit er alleine war, sah er sich vor allem sonntags einer wahren Flut von Einladungen mitleidiger Freunde ausgesetzt.

Unter der Dusche fiel ihm auf, daß er, anstatt im Geiste die Mädchen durchzugehen, mit denen er sich kurzfristig hätte ablenken können, einzig und allein nach einem Weg suchte, seine Frau zu treffen. Sie müßten sich endlich einmal unter vier Augen unterhalten. Falls Augustin und Suzanne Zeit hätten, auf die Kinder aufzupassen, könnte er ihr doch vorschlagen, am Nachmittag zu kommen. Wäre sie erst einmal da, zu Hause, hätte er vielleicht eine Chance, sie zu überzeugen. Er hatte höllische Lust auf sie gehabt neulich abend, als ihre Schlafanzugjacke sich geöffnet hatte. Sie war mit den Jahren immer fraulicher geworden, und sein Begehren war kein bißchen abgestumpft. Die Affären mit den anderen waren kleine Intermezzi ohne Bedeutung, Kaprizen, Naschereien.

Eingewickelt in seinen Frotteebademantel, legte er sich aufs Bett. Mit der rechten Hand strich er zärtlich über das leere Laken, das Kopfkissen … von Valérie. Dann drehte er sich auf die Seite und versuchte, einen Hauch ihres Parfums zu erhaschen. Ihn überkam ein plötzliches Gefühl der Leere und der Verzweiflung. Vielleicht war er schuld an allem, aber die Abwesenheit seiner Frau erschien ihm unerträglich. Er gelobte sich, daß er sie, falls sie zu ihm zurückkehren würde, in dieser Klinik arbeiten ließe. Zumindest eine Weile lang. Bis sie es leid war oder er sie davon abbringen konnte.

Mit geschlossenen Augen versuchte er, sie sich im weißen Kittel vorzustellen, und sah sie wieder als Fünfundzwanzigjährige vor sich, als sie unter seiner Führung gearbeitet hatte. Hinreißend, aber zu begabt … Fast beängstigend, so sicher waren ihre Gesten, so unfehlbar ihre Diagnosen. Eine erstaunlich brillante Assistenzärztin, die einem den Eindruck vermittelte, man würde selbst überflüssig, der eigene Stern sei im Sinken begriffen. Falls sie eines Tages wieder dieses Niveau erreichen wollte, müßte ihr künftiger Chef sich Sorgen machen!

Mit gemischten Gefühlen setzte er sich auf und angelte sich die Fernbedienung. Es gab Dinge, über die man lieber nicht allzu genau nachdachte, wenn man nicht eine bösartige Seite an sich entdecken wollte. Er beschloß, daß ihm Valérie keine Angst einflößte, das war ja wohl idiotisch. Und auch, daß er stets nur ihr Bestes gewollt hatte. Auf der Kardiologie zu arbeiten war anstrengend, ja eigentlich unmöglich für eine Mutter. Er hatte recht daran getan, sie davon abzuhalten. Wieder guter Dinge, schaltete er den Fernseher aus. Auch wenn er Gefahr lief, an nichts anderes als an seine Frau zu denken, das heißt an ihre langen Beine, ihre schmalen Hüften, die weiche Haut – nicht etwa an ihre beruflichen Qualitäten, denn dieser Teil war weniger erbaulich.

9

Axelle tobte noch immer vor Zorn. Ihr Vater hatte den ganzen Sonntag allein in seiner Kanzlei in Rouen verbracht. Sie hatte vergeblich darauf gewartet, daß er zum Mittagessen käme, überzeugt, daß sein Groll sich legen würde, wenn er Hunger bekäme. Wohlwissend, daß sie sich dieser Valérie Prieur gegenüber von ihrer kratzbürstigsten Seite gezeigt hatte, hatte sie mehr schlecht als recht sein Lieblingsgericht zubereitet, um ihr Verhalten wiedergutzumachen: eine Fischterrine, die sie einigermaßen hinbekommen hatte, und einen Schokoladenkuchen, nach dem er ganz verrückt war, selbst wenn sie ihn zu lange im Ofen gelassen hatte … Aber er war erst um neun Uhr abends nach Hause gekommen, als sie bereits begonnen hatte, sich ernsthaft Sorgen zu machen. Er hatte an einem Stück Kuchen herumgeknabbert, bevor er schließlich eine Erklärung für ihr Verhalten vom Vorabend gefordert hatte. Das war das erste Mal, daß sie ihn so bestimmt und autoritär erlebt hatte.

Seit ihre Eltern getrennt lebten, hatte sich Axelle daran gewöhnt, daß diese ihr, der eine wie der andere, jeden Wunsch von den Augen ablasen. Ihr Vater war stolz auf sie, das wußte sie, und bereit, ihr alles durchgehen zu lassen. Ihr war es umgekehrt immer ein großes Vergnügen, ihn ihren Freundinnen vorzustellen, die in seiner Gegenwart unweigerlich dahinschmolzen. Bevor er ihr den Twingo geschenkt hatte, war er oft gekommen, um sie an der Kunstakademie abzuholen, und hatte hinter dem Steuer seines roten Coupés auf sie gewartet, was zu allen möglichen scherzhaften Bemerkungen, Gekicher und spöttischem

Grinsen Anlaß gegeben hatte. Mit seinen vierzig Jahren besaß Ludovic einen unbestreitbaren Charme, und Axelle wachte eifersüchtig über diesen viel zu attraktiven Vater.

Letztendlich liebte sie ihn abgöttisch, und das nicht nur, weil man sich mit ihm sehen lassen konnte. Er konnte zuhören, war unterhaltsam und verstand es, einen mit wenigen Worten wieder moralisch aufzurichten. Er machte ihr niemals Vorwürfe, verlangte nichts Außergewöhnliches von ihr. Außer gestern abend, wo er ihr klipp und klar auseinandergesetzt hatte, daß er es nicht dulde, daß man seine Gäste schlecht behandele. Seine Gäste! Diese Frau, hatte er wohl gemeint!

»Wenn du es nicht schaffst, zumindest höflich zu sein, dann komm in Gottes Namen nicht mehr herein und störe, wenn ich nicht alleine bin!« hatte er sie zornig angefahren.

Es hatte ihm nicht gepaßt, daß sie die Musik leiser gedreht und seine Dulzinea nicht begrüßt hatte.

»Ich brauche es ja wohl nicht zu dulden, daß irgendeine x-beliebige Frau ihn sich krallt!« dachte Axelle wütend.

Sie wußte nichts über Valérie, denn er hatte ihr nichts Genaueres über sie erzählt. Aber sie war der Ansicht, daß ihr Vater eine leichte Beute sei und daß sämtliche alleinstehenden Frauen sich nur allzu gerne so einen Junggesellen wie ihn schnappen würden.

»Er hat Kohle, sieht gut aus und ist nett. Der Traum aller einsamen Seelen! Aber wenn dieses Weibsstück sich einbildete, daß sie sich mit ihrem Köter hier einnisten kann ...«

Vor allem schien es ihm diesmal wirklich ernst zu sein, denn er hatte sich dazu verstiegen zu präzisieren:

»Du bist meine Tochter, mein Schatz, nicht meine Geliebte! Also halt dich aus meinem Privatleben raus, und kümmer dich um dein eigenes Leben!«

Anschließend hatte er sich in seinem Turm eingesperrt und war den ganzen Abend nicht wieder aufgetaucht. Als sie ihm am Morgen einen Kaffee hatte hinaufbringen wollen, war das Zimmer leer gewesen. Er mußte sehr früh aus dem Haus gegangen sein und hatte sich nicht einmal von ihr verabschiedet.

Sie war drauf und dran, in der Kanzlei anzurufen, besann sich aber eines Besseren. Wahrscheinlich bereute er sein schroffes Verhalten bereits. Es wäre also besser, ihn in dem Glauben zu belassen, daß sie schmollte. Sie nahm den Hörer ab und wählte die Nummer ihrer Mutter in der Bretagne. Nathalie wußte stets Rat, und sie hatte ein Anrecht darauf zu erfahren, was hier vor sich ging. Auch wenn sie ihre Eltern nicht wieder wirklich vereinen konnte, war Axelle zumindest laufend darum bemüht, sie einander wieder näherzubringen.

Von Montag bis Freitag ertrank Valérie in Arbeit. Sie hatte mit großer Begeisterung wieder Fuß gefaßt in der Welt der Medizin, und zudem hatte ihr der Kardiologe, dessen Nachfolge sie antreten sollte, zahlreiche Verantwortlichkeiten übertragen. Robert Roussel behandelte sie als gleichberechtigte Partnerin und hatte sie gebeten, ihm bei allem zur Hand zu gehen, bei der Visite, in der Sprechstunde und besonders bei den Untersuchungen.

Die Klinik, eine bedeutende Einrichtung, hatte ihren exzellenten Ruf nicht zu Unrecht erworben. Das Personal war nicht nur sehr kompetent, sondern auch äußerst freundlich. Das Erscheinen Valéries, die derzeit keine feste Stelle innehatte, war gut aufgenommen worden. In dem kleinen Büro, das man ihr zur Verfügung gestellt hatte, lag Papier mit ihrem Briefkopf bereit. Sie las mehrmals die drei geprägten Zeilen. »Doktor Valérie Prieur, Kardiologiediplom an der Universität Rouen, ehemals Assistenzärztin, dann Fachärztin am C.H.U.« Für die Privatpatienten, um die man besonders bemüht war, zählten vor allem die Titel.

Vom ersten Tag an hatte sie den weißen Kittel mit großem Vergnügen übergestreift; die automatische Geste, mit der sie den Kragen hochstellte, einen Stift in ihre Tasche gleiten ließ und ihr Namensschild daran befestigte, war sofort wieder dagewesen. Die erste Schwester, die sich ihr gleich um Viertel nach acht vorstellte, war keine Unbekannte. Es handelte sich um Caroline, das nette Mädchen, dem sie bereits in der Bleuets-Klinik begegnet war und die es geschafft hatte, hier eine Stelle zu bekommen. Sie tranken einen Kaffee zusammen, wie alte Freundinnen, und Caroline lobte die Saint-Lazare-Klinik in den höchsten Tönen.

»Es ist ein Traum hier im Vergleich zu dieser grauenvollen Bleuets-Klinik! Es wird Ihnen gefallen auf dieser Station, die Leute sind wirklich nett. Und die technische Ausstattung ist absolut auf dem neuesten Stand! Wenn ich Ihnen irgendwie behilflich sein kann, zögern Sie nicht, es mir zu sagen. Ich bin Ihnen acht Tage voraus, und ich kenne mich allmählich aus.«

Sie hatten noch einen Kaffee getrunken, bevor sie sich trennten, und beschlossen, sich zu duzen. Am frühen Nachmittag war Valérie in die Chirurgie hinaufgegangen, um sich dort vorzustellen, danach hatte sie im restlichen Haus die Runde gemacht, von der Entbindungsstation bis hin zur Radiologie. Die Ausstattung des Krankenhauses wurde in der Tat sämtlichen Ansprüchen gerecht, denen der Ärzte wie der Patienten. Roussel hatte nicht gelogen, als er ihr versichert hatte, daß die Arbeitsbedingungen hier ausgezeichnet seien. Natürlich war es nicht die Uniklinik. Es herrschte weder die geschäftige Stimmung des C.H.U. noch die beruhigende Gewißheit, daß ein erfahrenes Team hinter allen wichtigen Entscheidungen auf der Intensivpflege stand. Aber Valérie wußte, daß sie eines Tages dorthin zurückkehren würde und daß sie bis dahin ihren Rückstand aufholen mußte. Sie müßte es irgendwie einrichten, sich fortzubilden, indem sie an der Universität Vorträge zu den neuesten Forschungen besuchte. Sie war heilfroh, daß sie fast schon heimlich, aber stetig und aufmerksam sämtliche Fachzeitschriften gelesen hatte, die Mathieu so bekam. Die Entwicklung der Wissenschaft, die von Jahr zu Jahr rapide Fortschritte machte, hatte sie schon immer fasziniert. Und selbst wenn sie den Kontakt zum Berufsleben verloren hatte, hatte sie sich doch stets weitergebildet, mit wachem Geist und ungebrochener Neugier.

Während dieser ersten Woche mußte sie an ihr Gespräch mit

dem Direktor der Uniklinik denken. Sein Wohlwollen beruhte nicht einfach auf Sympathie, da war noch etwas anderes. Eine offene Rechnung mit Mathieu? Der hatte sich mit Sicherheit viele Feinde gemacht, wie jeder Chef, aber doch wohl nicht den Verwaltungsdirektor! Sie nahm sich fest vor, dahinterzukommen, warum dieser für sie eine Stelle außerhalb seines Krankenhauses gefunden und sie in der Hoffnung belassen hatte, daß sie eines Tages dorthin zurückkehren könnte.

Einstweilen bemühte sie sich, in der Arbeit ihr Bestes zu geben, Augen und Ohren aufzusperren, schneller zu werden. Da Roussel wirklich gerne in Ruhestand gehen wollte, zeigte er sich ihr gegenüber sehr kooperativ. Beredt erklärte er ihr, daß er seine Patienten in zwei große Gruppen einteilte: die Hypertonen und die mit einer Koronarinsuffizienz. Er hatte während seines langen Berufslebens soviel gesehen, daß er eine Menge unterhaltsamer Anekdoten zu erzählen wußte.

Wenn sie abends in die Wohnung kam, nahm sie sich noch Zeit, ausgiebig mit Camille und Jérémie zu schwatzen, mit ihnen zu spielen, ihnen vorzulesen. Sie hatte sich gelobt, daß diese nicht unter dem neuen Leben leiden sollten. Sie sollten das Gefühl haben, daß ihre Mutter für sie da war und sich glücklich fühlte.

Suzanne hatte die Situation voll erfaßt. Sie setzte alles daran, ihrer Tochter unter die Arme zu greifen. Sie kümmerte sich ums Einkaufen, um die Kinder, kochte kleine Mahlzeiten, die sie einfror, fragte die Kinder ab und überraschte sie nachmittags immer wieder mit kleinen Leckereien. Augustin bereitete sorgfältig die Ausflüge für den schulfreien Mittwoch vor. Er hatte sich geschworen, bis Weihnachten damit zu warten, bei Dr. Prieur an der Saint-Lazare-Klinik einen Termin zu erbitten. Aber er brannte vor Ungeduld bei dem Gedanken, daß er seine Gesundheit und sein Herz endlich vertrauensvoll in die Hände seiner Tochter legen durfte. Dreißig schwierige Jahre voller Opfer wären endgültig vergessen an dem Tag, da sie ihn im weißen Kittel in ihrem Sprechzimmer empfinge und endlich den Namen Prieur auf ein Rezept setzte, das er umgehend seinem

Apotheker unter die Nase halten würde. Bei dem Gedanken daran überkam ihn jeden Morgen ein Gefühl der Wonne, und er platzte schon im voraus vor Stolz.

Ludovic rief Valérie am Abend an, ziemlich spät, um sicherzugehen, daß die Kinder schliefen. Er versuchte nicht einmal, seinen Anruf zu rechtfertigen. Anstatt sinnlose Ausreden zu gebrauchen, gab er sich freundschaftlich und versuchte einfach nur, sie zum Lachen zu bringen. Aus Respekt vor ihrem vollen Terminkalender gab er sich damit zufrieden, sie die darauffolgende Woche zum Abendessen einzuladen – wobei er ihr die Wahl des Tages überließ, der ihr am besten paßte.

Mathieu nickte den Studenten leicht zu und verließ das Podium. Während seiner Vorlesungen herrschte stets konzentriertes Schweigen, doch seine Ausführungen über Herzrhythmusstörungen an diesem Morgen waren nicht besonders brillant gewesen. Sein Treffen mit Valérie nahm seine Gedanken viel zu sehr gefangen.

Fluchend wie immer fuhr er aus dem Madrillet-Viertel hinaus. Es war wirklich höchste Zeit, daß die Vorlesungsräume näher zum Krankenhaus hinverlegt wurden. Nun würde es ja nicht mehr lange dauern, und sie wären bald alle von dieser aufreibenden Hin- und Herfahrerei erlöst.

Während der Fahrt versuchte er sich die Sätze in Erinnerung zu rufen, die er sich zurechtgelegt hatte. Seine Frau hatte ihm bereits mitgeteilt, daß sie nicht viel Zeit für ihn hätte. Das war ja wohl lachhaft! Für wen hielt sie sich eigentlich? Er war viel stärker eingespannt als sie, und er hatte ein Maß an Verantwortung zu tragen, von dem sie niemals eine Vorstellung bekäme. Die Arbeit im Saint-Lazare war ihr wohl zu Kopf gestiegen. Er gelobte sich, bei Gelegenheit einmal mit Roussel über sie zu sprechen, den er flüchtig kannte.

Als er in das Bistro kam, in dem sie sich verabredet hatten, saß sie bereits da, an einem Tisch in Fensternähe, und ihn überkam ein seltsames Gefühl bei ihrem Anblick. Er fand sie so schön wie eine Unbekannte und empfand beinahe so etwas wie Schüchternheit. Kaum trafen sich ihre Blicke, schenkte er ihr ein strahlendes Lächeln. Er vergaß seinen Groll, seine Enttäuschung, die Demütigung, verlassen worden zu sein, und beugte sich über sie, um sie so stürmisch zu küssen, daß sie halb aufstehen mußte, um ihn wegzustoßen.

»Bist du verrückt geworden?«

Er setzte sich ihr gegenüber, ohne auf ihren Ausbruch einzugehen.

»Ich bin so froh, dich endlich wiederzusehen! Warum läufst du vor mir davon?«

Überzeugt, daß sie ihre Arbeit oder die Kinder vorschützen würde, legte er sich bereits Gegenargumente zurecht.

»Ich laufe nicht vor dir davon«, sagte sie ruhig, »ich habe einfach keine Lust, dich zu sehen.«

Gekränkt zuckte er die Achseln und winkte dem Kellner. Er war zu sehr aus dem Konzept geraten durch Valéries Attacke, als daß er etwas zu erwidern gewußt hätte.

»Ich glaube, wir vergeuden beide unsere Zeit«, fing sie wieder an. »Das beste ist, wir überlassen die Sache unseren Anwälten.«

»Laß uns darüber reden! Was ist denn dieser Carantec für ein Typ, und wo hast du ihn aufgetrieben?«

»In den Gelben Seiten, warum?«

»Er geht François auf die Nerven, er will alles husch, husch über die Bühne bringen, damit bin ich nicht einverstanden. Er spricht von Vermögensaufstellung, Schätzung, es hat sogar den Anschein, als bedränge er den Richter! Eine Scheidung ist nicht so im Handumdrehen abzuwickeln. Du hast versprochen, uns zumindest ein bißchen Bedenkzeit zu gewähren und …«

»Ich habe dir überhaupt nichts versprochen. Bedenkzeit wofür? Wenn es darum geht, wer das Silber behalten darf, sei getrost, ich verzichte freiwillig.«

»Valérie!« empörte er sich. »Bist du vom wilden Affen gebissen? Das ist ja ein unglaublicher Ton, in dem du da mit mir sprichst … Ich bin doch nicht dein Feind, im Gegenteil. Ich bin dein Mann, der Vater deiner Kinder, ich liebe dich.«

»Bildest du dir ein, daß du deswegen irgendwelche Anrechte hast?«

»Nein, aber ich wollte dir etwas Wichtiges mitteilen, was ich dir bis jetzt nicht zu sagen gewagt habe … Also, es ist kein Baby mehr unterwegs; so, jetzt ist es heraus … Wir sind diese Sorge los!«

»Die Sorge los? Wir? Ihr beide? Wir drei?«

»Ich will damit sagen, daß alles geregelt ist, erledigt, die Sache ist aus.«

Er trug eine derart zufriedene Miene zur Schau, daß Valérie von kalter Wut gepackt wurde.

»Du erwartest auch noch, daß ich dich beglückwünsche, das kann ja wohl nicht wahr sein!«

»Aber nein, mein Schatz …«

Ein bißchen verlegen wollte er ihre Hand nehmen, aber sie wich ihm aus.

»Du hast eine Art zu lieben, Mathieu, die mir überhaupt nicht gefällt. Ich werde nie wieder mit dir zusammenleben. Jedesmal, wenn du den Mund auftust, habe ich den Eindruck, es kommt eine neue Lüge heraus. Du hast mich derart zum Narren gehalten, daß ich dir nicht einmal mehr den Hund anvertrauen würde!«

Er starrte sie eine ganze Weile ungläubig an. All die schönen Sätze, die er sich zurechtgelegt hatte, erschienen ihm nun absurd. Sie hatte sich binnen weniger Wochen so verändert, daß er sie kaum wiedererkannte.

»Ich bin diejenige, die ihrem Anwalt Druck macht, nur zu deiner Information, denn ich möchte die Sache rasch hinter mich bringen.«

Kopfschüttelnd saß er da und rang schwer mit sich, um nicht auszurasten.

»Die Sache hinter dich bringen? Meinst du uns damit? Deine Familie?«

Valérie nahm ihr Glas, trank einen Schluck, stellte es wieder ab, dann sah sie Mathieu fest in die Augen.

»Meine Familie, das sind meine Eltern und meine Kinder. Mein Leben, das sind Camille, Jérémie und auch das, woran du mich gehindert hast. Du hast deinen Spaß dabei gehabt, irgendwelchen weißbekittelten Hinterteilen nachzuschauen, du hattest deine Abenteuer, deine Mätressen, deine Affären, deine Verliebtheiten. Du bist das volle Risiko eingegangen und hast es auf gleichem Wege an mich weitergereicht. Und doch war es dein Vergnügen und nicht das meine. Du findest vielleicht, daß ich mich wiederhole, aber du machst nicht den Eindruck, als ob du wirklich verstanden hättest … Ich habe dich aus meinem Leben gestrichen, genauso einfach, wie ich dir einst das Feld überlassen habe. Du bestehst darauf, daß wir zusammen zu Mittag, zu Abend essen, miteinander reden … In Wirklichkeit möchtest du vor allem, daß wir wieder zusammen im Bett landen, möchtest, daß wir einen Strich unter alles ziehen und von vorne anfangen. Das ist doch albern! Ich habe dir nichts zu sagen, da die einzigen Entscheidungen, die wir noch treffen müssen, die Möbel und die Konten betreffen …«

Er war bleich geworden, und sie sah, wie eine Ader an seiner Schläfe pochte. Sie wußte, daß sie ihn aus der Fassung gebracht hatte, aber sie verspürte weder Furcht noch Bedauern. Es war einfach stärker als sie; jedesmal wenn sie sich ihm gegenüber sah, packte sie wieder der Zorn. Sie konnte liebevoll von ihm sprechen, sie vermochte sogar mit einer gewissen Nostalgie an ihn zu denken, aber sobald er physisch anwesend war, kochte der Ärger in ihr hoch. Sie konnte seine besitzergreifenden Gesten, seine Selbstgefälligkeit, seine rechthaberische Art, sich selbst niemals in Frage zu stellen, nicht mehr ertragen.

»Wie wär's, wenn wir etwas essen?« fragte er schließlich mit gepreßter Stimme. »Ich nehme an, deine Arbeit wartet auf dich.«

Eine Spur Verachtung war aus seiner Frage herauszuhören. Valérie senkte den Kopf, als wolle sie auf die Uhr sehen. Als sie wieder zu ihm aufblickte, fühlte sie sich unwohl in ihrer Haut.

Sie war nicht mehr nur verärgert, sondern plötzlich nahe daran, in Tränen auszubrechen.

»Hör zu«, sagte er mit einem verkrampften Lächeln, »du wirfst mir die schrecklichsten Dinge an den Kopf, und kaum mache ich eine kleine, unbedeutende Bemerkung ... Ich wollte mich nicht über dich lustig machen, der Job am Saint-Lazare ist sehr gut ...«

»Ja«, gab sie bitter zurück, »ein Job, genau ... Im großen und ganzen ist es doch eine nette Beschäftigung, einfach ein Zeitvertreib, nicht? Also, mach's gut, Mathieu, ich muß zurück ...«

Ohne ihm Zeit zu lassen, etwas zu erwidern, nahm sie ihre Tasche und stand auf. Er blickte ihr nach, als sie hocherhobenen Hauptes durchs Lokal ging. Sie war wirklich die einzige Frau, die ihn so leicht im Innersten anzurühren vermochte, und die Art und Weise, wie sie von einer Sekunde auf die andere von Empörung in Kummer verfallen war, hatte ihn tief erschüttert. Sie täuschte sich, wenn sie glaubte, er begehre sie lediglich körperlich, selbst wenn er davon träumte, sie in seinen Armen zu halten. Sich ein Leben ohne sie auszumalen, war schlichtweg unerträglich. Er brauchte sie, konnte nicht ohne sie sein. Und doch hatte er früher nie jemanden gebraucht, und dieses Gefühl der Abhängigkeit, das er bis dahin gar nicht gekannt hatte, traf ihn noch tiefer in seinem Stolz. Sie hatte scheußliche Vokabeln verwendet: Anwalt, Konten – als wäre das alles, was es noch zwischen ihnen gab. Wie lange würde sie ihn noch leiden lassen? Wie weit würde sie ihre Überlegenheit noch ausreizen?

Mathieu bemerkte den Kellner, der neben seinem Tisch wartete. Er bestellte gegrillten Fisch und ein Glas Chablis. Er würde sich geduldig zeigen müssen, sei's drum, genau wie er nun seine Abende irgendwie herumbringen müßte. Am Nachmittag würde er versuchen müssen, die entzückende Studentin aufzuspüren. Er hatte heute morgen während der Visite mehrere Blicke mit ihr getauscht und hatte sicher gute Chancen, sein Ziel zu erreichen. Sie war wirklich zum Anbeißen, es wäre ein Vergnügen, ihr den Hof zu machen, sie zum Erröten zu bringen, sie auszuziehen. Und auf diese Weise zu versuchen, Valérie ein wenig zu vergessen.

Er wollte gerade einen Kaffee bestellen, als ihn eine schmerzliche Idee durchzuckte. Gab es im Saint-Lazare Männer, die seiner Frau nachschauten und sie zum Essen einluden? Bis dahin hatte er nur an Roussel gedacht, der im Rentenalter war; aber wie viele junge Ärzte arbeiteten mit ihr zusammen? Man mußte blind oder impotent sein, um angesichts ihrer rassigen Erscheinung, ihrer außergewöhnlichen Augenfarbe, ihrer Zerbrechlichkeit nicht schwach zu werden. Sobald seine Kollegen begriffen, daß sie solo war, würde sie eine leichte Beute.

Mit einer gewissen Verblüffung stellte Mathieu fest, daß er eifersüchtig und daß dieses neue Gefühl äußerst unangenehm war. Er würde es niemals zulassen, daß ein anderer als er selbst Hand in Hand mit Valérie einschliefe.

»Sie ist meine Frau, sie gehört mir!« dachte er wütend.

Die Auflaufform war derart brennend heiß in seinen Händen, daß Ludovic sie nicht länger zu halten vermochte und sie ins Spülbecken fallen ließ, wo sie zerbrach. Er biß sich auf die Lippen, um sich seinen Schmerz nicht anmerken zu lassen, als er fühlte, wie Valérie ihn an der Schulter berührte.

»Zeigen Sie mal ...«, sagte sie ruhig.

Folgsam streckte er ihr seine linke Hand hin, und sie unterdrückte ein Grinsen.

»Das ist nicht schlimm ...«

»Nicht schlimm?« protestierte er. »Glauben Sie, daß wir dieses Ragout aus Lasagne und Glasscherben noch essen werden?«

Er konnte schon wieder lächeln, während sie seine Hand unters kalte Wasser hielt.

»Ich habe einen Haufen nutzloses Zeug in meinem Apothekenschränkchen im Bad. Vielleicht läßt sich da etwas finden. Sie brauchen nur auszuwählen ...«

Sie folgte ihm durch das große Zimmer über die Treppe bis

in den Turm. Aus einem Wust von Tuben und Fläschchen zog sie ein Gel und Gaze heraus. Sie hatte ihn genötigt, seine Hand wieder unter den Wasserhahn zu halten.

»Wir warten noch fünf Minuten«, sagte sie und setzte sich in einen kleinen Korbstuhl.

Voller Mitleid warf sie ihm einen kurzen Blick zu. Er hatte sich ziemlich heftig verbrannt.

»Sie hätten sie gleich fallenlassen sollen«, sagte sie lachend.

»Ich wollte das Abendessen retten. Und Ihnen diese Bescherung ersparen ... Kann ich das Wasser jetzt ausmachen?«

»Nein. Ein bißchen Geduld noch!«

Sie sah sich in dem witzigen runden Badezimmer um, das einem kleinen Salon ähnelte. Wie das übrige Haus hatte es eine warme, ungewöhnliche Atmosphäre.

»Die sind ja toll«, erklärte sie und zeigte auf eine Serie Lithographien, auf denen Stürme und untergehende Segelboote dargestellt waren.

»Die sind von einem Sandkastenfreund, der echtes Talent hat. Allmählich hat er Erfolg, und ich freue mich sehr für ihn.«

»Wo sind Sie aufgewachsen?«

»In einem kleinen Hafenort im Departement Côtes-d'Armor. Dort habe ich meine Wurzeln.«

»Was machen Sie denn dann in Rouen?«

»Oh, das ist eine lange Geschichte!«

Er schien nicht besonders geneigt, von sich zu reden, aber sie beharrte darauf.

»Nun erzählen Sie schon! Sie müssen sowieso noch ein paar Minuten hier vor dem Waschbecken stehenbleiben, nutzen Sie doch die Zeit ...«

»Ich bin in Erquy geboren, am Golf von Saint-Malo, ganz in der Nähe des Cap Fréhel. Ein Ort voller Zauber, aber meine Mutter war Rektorin der Grundschule, und ich schwöre Ihnen, da hat man kein leichtes Leben als Junge! Wir waren eine ganze Schar von Freunden. Der, der Maler geworden ist, die, die ich geheiratet habe, viel zu früh übrigens ...«

»Wie heißt sie?«

»Nathalie. Sie ist die Mutter von Axelle und eine tolle Frau. Sie ist in die Gegend zurückgekehrt nach unserer Scheidung.«

»Und wo haben Sie Jura studiert?«

»In Rennes. Meine Eltern sind bei einem Autounfall ums Leben gekommen, und ich hatte ziemliche Probleme, das Studium zu beenden …«

Er erzählte das alles mit einem Lächeln auf den Lippen, aber sie bemerkte sehr wohl, daß er ziemlich bewegt war. Sie erhob sich, drehte den Hahn zu und betrachtete prüfend seine verbrannten Finger.

»Sie sind doch hoffentlich Rechtshänder? Denn diese Hand hier wird Ihnen ein paar Tage Ärger machen …«

Während sie das Gel auftrug und den Verband anlegte, musterte er sie eingehend. Gerade in dem Moment, als sie zurücktreten wollte, hinderte er sie mit seiner freien Hand daran, beugte sich über sie und küßte sie zart auf die Wange, ganz nahe am Ohr.

»Vielen Dank«, hauchte er.

Obwohl er sie umgehend wieder losgelassen hatte, hatte sie sich doch für einen winzigen Augenblick heftig zu ihm hingezogen gefühlt. Amüsiert angesichts dieser unvermuteten Reaktion schlüpfte sie an ihm vorbei und lief die steinerne Treppe hinunter.

»Was ist Ihnen lieber? Daß ich Ihnen ein Omelett mache, oder daß ich Sie zum Essen ausführe?« fragte sie, ohne sich umzudrehen.

»Das überlasse ich Ihnen, aber die Küche ist augenblicklich ein einziges Schlachtfeld …«

»Ich werde mich darum kümmern.«

»Soll das ein Witz sein? Das kommt überhaupt nicht in Frage!«

»Seien Sie doch vernünftig, wir können das nicht einfach alles so liegenlassen, das wäre nicht sehr nett Ihrer Tochter gegenüber.«

Ohne seinen Protest zu beachten, ging sie in die Küche und machte sich daran, die Überreste zu beseitigen. Resigniert schenkte er zwei Gläser Kir ein, nachdem er mit dem Korkenzieher gekämpft hatte. Er trug das Tablett ins Wohnzimmer, legte gedämpfte Musik auf und warf ein Scheit ins Feuer. Es war neun Uhr, und Axelle käme nicht vor Mitternacht zurück, das hatte sie zumindest verlauten lassen.

Vor dem Kamin kniend spitzte er die Ohren. Valérie machte sich immer noch rege zu schaffen, und er hätte am liebsten laut gelacht. Sein romantischer Abend nahm eine komische Wendung! Und doch hatte der kleine Zwischenfall ihm erlaubt, ihr näherzukommen, ihren Duft einzusaugen, sie zu berühren. So kurz auch ihr erster Kontakt gewesen sein mochte, es war ein Anfang.

»Wollen Sie sich die andere auch noch verbrennen?« fragte Valérie im Hereinkommen.

Er richtete sich auf und wandte sich vergnügt zu ihr um.

»Ich habe Aschenputtel ein Gläschen eingeschenkt«, sagte er und zeigte auf das Tablett. »Es ist wundervoll, daß Sie da sind, auf Ihr Wohl ...«

Ohne den Blick von ihr abzuwenden, trank er einen Schluck von seinem Kir.

»Ihr Haus fasziniert mich«, erklärte sie. »Ich würde für mein Leben gerne in einem solchen Haus wohnen ...«

»Das können Sie, wann immer Sie wollen!«

Anstatt zu protestieren, wie er es erwartet hatte, setzte sie sich in den karierten Ohrensessel.

»Ich habe gerade erst meine Freiheit wiedergewonnen.«

Sie hatte den Satz ganz ruhig ausgesprochen und sich darauf beschränkt, ihm eine eindeutige Tatsache in Erinnerung zu rufen.

»Ich will Sie nicht ins Gefängnis sperren!« erwiderte er leise.

Einen Moment lang herrschte betretenes Schweigen. Seit er im Bad seinen Arm um sie gelegt hatte, wußte Valérie, daß dieser Mann ihr gefiel, daß sie sich zu ihm hingezogen fühlte. Das reichte allerdings nicht, um sich Hals über Kopf in ein Abenteuer zu stürzen. Um so mehr, als es ihm sehr ernst zu sein schien. Sie trank ihren Kir aus, bevor sie sich erhob.

»Kommen Sie, gehen wir hinüber und essen.«

Sie machte ihm ein Rührei als Beilage zu dem Feldsalat, den er zubereitet hatte, bevor er sich verbrannt hatte. Sie unterhielten sich eine Ewigkeit und dachten nicht einmal daran abzuräumen, so fasziniert waren sie, sich gegenseitig kennenzulernen. Valérie hatte jahrelang ihren Mund halten müssen, wenn es um Medizin ging, und Mathieu das Wort überlassen. Sie hatte sich lustlos an Unterhaltungen beteiligt mit Frauen, die den lieben langen Tag nichts zu tun hatten, und war gefangen gewesen in einer Rolle, die ihr nicht lag und aus der sie keinerlei Erfüllung bezog. Ludovic dagegen hörte ihr mit einer Aufmerksamkeit zu, die weit über die übliche Galanterie im Rahmen eines Techtelmechtels hinausging. Wenn er alles über sie wissen wollte, so nicht, um ihr zu schmeicheln, sondern im Gegenteil, weil er wirklich neugierig war.

Um halb elf platzte überraschend Axelle in ihre traute Zweisamkeit. Ihre schmollende Miene verhieß nichts Gutes.

»Tut mir leid, daß ich euch störe!« schnaubte sie verächtlich. »Der Abend war beschissen, alle sind früh nach Hause ...«

Das war eine glatte Lüge, Ludovic erriet dies sofort. Seine Tochter hatte geplant, sie zu überrumpeln; darauf hätte er wetten können.

»Guten Abend«, sagte Valérie freundlich.

Anstatt ihr zu antworten, zeigte Axelle auf die Teller.

»In puncto Gastronomie habt Ihr euch ja nicht gerade verausgabt ...«

»Ich hatte Lasagne gemacht, aber es gab ein kleines Problem«,erklärte Ludovic und zeigte seine verbundene Hand.

»Gott sei Dank war eine Ärztin in der Nähe!« bemerkte das junge Mädchen spöttisch.

Ohne daß sie einer dazu aufgefordert hätte, setzte sie sich zwischen die beiden und trank einen Schluck Wein aus dem Glas ihres Vaters. Ihr Verhalten war derart provokant, daß er drauf und dran war, ihr Einhalt zu gebieten. Als sie sich eine Zigarette anzündete und den Rauch in Valéries Richtung blies, beugte er sich brüsk zu ihr hinüber und küßte sie auf die Stirn.

»Also dann, noch einen schönen Abend, mein Schatz«, sagte er eisig.

Erstaunt suchte Axelle nach einer Erwiderung, während er sich erhob. Er reichte ihr die Hand, womit er sie zwang, ihren Platz zu räumen.

»Gute Nacht!« fügte er schließlich hinzu, so daß nicht mehr der geringste Zweifel daran bestand, wie seine Worte gemeint waren.

Sie war es gewohnt, daß er ihr grundsätzlich nachgab, daß er sich über ihre Launen und Forderungen amüsierte, und es war das erste Mal, daß sie bei ihm auf Widerstand stieß. Nach kurzem Zögern beschloß sie, sich nicht wie ein kleines Mädchen behandeln zu lassen, vor allem nicht vor dieser Frau.

»Ach, weißt du, ich bin noch gar nicht müde, ich kann euch ruhig noch einen Moment Gesellschaft leisten ... Ich werde einen Kaffee kochen.«

»Nein! Du wirst keinen Kaffee kochen, und wir wären jetzt gerne allein, falls du nichts dagegen hast.«

Er hatte nicht versucht, einer Konfrontation aus dem Weg zu gehen, und Valérie war ihm dankbar. Mit rotem Kopf musterte Axelle sie einen nach dem anderen, dann stürzte sie hastig hinaus und schlug die Tür hinter sich zu. Sie hörten sie wütend die Treppe hinaufpoltern. Ludovics angespannter Gesichtsausdruck wich einem Lächeln, und er setzte sich wieder hin.

»Tut mit leid.«

»Dazu besteht kein Anlaß, Ihr Verhalten war völlig in Ordnung.«

Sie mußte sich das Lachen verkneifen, als sie sich fragte, ob Jérémie sich ihr gegenüber eines Tages wohl ebenfalls so verhalten würde.

»Unsere Kinder glauben, daß wir ihnen gehören ...«

»In dem Alter, in dem Ihre sind, ist das normal. Aber Axelle ist volljährig, sie hat einen riesigen Freundeskreis und muß nicht überall den Ton angeben. Haben Sie Lust auf einen Schluck Champagner? Oder einen Tee? Ich fände es einfach schön, wenn wir noch einen Augenblick vor dem Kamin sitzen könnten, dann lasse ich Sie fahren; ich weiß, daß Sie früh aufstehen müssen. Ich übrigens auch!«

Das Verhalten Ludovics war so natürlich, so weit entfernt von dem, was Mathieu unter denselben Umständen getan hätte, daß Valérie plötzlich ganz leicht ums Herz wurde. Sie entschied sich für den Champagner, höchst angetan von dem Gedanken, noch ein wenig zu bleiben.

Stirnrunzelnd kam Mathieu aus der Intensivstation heraus, gefolgt von Gilles.

»Wir machen trotz allem noch eine Szintigraphie«, stieß Mathieu hervor, ohne sich umzudrehen. »Sobald die Dosisbestimmung für die Enzymgaben aus dem Labor kommt, sagst du mir Bescheid …«

Sie liefen im Sturmschritt den Gang hinauf. Mathieu stieß einen der Türflügel mit solchem Schwung auf, daß er beinahe eine Studentin über den Haufen gerannt hätte, die ihm entgegenkam. Er wollte schon eine barsche Bemerkung loslassen, als er die haselnußbraunen Augen und die kleine Stupsnase von Céline erkannte. Während sie auswich, um die beiden vorbeizulassen, durchbohrte er sie förmlich mit Blicken, was sie erbleichen ließ.

»Kommen Sie mit, Mademoiselle …«

Er nahm sie beim Ellenbogen, als würde er sie schon seit Ewigkeiten kennen.

»Meine Sekretärin ist für eine Stunde fort, und ich brauche jemanden, der mitschreibt; wenn es Ihnen also nichts ausmacht, mir diesen kleinen Gefallen zu tun …«

Hinter ihnen verdrehte Gilles die Augen. Mathieu war unverbesserlich, und sein Gegenüber war natürlich seinem Charme schon erlegen. Er bog in Richtung des Aufenthaltsraumes der Krankenschwestern ab, wohlwissend, daß seine Gegenwart nicht länger erwünscht war.

In seinem Büro angekommen, schloß Mathieu die Türe und beugte sich über das Namensschild am Kittel der Studentin.

»Céline, richtig, so war der Name ... Also gut, setzen Sie sich dort hin, und nehmen Sie einen Block zur Hand, ich werde langsam diktieren ... Es ist ein Eilbrief, eine Antwort an die Angehörigen eines jungen Mannes, der hier eingeliefert wurde. Die Leute drehen allmählich durch, wissen Sie! Es wird bald wie in Amerika sein, und dann braucht jeder Arzt einen Anwalt!«

Mit gezücktem Stift saß sie verkrampft da, und er mußte lächeln.

»Entspannen Sie sich, ich werde Sie nicht fressen. Wie alt sind Sie?«

»Zweiundzwanzig, Monsieur.«

Er blickte sie prüfend an, ohne Rücksicht auf ihre Verlegenheit.

»Warum tragen Sie alle diese scheußlichen Jeans? Ich bin sicher, daß Sie sehr hübsche Beine haben ...«

Unfähig, ihm auch nur irgend etwas zu antworten, senkte das junge Mädchen den Kopf. Er überlegte, ob er seine Überlegenheit ausspielen sollte. Hatte sie Angst vor ihm, weil er der Chef war, der hochheilige Boß? War es überhaupt möglich, daß ihn ein Mädchen in dem Alter attraktiv fand? Sie ließ sich wahrscheinlich mit Typen ihrer eigenen Generation ein, die sich genauso kleideten wie sie und sie zum Lachen brachten.

Mit leicht unbehaglichem Gefühl diktierte er seinen Brief und bedankte sich. Er hatte keine große Lust mehr, sie zum Mittagessen einzuladen. Sie könnte die Einladung annehmen, aus Angst, ihn vor den Kopf zu stoßen, und sich später mit ihren Kommilitonen über ihn lustig machen. Das war ein Risiko, das er bis dahin nie bedacht hatte. Er wurde entschieden alt.

Nachdem sie fort war, blieb er nachdenklich sitzen. Was machte Valérie gerade? Sie war schwer zu erreichen und selten besonders liebenswürdig am Telefon. Er hatte sie am Vorabend sprechen wollen, aber es war niemand zu Hause gewesen. Schließlich hatte er bei seinen Schwiegereltern angerufen. Suzanne war eher unterkühlt gewesen. Sie hatte angeboten, ihm die Kinder zu geben, die zum Abendessen da waren, hatte sich aber sehr einsilbig gezeigt, was ihre Tochter anlangte, und ihm lediglich mitgeteilt, daß diese nicht da sei. Nicht da? Um zehn Uhr abends? Er hatte wütend eingehängt und sich nicht einmal mehr die Zeit genommen, mit den Kindern zu reden. Um dies wiedergutzumachen, müßte er ihnen unverzüglich ein Wochenende widmen. Und sei es nur, um dem Einfluß ihrer Großeltern entgegenzuwirken. Und Valéries bissige Bemerkungen zu umgehen.

Sylvie trat leise ins Zimmer und sah ihren Chef mit einem leichten Lächeln an.

»Ich habe das hier einer Studentin diktiert, während Sie weg waren. Sie werden es tippen und heute noch abschicken, es ist dringend …«

Sie nickte lediglich und erinnerte ihn dann daran, daß er zum Abendessen eingeladen war – die Veranstaltung eines Pharmalabors. Er murmelte etwas Unverständliches, verstimmt angesichts all der Verpflichtungen, die seiner harrten.

Die Sprechanlage summte, und Sylvie ging hin.

»Man bittet um eine telemedizinische Meinung von Ihnen«, sagte sie.

»Kann ich denn niemals meine Ruhe haben!«

Er erhob sich, warf Sylvie einen strafenden Blick zu, als sei sie schuld an all den Anforderungen, die auf ihn einstürzten, dann ging er in den Übertragungsraum hinüber. Ein Kollege aus Lyon, mit dem er früher zusammengearbeitet hatte, wollte unbedingt seine Ansicht zu einem Szintigramm wissen, von dem er ihm Bilder schickte. Mathieu studierte eine Weile die verschiedenen Schichtaufnahmen und wurde dann telefonisch mit seinem Kollegen verbunden, dem er seinen Standpunkt ausführlich darlegte.

Einige Stunden später, nachdem er einen Artikel für eine sehr renommierte amerikanische Zeitschrift fertiggestellt hatte und dann in Mont-Saint-Aignan vorbeigefahren war, um sich umzuziehen, fand sich Mathieu in der Auberge de la Couronne ein, dem ältesten und vornehmsten Lokal von Rouen. Um die fünfzehn bedeutende Kardiologen waren geladen und trafen sich dort auf Kosten eines pharmazeutischen Labors. Sie kamen zunächst in den Genuß, sich einen fünfzehnminütigen Film über ein revolutionäres Produkt anschauen zu dürfen, das ihnen demnächst zur Verfügung stünde – zum besonderen Wohl ihrer Patienten ..., das aber nur ein weiterer Kalziumantagonist war! Schließlich stürmten sie zu Tisch, mit dem festen Vorsatz, an dem Abend nicht mehr über Medizin zu sprechen.

Mathieu arrangierte es geschickt, daß er neben Robert Roussel zu sitzen kam, mit dem er ein wenig plaudern wollte. Der Vertreter des Labors nahm gleich darauf den anderen freien Platz neben ihm in Beschlag, da er größten Wert darauf legte, sich mit Professor Keller auszutauschen. Dessen Meinung hatte absoluten Vorrang vor der seiner Kollegen, da er schließlich Chef der Kardiologie am C.H.U. war.

»Es sieht so aus, als wolltest du in den Ruhestand gehen, wie schade«, raunte Mathieu Roussel in vertraulichem Ton zu.

»Dein Bedauern rührt mich«, erwiderte der andere ruhig.

Sie lächelten sich höflich an. Jahre zuvor war Roussel Oberarzt am Charles-Nicolle gewesen. Als Lambrun, der damalige Chefarzt in der Kardiologie, gestorben war, war er überzeugt gewesen, daß ihm der Posten zufiele. Und, welch eine unangenehme Überraschung, Mathieu Keller war anstatt seiner nominiert worden! Der junge Keller, der, gerade vierzigjährig, über Nacht Leiter der ganzen Station wurde und ihm so, vom Ministerium unterstützt, seine Beförderung vereitelte ...

Er hatte es vorgezogen zu kündigen, da er nicht unter Mathieu arbeiten wollte. So war er in einer privaten Institution, der Saint-Lazare-Klinik, gelandet, wo er an seiner Demütigung und seinem Zorn zu knabbern gehabt hatte. In der Folge hatte er sich eingestanden, daß man im Umfeld der Uniklinik viel veröffentlichen mußte, sich aktiv an der Forschung beteiligen und vor allem sein Licht nicht unter den Scheffel stellen durfte. Mathieu lag das alles, aber sein Fall war es nicht. Roussel war von Natur aus bescheiden und hatte den Kopf oft in den Wolken. Das Gerangel um Ruhm und Ehre interessierte ihn nicht wirklich.

»Seit kurzem zählt ja meine Frau zu deinen Mitarbeitern!« fügte Mathieu ungezwungen hinzu.

Roussel war verärgert, als er den Grund für Kellers ungewöhnliches Interesse an seiner Person erkannte. Seine Frau, natürlich, die bildhübsche Valérie Prieur ... Dann empfand er plötzlich ein unerwartetes Vergnügen. Er beschloß, Mathieu seine Karten auf den Tisch legen zu lassen, jetzt, da er begriffen hatte, worauf dieser hinauswollte.

»Sie ist eine reizende Person«, sagte er vorsichtig.

»Ja, nicht wahr? Oh, unser Verhältnis ist etwas abgekühlt im Moment, wie du sicher weißt, aber alle Paare stecken mal in einer Krise ...«

»Der Altersunterschied vielleicht?« erkundigte sich Roussel fürsorglich, und die Ironie war nur sehr versteckt herauszuhören.

»Ich glaube nicht! Ich glaube eher, daß wir noch ein drittes Kind hätten haben sollen. Valérie ist eine hervorragende Mutter, sehr selbstlos und engagiert.«

»Ganz ohne Zweifel ...«

»Klar, jetzt, wo sie versucht, wieder ins Berufsleben einzusteigen, wird sie Probleme bekommen. Man kann nicht auf allen Hochzeiten tanzen!«

»Natürlich ...«

Roussel warf einen Blick auf Mathieu. Er kannte wie alle Welt seinen Ruf als unverbesserlicher Schürzenjäger. Keller war immer noch attraktiv, trotz seiner unübersehbaren Falten und der beginnenden Glatze. Verführerisch, aber unsympathisch, entschied Roussel.

»Ich bin überzeugt, daß aus ihr eine hervorragende Spezialistin wird, sobald sie den Anschluß wieder bekommen hat«, versicherte er.

Mathieu zog eine mehr als skeptische Grimasse und schaffte es so, seinem Kollegen endgültig zuwider zu werden.

»Es ist trotz allem ein Problem, so lange auszusetzen ...«

»Mein Gott, ja, die Arme! Deswegen legt sie sich ja auch so ins Zeug. Ich helfe ihr, so gut ich kann, denn ich denke, sie ist sehr, wirklich sehr begabt. Das spüre ich. Sie hat ein beeindruckendes Urteilsvermögen. Und dann solch eine Begeisterung!«

»Ja, das muß man ihr lassen«, erwiderte Mathieu, »sie ist voller Elan. Aber auch sehr launenhaft, wie viele Frauen im übrigen ... Ganz unter uns, ich kenne sie besser als irgend jemand sonst, und ich muß dich trotzdem warnen ...«

Er beugte sich zu Roussel, der umgehend zurückwich.

»Ich bilde mir meine Meinung lieber selbst«, bemerkte der alte Mediziner kurz angebunden.

»Ja, natürlich, aber ...«

Mathieu lag schon eine gehässige Bemerkung auf der Zunge, aber er zögerte. Roussels Blick war feindselig, und er zog es vor einzulenken.

»Ich sehe, daß sie einen glühenden Verteidiger gefunden hat!« sagte er lachend.

»Es greift sie niemand an, soviel ich weiß, jedenfalls nicht bei uns! In einigen Monaten wird sie eine der Spitzenkräfte des Saint-Lazare sein, davon bin ich überzeugt. Die Tatsache, daß sie jung und hübsch ist, wird ihr nicht zum Schaden gereichen. Noch wird dies ihre beruflichen Qualitäten verschleiern. Die Patienten werden positiv reagieren, wenn die anfängliche Überraschung vorüber ist ... Sie haben sich ebenfalls weiterentwickelt! Und außerdem wird das alles ganz allmählich vonstatten gehen, noch bin ich ja nicht im Ruhestand ...«

Zum ersten Mal, seit er am Charles-Nicolle gekündigt hatte, fühlte sich Roussel in der Lage, Rache zu üben. Seiner selbst viel zu sicher, beging Mathieu Fehler, derer er sich gar nicht immer bewußt war. Er war zum Beispiel so inkonsequent gewesen, seiner Trophäensammlung die junge Frau hinzuzufügen, die am C.H.U. mit der Presse- und Öffentlichkeitsarbeit betraut war. Ohne Erkundigungen einzuziehen, hatte er ihr schöne Augen gemacht und sie zum Essen eingeladen. Wenn er etwas vorsichtiger oder zumindest weniger ungeduldig gewesen wäre, hätte er die Chance gehabt zu erfahren, daß sie zur damaligen Zeit die Geliebte des Verwaltungsdirektors war, den er sich damit für alle Ewigkeit zum Feind gemacht hatte. Was wiederum das plötzliche Interesse dieses hohen Beamten für Valérie erklärte und die Art und Weise, wie er sie am Saint-Lazare empfohlen hatte. Früher oder später würde er sie, um seine Rache perfekt zu machen, wieder an die Uniklinik zurückholen, ob Keller das paßte oder nicht. »War sie deine Studentin seinerzeit?«

»Ja«, räumte Mathieu widerwillig ein, denn er wußte sehr gut, worauf der andere hinauswollte.

»Meinen Glückwunsch, du hast sie gut ausgebildet. Ich glaube, daß sie eine große Karriere vor sich hat, obwohl sie so lange ausgesetzt hat. Du mußt doch stolz auf sie sein!«

Die ernste, unschuldige Miene Roussels erlaubte es Mathieu nicht, so zu antworten, wie er es gerne getan hätte. Verstimmt wandte er sich seinem anderen Tischnachbarn zu. Da konnte er genausogut über Pharmakologie reden, bevor er sich hier Lobeshymnen auf Valérie anhörte. Roussel für seinen Teil konnte ein Lächeln nicht unterdrücken. Er freute sich auf seinen bevorstehenden Ruhestand, konnte es kaum erwarten, der Medizinerwelt den Rücken zu kehren, die ihn entschieden enttäuscht hatte, da es dort viel zu viele absurde Rivalitäten und ungezügelten Ehrgeiz gab. Bis dahin würde er sein Bestes tun, um der liebenswerten Valérie Prieur zu helfen. Alles in allem wäre es durchaus gerecht, wenn Mathieu, der sich von den Frauen soviel genommen hatte, eines Tages auf eine stoßen würde, die sich ihm in den Weg stellte.

»Hat er sie deswegen geheiratet? Um sie sich aus der Bahn zu schaffen? Das wäre wirklich ungeheuerlich … Aber nicht ausgeschlossen.«

Mit einem etwas unguten Gefühl fragte sich Roussel, ob er seine Überlegungen nicht etwas zu weit trieb. Er war voreingenommen, seit Keller anstatt seiner berufen worden war, natürlich – aber trotzdem, unabhängig von dieser persönlichen Fehde, meinte er, nicht völlig danebenzuliegen, wenn er ihn als egoistisch, karrieregeil, gerissen und skrupellos einstufte.

»Ich bedaure sehr, daß wir nicht öfter Gelegenheit haben, uns zu treffen«, bemerkte Mathieu, der sich ihm erneut zuwandte. »Diese Spaltung zwischen öffentlichen und privaten Einrichtungen finde ich schade …«

Roussel, der nach wie vor auf der Hut war, nickte nur. Es würde nicht lange dauern, dann wäre wieder von Valérie die Rede. Er unterdrückte einen Seufzer. Der Abend drohte lang zu werden.

10

»So lange, bis sich meine Mandantin eine neue Existenz aufgebaut hat, muß für Mutter und Kinder ein Lebensstandard sichergestellt werden, der dem entspricht, den sie seit zehn Jahren gewohnt sind. Ich glaube, daß mein Vorschlag mehr als angemessen ist …«

»Das ist unglaublich!« protestierte Bréval wütend.

Ludovic klemmte sich den Hörer unters Kinn, um sich eine Zigarette anzuzünden.

»Die Forderungen bezüglich der Ausgleichszahlungen sind völlig überzogen, schrauben Sie sie herunter«, insistierte Bréval.

»Unter den vorliegenden Umständen ganz bestimmt nicht. Ich darf Sie daran erinnern, daß das Verhalten Ihres Mandanten unentschuldbar ist.«

»Madame Keller hat den gemeinsamen Wohnsitz verlassen …«

»Als sie von der Liaison ihres Mannes und seiner bevorstehenden außerehelichen Vaterschaft erfahren hat!«

»Dafür gibt es keinen offiziellen Beweis …«

»Wenn Sie Beweise fordern, kann ich Ihnen ganze Ordner voll liefern. Sie kennen Ihren Mandanten genau, er ist schließlich auch mit Ihnen befreundet, und Sie wissen, daß Sie sich in diesem Punkt lieber nicht aufs Glatteis begeben sollten.«

Am anderen Ende der Leitung war es still, und Ludovic mußte lächeln. Er hatte ein Vereinbarungsprotokoll vorgeschlagen, das nur schwer durchzusetzen war, aber er sah nicht, mit welcher Begründung sich sein Kollege dem entziehen konnte.

»Entweder gibt es eine gütliche Einigung bei dieser Scheidung, oder wir erheben Klage«, erklärte er. »In letzterem Falle ist Ihnen die derzeitige Einstellung der Richter ja bekannt. Laxe Sitten des Ehemanns stoßen auf immer weniger Toleranz …«

Wieder war es einen Moment still. Dann verkündete Bréval kühl, er werde die Sache mit Mathieu Keller besprechen. Ludovic hängte schmunzelnd ein. Wie auch immer künftig seine eigenen Chancen bei Valérie standen, er wollte sie in Sicherheit bringen. Was sie nach und nach im Vertrauen herausließ, war nicht gerade schmeichelhaft für ihren Angetrauten. Er gehörte zu jener Kategorie Männer, denen alle Welt zu Füßen lag und die nur um ihr eigenes Wohl besorgt durchs Leben gingen.

»Pech für ihn«, murmelte Ludovic und klappte die Akte zu.

Er stand auf, räkelte sich und ging zum Fenster. Eins machte ihm Sorgen. Valérie rief ihn nie an. Sie verbrachte ihre Tage im Saint-Lazare und eiste sich dort nur los, um Vorlesungen oder Gastvorträge an der Universität zu besuchen. Die wenige Zeit, die ihr blieb, widmete sie natürlich den Kindern. Wären Camille und Jérémie, von denen sie soviel sprach, imstande, eines schönen Tages die Existenz Ludovics zu akzeptieren? Diese Frage quälte ihn, aber wahrscheinlich hatte Valérie selbst noch gar nicht darüber nachgedacht.

Seit einigen Tagen sann er darüber nach, wie er dem Schicksal nachhelfen könnte. Wenn es ihm nicht gelänge, daß aus ihrer Beziehung mehr würde, liefen sie Gefahr, in einer Pseudofreundschaft steckenzubleiben, aus der sie nur schwerlich wieder herausfänden.

Er ging zu dem Bücherregal aus Mahagoni, das einen Gutteil der einen Wand einnahm, griff sich einen Reiseführer und betrachtete einen Moment ratlos den Umschlag. Er wollte Valérie weder vor den Kopf stoßen noch versuchen, sie zu überrumpeln. Er mußte ihr einen offenen Vorschlag machen, ohne Umschweife, und ihr Einverständnis einholen.

Aufgeregt begann er, in dem Band herumzublättern, auf der

Suche nach einem romantischen Ort. Er hatte gleich zu Beginn beschlossen, daß sie ihre erste gemeinsame Nacht nicht bei ihm zu Hause verbringen sollten. Axelle wäre in der Lage, alles zu verderben, absichtlich oder nicht. Er hatte ihr ein zweites Mal die Leviten gelesen und ihr erklärt, daß es sich nicht um ein Spiel handele. Er war wirklich verliebt, und als er ihr anvertraut hatte, daß Valérie seine Traumfrau sei und daß er noch nie so intensive Gefühle für jemanden empfunden habe, war sie in Tränen ausgebrochen. Auch wenn ihre Eltern geschieden waren, war sie doch weiterhin davon überzeugt gewesen, daß ihre Mutter im Herzen ihres Vaters stets den ersten Platz innehatte. Mit dem Geständnis, daß er hoffe, ein neues Leben anzufangen, hatte Ludovic das junge Mädchen zutiefst verletzt. Er war in ihr Zimmer hinaufgegangen und hatte versucht, sie zu trösten, aber ohne Erfolg. Seither schmollte sie.

Die Wanduhr in seinem Arbeitszimmer zeigte halb acht. Normalerweise rief er Valérie spätabends an, aber er konnte es genauso jetzt versuchen, sie aß vermutlich gerade mit den Kindern zu Abend. Er holte tief Luft und wählte ihre Nummer. Sie hob sofort ab und versicherte, daß er nicht störe.

»Sie sitzen in der Badewanne, und das Soufflé ist im Ofen, also habe ich mindestens noch fünf Minuten Ruhe!«

»Ich habe Ihnen eine wichtige Frage zu stellen und konnte damit nicht länger warten«, sagte er rasch.

»Schießen Sie los ...«

»Wenn ich Sie zu einem Abendessen mit anschließender Übernachtung in einem hübschen kleinen Hotel an der Küste einlade, nehmen Sie dann an?«

Er sah auf das Foto des Hotels in dem Reiseführer, der aufgeklappt vor ihm auf dem Tisch lag, und versuchte, normal zu atmen. Valéries Antwort war auf einmal von so immenser Bedeutung, daß er es bitter bereute, sich nicht noch etwas geduldet zu haben.

»Wie ist das mit der Übernachtung gemeint? Soll ich in einem Einzelzimmer schlafen oder mit Ihnen das Bett teilen?«

Ihre Stimme klang fröhlich, und es war keine Spur von Mißbilligung herauszuhören. Er suchte vergeblich nach einer witzigen Erwiderung und murmelte schließlich:

»Ist die Antwort ja? «

Valérie spannte ihn auf die Folter, indem sie erst einmal schwieg.

»Warum nicht … Wann denn?«

»Nun … am Samstag?«

»Wirklich?«

»Wie, wirklich?«

»Sie nehmen mich nicht auf den Arm? Wirklich am Samstag?«

»Ja.«

Er hörte lautes Gelächter und Gejohle.

»Ihre Kinder sind aus dem Bad gekommen, nehme ich an?«

»Treffer, versenkt.«

»Also, dann lasse ich Sie jetzt in Ruhe. Ich rufe Sie morgen abend an, darf ich?«

»Ist in Ordnung.«

Unfähig, sich von ihr zu verabschieden, saß er wie vom Donner gerührt da. Die unumwundene Reaktion Valéries war für ihn völlig unvermutet gekommen. Er hatte sich alle möglichen lustigen und liebevollen Argumente zurechtgelegt, um sie zu überreden, und wußte nun gar nicht mehr, was er davon halten sollte.

»Ludovic? Sie sind schon eine komische Marke … Warum haben Sie mich das am Telefon gefragt?«

»Um Ihnen die Chance zu lassen, die Augen zu verdrehen, ohne daß ich es sehe. Na ja, sagen wir … aus Schüchternheit. Oder nein, eher aus Furcht, ganz einfach.«

»Ich verstehe. Nun, dann auf Wiedersehen …«

»Auf Wiedersehen, Valérie.«

Kaum hatte er aufgelegt, sprang er von seinem Stuhl auf und lief dreimal um seinen Schreibtisch herum, wobei er alles, was im Weg stand, umrannte. Die Halogenlampe schwankte und fiel auf den Fotokopierer.

»Alles in Ordnung?« fragte Charles, der den Kopf zur Tür hereinsteckte.

Ludovic stürzte auf ihn zu und knuffte ihn übermütige gegen die Schulter.

»Mehr als das!«

»Was ist denn los, mein Guter? Hast du einen Sechser im Lotto?«

Er öffnete die Tür nun vollständig, und Ludovic erspähte Hubert, der ebenfalls gekommen war, um zu hören, was es gäbe.

»Wenn Ihr gerade nichts zu tun habt, gebe ich eine Runde Champagner aus.«

»Hast du einen Prozeß vor dem Schwurgericht gewonnen?«

»Bist du zum Präsidenten der Anwaltskammer ernannt worden?«

»Kommt, wir machen dicht …«

Über Ludovics Kopf weg rief Hubert Charles zu:

»Wenn du mich fragst, hat er eine Verabredung mit Aschenputtel zum Tanz.«

»Richtig! Und ich warne euch, ich lade euch ein, aber ich verrate euch nichts!«

Sie gingen durch alle Zimmer, um die Lichter auszuschalten, wobei sie weiter gutgelaunt herumalberten.

Für gewöhnlich ging es samstags im Saint-Lazare ziemlich ruhig zu. Valérie hatte am Morgen Zeit gefunden, ein bißchen mit Caroline zu plaudern. Das junge Mädchen, dessen Humor den harten Klinikalltag erträglich machte, wurde ihr immer sympathischer. Roussel hatte seine Visite erst kurz vor der Mittagspause beendet, da er so lange mit seinen Patienten geplaudert und sich danach ausführlich mit Valérie ausgetauscht hatte. Er legte ihr gegenüber eine gleichsam väterliche Fürsorge an den Tag, und sie wußte seine Kompetenz und Höflichkeit von Tag zu Tag mehr zu schätzen. Es war unter anderem sein Verdienst, daß die Klinik im Laufe der Jahre eine so hervorragende Ausstattung erworben hatte. Er forderte hartnäckig leistungsstarke technische Apparate, und er setzte sich damit schließlich jedesmal beim Direktor durch. Wenn er auch nicht mehr an der Uniklinik war, so hatte Roussel doch hier, innerhalb dieser privaten Einrichtung, Karriere gemacht und dachte nicht mehr im Traum daran, sich zu beklagen.

Gegen ein Uhr war Valérie zu ihren Eltern zum Mittagessen gegangen, wo Camille und Jérémie bereits dem spannenden Wochenende entgegenfieberten, das ihnen Augustin in Aussicht gestellt hatte. Beim Kaffee hatte Suzanne sie beiseite genommen und ihr einen schönen Abend gewünscht und daß sie sich gut amüsieren und ihn genießen solle. Valérie hatte sie lachend in die Arme geschlossen. Sie brauchte keine Geständnisse abzulegen, ihre Mutter hatte schon immer die untrügliche Gabe gehabt, sie zu durchschauen. In der Tat freute sie sich sehr auf die Verabredung mit Ludovic, sie war sogar etwas nervös. Sie hatte sich fest vorgenommen, sich den ganzen restlichen Nachmittag freizuhalten, um sich fertig zu machen, aber sie fuhr dann doch in die Klinik zurück, wo sie eine Reihe von Unannehmlichkeiten erwarteten. Es begann mit einem ziemlich schweren Herzinfarkt,der in die Notaufnahme eingeliefert wurde und sie eine ganze Weile in Atem hielt. Danach wurde bei einem Patienten mit Angina pectoris Alarm ausgelöst, dessen Blutdruck sich nicht stabilisieren wollte. Als sie gerade im Begriff war zu gehen, kam Caroline angelaufen, die höchst beunruhigt über den Zustand eines anderen Patienten war. Valérie diagnostizierte ein Aortenaneurysma und veranlaßte einen Nottransport in die herzchirurgische Abteilung des Charles-Nicolle.

Als sie endlich wieder zu Hause ankam, war es bereits nach sieben, und sie fühlte sich völlig ausgelaugt. Es blieb ihr noch eine halbe Stunde, um sich herzurichten. Dann würde Ludovic wie vereinbart vor dem Haus auf sie warten. Sie stürzte ins Bad und duschte sich hastig. Danach verlor sie etwas Zeit damit, daß sie genervt in ihrem Schrank herumwühlte und sich nicht entschließen konnte, was sie anziehen sollte. Sie benahm sich wie ein kleines Mädchen, das war ihr bewußt, aber ihr letztes Rendezvous war vor Urzeiten gewesen, oder um genau zu sein, zu ihrer Studienzeit.

»Ich muß eine andere Handtasche nehmen, eine Zahnbürste

einstecken … Aber was soll ich bloß anziehen? Und es ist schon fünf vor halb …«

Sie warf zwei Kostüme zu Boden und brach sich einen Nagel ab, als sie versuchte, die Bügel aufzuheben. Resigniert bemühte sie sich, sich wieder zu beruhigen, und atmete dreimal hintereinander tief durch. Dann nahm sie entschlossen eine blaßgrüne Seidenbluse, die sehr gut mit ihrer Augenfarbe harmonierte, ein beigefarbenes Kostüm und passende Pumps aus dem Schrank.

Ihren Trenchcoat über dem Arm, lief sie so schnell die Treppen hinunter, daß sie um ein Haar eine Stufe verfehlt hätte. Ludovics rotes Coupé stand vor der Türe geparkt.

»Ich glaube, ich bin ein bißchen zu spät«, sagte sie, als sie ins Auto stieg.

»Ich habe die Nachrichten angehört …, die mir eigentlich völlig egal sind, und habe zu Ihrem Fenster hinaufgeschaut.«

»Am Saint-Lazare gab es einen Notfall nach dem anderen heute nachmittag. Der diensthabende Assistenzarzt tut mir jetzt schon leid, wenn das so weitergeht! Ganz zu schweigen von dem armen Bereitschaftsdienst …«

»Bereitschaftsdienst?«

»Das sind die Leute, die jederzeit telefonisch erreichbar sein müssen, falls es Probleme gibt.«

»Sind Sie davon nicht betroffen?«

»Heute abend nicht, nein.«

Er fand sie hinreißend, obwohl ihre Haare verstrubbelt waren und ein Ohrring verdreht. Er streckte die Hand aus, um den Schmuck vorsichtig geradezurücken. Sie klappte umgehend die Sonnenblende herunter und betrachtete prüfend ihr Spiegelbild.

»Mein Gott, wie furchtbar …«

Aufgebracht kramte sie in ihrer Tasche herum auf der Suche nach einem Kamm, mit dem sie ihr blondes Haar etwas in Ordnung brachte.

»Sie sehen umwerfend aus«, versicherte er. »Wollen wir fahren?«

»Einverstanden, nur zu! Wohin geht's denn?«

»Überraschung! Ich hatte Ihnen versprochen, daß wir ans Meer fahren, aber ich habe es mir anders überlegt.«

»Warum?«

»Weil ich Ihnen, was das Meer anbelangt, demnächst erst einmal das meine in der Bretagne zeigen werde …«

»An Plänen mangelt es Ihnen ja nicht gerade!«

»Ja, das stimmt, ich habe unzählige … Und einige davon sind sehr ernsthaft.«

Sie sagte nichts weiter dazu, amüsiert, aber auch verunsichert angesichts Ludovics Verhalten. Auf der Autobahn Richtung Westen fragte er sie, ob sie ein bißchen Musik hören wolle, und schob eine Kassette in den Recorder.

»Ich habe ein T-Shirt eingepackt, eine Ersatzstrumpfhose, mein Schminktäschchen … Gut, ich habe nichts vergessen, das ist schon einmal nicht schlecht … Habe ich wirklich Lust, mit ihm in demselben Bett zu schlafen?«

Sie warf einen verstohlenen Blick auf Ludovics Profil, das von den Lämpchen am Armaturenbrett nur notdürftig angeleuchtet wurde. Die Tachonadel stand auf hundertundachtzig.

»Sie fahren zu schnell«, bemerkte sie.

Er drosselte das Tempo und fädelte sich in die rechte Spur ein. »Haben Sie Angst?«

»Nein, natürlich nicht, aber wenn wir die Nacht auf der Wache verbringen, ist das vielleicht nicht so romantisch!«

An der Ausfahrt Pont-Audemer drehte er sich unvermittelt zu ihr herum und grinste breit.

»In ein paar Minuten sind wir da. Sind Sie hungrig?«

»Sehr sogar!«

»Um so besser …«

Da er bereits vor zwei Tagen den Weg ausgekundschaftet und das Hotel besichtigt hatte, fand er ohne Zögern bis Belle-Isle-sur-Risle. Er hatte nichts dem Zufall überlassen wollen, zu besorgt, daß Valérie irgend etwas nicht gefallen könnte.

Im Scheinwerferlicht nahm sie die Bäume im Park wahr, dann die Fassade des alten Gebäudes und die majestätische Freitreppe. Er öffnete ihr die Tür und reichte ihr die Hand.

»Kommen Sie schnell, es beginnt zu regnen!«

An der Rezeption wurden sie sehr freundlich, aber diskret empfangen, dann führte man sie in ihre Suite.

»Wir kommen in fünf Minuten zum Essen hinunter«, versicherte Ludovic dem Pagen, der sie begleitet hatte, und drückte ihm ein großzügiges Trinkgeld in die Hand.

Er öffnete die Fenster des kleinen Wohnzimmers, damit Valérie den Blick genießen konnte.

»Das hier ist eine richtige Insel im Fluß«, sagte er, »und es sieht aus, als würden an diesem Ort das ganze Jahr über die Rosen blühen ...«

Sie stand ganz dicht neben ihm, aber er machte keinerlei Anstalten, sie zu berühren.

»Gehen wir hinunter?« schlug er mit leicht belegter Stimme vor. »Es sei denn, Sie möchten den Aperitif hier oben einnehmen?«

»Nein, im Restaurant, das ist perfekt ...«

Sie sahen sich kurz in die Augen, einer so verlegen wie der andere. Sie wußten sehr gut, warum sie hier waren, und auch, was unweigerlich in ein paar Stunden folgen würde.

»Falls Sie nach dem Abendessen gerne heimfahren möchten«, sagte Ludovic unvermittelt, »schwöre ich Ihnen, daß ich keine Flunsch ziehen und nicht gekränkt sein werde. Sie sollen sich zu nichts verpflichtet fühlen, okay?«

Diese spontane Klarstellung gefiel Valérie. Sie hatte zu wenig Erfahrung in Liebesangelegenheiten, als daß sie sich hätte bei einem Spiel vergnügen wollen, dessen Regeln sie nicht durchschaute. Aber ihr romantischer Ausflug rief heimtückischerweise die Erinnerung an Mathieu und seine Krankenschwester in Étretat wach. Was erzählte ihr Mann den jungen Mätressen, bevor er sie in sein Bett zerrte? Hatte er denselben verklärten Blick wie Ludovic jetzt gerade? Jedenfalls ließ er ihnen ganz bestimmt nicht die Möglichkeit offen, es sich im letzten Moment noch anders zu überlegen.

Sie nahmen im Speisesaal Platz, einer viktorianischen Rotunde mit Blick auf die Risle, und vertieften sich in die Speisekarte. Es herrschte eine gedämpfte, luxuriöse Atmosphäre, und der Großteil der Tische war besetzt. Valérie entschied sich für Steinbutt-Terrine und Ludovic für warme Stopfleber; danach einigten sie sich auf Taubenbrüstchen, mit Ingwer glasiert.

Während der ganzen Mahlzeit gab Ludovic sich fröhlich, zuvorkommend, unbefangen. Er hatte Valéries Reserviertheit sehr wohl gespürt, und er wollte nicht, daß zwischen ihnen irgendeine Mißstimmung aufkam. Sie war noch ziemlich dünnhäutig, das ahnte er, und vielleicht hatte sie die Einladung heute abend nur aus einer plötzlichen Anwandlung heraus angenommen, als weitere Herausforderung, der sie sich stellen mußte.

Als sie in die Suite zurückkamen, standen eine Flasche Champagner und Konfekt auf einem niedrigen Tischchen bereit. Valérie trank eine halbe Schale im Stehen, dann verschwand sie ins Bad. Ludovic machte sich daran, das Zimmer zu inspizieren, knipste das Nachttischlämpchen an und zog die schweren Damastvorhänge zu. Draußen war es windig geworden, und feine Regentropfen rannen über die Scheiben. Er kehrte ins Wohnzimmer zurück, setzte sich, steckte sich eine Zigarette an, drückte sie aber nach dem ersten Zug wieder aus. Er war derart nervös, daß er sich fragte, ob es nicht ein Fehler gewesen war, die Sache so überstürzt anzupacken. Was würde Valérie tun, wenn sie wiederkäme? Direkt ins Bett gehen? Und er, was sollte er am besten sagen, bevor er seinerseits verschwinden und sie ganz allein unter der Decke liegen lassen würde? Dieses erste intime Zusammensein, das so wichtig war, konnte durch den kleinsten Zwischenfall, die geringste Ungeschicklichkeit verpatzt werden. Er wußte überhaupt nichts über sie, über ihren Geschmack, ihre Vorlieben, ihre Tabus. Voller Angst fing er an, im Zimmer auf- und abzulaufen.

Starr vor Schreck, war Valérie unfähig, sich zu bewegen. Aber das war doch albern, sie mußte aus dem Wasser steigen, sich einen Schuh angeln und dieses widerliche Vieh erschlagen. Das Dumme war nur, daß sich ihre Pumps außer Reichweite, am anderen Ende des viel zu großen Badezimmers befanden. Die Spinne, die sie vermutlich zunächst für ein Motiv auf den Fliesen gehalten hatte, war beeindruckend groß. Auf jeden Fall hatte sie eine Phobie, gegen die sie schon immer machtlos gewesen war.

Halb aufgerichtet konnte Valérie vage die haarigen Beine und den fetten Körper erkennen. Bei der ersten Bewegung, die sie machte, krabbelte die Spinne nach unten auf die Kante der Badewanne zu, statt wegzulaufen, und Valérie stieß unwillkürlich einen spitzen Schrei aus und schnellte brüsk aus den Schaumkronen hoch. Das Tier wurde naß und rutschte ins Wasser, worauf die junge Frau mit einem Satz aus der Badewanne sprang, gerade in dem Moment, als die Türe aufging.

»Ist alles in Ordnung?« erkundigte sich Ludovic besorgt.

Sie sahen sich in dem riesigen, mannshohen Spiegel an – er mit einer Hand gegen den Türrahmen gestützt, beunruhigt, in Jeans, aber ohne Hemd, und sie splitterfasernackt und tropfnaß.

»Da!« sagte sie und zeigte auf das Untier, das sich völlig durchnäßt auf den Badewannenrand flüchtete.

»Pfui Teufel«, urteilte Ludovic.

Er nahm ein Papiertuch aus dem Halter und zerdrückte die Spinne, dann warf er alles zusammen in die Toilette. Mit Hilfe eines weiteren Tuches beseitigte er die Spuren.

»Das ist ja widerlich, ich werde die Rezeption verständigen ...«

Er stand zu ihr gewandt und versuchte gar nicht erst so zu tun, als sähe er sie nicht. Im Gegenteil, er pfiff anerkennend durch die Zähne und murmelte:

»Möchten Sie einen kleinen Schluck zu Stärkung?«

»Tut mir leid«, sagte Valérie, während sie sich in ein Badetuch einwickelte. »Ich benehme mich völlig lächerlich heute, alles geht schief ...«

»Nein!« widersprach Ludovic. »Sie sind wie meine Tochter. Ich bin es gewohnt, alles mögliche Getier zu jagen: Nachtfalter, Spinnen, Wespen, Maikäfer ...«

Unfähig weiterzusprechen, hob er den Kopf, um ihr direkt in die Augen zu sehen.

»Ich werde nicht widerstehen können«, flüsterte er.

Ohne Eile ging er die paar Schritte, die sie voneinander trennten, und nahm sie in die Arme. Er hob sie hoch, um sie ins Schlafzimmer zu tragen, wobei das Handtuch weich auf den Marmorboden fiel.

»In Wahrheit habe ich diese Spinne gekauft ... Für teures Geld! Damit sie Sie zwingt, um Hilfe zu schreien. Die Alternative wäre eine Maus gewesen. Aber ich hatte solche Angst, nicht zu wissen, wie ich es anstellen oder was ich sagen sollte, um ans Ziel zu kommen ...«

Er entledigte sich seiner restlichen Kleider, ohne daß sie es überhaupt wahrnahm. Er hatte eine dunkle, weiche Haut und war nicht mager, wie sie vermutet hatte, sondern nur sehr schlank, sehnig und muskulös. Zunächst begnügte er sich damit, sie anzusehen, ihren Duft einzusaugen. Dann fühlte sie seine Hände, die sanft über ihren Körper glitten, und schloß die Augen.

»Nein, bitte nicht ...«, flüsterte er.

Er konnte sich gar nicht satt sehen an ihren grünen Augen, wollte am liebsten darin versinken. Minuten später schauderte sie, als Ludovics Haare ihren Bauch streiften und dann ihre Schenkel.

Als sie aufwachte, war es bereits hellichter Vormittag. Ludovic stand am Fußende und betrachtete sie mit ernster Miene. Als sie an ihre Erlebnisse mit ihm in der Nacht dachte, wurde sie sehr verlegen. Sie hatte sich vorbehaltlos hingegeben, hatte Freuden entdeckt, zu denen ihr Mathieu niemals verholfen hatte.

»Ich liebe Sie«, sagte er ruhig. »Ich möchte mit Ihnen leben. Natürlich werden Sie ablehnen, aber das ist mir egal, ich kann warten.«

»Ludovic ...«

»Und im übrigen werde ich Sie nicht ohne Ihr Einverständnis duzen, nur weil wir uns jetzt näher kennengelernt haben.«

Verdutzt setzte sie sich auf und sah ihn aufmerksam an.

»Hören Sie …«, hob sie an.

»Nein, nicht jetzt! Sie sind noch nicht bereit, das weiß ich, Sie werden sich verteidigen wollen, und ich …«

Es wurde diskret geklopft, und er mußte seinen Satz unterbrechen, um die Tür zu öffnen. Er kam mit dem Frühstückstablett zurück und stellte es aufs Bett.

»Lassen Sie es sich schmecken, Valérie.«

Ratlos, wie sie sich verhalten sollte, lächelte sie schließlich. Sie aßen schweigend; dann, als sie die Decke zurückschlug, um aufzustehen, faßte er sie beinahe ungestüm bei den Schultern. Ohne ein Wort zu sagen, hielt er sie eng an sich gepreßt. Bis dahin hatte er sie wie ein Pennäler geliebt, aber bald würde er ihretwegen leiden. Weil sie sich anziehen, zum Aufbruch drängen und sich wieder in ihren Alltag ohne ihn stürzen würde. Ihrer beider Leben war durch nichts miteinander verbunden. Er müßte sich damit begnügen, auf einen Anruf, der wahrscheinlich nicht käme, auf irgendein Zeichen von ihr zu warten. Und dabei hätte er alles darum gegeben, daß sie bei ihm bliebe.

Sie hatte spontan ihren Kopf an seinem Hals vergraben, und er wurde auf der Stelle von seinen Gefühlen überwältigt. Sie war zugleich eine intelligente Frau und ein verletzbares kleines Wesen. Er beschloß, daß sie es allemal wert war, daß man ihretwegen litt.

»Ich bereue es nicht, daß ich mit dir hierher gekommen bin«, murmelte sie leise. »Aber es ist wahr, du solltest nichts von mir verlangen …«

»Ich weiß.«

Sie suchte seinen Mund, und sie küßten sich lange, einer so traurig wie der andere.

»Es gab wenig Männer vor Mathieu, und keinen einzigen nach ihm«, erklärte sie ernst.

»Fragst du dich nun, was du hier eigentlich tust?«

»Nein.«

Sie streckte die Hand nach ihm aus, um einige Strähnen fortzustreichen, die ihm in die Augen hingen.

»Ich mag deinen Blick, weil er so sanft ist, so zärtlich, mir ein

Gefühl von Geborgenheit vermittelt. Ich habe den Eindruck, dich schon ewig zu kennen, du bist mir so … vertraut.«

Während er sie ins Bad gehen ließ, erinnerte er sich, daß er genau dasselbe Gefühl gehabt hatte, als er sie in seinem Wohnzimmer in dem karierten Ohrensessel hatte sitzen sehen. Diese Feststellung beruhigte ihn etwas. Sie waren füreinander bestimmt, waren sich im rechten Moment begegnet, und die Schwierigkeiten, die ihnen zwangsläufig noch bevorstanden, erschienen ihm unerheblich.

»Eins ist zumindest sicher: Es gibt keinen Zufall. Ich habe sie gefunden und gebe sie nicht mehr her …«

Während er auf sie wartete, ging er auf den Balkon hinaus. Die Luft roch nach nasser Erde und verblühenden Rosen. Er blickte auf die Risle hinab, die unter dem Fenster entlangfloß und deren Ufer mit Laub bedeckt war. Der Herbst war eine schöne Jahreszeit für die Liebe.

Drei Tage später erfuhr Mathieu, daß seine Frau ein Wochenende mit ihrem Anwalt verbracht hatte. Valérie hatte nicht bemerkt, daß unter den Leuten, die an jenem Samstag in dem Hotel zu Abend aßen, ein Kollege und Neurologe war, den sie flüchtig kannte und der sie seinerseits höchst amüsiert den ganzen Abend beobachtet hatte. Die Geschichte hatte sich am ganzen Charles-Nicolle herumgesprochen, noch bevor sie Mathieu zu Ohren gekommen war. Der Großteil der Ärzte und Krankenschwestern zerriß sich das Maul und feixte, daß nun plötzlich Keller in der Rolle des Gehörnten war. Sogar Gilles johlte vor Lachen, als sein Chef außer Sichtweite war, und allein Sylvie war angesichts der Neuigkeit verstört.

Der ganze Pavillon Derocque kommentierte das Ereignis. Kellers Abenteuer hatten irgendwann angefangen, alle zu langweilen, und niemand war es danach zumute, ihn zu bemitleiden. Schließlich erbarmte sich Sylvie schweren Herzens, Mathieu die Augen zu öffnen, wobei sie gar nicht wußte, wohin mit ihren Händen, und schrecklich verlegen zu Boden starrte. Sie betonte, daß es sich vielleicht nur um ein Gerücht handle, um böses Gerede. Dann schlich sie auf Zehenspitzen aus dem Büro, den Tränen nahe.

Als er alleine war, blieb Mathieu wie betäubt sitzen. Valérie im Hotel? Mit ihrem Anwalt? Das war so ungeheuerlich, daß er es kaum glauben konnte. Und doch mußte er den Tatsachen ins Auge sehen. Er lebte seit fast zwei Monaten von seiner Frau getrennt. Was nun passiert war, hatte zwangsläufig folgen müssen. Sie war zu zerbrechlich und hilflos, um alleine zu bleiben. Er hatte diese Möglichkeit bereits in Betracht gezogen, dabei allerdings eher seine Kollegen vom Saint-Lazare im Auge gehabt. Aber ein Anwalt! Ein Typ, den sie dafür bezahlen mußte, daß er ihre Interessen vertrat, und der dies ausnutzte, um sich ein paar nette Wochen zu machen!

Er nahm das Foto seiner Frau, das immer noch auf seinem Schreibtisch in der Ecke stand, und betrachtete es eingehend. Plötzlich sah er sie vor sich, wie sie nackt und hingebungsvoll in den Armen eines anderen lag. In ihm kochte auf der Stelle die Eifersucht hoch und schnürte ihm schier die Luft ab. Als er Brévals Nummer wählte, stellte er fest, daß seine Hand zitterte. Kaum hatte er seinen Anwalt am Apparat, überschüttete er diesen mit Fragen. Er wollte wissen, wer dieser Carantec sei, wie er aussähe, wo er seine Kanzlei hätte. Überrascht angesichts dieser Flut von Fragen, begann Bréval sich schließlich Sorgen zu machen und bat um eine Erklärung. Mathieu lud ihn ein, noch am selben Abend auf einen Schoppen zu ihm nach Mont-Saint-Aignan zu kommen. Als er einhängte, hatte er sich noch kein bißchen beruhigt.

Caroline reichte Valérie den Becher, und diese bedankte sich lächelnd.

»Es kamen eine Menge Anrufe, auf deinem Schreibtisch liegen sämtliche Gesprächsnotizen.«

Roussel, den eine Grippe ans Bett gefesselt hielt, hatte die Station seiner Kollegin anvertraut.

»Ich fühle mich hoffnungslos überfordert«, seufzte Valérie und ließ sich auf einen Stuhl fallen.

»Du machst deine Sache hervorragend, alle bewundern dich!« erwiderte Caroline überschwenglich. »Du sollst auch Professor Keller am C.H.U. zurückrufen, er hat zweimal eine Nachricht hinterlassen …«

»Mathieu? Ich habe ihm doch niemanden überwiesen … Vielleicht das Aortenaneurysma neulich? Aber ich glaube nicht, daß er meine Meinung einholen würde!«

Bei dem Gedanken daran mußte sie lachen. Es würde noch eine ganze Weile dauern, bis Mathieu bereit wäre, in ihr eine Kardiologin zu sehen, mit der man von gleich zu gleich fachsimpeln konnte.

»Er hat dem Mädchen in der Zentrale gesagt, es handele sich um eine private Angelegenheit. Offenbar hat er den Charme einer Rolle Stacheldraht!« platzte Caroline heraus.

Valérie runzelte die Stirn, konnte sich aber nicht wirklich ärgern. Nein, mit Mathieu war nicht zu spaßen, er konnte sogar äußerst ekelhaft sein. Sich seines hohen Ranges extrem bewußt, gab er sich keinerlei Mühe, seinen Untergebenen gegenüber höflich zu sein.

»Außer wenn er hinter einer her ist …«, dachte Valérie und sagte entschlossen:

»Also gut, ich mache jetzt meine Runde durch die Zimmer.«

Sie fühlte sich nicht berechtigt, von ihrer »Visite« zu sprechen. Bis zu dem Tag, da er in den Ruhestand ginge, würde Roussel die Station leiten, ob er anwesend war oder nicht.

»Schau erst mal in die Chirurgie hoch, sie wollten dich sprechen, als du gerade auf der Toilette warst, es geht um den Jungen.«

Zielsicher warf Valérie ihren Kaffeebecher in den Müll, dann eilte sie den Gang entlang. Den Aufzug links liegen lassend sprang sie die Treppe hinauf. Am Eingang zum Operationstrakt erwartete sie eine Schwester und führte sie zu einem kleinen Wachraum, in dem ein Chirurg und ein Anästhesist erbittert diskutierten.

»Ah, da sind Sie ja, Frau Kollegin! Wir sprachen gerade von Ihrem jungen Patienten, dem mit dem Herzfehler, und darüber, ob dieser Eingriff zweckmäßig war ...«

Sie mußte einen Stoß Akten und ein Telefon beiseiteschieben, um sich auf eine Tischecke setzen zu können. Den Kopf schräggeneigt, den Kittel über ihrem weißen T-Shirt geöffnet, war sie ganz Ohr. Das Gespräch zog sich in die Länge, aber Valérie verspürte nicht ein einziges Mal das Bedürfnis, Roussel anzurufen. Sie hatte es immer weniger nötig, sich mit ihm kurzzuschließen. Die komplizierten Fälle begeisterten sie und schienen ihr klar und durchschaubar. Ihr sicheres Auftreten und ihre völlig unpathetische Art, sich auszudrücken, wurden von den Kollegen sehr geschätzt. Sie verstand es, auf deren Empfindlichkeiten einzugehen und dabei trotz allem ihre eigene Position zu vertreten. Und sie war sich zudem sehr wohl bewußt, daß Chirurgen nur äußerst selten eine zweite Meinung einholten, egal von wem. Sobald sie einen Patienten angenommen hatten, schleusten sie ihn ohne viel Federlesens in den Operationstrakt, und sobald der zuständige Narkosearzt ihn für wach befand, kam er in die Kardiologie, ein Stockwerk tiefer, zurück. Das war alles, was an Zusammenarbeit zwischen den beiden Abteilungen stattfand.

Sie erörterten zunächst eingehend den Fall des Kindes, dessen Allgemeinzustand alles andere als zufriedenstellend war. Dann teilte der Anästhesist Valérie mit, daß er am frühen Nachmittag einen Patienten hinunterschicken würde, der vor vier Stunden einen Bypass bekomme hatte. Die Bypassoperationen stellten den Löwenanteil im OP, wo die Arbeit bereits vor dem Morgengrauen begann. Man führte am Saint-Lazare keine Herztransplantationen durch – diese riskanten und kostspieligen Eingriffe waren der Universitätsklinik vorbehalten.

Als Valérie wieder auf die Kardiologie zurückkam, war es schon spät, und sie wurde umgehend von der Stationsschwester mit Beschlag belegt. Erst gegen Mittag, beim Ausfüllen der Krankenbogen, fiel ihr wieder ein, daß Mathieu zweimal angerufen hatte. Widerwillig meldete sie ein Gespräch an und geriet an Sylvie, deren Stimme ihr entsetzlich kalt vorkam. Als diese den Hörer an Mathieu weiterreichte, wurde es noch schlimmer. Distanziert und aggressiv verkündete er, daß er sie so schnell wie möglich zu sehen wünsche. Er weigerte sich, nähere Erklärungen abzugeben, und sie kamen überein, sich noch am selben Abend zu treffen. »Komm ins Haus«, schlug Mathieu vor, »ich werde dich nicht lange aufhalten! Und: keine Angst, wir sind nicht allein, Bréval wird ebenfalls dasein!«

Leicht besorgt bemühte sie sich, ruhig zu antworten.

»Ich habe keine Angst vor dir, sei nicht albern. Bis heute abend also. Ich dachte, du wolltest mich in einer beruflichen Angelegenheit sprechen ...« Sie hatte dies bewußt gesagt, und die Antwort ließ nicht auf sich warten. »Ich? Aber was ist denn in dich gefahren, mein Liebling? Für wen hältst du dich eigentlich?«

Ohne sich zu verabschieden, legte sie auf und mußte lächeln. Nein, sie hatte ihn nicht falsch eingeschätzt, sie war weder parteiisch noch bösartig gewesen: Er ertrug es eindeutig nicht, daß sie wieder arbeitete. »Pech für ihn«, murmelte sie nachdenklich.

Warum verlangte er sie so plötzlich zu treffen, im Beisein seines Anwaltes? Ihr wurde bewußt, daß sie schon seit einigen Tagen nicht mehr an ihn gedacht hatte. Die Zeit zerrann ihr zwischen den Fingern und war stets zu knapp. Abends, wenn sie Camille und Jérémie vorlas, war sie manchmal drauf und dran, mit ihnen einzuschlafen. Sie mußte sich dann mit Gewalt aufraffen, mit Atome noch ein paar Minuten um den Block zu gehen. Sie hatte sich fest vorgenommen, mit dem armen Hund aufs Land zu fahren, wo er richtig Auslauf hätte, es aber nicht geschafft. Schließlich kümmerte sich nun Augustin darum und fuhr ein- bis zweimal die Woche mit dem Hund hinaus. Wenn sie erschöpft in die Federn sank, wartete sie, bereits im Halbschlaf, auf den Anruf von Ludovic. Manchmal löschte sie das Licht, während er ihr etwas ins Ohr flüsterte. Für Mathieu war wirklich kein Platz mehr in ihrem neuen Leben.

Sie streckte sich. Es war nicht der rechte Moment, um ins Träumen zu geraten. Ein Blick auf die Uhr sagte ihr, daß sie sich in ihrem eigenen Interesse beeilen müßte, wenn sie noch etwas Heißes im Selbstbedienungsrestaurant bekommen wollte.

11

Das Schwimmbecken war geleert, das Laub zusammengerecht worden. Mathieu hatte offensichtlich eine Reinigungsfirma kommen lassen, denn im Garten und ums Haus herum sah alles tadellos aus.

Valérie parkte bewußt nicht unter den Kastanien, sondern stellte ihr Auto vor der verglasten Front ab, als wolle sie damit zu verstehen geben, daß sie nicht vorhatte, sich lange aufzuhalten. Als sie ins Wohnzimmer trat, drängte sich ihr automatisch der Vergleich mit Ludovics Haus auf.

Mathieus Zorn verflog beinahe vollständig, als er seine Frau auf sich zukommen sah. Sie war umwerfend: Kaum geschminkt, die lockigen Haare etwas zu lang, wirkte sie vollkommen unbekümmert, und ihre Augen strahlten. Sie gab ihm einen flüchtigen Kuß auf die Wange, bevor sie Bréval die Hand drückte. Sie hatten bereits ohne sie zu trinken begonnen, und Mathieu schenkte ihr, ohne zu fragen, was sie wolle, einen Kir ein.

»Da du um jeden Preis auf eine schnelle Scheidung aus bist, denke ich, ist es Zeit für eine kleine Aussprache.«

Sein Tonfall war barsch und autoritär. Ohne ihn auch nur eines Blickes zu würdigen, wandte sich Valérie an Bréval:

»Sind Sie als Freund oder als Anwalt hier, François?«

»Oh, es geht alles höchst offiziell zu«, spottete Mathieu. »Ich habe dir nicht vorgeschlagen, deinen Anwalt mitzubringen, da du dir einen neuen wirst suchen müssen! Es geht schließlich nicht an, daß dein Liebhaber sich in unsere Angelegenheiten einmischt, nicht?«

Mathieu sonnte sich selbstgefällig in der Rolle des gekränkten Ehemannes, taxierte sie von unten bis oben und wartete auf ihre Reaktion. Sie hielt seinem Blick mit derart heiterer Miene stand, daß er die Fassung verlor.

»Wenn Carantec deine Sache nicht abgibt, werde ich dafür sorgen, daß ihm das Mandat entzogen wird! Such dir gefälligst einen anständigen Anwalt!«

»Na, na, na«, sagte Valérie gelassen, »nun beruhig dich wieder … Ich weiß ein Lied davon zu singen, wie es ist, betrogen zu werden … Abgesehen davon, daß ich in deinem Fall nicht wüßte, was daran so überraschend ist. Wir leben nicht mehr zusammen, die Trennung von Tisch und Bett ist vollzogen, es kann also keine Rede mehr von Ehebruch sein.«

»Oh, du lernst ja schnell! Hast du Privatstunden bekommen? Alle Achtung, mit welcher Sicherheit du dich ausdrückst!«

Mathieu knallte sein Glas so heftig auf den Couchtisch, daß es zersprang. Der Alkohol ergoß sich zunächst über das Möbel und dann auf den Teppich.

»Du wirst ganz alleine einen Lappen holen müssen«, stellte Valérie spöttisch fest.

Bréval erhob sich vom Sofa, leicht nervös.

»Dieses Gespräch hat einen unglücklichen Anfang genommen, nun richten Sie doch nicht über einander … Wir werden eine Verständigungsebene finden … Valérie, es wäre in der Tat empfehlenswert, daß Ihr Rechtsbeistand eine … neutrale Person ist.«

»Einverstanden, dann werde ich die Sache eben einem seiner Partner übergeben«, erwiderte sie völlig ungerührt.

In Wirklichkeit fühlte sie sich wie eine Maus, die gleichzeitig von einem Kater und einem Besen gejagt wird. Mathieu war außer sich vor Wut, das war unübersehbar, und Bréval würde alles tun, um es ihm recht zu machen. Keller war sein Mandant, und hinter ihm standen zahlreiche weitere potentielle Mandanten aus Medizinerkreisen. Valérie mochte gar nicht daran denken.

»Fangen wir doch einmal bei den Unterhaltszahlungen an«,

nahm der Anwalt den Faden wieder auf. »Ich finde Ihre Forderung reichlich übertrieben. Sie haben eine sichere, gut dotierte Stelle, es besteht kein Anlaß, daß Mathieu für alles aufkommt, und der Kindesunterhalt muß gemeinsam und zu gleichen Teilen von beiden Seiten übernommen werden. Was die Ausgleichszahlungen anbelangt, denke ich …«

»Apropos Kinder, ich bin nicht sicher, ob ich sie dir überlassen will!«

Es entstand ein kurzes Schweigen, dann drehte sich Valérie zu ihrem Mann herum und sah ihn ungläubig an.

»Wie bitte?« murmelte sie mit brüchiger Stimme.

»Ja, nach allem, was war, jetzt, wo es einen Mann in deinem Leben gibt, muß ich zusehen, wie ich sie schützen kann.«

Wohlwissend, daß sie sich damit ins Unrecht setzte, machte Valérie einen Schritt nach vorne und kippte Mathieu ihren Kir ins Gesicht.

»Du mieses Schwein!« brüllte sie. »Wie kannst du es wagen, von den Kindern zu sprechen, wo du nie wirklich Notiz von ihnen genommen hast? Und du, wie viele Frauen wirst du ihnen gleichzeitig präsentieren? Wie viele vermeintliche Stiefmütter und Halbbrüder?«

Kreidebleich wischte er sich die Wange ab, ohne sie aus den Augen zu lassen. Während der ganzen zehn Jahre, die sie verheiratet waren, hatte sie nie einen Wutanfall bekommen. Sie flößte ihm keine Angst ein, er war schlicht zornig auf sie, konnte aber nicht umhin, sie schön zu finden, als habe ihr Widerstand ihn wider seinen Willen erregt.

Sie drehte sich brüsk herum und wandte sich direkt an Bréval. Ihre grünen Augen glänzten, als sie sich eine Haarsträhne aus dem Gesicht strich.

»Sieht ganz so aus, als sei Ihr mieser kleiner Coup mißlungen. Was die Kinder betrifft, können Sie sich das Ganze gleich aus dem Kopf schlagen! Ich lasse Sie jetzt allein, damit Sie unter Männern reden können, Sie haben ja noch einiges zu bereinigen!«

Als sie in ihren Wagen stieg, stellte sie fest, daß sie vor Wut heulte. Sie fuhr derart rasant an, daß eine Ladung Kiesel gegen die große Scheibe flog, hinter der Mathieu und François wie angewurzelt standen.

Am Abend darauf hatte Valérie ihre Eltern zum Essen eingeladen, aber da sie natürlich in der Klinik aufgehalten wurde, kümmerte sich Suzanne um die Vorbereitungen.

In ihrer neuen Wohnung den Kochlöffel zu schwingen, fanden Camille und Jérémie, die ihrer Großmutter nach Kräften zur Hand gingen, höchst vergnüglich. Es wurde in der Küche gedeckt, da es im Wohnzimmer keinen Tisch gab, und Suzanne bereitete einen Auflauf zu, während Augustin Atome ausführte.

Die Kinder und selbst der Hund schienen sich ohne Probleme an das neue Leben gewöhnt zu haben. Auch über dem Laden waren sie ganz zu Hause, und die Abwesenheit Mathieus erlebten sie nicht als Drama.

Nach dem Essen, als das allabendliche Zeremoniell überstanden und die Kinder glücklich im Bett waren, wollte Augustin das Ende eines Tennismatchs im Fernsehen anschauen, während seine Frau und Valérie sich einen Tee kochten. Sie saßen einander gegenüber auf zwei Hockern und führten ein langes Gespräch. Draußen war es ziemlich kalt geworden, und die Scheiben beschlugen. Valérie hatte Suzanne von ihrer kleinen Eskapade im Hotel erzählt, dann von dem Streit mit Mathieu und schließlich von der heftigen Reaktion Ludovics.

»Um nicht noch mehr Öl ins Feuer zu gießen, tritt er das Mandat offiziell an Hubert Bonnet, seinen Kompagnon, ab, aber er wird sich weiter darum kümmern.«

»Sehr gut. Sei auf der Hut, und laß dich nicht über den Tisch ziehen.«

»Davon kann gar keine Rede sein! Jedenfalls nicht, was Camille und Jérémie angeht …«

Sie hatte einen Frosch im Hals und räusperte sich, bevor sie fortfuhr.

»Ich weiß gar nicht, wie er es wagen konnte ...«

»Aber das ist reine Erpressung, mein Liebes! Er ist überhaupt nicht imstande, sich um die Kinder zu kümmern.«

»Er hat vor allem keine Lust dazu! Weißt du, was er mir einmal gesagt hat?«

Suzanne schüttelte den Kopf und bedeutete ihrer Tochter weiterzusprechen.

»Ich fand ihn weder besonders liebevoll noch väterlich, ja, er war einfach nie da ... Ich habe ihn gefragt, was er für sie empfände ..., und er hat geantwortet, ich zitiere wörtlich, ›wohlwollende Gleichgültigkeit‹! Kannst du dir das vorstellen? Er hat das Wort ›Gleichgültigkeit‹ gebraucht, das habe ich ihm nie verziehen. Mir scheint ... Siehst du, ich wußte gar nicht, daß sich in mir solch ein Groll aufgestaut hat! Aber das gehört zu den Worten, die ich ihm demnächst hinreiben werde.«

Suzanne legte sacht ihre Hand auf die Valéries.

»Du hast uns nie etwas erzählt«, sagte sie mit sanftem Vorwurf.

»Ich war nicht unglücklich, Maman! Nicht einmal besorgt.«

»Und wie sieht es bei ihm aus? Bist du auf dem laufenden?«

»Nein. Wie immer!« Sie lachte ein kurzes, bitteres Lachen. »Es ist komisch, aber das tangiert mich nicht mehr.«

Sie stand auf, um nachzusehen, ob das Fenster richtig zu war.

»Man kommt schier um vor Kälte ... Jetzt ist es wirklich Winter geworden ... Ich habe eine Liste mit meinen persönlichen Dingen angelegt, den wenigen Sachen, an denen ich hänge. Ein Möbelwagen soll diese Woche alles abholen, Bréval wird dort sein, um das Einladen zu überwachen.«

Ihre tonlose Stimme verriet ein gewisses Unbehagen.

»Wenn ich denke, daß zehn Jahre gemeinsamen Lebens auf so wenig zusammenschrumpfen ... Ich brauche nicht einmal einen Anhänger!«

Suzanne lächelte sie liebevoll an und hielt ihr ihre Tasse hin.

»Sei doch so gut und schenk mir noch einen Schluck nach, bitte.«

Valérie stellte den Wasserkocher noch einmal an, öffnete ein Tütchen mit duftenden Teeblättern und legte ein Stück Zucker bereit. Die Frage, die ihre Mutter anschließend stellte, traf sie völlig unvermutet.

»Und dieser Ludovic? Liebst du ihn?«

»Nun … Er gefällt mir, das steht fest … Er ist sehr nett, sehr unterhaltsam.«

»Wie alt ist er?«

»Vierzig. Zehn Jahre jünger als Mathieu. Er ist seit langem geschieden … Wenn du sein Haus sähest, Maman! Es ist unbeschreiblich, chaotisch, großartig und gemütlich, eine wahre Räuberhöhle, wie aus Tausendundeiner Nacht! Ich würde für mein Leben gerne …«

Der Satz blieb in der Luft hängen, und Suzanne war es, die ihn vollenden mußte.

»Was? Mit ihm dort wohnen?«

»Ich weiß nicht. Er hat es mir angeboten, aber ich bin noch nicht soweit. Was Camille und Jérémie betrifft, sehe ich kein Problem, für sie wäre es ein Paradies. Nur … Ich glaube, ich möchte nicht.«

Ihr melancholischer Ausdruck machte Suzanne stutzig.

»Du hast alle Zeit der Welt, mein Schatz. Wenn er es ernst meint, dann wird er warten.«

Valérie streichelte gedankenverloren Atomes Ohren. Mit der freien Hand vollführte sie eine vage Geste.

»Hier schaue ich gar nicht um mich, es ist mir egal, es ist wie eine Schleuse, durch die ich durchmuß. Eine Übergangslösung. Und das finde ich erholsam. Ich bin nicht gezwungen, ein Haus in Schuß zu halten, ich lebe alleine, bin zu nichts verpflichtet.«

Ludovic hatte dieselben Worte gebraucht, ihr beteuert, daß sie sich »zu nichts verpflichtet« fühlen solle, um sie nicht unter Druck zu setzen, und doch war es ihm nicht gelungen, sie zu überzeugen. Als fairer Spieler verlangte er nichts seit jenem Abend in Belle-Isle-sur-Risle, er überschüttete sie nicht mit unerbetenen Liebeserklärungen, forderte kein Treffen.

»Er ruft mich jeden Abend an, sagt mir bezaubernde, romantische Dinge – ich dachte, aus dem Alter sei ich längst heraus … Mathieu hat mir damals nicht so den Hof gemacht!«

»Mein Gott, Mathieu, natürlich … Mein Schatz, dein Ehemann hat dich von Anfang an die Wand gedrückt. Hast du das nicht gemerkt? Die Macht der Gewohnheit ist trotz allem nicht zu unterschätzen! Weißt du, dein Vater und ich, wir haben uns von seiner Arroganz nicht beeindrucken lassen. Er ist reich geboren, ihm ist alles in den Schoß gefallen, er wird sich selbst nie in Frage stellen. Aber es tat uns leid um dich.«

»Um mich? Ich hatte alles, was das Herz begehrt, Maman, ein angenehmes Leben …«

»Papperlapapp! Du hast dich vorhin selbst verraten, als du davon gesprochen hast, ein Haus in Schuß zu halten. Das ist es doch, was du getan hast, oder? Fläschchen spülen und Windeln wechseln, die Hemden des gnädigen Herrn waschen und bügeln, das Abendessen kochen, einkaufen, mir brauchst du nichts zu erzählen. Nur konnte *dir* das nicht genügen! Du bist intelligent, meine Liebe, und du hattest bereits ins Arbeitsleben hineingeschmeckt, hattest schon Krankenhausluft gerochen und erfahren, was es heißt, Verantwortung zu übernehmen. Und schwups, aufs Abstellgleis! Oder in die Vitrine, wenn dir das lieber ist. In die kostbare Vitrine mit den Schaustücken Mathieus.«

Fassungslos hörte Valérie ihrer Mutter zu, die endlich einmal alles loswurde, was sie schon seit Jahren auf dem Herzen hatte. Als sie aufsah, entdeckte sie ihren Vater, der im Türrahmen lehnte, wo er vermutlich schon eine Zeitlang gestanden hatte, und der kein bißchen erstaunt schien. Atome lief sofort zu ihm hin und rieb sich an seinen Beinen.

»Komm, ich biete dir eine Gratisrunde«, sagte Augustin zu ihm und nahm die Leine vom Haken.

Der Hund sprang vor ihm her, und Augustin ging hinaus, damit die zwei Frauen sich weiter unterhalten konnten. Einer plötzlichen Eingebung folgend, fragte Valérie besorgt:

»Maman, ihr habt doch hoffentlich keine finanziellen Probleme?«

Als ihr bewußt wurde, daß sie sie die Hälfte der Zeit zwang, ihre Kinder zu verköstigen, überkamen sie heftige Schuldgefühle.

»Was redest du denn da?« verwahrte sich Suzanne irritiert.

»Ich weiß, daß Papas Geschäft nicht floriert, und dann geht ihr ständig mit Camille und Jérémie irgendwohin, nehmt sie überall mit hin …«

»Aber wir werden doch wohl noch unsere Enkel verwöhnen dürfen! Die paar Kröten haben wir schon noch übrig, weißt du …«

»Ihr solltet sie für eure alten Tage aufheben!«

»Nun, mein Schatz, wir sind bereits alt …«

»Du machst wohl Witze?« sagte Valérie liebevoll. »Ihr seid besser in Form als ich!«

Sie lächelte ihre Mutter an, gelobte sich aber, gleich am nächsten Tag etwas auf das Konto ihrer Eltern zu überweisen, für das sie bereits seit langem auch eine Vollmacht besaß.

Im Flur half sie ihrer Mutter in den Mantel, dann öffnete sie die Tür.

»Fang Papa unten ab, dann muß er nicht wieder hochlaufen, ich werde Atome rufen …«

Während ihre Mutter, die Hand am Geländer, die Treppe hinunterging, pfiff sie ihrem Hund. Sie sah das schwarz-weiß gefleckte Fell des Dalmatiners just in dem Augenblick auf sie zuspringen, als drinnen das Telefon klingelte. Ludovic hatte mit seinem Anruf gewartet, da er wußte, daß ihre Familie zum Essen da war, und sie war ihm dankbar dafür.

»Mathieu, Mathieu!«

Heftig gestikulierend rannte der Leiter der Herzchirurgie seinem Kollegen auf dem Parkplatz entgegen.

»Ich muß dich unbedingt sprechen! Hast du heute mittag einen Moment Zeit?«

Sie liefen Seite an Seite über den Ehrenhof und hatten es beide eilig, zum Pavillon Derocque zu kommen.

»Ich würde mich gerne mit dir über zwei Patienten unterhalten … Es gibt ernsthafte Komplikationen bei dem kleinen Mädchen, du weißt schon, die Transplantation …«

»Wollen wir zusammen im achten Stock zu Mittag essen?«

»Ja, sehr gerne.«

Sie verschwanden im Aufzug, und Mathieu drückte die entsprechenden Knöpfe.

»Apropos, du kannst deiner Frau in meinem Namen dazu gratulieren, daß sie uns das Aortenaneurysma so schnell überwiesen hat …«

Ohne etwas zu erwidern, lächelte Mathieu gezwungen. Die Türe ging auf, und er murmelte:

»Bis später. Gegen ein Uhr oben …«

Wenn er sich nun schon in *seinem* Krankenhaus anhören müßte, wie brillant Valéries Diagnosen waren, würde ihm bald der Kragen platzen. In den letzten Monaten hatte sich so vieles in seinem Leben geändert, daß er nicht alles auf einmal verkraften konnte. Vor nicht allzu langer Zeit war er noch ins Charles-Nicolle gekommen und hatte sich in Ruhe seiner Arbeit widmen können. Und in den seltenen Pausen hatte er sich nach hübschen Mädchen umgesehen. Im übrigen war sein Leben in geordneten Bahnen und ohne Überraschungen verlaufen, die einzelnen Bereiche waren sauber voneinander getrennt gewesen. Sylvie hatte den Überblick über seine beruflichen Termine gehabt, und Valérie hatte sich um das Haus und die Kinder gekümmert. Im Moment war alles aus den Fugen geraten, und er fühlte sich hoffnungslos überfordert. Er war nicht in der Lage gewesen, den Artikel über Nitropräparate fertigzustellen, den er bereits vor einigen Tagen hätte abliefern müssen. Er hatte zudem Studenten dabei ertappt, wie sie während seiner Vorlesung den Fliegen nachgesehen hatten. Er wußte nie, wann die Putzfrau ihr Geld bekam, sein Auto mußte eigentlich zur Inspektion, und er verbrachte ganze Abende alleine vor dem Fernseher.

»Mein Gott, werde ich wirklich geschieden?«

Die Vorstellung war derart schmerzlich, kränkte ihn sowohl in seinem Stolz als auch in seiner Liebe, daß er sich für den Fall des Falles gelobte, sich sofort wieder zu verheiraten. Es kam überhaupt nicht in Frage, daß Valérie sich für unersetzlich hielt. Er würde nicht allein bleiben und wie ein Tattergreis dahinvegetieren. Und auch nicht den Rest seiner Tage damit zubringen, als alter Beau durch die Welt zu schwirren. Abenteuer waren nur insofern etwas für ihn, als sie seine Phantasie beflügelten – kleine Extras, die er dem normalen Leben abtrotzte.

»Na ja, ich werde eine andere finden, jünger und hübscher, das dürfte mir ja nicht schwerfallen …«

Wütend riß er seine Zimmertür auf, worauf Sylvie erschrocken hochfuhr.

»Ich habe zwei, drei Anrufe zu erledigen«, verkündete er und warf seinen Mantel auf einen Stuhl.

Seine Sekretärin verschwand umgehend, um Kaffee zu holen. Aber er wollte gar nicht telefonieren, sondern lediglich ein paar Minuten allein sein. Unlängst hatte er in Gilles' Blick ein amüsiertes Funkeln entdeckt. Die Geschichte von Valérie und ihrem Anwalt mußte ihn sehr erheitert haben, wie alle. Außer Sylvie natürlich, die eine mitleidige Miene zur Schau trug, die noch unerträglicher war.

»Aber was habe ich denn getan, um das zu verdienen?«

Er relativierte das, was er als Ungerechtigkeit ansah, in keinster Weise, indem er es hinterfragte oder Gewissensbisse empfand. Er litt Valéries wegen und war erschüttert über die Entdeckung, wie verletzlich er war. Wenn er weiter Trübsal blies und sie sich Tag und Nacht in den Armen dieses Carantec vorstellte, wäre bald nichts mehr mit ihm anzufangen.

»Da es nun schon einmal so ist …«, murmelte er.

Die kleine Céline wäre letztlich ganz gut geeignet. Er hatte sie während der Visite etwa ein dutzendmal mit einfachen Fragen in Verlegenheit gebracht, und eins war sicher: Aus ihr würde nie eine brillante Ärztin. Das war schon einmal nicht schlecht! Sie hatte keinerlei beruflichen Ehrgeiz und wäre begeistert, ein Studium aufzugeben, das sie ganz offensichtlich nur als Last empfand. Sie war hübsch, blutjung und wahrscheinlich noch ziemlich formbar. Würde sie einwilligen?

»Nun, wir werden sehen …«

Er traute sich zu, sie zu verführen. Da war er schon in schwierigeren Fällen erfolgreich gewesen. Und nun hatte er einen entscheidenden Trumpf in der Hand, er konnte die Ehe anbieten! Welches Mädchen könnte dem Wunsch widerstehen, Madame Mathieu Keller zu sein und in der Villa in Mont-Saint-Aignan zu wohnen?

Er lief so schnell aus seinem Zimmer, daß er um ein Haar mit Sylvie zusammengeprallt wäre, die im Gang wartete, den Becher für ihn in der Hand. Um sie nicht vor den Kopf zu stoßen, kippte er den Kaffee in einem Zug hinunter und lief dann fort, um die Medizinstudenten zu suchen. Im Aufenthaltsraum, dessen Tür offenstand, hörte er Stimmen. Etwa ein halbes Dutzend Personen schrien und lachten drinnen durcheinander. Kaum tauchte er auf, verstummte auf einen Schlag das Gespräch der jungen Leute – Assistenzärzte und Schwestern.

»Habt ihr Gilles irgendwo gesehen?« brummte Mathieu, der genauso verlegen war wie sie.

Hinter einem Bildschirm tauchte sein Oberarzt auf und kam auf ihn zu.

»Du wirst die Visite für mich übernehmen, aber davor würde ich gerne noch mit dir unter vier Augen reden …«

Sie gingen einige Schritte, und je weiter sie sich vom Aufenthaltsraum entfernten, desto lebhafter wurde das Gespräch dort wieder.

»Flöße ich ihnen Angst ein?« erkundigte sich Mathieu mit zufriedener Miene.

»Selbstverständlich …«

»Ich muß mit Bob Mittag essen, er hat ein Problem. Es geht um das Mädchen, dem sie ein neues Herz eingesetzt haben, und wenn du mich fragst, wird es nicht lange dauern, daß sie wieder auf der Intensivstation landet. Du wirst sie nicht aus den Augen lassen, damit nichts anbrennt. Nachher weiß ich mehr.«

Gilles begnügte sich damit, unwillig zu nicken, und Mathieu fiel es schwer, das Thema anzuschneiden, das ihm auf dem Herzen lag.

»Hör zu, du könntest mir einen kleinen Gefallen tun … Ich hätte gerne ein paar Informationen über Céline; das ist eine unserer Studentinnen, weißt du, welche ich meine?«

Seine Unschuldsmiene brachte Gilles auf der Stelle in Rage.

»Céline?« wiederholte er.

»Ja. Ein nettes Mädchen, findest du nicht? Sie bringt einen auf dumme Gedanken ...«

Gilles überging den Scherz und schwieg. Bei sich dachte er, daß *alle* Mädchen Mathieu auf dumme Gedanken brachten und daß er nicht sein Lakai sei. Vor allem nicht für diese Art Angelegenheiten.

»Hast du gehört?« fragte Mathieu barsch.

Wieder nickte Gilles, ohne ein Wort zu sagen.

Axelle drang in das Zimmer ihres Vaters ein und schloß sorgfältig die Türe hinter sich. Wenn die Putzfrau käme, würde sie den Staubsauger hören. Bis dahin könnte sie ungestört schnüffeln.

Sie setzte sich aufs Bett und blickte sich um. Ohne etwas Bestimmtes zu suchen, fragte sie sich, ob sich in dem Raum nicht etwas verändert hatte. Der riesige alte Directoire-Schreibtisch unter dem Fenster versank unter dem üblichen Wust von Papieren. Ein überquellender Aschenbecher voller Kippen stand auf dem Boden neben einem aufgeschlagenen Krimi und zeugte von Ludovics schlaflosen Nächten. Es war nicht zu leugnen, daß er zur Zeit irgendwie neben sich stand. Er war völlig von dieser Frau mit den grünen Augen besessen, und selbst wenn er zu Hause war, wirkte er abwesend.

Auf dem kleinen Rollsekretär erspähte sie ein Scheckheft und Kreditkarten-Belege. Sie trat näher, um sie genauer durchzusehen und entdeckte die zerknitterte Rechnung aus Belle-Isle-sur-Risle. Sie pfiff durch die Zähne.

»Da schau mal einer an! Er verwöhnt seine Holde ja nicht schlecht ...«

Ihr Vater hatte die Vierzig erreicht, und sie war zu der Überzeugung gelangt, daß dies ein gefährliches Alter war und sie ihn beschützen müsse und verhindern, daß er der Nächstbesten in die Fänge geriete. Valérie Prieur war ihr ausgesprochen unsympathisch. Zu hübsch, zu rassig und mit dem melancholischen Etwas, das vermutlich den Männern den Verstand raubte.

»Und er, dieser Trottel …«

Am Telefon hatte ihre Mutter versucht, sie zu beruhigen. Es sei normal, daß Ludovic früher oder später einer anderen begegnen, sich in diese verlieben würde. Aber Axelle hatte sich eingebildet, aus ihrer Stimme eine verhaltene Traurigkeit herauszuhören. Ihre Mutter war nie über die Trennung hinweggekommen, daran bestand für sie kein Zweifel; der Beweis war, daß sie kein neues Leben angefangen hatte. Auch wenn sie nicht offen von Versöhnung sprach, nährte Axelle heimlich die Hoffnung, daß ihre Eltern eines Tages wieder zueinanderfinden würden. Sie fühlte sich nicht imstande, ihr eigenes Leben zu leben, solange sie dieses Ziel nicht erreicht hätte. Wenn sie zusammen waren, ging es ihnen gut, das war unübersehbar; sie schütteten sich aus vor Lachen, tauschten sich über Malerei, Bildhauerei oder Zeichnen aus. Und es war kein Zufall, daß Ludovic seine Abenteuer nie weiter verfolgte.

»Nur diesmal ist er in die Falle gegangen, der Arme …«

Sie versteifte sich darauf, ihren Vater als Opfer zu sehen, als Beute. Er war so attraktiv und so naiv! Wohingegen ihr diese Frau mit allen Wassern gewaschen, selbstsicher, aufdringlich und skrupellos erschien.

Auf dem Weg zum Nachtkästchen wäre Axelle beinahe über die Telefonschnur gestolpert. Sie stellte fest, daß der Apparat unter der Decke begraben lag, und zuckte verärgert die Achseln. Er rief sie also nachts an? Und dann schlief er ein, in Gedanken bei ihr? Das waren wirklich pubertäre Allüren. Und es schien ihn noch nicht einmal glücklich zu machen! Er irrte wie eine verlorene Seele durchs ganze Haus. Es hätte sie nicht überrascht, wenn er angefangen hätte, Gedichte zu schreiben!

Mit einem Seufzer raffte sie sich auf, den Aschenbecher zu leeren, das Telefon an seinen Platz zurückzustellen und das Bett zu machen. Er würde bemerken, daß sie in seinem Zimmer gewesen wäre, aber er brauchte schließlich ein weibliches Wesen, das sich um ihn kümmerte, und diese Valérie Prieur übernähme dies mit Sicherheit nicht, dafür würde sie höchstpersönlich sorgen.

Ohne sich überhaupt ihres Egoismus oder ihrer Engstirnigkeit bewußt zu sein, weigerte sich das junge Mädchen, einen weiteren Umbruch in Erwägung zu ziehen. Sie hatte zu sehr unter der Scheidung ihrer Eltern gelitten, als daß sie sich nun erneut hätte quälen wollen. Im Hause ihres Vaters hatte sie trotz allem ihre Stellung und gedachte nicht, diese aufzugeben. Sie liebte das Leben hier über alles, genau wie sie es genoß, in den Ferien wieder bei ihrer Mutter in der Bretagne zu sein. Sie war überall zu Hause, ein viel zu verwöhntes Einzelkind, das verbissen an seinen Vorrechten festhielt.

Am Fußende des Bettes sitzend lächelte Valérie der liebenswerten alten Dame zu, die murmelte:

»Es ist schrecklich, wenn man niemanden mehr hat …«

Wie oft hatte sie nicht diesen verschämten, anrührenden Satz aus dem Mund älterer Leute gehört, die wußten, daß sie sehr geschwächt aus dem Krankenhaus entlassen würden und nicht in der Lage wären, alleine zurechtzukommen.

»Was wird aus mir werden, wenn ich nicht mehr allein die Treppen hochkomme?«

Valérie biß sich auf die Zunge. Ihre Patientin käme sicherlich nie wieder nach Hause, aber wie sollte sie ihr das beibringen? Der Status ihrer Herzgefäße hatte sich trotz aller Bemühungen Roussels noch weiter verschlechtert.

»Denken Sie vorerst nicht daran.«

»An was soll ich denn sonst denken? Die Nächte sind so lang, mein Kleines …«

Caroline, die sich etwas im Hintergrund hielt, riß angesichts dieser Anrede erstaunt die Augen auf.

»Ich sollte Sie ›Frau Doktor‹ nennen, aber das schaffe ich nicht«, erklärte die alte Dame, die den Gesichtsausdruck der Krankenschwester bemerkt hatte. Sie sind so jung und so entzückend …«

Bedrückt verkniff sich Valérie eine Antwort. Sie durfte weder Mitleid zeigen noch erschüttert wirken. Sie verkörperte die Autorität, das Wissen, und ihre Patientin mußte beruhigt werden. Um die Kranken zu verhätscheln und sie im Bedarfsfall zu bemuttern, war das Pflegepersonal da, aber ein verantwortlicher Arzt hatte dazu kein Recht. Roussel hatte ihr das genau auseinandergesetzt. »Heitern Sie sie auf, aber bemitleiden Sie sie unter keinen Umständen, selbst wenn Sie zutiefst betroffen sind! Sie sind da, um sie in dem Glauben zu wiegen, daß sie wieder genesen. Vor allem, wenn das nicht der Fall ist!«

Er gehörte noch jener Generation von Ärzten an, die überzeugt waren, daß man den Patienten die Wahrheit verheimlichen sollte, wenn sie zu hart wäre. Valérie war da skeptisch. Sie für ihren Teil lehnte diese Art vorgefaßter Verhaltensregeln ab. Sie zog es vor, ihrer Intuition zu folgen und spontan zu reagieren, je nach der Persönlichkeit des Patienten. Aber sie wollte Roussel nicht widersprechen, solange er noch da war. Später würde sie handeln, wie sie es für richtig hielte. Und dazu gehörte auch, sich aufs Bett zu setzen, was der alte Kardiologe nie getan hätte. Und den Mut zu haben, mit denjenigen über den Tod zu sprechen, die sich nicht zu Kleinkindern degradieren lassen wollten.

Sie hatte bisweilen mit Mathieu über diese ethische Frage diskutiert, aber dieser teilte ihre Meinung nicht und behauptete, daß sie das gar nicht verstehen könne, da sie jeglichen Kontakt zu kranken Menschen verloren hätte. Sie hatte auf ihrem Standpunkt beharrt und ihn gefragt, wie man in der Lage sei zu kämpfen, wenn man sich überhaupt nicht über das Ausmaß seiner Erkrankung im klaren sei – worauf er schließlich stets die Schultern gezuckt hatte.

Nun könnte – oder müßte – sie ihre Theorie in die Praxis umsetzen, und das wäre nicht unbedingt einfach. Seit kurzem hatte die Medizinerwelt endlich die körperlichen Schmerzen zur Kenntnis genommen und begonnen, systematisch etwas zu deren Linderung zu unternehmen. Es wurde zehnmal soviel Morphium aufgeschrieben wie früher, man ließ die Leute nicht mehr leiden. Warum also sollte man sie weiterhin anlügen?

Sie blickte sich kurz um und suchte ein bißchen Trost in Carolines Augen, die die Botschaft verstand.

»Es ist Zeit für Ihre Spritze«, erklärte diese und trat näher.

Während die alte Dame sich mühsam herumdrehte, konnte Valérie aufstehen und aus dem Zimmer gehen. Sie hatte ihr Tagwerk vollbracht, nichts stand dem mehr im Wege, daß sie nach Hause in ihre Wohnung fuhr, wo sie ihre Kinder antreffen würde. Während sie ihren Kittel abstreifte, warf sie automatisch einen Blick in den Kalender auf ihrem Schreibtisch. Unter den zahlreichen Terminen für den nächsten Tag erregte ein Name ihre Aufmerksamkeit. Sie mußte ihn dreimal lesen, bevor sie schallend loslachte. Der fünfte Patient, gegen zehn Uhr, wäre Augustin Prieur. Sie nahm sich vor, ihn zu empfangen, ihm die Leviten zu lesen und ihn dann ins Wartezimmer von Roussel zu bringen. Wie viele Ärzte hatte sie nicht die geringste Lust, ein Familienmitglied zu behandeln. Die Gefühle, die sie mit ihrem Vater verbanden, waren zu stark, als daß sie einen kühlen Kopf behalten hätte. Vor allem, falls er wirklich Herzprobleme hatte!

Dieser Gedanke überkam sie mit einer solchen Wucht, daß sie sich setzen mußte. Ihre Eltern würden nicht ewig auf der Welt sein. Sie hatten ein anstrengendes Leben geführt und hatten nie besonders auf ihre Gesundheit geachtet. Sie behaupteten, daß Camille, Jérémie und sogar Atome sie fit hielten, aber vielleicht war das Gegenteil der Fall.

Sie fühlte sich unwohl, eine Art innere Kälte kroch in ihr hoch. Im Moment baute sie ihr neues Leben zu einem Großteil auf den Schultern ihrer Eltern auf. Ohne sie könnte sie ihre Pläne nicht verwirklichen. Aber vielleicht verlangte sie ihnen zuviel ab? Früher oder später müßte sie sich ernsthaft Gedanken machen über ihre Zukunft als Frau, nicht nur als Ärztin.

Während Valérie sich beeilte, in die Altstadt zurückzukommen, verließ Gilles endlich den Pavillon Derocque. Sein Zorn war den ganzen Tag über nicht verraucht. Einen Chef wie Mathieu zu ertragen war bereits nicht einfach, aber für seine amourösen Eskapaden eingespannt zu werden, das schlug dem Faß den Boden aus. Gehorsam hatte er trotz allem die Akte der kleinen Céline Leclerc durchgeblättert. Sie war keine brillante Studentin und bummelte bei ihrem Studium, wobei sie die fehlenden Punkte der einzelnen Examina durch Nachprüfungen hereinholte. Sie hatte zusammen mit einer Kommilitonin eine kleine Wohnung in der Studentenstadt gemietet. Ihre Eltern lebten in Dieppe.

Gilles hatte diese Informationen notiert und mit der Telefonnummer versehen in Mathieus Tasche gleiten lassen. Schließlich war das junge Mädchen dreiundzwanzig Jahre alt, sollte sie sich doch selbst gegen die Avancen ihres Chefs zur Wehr setzen! Aber er empfand ein vages Gefühl von Ekel, von Überdruß. Wie viele Krankenschwestern und Studentinnen hatte er in den letzten Jahren getröstet? Wie viele Dramen hatte es gegeben, Kündigungen, Versetzungen, unglückliche Rivalen, in die Brüche gegangene Beziehungen? Und all das eines Mannes wegen, der gar kein wirkliches Interesse hatte, der ungestraft von seinem Prestige profitierte, der die Frauen rein aus Spaß am Erobern verführte, der nicht eine Woche vergehen lassen konnte, ohne nach einem neuen Mädchen Ausschau zu halten.

Als er das Krankenhausgelände über die Rue de Germont verließ, beschleunigte Gilles seinen Schritt; er hatte es eilig, nach Hause zu kommen. Draußen herrschte eine trockene, eisige Kälte, und da und dort war an den Straßenlampen schon Weihnachtsdekoration zu sehen. Vor ihm ging eine Frau, die in eine Pelzjacke eingemummt war und deren lange Haare ihr auf die Schultern fielen. Er wollte sie gerade überholen, als er die Gestalt erkannte.

»Laurence?«

Sie blickte sich um und lächelte ihn strahlend an.

»Hallo, Gilles!«

»Na, wie geht's?«

»Ach, geht schon ... Ich arbeite in einer Klinik, die gut zahlt. Meine Stationsschwester ist nett, sie ist die Freundin von Carlier ... Ich habe sie gerade begleitet, und wir haben zu dritt ein Gläschen getrunken.«

»Auf der Station? Ich habe dich gar nicht gesehen.«

»Nein, unten«, erklärte sie, leicht verlegen. »Du weißt ja, daß ich keinen gesteigerten Wert darauf lege, Mathieu zu begegnen ...«

Er musterte sie stirnrunzelnd, denn sie tat ihm leid.

»Ja, klar ... Aber das ist doch Schnee von gestern, oder?«

Auch wenn er nicht sämtliche Details ihrer Trennung kannte, empörte ihn das, was er von dem Skandal in Tunis wußte.

»Laß uns nicht hier stehenbleiben, es ist wirklich zu kalt!«

Gilles dachte an Mathieu, der vermutlich noch an seinem Schreibtisch saß, wo er einen wissenschaftlichen Beitrag fertigstellte. Wie würde er reagieren, wenn er auf einmal Laurence gegenüberstünde? Hatte er wenigstens ab und an einmal so etwas wie Gewissensbisse? Zweifellos nicht, da er völlig damit beschäftigt war, diese Céline zu verführen!

»Komm, ich lad' dich auf ein Glas Wein ein«, erklärte er.

Er hakte sie unter und zog sie gegen ihren Willen mit sich mit. Er hatte es damals sehr bedauert, daß sie am C.H.U. gekündigt hatte. Für gewöhnlich empfand er nur eine vage Verachtung für die Opfer Mathieus, aber mit Laurence hatte er aufrichtig Mitleid gehabt. Und seither hatte er immer wieder an sie gedacht. Sie war ein nettes Mädchen, sie leistete gute Arbeit und war stets fröhlich gewesen. Bis Mathieu ein Auge auf sie geworfen hatte.

»Was macht er denn so?« fragte sie mit zitternder Stimme.

»Es ist alles beim alten. Er steigt den Frauen nach.«

»Und seine Scheidung?«

»Die ist im Gange. Aber sei unbesorgt, er weiß sich zu trösten! Die jüngste Eroberung heißt Céline.«

Da sie nichts sagte, riskierte er einen flüchtigen Blick. In ihren Wimpern hingen Tränen, aber das kam vielleicht von der Kälte.

»Weißt du was, ich lade dich nicht nur auf einen Drink, sondern zum Abendessen ein.«

»Nein Gilles, vielen Dank, aber ...«

»Aber was? Nun komm schon, ich kenne ein hübsches kleines Bistro, wo wir uns aufwärmen können ..«

Diesmal wehrte sie sich nicht, und Gilles, dessen Müdigkeit wie weggeblasen war, war plötzlich bester Laune.

Es war drei Uhr früh, und Mathieu konnte keinen Schlaf finden. Er bedauerte es, daß er Céline bei sich hatte übernachten lassen. Sie hatte erklärt, ihre Mitbewohnerin nicht mehr wekken zu können, und er hatte wohl oder übel nachgeben müssen. Der Abend war nicht unangenehm gewesen, alles andere als das, aber ein bißchen seltsam. Céline hatte seine Einladung zum Abendessen angenommen, aber sie war diejenige gewesen, die das Restaurant bestimmt hatte. Ein In-Treff, laut und gedrängt voll mit jungen Leuten, wo Mathieu sich völlig fehl am Platze vorgekommen war. Da sie nicht sehr gesprächig gewesen war, ja sogar eher eine Leidensmiene zur Schau getragen hatte, hatte er sich mächtig ins Zeug gelegt, um sie zum Lachen zu bringen. Als er ihr ohne große Hoffnung ein letztes Gläschen angeboten hatte, war er erstaunt gewesen, daß sie annahm. Danach war alles ganz einfach gewesen. Sie war mit ihm im Bett gelandet, schweigsam, aber willig.

Äußerst überrascht hatte Mathieu festgestellt, daß sie noch ziemlich unerfahren war. Für ihn waren alle Mädchen dieser Generation ungeniert, unbefangen und ohne Komplexe. Céline hatte alles über sich ergehen lassen, und er hatte sich Mühe gegeben, seiner Lehrerrolle gerecht zu werden. Danach hatte sie erschöpft gewirkt und sich nicht mehr gerührt.

Er streckte seine Hand aus, zog sie dann aber wieder zurück. Die reglose Gestalt neben ihm war nicht Valérie. Diese lag vermutlich eng umschlungen mit einem anderen im Bett und schlief. Ludovic Carantec, Anwalt, Bretone, vierzig Jahre alt. Mathieu unterdrückte einen Seufzer und tastete nach seinen Zigaretten. Hier, auf diesem Nachttisch, hatte er eines Tages den Wohnungsschlüssel von Laurence wiedergefunden. Damals hatte der ganze Ärger begonnen.

Laurence … Die eigentlich eine bessere Figur hatte als diese Céline. Auf alle Fälle phantasievoller und knackiger war. Aber die ihm unversehens ein Scheidungsverfahren eingebrockt hatte, was er ihr nicht verzeihen konnte.

»Rauchst du nachts? Das ist ja lustig …«, bemerkte das junge Mädchen neben ihm schläfrig.

Er zog es vor, nicht zu antworten, und kurz darauf hatte er den Eindruck, daß sie wieder eingeschlafen war. Er würde sie morgen ganz früh nach Hause bringen. Ohne zu vergessen, das nächste Rendezvous zu vereinbaren; aber diesmal würde er das Restaurant auswählen. Mit ein bißchen Erfahrung würde sie schon ganz brauchbar werden im Bett, davon war er überzeugt. Das einzige Problem war, daß sie angezogen besser aussah als nackt. Ihre haselnußbraunen Augen waren riesig und schön geschnitten, und ihre kleine Stupsnase war bezaubernd. Sie wirkte eher jünger, als sie tatsächlich war, und legte entweder das trotzige Verhalten eines Teenagers an den Tag oder lächelte im Gegenteil schelmisch. Warum war sie so bereitwillig mit ihm ins Bett gegangen? Weil er der Chef der Kardiologie war oder weil sie reife Männer mochte? Um bei ihren Freundinnen Eindruck zu schinden? Er würde die Antwort nie erfahren, das wußte er sehr gut, und er war sich im übrigen nicht sicher, ob er sie überhaupt wissen wollte. Vor zehn Jahren hatte er diese Zweifel nicht verspürt. Valérie war verliebt in ihn gewesen, war ihm völlig erlegen. Ja, aber er war vierzig gewesen damals, genau wie dieser Ludovic jetzt.

Nachdem er seine Zigarette sorgfältig ausgedrückt hatte, zog Mathieu die Decke wieder hoch und schloß die Augen.

Ich muß unbedingt am nächsten Wochenende die Kinder nehmen …

Das wäre eine Gelegenheit, seine Frau zu sehen. Die im Begriff war, seine Exfrau zu werden. Was für ein schreckliches Wort.

Auf alle Fälle bleibe ich nicht alleine in dieser riesigen leeren Bude!

Unwillkürlich hatte er sämtliche Schränke im Haus durchwühlt, nachdem der Umzugswagen fort gewesen war, den Valérie geschickt hatte. Es war keine Spur mehr von ihr zu sehen gewesen, weder Kleider noch Kosmetika. Sie hatte auch ihre persönlichen Habseligkeiten holen lassen. Bréval hatte die Liste auf den Couchtisch gelegt.

»Dieses Miststück soll sich bloß nicht eine Sekunde einbilden, daß ich untröstlich bin! Ich werde sie im Handumdrehen ersetzen …«

Aber durch wen? Durch dieses kleine Mädchen, das da auf dem Kopfkissen neben ihm schlummerte? Warum nicht … In ihrem Alter würde sie Kinder wollen, aber warum nicht auch das? Der Vorschlag, Camille und Jérémie zu sich zu nehmen, war nicht ernst gemeint gewesen. Sie liebten ihre Mutter abgöttisch, das war normal.

»Also gut, ich bin bereit, noch einmal von vorne zu beginnen, ohne sie, schließlich zwingt sie mich dazu!«

Wieder bemerkte er, daß er automatisch Célines Hand suchte. Verwirrt verschränkte er die Arme unter dem Kopf und hielt die Augen geschlossen. In dieser Lage würde er unweigerlich schnarchen, aber egal. Er war, wie er war, Mathieu Keller – man nahm ihn, wie er war, oder man ließ es bleiben. Dieser Gedanke tröstete ihn ein wenig und half ihm einzuschlafen.

12

Gilles hatte Laurence bereits zweimal zum Abendessen eingeladen. Er dankte dem Schicksal, daß ihm die junge Frau über den Weg gelaufen war. Wenn sie sich nicht zufällig begegnet wären, hätte er sie vermutlich nie wieder gesehen. Denn sie gefiel ihm, hatte ihm schon immer gefallen, auch wenn er nicht versucht hatte, mit Mathieu zu rivalisieren, solange dieser es auf sie abgesehen hatte.

Gilles war es seit langem gewohnt, sich gegenüber Mathieu im Hintergrund zu halten. Es war ihm zum Reflex, zu einer Art zweiter Natur geworden. Als Oberarzt hätte er ihm so manches verübeln können, denn Mathieu ging nicht gerade zimperlich mit ihm um. Aber da er ein friedfertiges Wesen besaß, verspürte er keinen Drang, sich aufzulehnen, und er nahm gewisse Demütigungen als unvermeidliche Folge der strengen Hierarchie am Krankenhaus hin. Um so mehr, als er die beruflichen Fähigkeiten Mathieus und die Art, wie er die Abteilung führte, aufrichtig bewunderte.

Um Laurence, die für sein Empfinden noch sehr unter dem Eindruck ihres bedauernswerten Abenteuers stand, nicht zu verprellen, beschloß er, einen kleinen Abend unter Freunden zu organisieren. Sie sollte lachen, sich entspannen, wieder Selbstvertrauen gewinnen. Er hatte ihr keinerlei Fragen gestellt, und sie hatte ihm nur bruchstückhaft anvertraut, was ihr widerfahren war. Er machte sich keinerlei Illusionen und war sich darüber im klaren, daß sie noch an Mathieu dachte, was aber offenkundig nicht auf Gegenseitigkeit beruhte. Sein Vorgesetzter hatte ein Verhältnis mit der kleinen Céline Leclerc und war trotz allem nicht liebenswürdiger gestimmt als vorher. Seine Scheidung ging ihm an die Nieren, und er war ziemlich gereizt. Und sobald von der Saint-Lazare-Klinik die Rede war, reagierte er ausgesprochen kurzangebunden.

An dem Tag, für den Gilles seine Freunde eingeladen hatte, kam Laurence am frühen Nachmittag vorbei, um ihm zur Hand zu gehen. Er wohnte in einem winzigen Häuschen, eingezwängt zwischen zwei Wohnblöcken, nicht weit von der Uniklinik. Ganz in ihrem Element, half sie ihm bei der Zubereitung des Abendessens und spielte dann den ganzen Abend über die Gastgeberin. Die Sprache kam kein einziges Mal auf Mathieu, jeder mied peinlich das Thema aus Rücksicht auf Laurence. Ihre unglückliche Affäre hatte sich im ganzen Krankenhaus herumgesprochen, aber niemand kam auf die Idee, darüber zu lachen.

Wie er sie so bei sich ein- und ausgehen sah, bildhübsch und zum Anbeißen süß, gelobte sich Gilles, alles daran zu setzen, sie zu erobern. Es kümmerte ihn wenig, daß sie die Geliebte seines Chefs gewesen war. Im Gegenteil! Endlich einmal fühlte er sich imstande, dessen Platz einzunehmen, ihn zu ersetzen.

»Eine plötzliche Embolie, es tut mir leid, wir konnten nichts mehr machen …«

Die schluchzende Frau ihr gegenüber rührte Valérie zutiefst. Sie mußte den Blick abwenden, um nicht selbst in Tränen auszubrechen. Der Patient war zu spät eingeliefert worden, viel zu spät.

»Kommen Sie, setzen Sie sich«, schlug sie vor und nahm die Frau bei der Schulter.

Die Verzweiflung der Angehörigen versetzte ihr immer einen Stich, sie würde sich nie daran gewöhnen können und noch weniger ihr gegenüber gleichgültig werden. Sie hielt eine Schwesternhelferin an, die einen kleinen Wagen schob, und bat sie, Caroline zu rufen. Sie wollte ihr die Frau anvertrauen, die als Häuflein Elend auf einem Stuhl in der Eingangshalle saß.

Man müßte ihr wohl Tranquilizer verabreichen und abwarten, bis sie sich ein bißchen beruhigt hätte.

»Ich hätte ihn in die Uniklinik bringen lassen müssen, ich hätte ...«

»Es wäre zu spät gewesen, machen Sie sich keine Vorwürfe.«

Die Frau sah zu ihr auf und blinzelte sie aus tränenverschleierten Augen an. Valérie vermutete, daß sie sie für viel zu jung befand und bedauerte, nicht den S.A.M.U., den öffentlichen Rettungsdienst, gerufen zu haben. Das war das alte Problem einer Privatklinik, auch wenn sie noch so gut ausgestattet war: die Nähe zu einem Universitäts-Krankenhaus. Bei Notfällen und ernsten Geschichten gab jedermann diesem den Vorzug, das war ganz normal. Doch selbst dort hätte das Team von Keller auf der Kardiologischen oder das von Joachim auf der Intensivstation nichts mehr machen können.

Als Caroline kam, vertraute Valérie die unglückliche Frau deren Obhut an und lief in den zweiten Stock zurück. Es gefiel ihr im Saint-Lazare, und ihre Arbeit begeisterte sie, aber früher oder später bräuchte sie wieder die Atmosphäre eines großen Krankenhauses um sich. Selbst wenn die Bezahlung dort schlechter war, die Verwaltung einem gewisse Zwänge auferlegte, zusätzliche Verpflichtungen hinzukamen und dem einzelnen keinerlei Freiheit mehr blieb; wenn hinterhältige Rivalitäten unter den Kollegen bestanden und die großen Abteilungen starre Strukturen aufwiesen – Valérie träumte von einer Karriere an der Uniklinik.

»Haben Sie einen Moment Zeit?« fragte Roussel, der den Kopf aus seiner Tür herausstreckte.

Sie folgte ihm in sein Büro und schloß die Türe. Das Zimmer war hell und geräumig und geschmackvoll eingerichtet. Ein idealer Rahmen, um den Leuten Vertrauen einzuflößen. Wenn Roussel ginge, würde sie sich hier einquartieren.

Der alte Arzt sah sie auf seltsame Weise an, und sie hatte auf der Stelle das Gefühl, in die Defensive gehen zu müssen.

»Was halten Sie davon?« fragte er kurzangebunden und schob ihr ein Blatt Papier hin.

Auf dem Bogen waren mit der Hand einige Werte notiert. Untersuchungsergebnisse, die sie aufmerksam durchlas. Danach reichte er ihr ein EKG.

»Sieht nicht gerade toll aus«, begann sie vorsichtig, nachdem sie es in aller Ruhe durchgesehen hatte.

Wenn Roussel ihre Meinung wissen wollte, pflegte dies im allgemeinen in Form einer höflichen Unterhaltung zu geschehen. Diesmal lauerte er auf ihre Stellungnahme, als wolle er ihr eine Falle stellen. Sie las noch einmal die Untersuchungsergebnisse durch, nahm das EKG erneut zur Hand. Gerade als sie den Bogen umdrehen wollte, um den Namen des Patienten und sein Alter zu erfahren, legte Roussel seine Hand energisch auf die ihre.

»Warten Sie … Wie lautet Ihre Diagnose, Valérie?«

»Aber ich habe zu wenig Informationen, um eine Diagnose zu stellen!« protestierte sie.

Sie verstand nicht, worauf er hinauswollte, und doch beschloß sie, ihm zu vertrauen und sich auf sein Spiel einzulassen. Die Auslegung eines EKGs, das Anomalien aufwies, war grundsätzlich eine heikle Angelegenheit.

»Es gibt Hinweise auf einen zurückliegenden Infarkt, der möglicherweise unbemerkt geblieben ist … Ich denke, es handelt sich um ein schwaches oder strapaziertes Herz. Ohne eine Angiographie möchte ich mich nicht weiter dazu äußern, aber mir scheint, dies hier ist ein Risikopatient.«

Als sie wieder zu ihm aufblickte, stellte sie überrascht fest, daß er freundlich lächelte – er wirkte müde und ein bißchen traurig.

»Um wen handelt es sich?«

»Um Ihren Vater.«

Nach relativ langem Schweigen nahm er seine Papiere wieder an sich und tätschelte ihr die Hand.

»Nichts Akutes oder Beängstigendes, nicht wahr? Aber er ist ein Mensch, der seine Gesundheit bis jetzt vernachlässigt hat, und wir werden ihn im Auge behalten müssen, ihn dazu anhalten, auf sich achtzugeben und einige Vorsichtsmaßnahmen zu treffen. Ich habe ihn nächste Woche wieder herbestellt. Sie wollen ihn nicht behandeln, nehme ich an?«

»Nein«, flüsterte sie tonlos.

»Also, ich werde mein Bestes tun und Sie auf alle Fälle auf dem laufenden halten. Allerdings … bald werde ich nicht mehr hier sein, dann müssen Sie mich wohl oder übel ablösen.«

Wortlos musterte sie Roussel, wie um sich zu vergewissern, daß er ihr nichts verhehlte. Wieder einmal fielen ihm ihre bemerkenswert grünen Augen auf, was ihm ein Lächeln entlockte.

»Monsieur Prieur ist ein charmanter Mann, Sie sind ihm ähnlich.«

Als er das Gefühl hatte, daß sie sich wieder beruhigt hatte, stellte er ihr die Frage, die ihm auf der Seele brannte:

»Falls es Ihnen lieber wäre, daß er an die Uniklinik überwiesen wird, würde ich das sehr gut verstehen. Die Abteilung von Keller ist trotz alledem hervorragend.«

»O nein!« antwortete sie spontan, und es war offensichtlich, daß dies von Herzen kam. »Zunächst einmal wäre Papa niemals einverstanden. Er kann Mathieu auf den Tod nicht leiden. Und ich habe volles Vertrauen zu Ihnen.«

Aus ihren Worten war keinerlei Schöntuerei herauszuhören, es handelte sich um eine simple Feststellung. Roussel fühlte sich absurderweise geschmeichelt und mußte lächeln.

»Wissen Sie«, murmelte Valérie, »mein Vater wollte sich überhaupt nicht untersuchen lassen, er ist einfach nur gekommen, um seine Tochter im ›Doktorkittel‹ zu sehen. Das ist alles. Aber um so besser, wenn uns das jetzt erlaubt, ein Auge auf ihn zu haben. Ich liebe meinen Vater über alles, und überdies brauche ich ihn im Moment. Ganz schön egoistisch, was?«

»Nein, das ist wunderbar für ihn. Das Problem ab einem gewissen Alter ist eher, daß man sich nutzlos fühlt.«

Über die Sprechanlage wurde ein Kardiologe in die Notaufnahme gerufen.

»Gehen Sie«, schlug Roussel vor, »ich glaube, daß inzwischen alle es vorziehen, mit Ihnen zusammenzuarbeiten …«

Sie erhob sich sofort, ohne zu versuchen, mit ihm über die Stichhaltigkeit dieser Behauptung zu diskutieren. Das war grausam für ihn, aber er war schließlich nicht blind. Als sie die Tür öffnete, zögerte sie, ein wenig verlegen.

»Danke für alles, was Sie für mich tun«, sagte sie rasch.

Im Erdgeschoß erwartete sie ein Assistenzarzt, der in heller Panik am Bett eines Patienten stand, der schwere Herzrhythmusstörungen aufwies. Es handelte sich um einen älteren Mann, der einen schrecklichen Dickkopf hatte und trotz seines Zustandes herumschimpfte. Valérie fing an, ihn kurz, aber äußerst geschickt auszufragen. Der ältere Herr gab schließlich zu, daß er zwei Tage zuvor beschlossen hatte, seine Medikamente abzusetzen, da er von deren Wirkungslosigkeit überzeugt war. Er erklärte wütend, daß sie bei ihm zu Alpträumen und Übelkeit führten. Dann wurde er plötzlich bleich und rang nach Luft wie ein Ertrinkender. Besorgt ordnete sie an, daß man ihn sofort auf ihre Station bringen solle. Durch das abrupte Absetzen der Betablocker bestand die Gefahr, daß er einen Infarkt bekam und auf der Stelle starb.

Ludovic pfiff fröhlich vor sich hin, was den Zorn Axelles nur noch weiter schürte. Er rückte das letzte Kissen zurecht und blickte sich zufrieden um. Das Wohnzimmer war nun schön aufgeräumt, auf dem Couchtisch stand ein Tablett, und im Kamin lagen Holzscheite über dem Reisig.

»Sehr romantisch!« bemerkte seine Tochter. »Falls du Kerzen suchst – in der Küche müßten noch welche sein …«

»Hör mal«, sagte er freundlich, »sei nicht ganz so sarkastisch gegenüber deinem alten Vater, okay?«

»Soviel ich weiß, bist du gar nicht so alt! Wenn man dich so beobachtet, möchte man im übrigen meinen, du seist noch nicht einmal volljährig.«

Ohne ihr Gehör zu schenken, hob er eine juristische Fachzeitschrift auf, die neben dem Ohrensessel herumlag. Dann wandte er sich zu ihr um.

»Hast du mir Pistazien besorgt?«

»Nein, das habe ich vergessen!« erwiderte sie mit einem spöttischen Lächeln. »Tut mir leid … Deine Holde wird sich mit Erdnüssen begnügen müssen … wie die Affen.«

Ihr wurde klar, daß sie zu weit gegangen war, als sie ihren Vater auf sich zukommen sah. Er blieb wenige Zentimeter vor ihr stehen.

»Du bist aus dem Alter raus, da ich dir eine Ohrfeige geben würde, aber ich hätte große Lust dazu.«

»Sieht so aus, als würde dich die Liebe gewalttätig machen!«

In letzter Sekunde zog er seine Hand zurück und beschränkte sich darauf, sie bei den Schultern zu packen.

»Dein Benehmen ist abscheulich, aber das ist mir egal. Du kannst mir nicht weismachen, daß du ernsthaft unglücklich bist. Ich habe gewartet, bis ich deinen Stundenplan hatte, bevor ich Valérie hierher eingeladen habe. Ich nutze die Zeiten, in denen du nicht da bist, um dich nicht zu stören, aber ich bin immer noch hier daheim, dies ist mein Haus. Wie lange gedenkst du mich noch zu tyrannisieren?«

Sie riß sich gewaltsam los, trat einen Schritt zurück und zeterte los:

»Schau dich doch einmal an, Mann! Schau dich doch an! Du spielst hier den schmachtenden Verehrer, ich schäme mich für dich! Du machst dich lächerlich! Dieser Frau liegt überhaupt nichts an dir, sie sucht einfach einen Ersatz für ihren Ehemann, sie will, daß ihre Bälger versorgt sind, und du bist so naiv und hältst das für eine wunderschöne Romanze! Komm wieder auf den Teppich, bevor sie dich ausgenommen hat!«

Die Ohrfeige, die sie sich einhandelte, brachte sie zum Schwanken, und ihr blieb die Luft weg. Ungläubig tastete sie mit der Hand nach ihrer Backe und wich noch ein Stück zurück, bevor sie in Tränen ausbrach.

»Du bist richtig gemein geworden«, fuhr er sie wütend an, »ungerecht, egoistisch … Du willst über alles bestimmen, dein kleines Leben als Papas Liebling retten. Was ich empfinde, ist dir völlig egal!«

Sie weinte so heftig, daß sie mit den Füßen stampfte, und sie konnte sich nicht erinnern, jemals im Leben so tief getroffen gewesen zu sein. Sie rannte aus dem Zimmer, und er hörte die Haustür zufliegen. Wenige Sekunden später heulte der Motor des Twingos auf. Er hatte keinerlei Anstalten gemacht, sie zurückzuhalten, und blickte auf seine Armbanduhr. Noch eine halbe Stunde, dann käme Valérie.

In der Küche sah er nach der Ente, wendete vorsichtig die Kartöffelchen. Die Brandwunde an seinen Fingern war nur noch eine Erinnerung, auch wenn am Zeigefinger eine lange, bräunliche Narbe zurückgeblieben war. Als er in der Vorratskammer stöberte, entdeckte er ein Glas Oliven und eine Packung Chips. Es war kein Drama, daß es keine Pistazien gab, aber er hatte bemerkt, daß Valérie sie gerne knabberte, und hatte ihr eine Freude machen wollen.

Nachdem er den Champagner in den Kübel gestellt hatte, leerte er aus zwei Behältern Eiswürfel rund um die Flasche. Er hätte nie gedacht, daß er gegen seine Tochter die Hand erheben könnte. Aber sie wollte nicht hören, und ihr Verhalten wurde allmählich widerwärtig. Falls Valérie je bereit wäre, bei ihm zu wohnen, würde das Zusammenleben sich als ziemlich unmöglich entpuppen. Er beschloß, daß er noch genügend Zeit hatte, darüber nachzudenken, daß er keine Luftschlösser bauen sollte und daß er schlimmstenfalls für Axelle ein Apartment mieten könnte. Sie war alt genug, um auf eigenen Füßen zu stehen, jedenfalls verhielt sie sich dementsprechend.

In widersprüchliche Gedanken vertieft, kehrte Ludovic ins Wohnzimmer zurück, schaltete die Stereoanlage ein und machte Feuer. Er hoffte, daß die Straßen nicht vereist waren – sowohl für Axelle, die vermutlich zu schnell fuhr, wie immer, wenn sie zornig war, als auch für Valérie. Sie waren die beiden Menschen, an denen er mehr als an allen anderen hing, und ihm wurde klar, daß seine Tochter recht hatte: Sie war nicht mehr die einzige, die ihm etwas bedeutete.

Ganz in die Ouvertüre von Puccinis ›Manon Lescault‹ vertieft, hörte er Valéries Auto gar nicht kommen. Die junge Frau stand plötzlich im Zimmer, während er ziemlich melancholischen Gedanken nachhing. Atome stürmte auf ihn zu und legte ihm zwei eiskalte Pfoten auf die Knie.

»Als er erfahren hat, daß ich hierher fahre, wollte er mitkommen«, sagte Valérie entschuldigend. »Es geht ihm wie mir, er mag dein Haus …«

Ludovic sah zu ihr auf und blickte ihr fest in die Augen. Ihre blonden Locken fielen wirr über den Kragen ihres schwarzen Mantels. Sie trug Stiefel unter ihren Bluejeans und wirkte völlig durchgefroren.

»Komm und wärm dich auf«, schlug er vor und reichte ihr die Hand. »Dein Hund ist herzlich willkommen. Und wenn du irgendwann beschließt, mir deine Kinder vorzustellen …«

Er hatte dies im Scherz gesagt, aber sie lächelte nicht. Im Gegenteil, sie runzelte die Stirn und ging zögerlich drei Schritte Richtung Kamin. Er trat zu ihr hin, nahm ihr den Mantel und die Hundeleine ab, die er auf die Sofakante legte.

»Du bist so schön, daß ich gar nicht weiß, was ich sagen soll! Hast du Durst?«

Er hatte sie mit Bedacht nicht umarmt, sie nicht berührt. Er hätte nicht von den Kindern sprechen sollen. Alles, was mit der Zukunft zusammenhing, schien ihr nach wie vor Angst einzujagen.

»Erzähl mir von deinem Tag. Von deinen letzten Tagen! Ich habe dich eine Ewigkeit nicht mehr gesehen.«

»Ich bin müde«, sagte sie lächelnd.

Aber sie wirkte eigentlich gar nicht erschöpft. Er fand, daß sie blendend aussah.

»Ich habe uns eine Ente gemacht«, verkündete er, wobei er sich direkt an den Hund wandte.

Valéries Lachen munterte ihn wieder auf. Er ging zu ihr hin, um ihr eine Sektschale zu reichen.

»Schön, daß du da bist.«

Es war sogar mehr als schön, aber er wollte sie nicht bedrängen. Er hatte diesen Abend seit langem herbeigesehnt, und in wenigen Stunden würde Valérie erneut wieder fahren, verschwände für mehrere Tage und stürzte ihn wieder ins Unglück.

Sie ließ sich seufzend in ihren Lieblingssessel fallen.

»Ich habe heute noch nicht viel gesessen ...«

»Nicht einmal mittags? Apropos, deine Klinik und meine Kanzlei sind nicht so weit voneinander entfernt, als daß wir uns nicht ab und an einmal in einem Bistro treffen könnten ...«

Es war stärker als er, er traf Vorkehrungen, brauchte einen Anhaltspunkt für die kommende Woche. Sie willigte ohne Umschweife ein, ihn am übernächsten Tag zu sehen, und er schloß daraus, daß sie die Abende lieber ihren Kindern widmete. Mittags aßen sie in der Schulkantine, so daß Valérie ihnen also nichts vorenthielt, wenn sie nicht da war.

In den Ohrensessel geschmiegt, ließ sie ihre langen Beine übereinandergeschlagen über die Armlehne hängen und blickte starr in die Flammen, während sie ihren Champagner schlürfte.

»Mathieu hat niemals Feuer gemacht, der Kamin war bei uns nie schmutzig«, bemerkte sie versonnen.

Wie immer, wenn sie den Vornamen ihres Mannes in den Mund nahm, fühlte er sich unglücklich.

»Schmutzig?«

»Er behauptete das. Die Asche, der Ruß ...«

Sie wandte unvermittelt den Kopf zu ihm um, und ihre Blicke begegneten sich.

»Ich mag dein Haus, deine Lebensart ...«

Das war eine ziemlich verhaltene Liebeserklärung, aber er verlangte fürs erste nicht mehr.

»Ich hoffe, daß du mein Abendessen magst. Komm ...«

Diesmal nahm er sie ohne Zaudern bei der Hand und hielt diese fest umschlossen. Atome trabte munter vor ihnen her bis zur Küche.

»Hat er schon etwas gefressen?« erkundigte sich Ludovic.

Die Frage war unbedeutend, aber Valérie war gerührt. Niemals hätte Mathieu sich um solche Kleinigkeiten Gedanken gemacht. Sie antwortete, daß ihr Vater sich nach bestem Wissen und Gewissen um den Hund kümmerte. Dann erzählte sie von

Augustins Besuch im Saint-Lazare und dem großartigen Verhalten Roussels. Er fragte sie ausführlich über ihre Eltern aus, da er spürte, daß sie jemanden brauchte, dem sie ihr Herz ausschütten konnte. Mit bemerkenswertem Geschick, das er seinem Beruf verdankte, brachte er sie dazu, einen Gutteil des Essens zu reden. Er wollte alles erfahren, und vor allem wollte er, daß sie das Gefühl hatte, ihm vertrauen zu können. Das wäre ein weiterer Schritt hin zu einer Art von Nähe, die genauso wichtig war wie die, die sie in Belle-Isle-sur-Risle erfahren hatten, als sie einander in den Armen lagen.

Nach der Ente servierte Ludovic ihr ein Dessert, das er in der besten Patisserie von Rouen besorgt hatte. Während er zusah, wie sie es verschlang, erläuterte er ihr die letzten Details der Scheidung. Hubert verfolgte den Fall äußerst aufmerksam, und ein erster Gütetermin war für den nächsten Monat angesetzt. Selbstverständlich hatte Bréval keinen Antrag bezüglich des Sorgerechts für die Kinder gestellt.

»Mathieu nimmt sie nächstes Wochenende, er wird bereits Probleme haben, sie vierundzwanzig Stunden zu beschäftigen!«

»Nächstes Wochenende? Und das sagst du mir jetzt?«

In zwei Sätzen war er um den Tisch herum und bei ihr. Trotz all seiner guten Vorsätze drückte er sie fest an sich und küßte sie. Dann entfernte er sich reuevoll, entschlossen, sich nicht gehenzulassen.

»Schenkst du mir dieses Wochenende? Stellst du es mir zur Verfügung? Ich werde mir etwas Außergewöhnliches für uns ausdenken!«

»Nein, das ist nicht nötig …«

»Hast du etwas anderes vor?«

Seine enttäuschte Miene machte ihn so unwiderstehlich, daß Valérie lachen mußte.

»Von Samstag abend bis Sonntag morgen, okay. Danach esse ich mit meinen Eltern zu Mittag. Ich möchte nicht, daß sie den Eindruck gewinnen, daß ich nur komme, wenn ich etwas von ihnen brauche …«

»Das kann ich sehr gut verstehen.«

Sie dachte bei sich, daß dies stimmte, daß er ganz ohne Zweifel fähig war, sie zu verstehen. Gerade als sie bemerken wollte, daß sie sehr gut einfach hier bleiben könnten, erinnerte sie sich an Axelle und ihre feindselige Haltung. Das war mit Sicherheit der Grund, warum er sie das letzte Mal ins Hotel entführt hatte.

»Ich kümmere mich gleich morgen darum«, erklärte er, »ich werde uns eine ungezieferfreie Unterkunft suchen!«

Seine Stimme verriet wirkliche Fröhlichkeit, eine schuljungenhafte Aufgeregtheit. Auf einmal überkam sie ein merkwürdiges Gefühl, bis sie sich bewußt wurde, daß sie schlicht Lust auf ihn hatte. Diese Entdeckung verblüffte sie. Da er immer noch neben ihr stand, schmiegte sie sich begehrlich an ihn. Mathieu hatte ihr nie Zeit gelassen, Lust zu empfinden. Wenn er sie streichelte, war das ein sicheres Indiz gewesen, daß sie sich drei Minuten später im Bett wiederfanden, und sie hatte sich angewöhnt, unwillkommenen Berührungen auszuweichen. Sie atmete tief ein, die Nase in Ludovics Pullover vergraben, und kostete das unerwartete Begehren aus.

Ein kurzes Bellen von Atome ließ sie beide hochschrecken. Der Hund war an einem der Küchenfenster hochgesprungen, und Stimmengewirr drang zu ihnen herein.

»Bringt deine Tochter Freunde mit?«

Ohne daß sie es sich eingestehen mochte, war sie leicht enttäuscht. Ludovic, der noch viel verstimmter war als sie, schwieg.

»Ich werde heimfahren«, murmelte sie, »es ist schon spät.«

»Ich bringe dich nach Hause.«

»Aber … ich bin mit meinem Wagen da!«

»Es ist mir lieber, wenn ich dir mit meinem Auto folge. Ich möchte dich nicht alleine auf der Straße wissen. Ich verschwinde, sobald du zur Haustür drinnen bist.«

In der Diele war schallendes Gelächter zu hören, dann drang von der Treppe her Radau herüber. Verärgert ging Ludovic Valéries Mantel sowie die Hundeleine holen. Er half ihr hinein und zog selbst eine Jacke über, bevor sie das Haus verließen. Es war sehr kalt, die Windschutzscheibe war über und über vereist, und der Boden knirschte unter ihren Füßen. Trotz seines Zorns auf Axelle war es ihm lieber, sie im Haus zu wissen.

Hintereinander bogen sie auf die Straße nach Rouen ein. Als sie die Altstadt erreicht hatten, wartete Ludovic, bis Valérie geparkt hatte, bevor er aus seinem Coupé ausstieg. Er küßte sie sachte hinters Ohr und kletterte schnell wieder in seinen Wagen. Eine Viertelstunde später war er zu Hause. Sämtliche Lichter waren gelöscht, und er fand Axelle im Dunkeln vor dem Kamin sitzend – in Tränen aufgelöst und total betrunken.

Céline hatte nicht lange gebraucht, um sich über die Vorteile, die sie aus einer Beziehung zu Mathieu Keller schlagen konnte, klar zu werden. Im Gegensatz zu Laurence stand das junge Mädchen mit beiden Beinen auf dem Boden der Realität und dachte an seine Zukunft. Die Studenten interessierten sie kaum, denn die fand sie fade. Abende, die damit vergingen, daß man in geselligem Kreise Bier trank und obszöne Lieder sang, langweilten sie zu Tode. Die Wohnung, die sie mit einer Freundin teilte, war klein, unordentlich, ohne jeden Charme. Und am Monatsende taten sich immer dieselben Probleme auf.

Der monatliche Wechsel ihrer Eltern war nicht sehr üppig, aber sie konnten nicht mehr erübrigen. Ihre Mutter hatte nur eine Halbtagsstelle als Sekretärin bei einer Schiffahrtsgesellschaft, und ihr Vater war arbeitslos. Céline fragte sich nach fünf Jahren immer noch, warum sie sich aufs Medizinstudium gestürzt hatte. Sie wußte sehr gut, daß sie es niemals schaffen würde. Es war zu schwierig, und sie war noch zu weit vom Ziel entfernt.

Mathieu war nicht uneben. Zu Beginn hatte er ihr ein bißchen Angst eingeflößt, und angesichts all der Geschichten, die über ihn kursierten, war sie drauf und dran gewesen, die Flucht zu ergreifen. Dann, nachdem sie begriffen hatte, daß er in Scheidung lebte, hatte sie genauer hingehört, wenn geklatscht wurde. Um nichts auf der Welt hätte sie sich auf eine Affäre mit einem verheirateten Mann eingelassen. Nicht aus moralischen

Gründen, denn so etwas wie Moral kannte sie nicht, sondern eher aus Realismus. Die Männer, die ihre Frauen betrogen, belogen auch ihre Geliebten, das war altbekannt.

Um Gewißheit zu erlangen, hatte Céline zu Mathieu nach Hause gewollt, was er im übrigen selbst vorgeschlagen hatte, und sie hatte verlangt, dort zu übernachten, um sicherzugehen, daß er wirklich frei war. Im Badezimmer hatte nichts darauf hingedeutet, daß es eine Frau in seinem Leben gab. Ebensowenig im Schlafzimmerschrank.

Die Nobelvilla in Mont-Saint-Aignan hatte sie sehr beeindruckt. Dort zu leben und faul am Swimmingpool herumzuliegen oder vor dem Kamin mußte herrlich sein. Während des äußerst zeitigen Frühstücks hatte sie sich ausgemalt, dort zu Hause zu sein, und beschlossen, daß dies das Beste war, was ihr passieren konnte.

Scharfsichtig hatte sie stundenlang darüber nachgedacht, wie sie sich wohl am besten verhielt. Mathieu war der geborene Verführer, das sah man auf den ersten Blick, und es bestand die Gefahr, daß er ihr von einem Moment auf den anderen entwischte. Es würde genügen, daß er in den Gängen der Uniklinik einem hübschen Mädchen begegnete, damit er sie fallenließe. Sie mußte sich also von den anderen abheben, sich anders verhalten, einzigartig werden.

Ihren Liebesspielen hatte nichts Außergewöhnliches angehaftet, das war ihr sehr wohl bewußt, und er hatte tausendmal mehr Erfahrung auf diesem Gebiet als sie – und als all die anderen, die er durchs Bett gezogen hatte. Sie beschloß daher, ihn auf ein anderes Terrain zu locken. Da sie festgestellt hatte, daß sämtliche Frauen, die näher mit ihm zu tun gehabt hatten, denselben bewundernden und verliebten Gesichtsausdruck an den Tag legten, mutmaßte sie, daß sie ihn gleichgültig behandeln müßte. Wenn er auf das Spiel einstieg, hatte sie gute Karten.

Diese Taktik trug sofort Früchte. Während der Visite, der sie schlurfend folgte, drehte sie ihm den Rücken zu, anstatt seinen Blick zu suchen. Auf der Station ging sie ihm aus dem Weg, tat, als sähe sie ihn nicht, wenn sie an ihm vorbeilief, zwang sich, mit den anderen Studenten herumzualbern, kaum daß er in ihre Nähe kam. Sie dankte ihm nicht für die Blumen, die er ihr hatte schicken lassen, und wenn er sie zum Essen einlud, vertröstete sie ihn mit der Behauptung, sie sei bereits verabredet, auf den folgenden Tag. Als er sie in ein richtiges Nobelrestaurant ausführte, tat sie, als langweile sie sich und bemerke die luxuriöse Ausstattung gar nicht. Als er ihr nach dem Essen eine Uhr schenkte, die er am Morgen ausgesucht hatte, begnügte sie sich damit, eine Schnute zu ziehen, während sie sie an ihrem Handgelenk befestigte. In jener Nacht gab sich Mathieu alle Mühe, sie glücklich zu machen, und es gelang ihr nicht ganz, ihr tatsächliches Vergnügen zu verbergen. Aber je distanzierter sie sich gäbe, um so mehr würde er sich bemühen, soviel war sicher. Er war es viel zu sehr gewohnt, geliebt und bewundert zu werden, um nicht zu versuchen, die Gleichgültigkeit, die sie ihm entgegenbrachte, zu besiegen.

Als er sie ein drittes Mal einlud, nahm sie achselzuckend an, was ihn zutiefst kränkte. Er schwor sich daraufhin, ihr den Kopf zu verdrehen, und kam nicht einen Moment lang auf die Idee, daß diesmal ausnahmsweise er der Düpierte war.

Valérie rollte sich auf die Seite, um den kleinen Händen zu entkommen, die sie kitzelten. Jérémie war selig, weil er seine Mutter zum Lachen gebracht hatte, und fing an, auf dem Bett herumzuhopsen.

»Schlafen wir am Samstag zu Hause?« fragte Camille mit einem schmollenden Unterton.

Das war eine Art, zu verstehen zu geben, daß sie nicht wirklich daheim war in dieser Wohnung hier.

»Wir haben überall unser eigenes Zimmer, wir sind reich!« stellte Jérémie fest.

Der kleine Junge war sehr feinfühlig und wollte seiner Mutter nicht weh tun. Er fügte hinzu:

»Ich persönlich mag die Stockbetten lieber!«

»Und welche Schule habt ihr lieber, die alte oder die neue?«

Valérie stellte es ihnen stets frei, offen ihre Meinung zu sagen und ihr Bedauern auszudrücken.

»Die neue!« antworteten sie wie aus einem Munde.

»Ich habe sie auch sehr gerne gemocht, als ich so alt war wie ihr …«

»Hat Suzy dich abgeholt oder Großvater?«

»Beide, mal der eine, mal der andere.«

»Und, warst du gut in der Schule?«

»Sehr gut! Falls ihr mir nicht glaubt, müßt ihr euch nur meine Zeugnisse anschauen, sie liegen bei euren Großeltern.«

»Wirklich?«

Äußerst aufgeregt hatten sich die beiden Kinder aufs Bett gesetzt, um ihr zuzuhören. Es fiel ihnen schwer, sich ihre Mutter als kleines Mädchen vorzustellen.

»Und wolltest du damals schon Doktor werden?«

»Man sagt ›Ärztin‹. Doktor, das ist ein Titel, den man verliehen bekommt, wenn man sehr sehr lange studiert hat. Jura, Literatur …«

»Muß man studieren, um Postbote zu werden?«

Sie gab ihrem Sohn einen Kuß auf die Nasenspitze, und als sie den eifersüchtigen Blick Camilles bemerkte, nahm sie diese in den Arm.

»Und ihr, meine Goldstücke, was wollt ihr studieren?«

»Tiermedizin«, riefen sie einhellig.

Sie liebten Atome, alle beide, und fügten ihm nie irgendein Leid zu.

»Um wieviel Uhr kommt Papa?«

»Gegen sechs Uhr. Ihr solltet euch beeilen, eure Taschen fertigpacken …«

Sie hatte bereits Schlafanzüge und Zahnbürsten herausgelegt sowie Pullover zum Wechseln für den nächsten Tag. In Mont-Saint-Aignan hatte sie Spielsachen, Bücher und Plüschtiere zurückgelassen. Es war immer noch ihr Haus, und im Gegensatz zu Valérie kehrten sie gerne dorthin zurück. Sie hoffte, daß Mathieu sich ein Programm ausgedacht hatte, das interessant genug war, um die Kinder bei Laune zu halten. Er hatte wenig Geduld und konnte Streitereien nicht ausstehen.

»Nehmt Schal und Handschuhe mit!« rief sie ihnen nach, als sie im Gang verschwanden.

Wenn Mathieu pünktlich wäre, hätte sie noch einen Moment Ruhe, um sich selbst fertigzumachen. Ausnahmsweise einmal war sie durch nichts aufgehalten worden und früh aus der Klinik gekommen, so daß sie einen Großteil des Nachmittags mit den Kindern hatte verbringen können.

Mit einem zufriedenen Seufzer streckte sie sich auf dem Bett aus, um darüber nachzudenken, was sie anziehen sollte. Sie schloß eine ganze Reihe von Kleidungsstücken aus, bevor ihre Wahl auf einen Kilt, einen langen Blazer mit Gürtel und einen weißen Rollkragenpullover fiel. Ludovic hatte ihr nicht gesagt, wo es hinging, aber sie vertraute ihm. Er hatte sich bestimmt den Kopf zerbrochen, um einen traumhaften Ort ausfindig zu machen. Bei diesem Gedanken überkam sie eine gewisse Benommenheit. Die Erinnerung an ihre gemeinsame Nacht in Belle-Isle-sur-Risle war äußerst angenehm und erregend. Ein Schauer durchrieselte sie, und sie war mit einem Satz auf den Füßen. Als sie unter der warmen Dusche stand, stellte sie fest, daß sie pausenlos vor sich hinsummte, was ihr seit Monaten nicht mehr widerfahren war.

Als es klingelte, stand sie im Bademantel da, mit nassen Haaren, und es war Jérémie, der die Tür öffnete.

»Es ist Papa!« johlte er, während seine Mutter barfuß angelaufen kam, einen Kamm in der Hand.

Sie maßen sich mit neugierigen Blicken, wie völlig Fremde.

»Komm herein«, bot Valérie an, in der Hoffnung, daß er ablehnen würde.

Mathieu schloß die Tür, umarmte seinen Sohn und ging in Richtung Wohnzimmer. Dann drehte er sich lächelnd zu ihr um und erklärte:

»Du siehst toll aus!«

Es war so selten, daß er so direkt und aufrichtig war, daß sie um ein Haar weich geworden wäre. Aber kaum daß Jérémie verschwunden war, um seine Schwester zu holen, nahm er Valérie in die Arme und preßte sie ungestüm an sich.

»Du könntest mir trotz allem guten Tag sagen ...«

Mathieus Hände glitten bereits über ihre Haut, und sie riß sich gewaltsam los.

»Guten Tag«, stieß sie kalt hervor.

Diese aufgezwungene Umarmung hatte sie in Rage versetzt. Mathieu sah sie lüstern an, und sie zurrte ihren Bademantel wieder fest um sich.

»Die Kinder sind soweit ...«

»Und du? Wann bist du soweit? Kommst du mit?«

Sie spürte, daß es nur halb als Scherz gemeint war.

»Red keinen Unsinn ...«

»Wieso? Zuerst einmal, was tust du überhaupt in dieser leichten Aufmachung? Gehst du schlafen, oder machst du dich für deinen Anwalt fertig?«

Mathieu sah sie herausfordernd an, er war plötzlich wütend. An Valérie zu denken war das eine, aber sie halbnackt vor sich zu sehen war eine andere Sache. Er war nach wie vor unsterblich in seine Frau verliebt. Daß die Kinder kamen, war für beide eine Erleichterung. Camille fiel ihrem Vater um den Hals, und er mußte sie tragen, während Jérémie grummelnd die Tasche nahm.

»Ich bringe sie morgen gegen drei Uhr zurück«, erklärte Mathieu, ohne irgend jemand um seine Meinung gefragt zu haben.

»Setz sie bei meinen Eltern ab, ich werde dort sein. Nehmt ihr Atome mit?«

Ohne etwas zu erwidern, packte er die Leine, die sie ihm hinhielt, ging Richtung Hausflur und dann die Treppen hinunter. Valérie schloß ganz leise die Tür und lehnte sich von innen dagegen. Sähe er denn in ihr niemals etwas anderes als seinen Besitz? Würde er jedesmal, wenn er den Fuß über ihre Schwelle setzte, versuchen, sie zu betatschen?

Langsam ging sie in ihr Zimmer und begann sich anzuziehen. Sie würde sich noch in Ruhe schminken können, ihre Haare trocknen und passenden Schmuck auswählen. Ludovic würde sie ausnahmsweise einmal entspannt und zugewandt antreffen – er hatte es verdient. Und im übrigen, das konnte sie sich ruhig eingestehen, hatte sie das Bedürfnis, ihm zu gefallen. Dieser zweite Ausflug erfüllte sie mit einem wahren Hochgefühl. Sie hatte keine Angst mehr vor dem Unbekannten, der er noch wenige Wochen zuvor für sie gewesen war, aber sie konnte den Zeitpunkt, da sie ernste Entscheidungen fällen müßte, noch hinausschieben. Sie wollte ihm keinerlei Versprechungen machen, da sie keine Lust darauf hatte, daß er sich eines Tages womöglich wie Mathieu benahm. Die Freiheit hatte etwas so Berauschendes, daß sie sie nicht mehr aufs Spiel setzen wollte.

Pünktlich trat sie aus dem Haus, gerade als Ludovic an der Bordsteinkante geparkt hatte. Sie setzte sich auf den Beifahrersitz, fest entschlossen, jede Minute des Abends zu genießen.

»Du schüchterst mich ein«, sagte er, während er den Motor anließ.

»Ach ja? Und wie kommt das? Ist es mein Parfüm? Oder die Frisur?«

Sie lachte, aber er blieb ernst:

»Alles zusammen … Du bist eine kleine, äußerst furchteinflößende Frau.«

Seine Aufrichtigkeit war entwaffnend. Er hatte mit Sicherheit keine Angst vor der Liebe, sondern eher davor, ihretwegen zu leiden.

»Wo fahren wir diesmal hin?« fragte sie, während sie ihren Sicherheitsgurt schloß.

»Zu einer Mühle. Mit ein bißchen Glück können wir morgen eine Bootsfahrt machen. Keine Angst, ich werde rudern …«

Sie legte ihm sachte die Hand auf die Schulter.

»Ludovic, du fährst zu schnell …«

Die Tachonadel stand auf einhundertundfünfzig, und er ging vom Gas. Es war kaum Verkehr auf der Nationalstraße.

»Ja, weil ich es nicht erwarten kann, dorthin zu kommen. Es ist eines der besten Lokale in der Normandie, und ich sterbe vor Hunger! Erzähl mir von dir.«

»Glaubst du, das reicht, um dir den Appetit zu verderben?«

»Ich bin sehr ... Oh, là, là! ...«

Die Augen auf den Rückspiegel gerichtet, schaltete er in den dritten Gang herunter, um zu bremsen, ohne daß das Bremslicht leuchtete. Einer der beiden Motorradfahrer, die ihnen folgten, kam auf seine Höhe und bedeutete ihm anzuhalten.

»Der Ärger nimmt kein Ende«, murmelte er, während er am Straßenrand hielt.

Er kurbelte die Scheibe herunter und wartete auf den Gendarmen. Dieser hob die Hand an den Helm und beugte sich hinunter.

»Wissen Sie, mit welcher Geschwindigkeit Sie gefahren sind?« fragte er süffisant. »Haben Sie Ihre Fahrzeugpapiere bei sich?«

Ludovic seufzte, wandte sich mit einem bedauernden Lächeln zu Valérie um und gestand dann:

»Nein ...«

Er hatte fünf- oder sechsmal das Jackett gewechselt vor der Abfahrt und mindestens zehn Krawatten anprobiert. Er hatte sorgsam geprüft, ob er seine Kreditkarte und sein Scheckheft dabeihätte, aber an der Rest hatte er nicht gedacht. Er war dermaßen aufgeregt gewesen, wie jedesmal, wenn er Valérie traf, daß er wohl seine Brieftasche in einer anderen Jacke hatte steckenlassen.

»Nein?« fragte der Polizist erstaunt. »Und Ihren Führerschein?«

»Auch nicht. Ich habe nichts dabei, wodurch ich mich ausweisen könnte, ich habe nämlich alles zu Hause vergessen.«

»Ach, tatsächlich?«

Der andere Motorradfahrer war herangekommen und ging um das Coupé herum.

»Ich habe meine Papiere dabei«, erbot sich Valérie.

»Schön für Sie, aber Sie sitzen nicht am Steuer, Mademoiselle ...«

Nichtsdestoweniger streckte er die Hand aus und nahm die Dokumententasche, die sie ihm hinhielt, entgegen. Er prüfte sie und richtete dann sein Augenmerk auf Valérie.

»Kardiologin?«

Seine skeptische Miene verhieß nichts Gutes.

»Sie kommen mit auf die Wache«, sagte er ruhig.

»Hören Sie, das ist doch lächerlich, ich …«

»Das habe immer noch ich zu entscheiden, Monsieur.«

Entnervt hob Ludovic an zu protestieren, aber wieder legte Valérie ihm beschwichtigend die Hand auf die Schulter. Sie fuhren auf die Straße zurück, eskortiert von den motorisierten Polizisten.

In den Räumen der kleinen Gendarmerie wies man ihnen eine Holzbank an, wo man sie eine Ewigkeit schmoren ließ. Jedesmal, wenn Ludovic sich aufregte, erhielt er die Antwort, die Personenüberprüfung sei im Gange.

»Sie sind offensichtlich noch nicht an den zentralen Computer angebunden«, wetterte er, »und in der Kanzlei wird niemand ans Telefon gehen! Sollen wir vielleicht die ganze Nacht hier verbringen und den Typen beim Gauloises-Rauchen zusehen?«

Er sprach so laut, daß alle im Raum es hören konnten, aber die diensthabenden Beamten würdigten ihn nicht eines Blickes, da sie vermuteten, daß er Händel suchte.

»Wenn du keine Ruhe gibst, werden sie uns noch in eine Zelle stecken!«

Sie konnte sich noch so sehr bemühen, das Ganze von der komischen Seite zu sehen – er war wütend, enttäuscht, gekränkt. Eine Wanduhr zeigte halb zehn an, womit ihr romantischer Abend allmählich ernsthaft auf dem Spiel stand. Zweimal erhob sich Ludovic und begann einen erbitterten Wortwechsel mit den Polizisten – ohne jeden Erfolg.

Als endlich amtlich festgestellt war, daß es sich nicht um einen gestohlenen Wagen handelte und daß sie tatsächlich der Anwalt und die Ärztin waren, die sie vorgaben zu sein, händigte man ihnen ohne ein Wort der Entschuldigung die Schlüssel des Coupés wieder aus. Ludovic mußte noch das Protokoll wegen überhöhter Geschwindigkeit unterzeichnen, bevor man sie fahren ließ.

Als sie in dem Hotel in Connelles – einer ehemaligen

Mühle – ankamen, teilte man ihnen mit, daß die Küche selbstverständlich bereits geschlossen sei. Aber die Direktion, die Mitleid mit ihnen hatte, ließ ihnen eine üppige kalte Platte aufs Zimmer bringen. Nachdem sie den Champagner entkorkt und alles auf einem Serviertisch, auf dem eine Spitzendecke lag, angerichtet hatten, verschwanden die beiden Kellner. Kaum hatten sie die Tür hinter sich zugezogen, nahm Ludovic Valérie in den Arm und erging sich, leise murmelnd, in endlosen Entschuldigungen.

»Und dabei hast du mich schon das erste Mal, auf dem Weg nach Belle-Isle-sur-Risle, darauf aufmerksam gemacht, daß ich zu schnell fahre und daß wir auf der Wache landen würden! Und jetzt ist es passiert, ich habe das ganze Wochenende verdorben, wo ich doch alles so schön geplant hatte, und wenn du es nun in schlechter Erinnerung behältst, werde ich mir das nie verzeihen. Wir haben so wenig gemeinsame Zeit ...«

Sie hörte ihm zunächst mit ernster Miene zu, dann wurde sie von einem heftigen Lachkrampf geschüttelt, was hochgradig ansteckend wirkte. Tränen liefen ihr über die Wangen, während sie, den Kopf in den Nacken geworfen, nach Luft schnappte, und er prustete schließlich ebenfalls los. Polizei hin oder her, vor ihnen lag noch die ganze Nacht. Und schließlich waren sie nicht nur wegen des Abendessens hergekommen.

Als Jérémie am Sonntag morgen erwachte, begriff er zunächst gar nicht, wo er war. Erst als er die vertraute Umgebung seines alten Zimmers erkannte, seufzte er. Der gestrige Abend war ihm schrecklich langweilig erschienen. Im Restaurant waren sie gezwungen gewesen, artig stillzusitzen, trotz der langen Pausen zwischen den einzelnen Gängen. Die Unterhaltung war immer wieder erstorben und einem bedrückenden Schweigen gewichen. Bei einigen süß-sauren Bemerkungen über ihre Mutter war es Jérémie sehr unbehaglich geworden, aber er hatte nicht den Mut gehabt, seinem Vater offen zu widersprechen. Mathieu flößte ihm Angst ein, wenn er wütend wurde.

Er stand auf und sah nach Camille, die immer noch in ihrem Bett lag und schlief, die Decke bis über beide Ohren hochgezogen. Dann bemerkte er, daß Atome am Fenster hochsprang und ging zu ihm hin, um ihn zu streicheln. Als er hinaussah und die Schneedecke auf dem Rasen erblickte, stieß er einen entzückten Schrei aus. Er stürzte sich auf seine Kleider und begann, sich anzuziehen, wobei er aufgeregt auf seine Schwester einredete. Aber sie zog sich das Kissen über den Kopf, grunzte und weigerte sich, die Augen aufzumachen. Pech für sie, er würde allein durch den Park laufen, in dem er jeden Winkel kannte.

Kaum war er draußen, rannte er los, trunken vor Freude, der Dalmatiner ihm auf den Fersen. Er formte ordentlich harte Schneebälle, die er an die Baumstämme warf, wo sie zerstoben – was ihm Lust machte, auf einen der Bäume zu klettern, um die Landschaft von oben zu betrachten. Das Hausdach mußte ganz weiß sein, genau wie die Plane, die zum Schutz auf dem Schwimmbecken lag.

Sein Blick fiel auf die alte Lärche, die ihm für seine ersten Kletterversuche gedient hatte. Im Hochsteigen durchfuhr ihn ein paarmal der Schreck, als er fühlte, daß seine Stiefel an den bereiften Ästen abglitten. Aber er wollte bis zu einer ganz bestimmten Stelle gelangen, einer Astgabel, die er nie hatte erklimmen können, selbst im Hochsommer nicht. Seine Mutter verbot ihm das Bäumeklettern, und seine Schwester verpetzte ihn bei jedem Versuch. Zumindest würde ihn heute morgen keiner stören. Sein Vater pflegte sonntags spät aufzustehen, daran konnte sich Jérémie sehr gut erinnern. Er beschloß, daß er, sobald ihm kalt wäre, wieder ins Haus gehen und Frühstück machen würde. Das wäre eine schöne Überraschung für die anderen und würde sie unweigerlich munter machen.

Er war bereits fünf Meter über dem Boden, als er das Gleichgewicht verlor. Erschrocken versuchte er sich am Stamm festzuhalten, fiel aber nach hinten und prallte mit einer solchen Wucht auf die schneebedeckte Erde, daß ihm schwarz vor Augen wurde, bevor er vollends das Bewußtsein verlor.

13

Augustin und Suzanne standen noch unter Schock, als Valérie sonntags am späten Vormittag heimkehrte. Sie hatten alle zehn Minuten versucht, in ihrer Wohnung anzurufen, aber vergebens. Obwohl sie wußten, daß sie nicht da war, konnten sie nicht umhin, wieder und wieder ihre Nummer zu wählen.

Mathieu hatte sie um zehn Uhr telefonisch verständigt. Augustin war auf der Stelle ins Krankenhaus gerast. In der Eingangshalle, wo es am Sonntag stets von Besuchern wimmelte, hatte er nach Mathieu fragen müssen, der daraufhin lediglich kurz aufgetaucht war. Bleich und verstört hatte er verlangt, daß sein Schwiegervater so schnell wie möglich versuchen solle, Valérie zu verständigen. Er hatte sich gereizt gezeigt, überzeugt davon, daß Augustin wußte, wo sie war, es aber nicht zugeben wollte. Schonungslos hatte er verkündet, daß Jérémies Zustand äußerst kritisch sei und es vorerst überhaupt nicht in Frage käme, ihn zu besuchen. Er hatte einige Worte zu der Dame an der Pforte gesagt und war verschwunden. Die junge Frau hatte Augustin zu Camille geführt, die zwei Krankenschwestern vergeblich zu trösten versuchten. Als sie ihn erblickte, warf sie sich in seine Arme.

Zitternd vor Erregung und die Hand seiner Enkeltochter viel zu fest umklammernd, hatte er es schließlich geschafft, sein Auto auf dem Parkplatz wiederzufinden. Dann waren sie ganz langsam nach Hause gefahren, teils wegen des Glatteises auf den Straßen, teils weil Augustin die Tränen in den Augen standen. Zu seiner Sorge um Jérémie gesellte sich die Angst davor, seiner

Frau von dessen Zustand zu berichten und danach Valérie, wenn diese endlich käme. Zu allem Überfluß konnte er ihnen nicht einmal etwas Genaueres sagen, da er die Einzelheiten des Unfalls nicht kannte. Er hätte sich nicht von Mathieus arroganter Art einschüchtern lassen sollen, aber die Haltung seines Schwiegersohnes hatte ihn trotz allem tief getroffen.

Suzy kümmerte sich mit einer Beherztheit um Camille, die Augustin ein wenig tröstete. Ohne eine Frage zu stellen, wiegte sie sie lange in ihren Armen, kochte ihr eine heiße Schokolade und las ihr eine Geschichte vor. Dann setzte sie sie vor den Fernseher und konnte ihrer Sorge wie ihrer Entrüstung freien Lauf lassen. Mochte Mathieu auch Jérémies Vater sein, er war nicht der einzige, der ihn liebte!

Um besser nach seiner Tochter Ausschau halten zu können, war Augustin in den Laden hinuntergegangen. Durch die Schaufensterscheibe beobachtete er die wenigen Autos, die die Straße entlangfuhren. Sie hatte keine genaue Uhrzeit genannt, als sie angekündigt hatte, daß sie mit ihnen zu Mittag essen würde. Dazu verdonnert zu warten, zermarterte sich Augustin den Kopf, wie er es ihr am besten sagen sollte.

Auf welche Weise bringt man einer Mutter bei, daß ihr Kind im Krankenhaus ist und im Koma liegt? Wie man es auch sagte, wäre es falsch, und sie würde außer sich sein vor Angst. Er ging langsam hinter seinem Ladentisch auf und ab, war aber dennoch völlig außer Atem, bedrückt und schweißgebadet. Er wagte sich nicht nach draußen wegen der Kälte, entriegelte aber die Türe und stand dahinter auf dem Sprung.

Ludovic war hin- und hergerissen zwischen dem unerhörten Glück, das ihm Valérie in den vergangenen Stunden beschert hatte, und der Angst, sich gleich von ihr trennen zu müssen. Sie waren über kleine Sträßchen zurückgefahren, um die weiße Landschaft zu bewundern, und hatten gelacht, als das Coupé ein wenig ins Schleudern geraten und in einem Feld stecken geblieben war. Sie hatten in der Nacht ziemlich wenig geschlafen.

Reden, sich lieben, aneinandergekuschelt vor sich hindämmern, wieder reden und sich lieben … So war die Zeit bis zum Tagesanbruch sanft verstrichen. In der zauberhaften Mühle, die von zwei Armen der Seine eingerahmt wurde, hatten sie sich seltsam wohl gefühlt, der Realität und dem Alltag entrückt, frei, sich einander anzuvertrauen oder sich in den siebten Himmel tragen zu lassen, jeder auf seine Art. Als sie am Morgen die uralten Bäume im Park erblickten, deren Äste sich schwer unter der Schneelast bogen, gerieten sie beide gleichermaßen in Verzückung.

Ein wenig aufgewühlt von den intensiven letzten Stunden, fand Valérie es gar nicht schlimm, nach Hause zurückzumüssen. Es war unvermeidlich, daß Ludovic irgendwann etwas verlangen würde, was sie ihm nicht geben könnte: ein Versprechen für die Zukunft. Sie wollte nicht einmal daran denken. Der Plan, den sie sich erstellt hatte, als sie Mathieu verlassen hatte, sah keinen Platz für einen Mann vor. Zumindest im Moment. Die Stunden, die sie mit ihm verbrachte, hatte sie ohnehin schon von der gemeinsamen Zeit mit den Kindern und ihrer Arbeit in der Klinik abgeknapst. Und sie hatte bereits viel zu viel Zeit verloren in den letzten zehn Jahren, als daß sie noch weitere Opfer hätte bringen wollen.

Als das Coupé in die Rue de Nicolas einbog, überfiel sie trotz allem eine scheußliche Traurigkeit.

»Halt an«, murmelte sie.

Ludovic parkte parallel zur Bordsteinkante, etwa zwanzig Meter von Augustins Laden entfernt.

»Ich rufe dich heute abend an«, erklärte er, ohne sie anzusehen.

Sie beugte sich zu ihm hinüber, um sich zu verabschieden, und er drückte sie kurz ganz fest an sich, um sie gleich darauf freizugeben.

»Ludovic?«

Er entschloß sich, sie aus dem Augenwinkel anzulinsen, und zwang sich zu lächeln.

»Es ist wirklich sehr hart, sich von dir zu trennen«, hauchte sie.

Und noch härter, keinen festen Platz im Leben des anderen zu haben … Aber er verkniff sich diese Anmerkung lieber.

Sie stieg aus, und er fuhr sofort los. Der Schnee war noch nicht geschmolzen und stellenweise zu Glatteis gefroren. Sie tat ein paar vorsichtige Schritte und gab gut acht, wo sie hintrat. Suzy hatte sicher Lammkeule gekocht, ihr bevorzugtes Sonntagsgericht. Durch die Schaufensterscheibe erspähte Valérie die Gestalt ihres Vaters. Er stand unmittelbar an der Tür, die Hand auf der Klinke, und wirkte zutiefst besorgt.

»Papa!«

Außer sich vor Angst, überzeugt, daß es Augustin nicht gutginge, stürmte sie in den Laden.

»Ich habe schlechte Nachrichten, mein Mäuschen«, hörte sie ihn sagen.

»Papa …«

»Es geht um Jérémie … Er liegt im Krankenhaus.«

»Jérémie?«

Unbewußt war sie zwei Schritte zurückgewichen, als ob sie fliehen wollte, und stieß rückwärts gegen ein Regal.

»Was, Jérémie, wie, was ist mit ihm?«

»Ich weiß es nicht. Mathieu wollte es mir nicht sagen. Camille ist bei deiner Mutter, es geht ihr gut. Ich glaube, daß er irgendwo heruntergefallen ist. Wir haben die Kleine nicht fragen wollen, verstehst du …«

»Heruntergefallen? Aber von was? Von wo?«

»Ich weiß es nicht«, wiederholte er und senkte den Kopf. »Es wäre besser, wenn du …«

»Wo sind deine Autoschlüssel?« fragte sie unvermittelt.

Ihr eigener Wagen stand zu weit weg, sie hatte ihn ein paar Straßen weiter geparkt. Er reichte ihr seinen Schlüsselbund, der ganz warm war, weil er ihn so lange in der Hand gehalten hatte, und sah ihr nach, wie sie nach draußen stürzte. Sie rutschte zweimal fast aus, als sie die Straße überquerte, ärgerte sich mit dem Türschloß herum, legte dann unsanft den Gang ein und raste los.

Die Strecke zum Charles-Nicolle, die sie in- und auswendig

kannte, kam ihr unendlich lang vor, erlaubte ihr aber, ein bißchen zur Ruhe zu kommen. Sie fuhr zu der Einfahrt hinein, die eigentlich den Rettungswagen vorbehalten war, und hielt vor der Notaufnahme. In der Eingangshalle zögerte sie. Wo war Jérémie? In der Radiologie? In der Kardiologie oder auf der Kinderstation?

»Madame Keller!«

Eine Krankenschwester, die vor der Flügeltür zur Intensivstation stand, winkte sie zu sich. Valérie rannte hinüber. Im Gang erblickte sie Mathieu. Sie lief zu ihm hin und warf sich in seine Arme. Sie hatte den Eindruck zu ersticken, ihr Brustkorb schmerzte, und sie brachte kein Wort heraus.

Mathieu legte zögernd eine Hand auf die Haare seiner Frau und sprach in überraschend sanftem Ton.

»Joachim kümmert sich um ihn … Er wird eine Computertomographie machen. Augenblicklich zeigt er keinerlei Reaktionen …«

Valérie schluchzte auf, ihr war fast schlecht vor Kummer, und sie klammerte sich erneut an ihren Mann.

»Er ist vom Baum gefallen, erinnerst du dich, diesem Baum, auf den er immer … Ich weiß nicht, aus welcher Höhe. Ich schlief noch und die Kleine ebenfalls. Der Hund war es, der schließlich wie ein Verrückter gebellt hat. Aber er lag wohl eine ganze Weile im Schnee.«

Es war ihm gelungen, einen ruhigen Ton zu wahren, aber seine Stimme zitterte leicht. Seit Stunden machte er sich ununterbrochen Vorwürfe oder verfluchte seine Frau und sogar seine Tochter. Allein der Hund fand Gnade vor seinen Augen. Der Anblick, der sich ihm geboten hatte, als er aufgestanden war, um aus dem Fenster zu sehen, noch ganz verschlafen und wild entschlossen, den dämlichen Köter zum Schweigen zu bringen, würde auf immer in sein Gedächtnis eingegraben bleiben. Die Gestalt seines Sohnes in einer merkwürdigen Lage, der rote Anorak im Schnee, Atome, der mit hängendem Kopf davor saß. Irgend etwas stimmte nicht an diesem Bild. Eine dumpfe Beklommenheit hatte ihn ergriffen, die rasch heller Panik gewichen war. Ein paar alptraumhafte Sekunden, als er nähergekommen war, barfuß in seinen Slippern, in die er in der Eile hineingeschlüpft war. Das blauangelaufene Gesicht des kleinen Jungen, die Überwindung, die es ihn gekostet hatte, ihn zu berühren, und dann plötzlich Camilles hysterisches Geheul in seinem Rücken. Und er hatte ganz allein durch diese Hölle gemußt. Valérie war nirgends aufzufinden gewesen.

»Sag mir, was du denkst, sag …«

Es war ihr gelungen, die Tränen zurückzuhalten, um ihn anzuflehen, ihr die Wahrheit mitzuteilen.

»Das kann man im Moment unmöglich sagen. Joachim tut, was er kann, du weißt genau … Er war hier, als wir ankamen, ich hatte ihn verständigen lassen. Und Martin müßte ebenfalls jede Minute kommen …«

Sein Kollege aus der Neurologie, ein weiterer bedeutender Chefarzt am Krankenhaus.

»Gilles ist bei Joachim.«

Natürlich. Falls es auch nur das geringste kardiologische Problem gäbe – Mathieu wäre nicht imstande einzugreifen. Valérie holte tief Luft und machte sich von ihrem Mann los. Er trug sonst nie einen Kittel, aber an diesem Morgen hatte er einen überziehen müssen, um Jérémie zu begleiten. Auf der Intensivstation war man ziemlich pingelig. Bis Joachim ihn dazu angehalten hatte, sich einen Kaffee zu holen, war er bei seinem Sohn geblieben.

Die Krankenschwester stand ein paar Schritte entfernt, unschlüssig und verlegen. Mathieu zog seine Frau an der Hand bis zu einem Getränkeautomat.

»Möchtest du etwas? Weißt du, wie das Ding funktioniert?«

Er wühlte automatisch in seinen Taschen.

»Ich werde jetzt zu ihm gehen …«, hob Valérie an.

»Nein! Er ist bewußtlos. Er braucht uns im Moment nicht. Das weißt du sehr gut. Du kannst nichts tun und ich auch nicht!«

Das war am schwersten zu ertragen, für sie beide, einfach nur zu warten, ohne daß sie etwas machen konnten.

»Jérémie …«, murmelte sie und lehnte sich im Gang gegen die Wand.

Er betrachtete sie und war plötzlich den Tränen nahe. Ihres Sohnes wegen, ja klar, aber auch ihretwegen und sogar seiner selbst wegen.

Gegen zwei Uhr begann es wieder zu schneien. Der Himmel war dunkelgrau, düster, und der Wind wirbelte die Flocken durcheinander. Obwohl das Feuer im Kamin bullerte und trotz des warmen Lichtes, das an die zehn Lampen verströmten, die er angeknipst hatte, fühlte sich Ludovic nicht so wohl wie sonst in seinem Haus. Und dabei genoß er eigentlich die Sonntagnachmittage, vor allem im Winter. Zerstreut hatte er ein wenig Musik gehört, hatte dann versucht, etwas zu lesen, und war dabei eine halbe Stunde an einer Seite hängengeblieben. Um sich von seiner Sehnsucht abzulenken, hatte er eine Akte durcharbeiten wollen, die er schließlich wieder weggelegt hatte. In seiner Verzweiflung hatte er einige Graphiken geholt, die er schon seit Monaten hatte aufhängen wollen. Auf der Suche nach einem geeigneten Platz war er herumgeirrt, hatte etliche Nägel krumm geklopft und sich mit dem Hammer auf die Finger geschlagen.

Gegen fünf Uhr gesellte sich Axelle zu ihm, ein Tablett in der Hand. Sie hatte einen leichten Tee gekocht und ein paar Toastscheiben mit Butter bestrichen.

»Ich habe dich werkeln gehört … Was hast du gemacht?«

Müde zeigte er auf die Drucke.

»Oh, sieh an! Besser spät als nie … Sie sind wunderschön, und du hast sie genau an die richtige Stelle gehängt …«

Seit jenem Abend, da sie sich betrunken hatte und er sie hatte ins Bett tragen müssen, bemühte sie sich in anerkennenswerter Weise, liebenswürdig zu sein. Solange die Sprache nicht auf Valérie kam, war sie guter Dinge.

»Da du mittags nichts wolltest, sagst du mir vielleicht, was du gerne zu Abend essen würdest.«

Zu seiner Überraschung drückte sie ihm einen schmatzenden Kuß auf die Wange. Er sah dermaßen verstört aus, daß sie sich Sorgen machte.

»Ist alles in Ordnung, Papa?«

Er lächelte sie beschwichtigend an, hatte aber keine Lust zu reden. Es sei denn, über Valérie, aber das konnte er nicht mit Axelle. Unter Aufbietung seiner gesamten Willenskraft erklärte er, daß er gerne Nudeln essen würde. Sie würde ihm ein dickflüssiges Zeug zubereiten, das sie als Sauce Bolognaise bezeichnete, und er könnte während dieser Zeit telefonieren. Während sie in Richtung Küche verschwand, ging er in sein Zimmer hinauf und schloß die Türe. Er schaffte es nicht mehr länger zu warten. Nachdem er es bestimmt zwanzig Mal hatte klingeln lassen, hängte er ein. Valérie war noch nicht wieder zurück, und er war enttäuscht, frustriert und voller Ungeduld. Aus der Befürchtung heraus, sich womöglich in der Nummer getäuscht zu haben, wählte er noch einmal, aber nach wie vor vergebens.

Um die Viertelstunde totzuschlagen, die er sich gesetzt hatte, bevor er erneut anrufen wollte, ging er die Wendeltreppe bis ins Bad hinauf. Valérie war von diesem Raum bezaubert gewesen, damals, als sie seine Brandwunde verarztet hatte. Er blickte sich um, als beträte er ihn zum ersten Mal. Ja, die Einrichtung war sehr gelungen und machte einem Lust zu verweilen. Abgesehen davon, daß es ein bißchen kalt war. Er mußte daran denken, die Heizung hochzudrehen. Er sah hinaus und konnte nicht viel erkennen, da es dunkel war, aber er hatte den Eindruck, als sei die Schneedecke noch dicker geworden. Am Abend zuvor hatte er sich um diese Uhrzeit auf den Weg gemacht, um Valérie abzuholen. Heute abend wäre er allein, genau wie morgen und übermorgen. Er wäre auf den guten Willen Mathieus angewiesen, um wieder einmal ein Wochenende in Anspruch nehmen zu dürfen. Und müßte sich bis dahin damit zufriedengeben, daß sie sich ab und an auf die Schnelle zum Mittagessen träfen.

Mit ihr über die Zukunft zu sprechen, war im Moment unmöglich. Auch wenn er jede Nacht davon träumte. Und auch wenn es für sie beide genau der richtige Zeitpunkt war, um ein neues Leben anzufangen. Sie war fünfunddreißig und er vierzig – das ideale Alter, um wichtige Entscheidungen zu treffen.

Am ersten Morgen, den sie neben ihm aufgewacht war, im Hotel, hatte er ihr verkündet, daß er mit ihr zusammenleben wolle. Doch sie hatte nichts geantwortet, und er hatte seither keinerlei Anspielung mehr darauf gemacht. Und dabei hatte er ihr noch gar nicht alles gesagt. Er wollte mit ihr zusammenleben, ja, aber was er darüber hinaus wollte, war, sie zu heiraten und ein gemeinsames Kind mit ihr zu haben.

Und gleich wirst du mit deiner Tochter, deiner erwachsenen Tochter, zu zweit Abend essen, die dich so liebt, daß sie dir Knüppel zwischen die Beine werfen wird …

Unnachsichtig betrachtete er sich im Spiegel. Konnte er einer Frau wie Valérie überhaupt gefallen?

»Hei, was machst du denn da oben?« rief Axelle. »Führst du Selbstgespräche? Komm runter, das Essen ist gleich fertig!«

»Ich komme schon!« antwortete er und drehte den Wasserhahn auf. Kurz darauf drehte er ihn wieder zu und ging hinunter. Wie erwartet, hatte sich Axelle wieder ihren Töpfen zugewandt. Er wählte Valéries Nummer, wartete vergebens und legte todunglücklich wieder auf.

»Nein, ich kann und will nichts Definitives sagen«, wiederholte Joachim.

Mathieu war es nicht gelungen, ihm eine beruhigende Aussage zu entlocken. Jérémie lag noch immer im Koma, sein Zustand war unverändert. Etwas früher am Nachmittag hatte Valérie zu ihm hineingehen, seine kleine, leblose Hand nehmen und ein paar zärtliche Worte murmeln dürfen.

»Die Untersuchungen haben nichts ergeben, ich kann nichts finden …«

Das gebrochene Bein war eingerichtet und gegipst worden; es war kein komplizierter Bruch. Auch das Schädeltrauma machte den Ärzten keine übermäßigen Sorgen, aber das Kind zeigte weiterhin keinerlei Reaktion.

»Er hat keine Atemprobleme, und augenblicklich hat er auch keine inneren Blutungen. Ich kann nur abwarten. Wir werden einfach warten, mein Lieber, etwas anderes können wir im Moment nicht tun. Ich will ihn heute abend nicht weiter behelligen. Morgen werde ich zusätzliche Untersuchungen durchführen.«

Joachim versuchte, sie zu beschwichtigen, doch Mathieu kannte ihn zu gut, um ihm auf den Leim zu gehen.

»Behältst du ihn auf der Intensivstation?«

»Selbstverständlich. Er wird keine Minute alleine sein, ein Assistenzarzt bleibt bei ihm sitzen.«

Den letzten Satz hatte er Valérie zuliebe hinzugefügt. Er hatte drei Ärzte seines Vertrauens damit beauftragt, sich bis zum nächsten Morgen abzulösen.

»Geht etwas essen, und kommt später wieder ...«

»Ich möchte lieber bei ihm bleiben«, wandte Valérie ein.

»Nein«, antwortete Joachim ganz ruhig. »Ich möchte nicht, daß ihr um sein Bett herumstreicht, das hilft uns nicht weiter. Ihr seid so herunter mit den Nerven, voller Angst, erschöpft ... Nimm sie mit, Mathieu ...«

Kaum daß sie gegangen waren, lief Joachim auf die Intensivstation zurück. Er besprach sich kurz mit Martin, der den ganzen Tag über dagewesen war. In einem wesentlichen Punkt waren sie sich einig: Jérémie durfte nicht in ein wirklich tiefes Koma fallen. Martin war der Überzeugung, daß das Kind kurz davor war, wieder zu Bewußtsein zu kommen.

Mathieu und Valérie waren in die Ärztekantine hinaufgegangen. Es war kaum jemand da, aber sie setzten sich so weit wie möglich von allen anderen weg.

»Wenn Joachim sich so vage ausdrückt, heißt das, er sieht nicht wirklich schwarz ...«

Sie schüttelte den Kopf, zu erschöpft, um zu widersprechen. Er bestellte für sie beide Steak mit Salat und eine Flasche Bordeaux.

»Ich habe seit gestern nichts mehr zu mir genommen«, entschuldigte er sich. »Du wirst doch sicher auch einen Happen essen.«

Er zog den kleinen Piepser aus der Tasche, über den man ihn jederzeit erreichen konnte, und legte ihn gut sichtbar zwischen sie beide auf die Tischdecke. Valérie beäugte das Gerät ängstlich. Hätte es etwas Schlimmes zu bedeuten, falls man sie von der Intensivstation aus anriefe?

Mit einem gewissen Erstaunen verfolgte sie, wie Mathieu sich mit herzhaftem Appetit über sein Fleisch hermachte. Sie nahm einen Bissen, kaute darauf herum und brachte ihn kaum hinunter.

»Glaubst du, daß die Äste seinen Sturz etwas abgebremst haben?«

Sie hatte diese Frage bereits zehnmal gestellt, und Mathieu verdrehte die Augen.

»Ich habe es nicht gesehen! Aber ich nehme es an. Ebenso wie ich denke, daß seine Daunenjacke ihn geschützt und der Schnee den Stoß abgemildert hat.«

»Selbst wenn ich dagewesen wäre …«

»Ja natürlich! Du bist ja nicht der liebe Gott!«

Er bereute es, so rasch geantwortet zu haben. Vielleicht hatte sie ihm eine Brücke bauen wollen? Er aß seinen Salat zu Ende und schielte dabei immer wieder zu seiner Frau hinüber. Dieser Unfall veränderte ihr Verhältnis, das war nicht zu leugnen. Die Art, wie sie ihm bei ihrer Ankunft in die Arme gefallen war, war ein deutliches Zeichen gewesen. Wer weiß, ob sie nicht mit etwas Glück, taktvollem Vorgehen und Willenskraft ihre Beziehung würden retten können?

Als er gerade sein Glas ergreifen wollte, bemerkte er, wie sie versteinerte und bleich wurde. Er wandte den Kopf, um zu sehen, was es gäbe, und sah Joachim auf sie zukommen, ein Lächeln auf den Lippen.

»Euer Sohnemann hat die Augen aufgeschlagen, irgend etwas über Atome erzählt und zu kotzen angefangen! Sagt mal, euer Sprößling ist wohl ein passionierter Physiker?«

»Das ist sein Hund!« schrie Valérie, die aufgesprungen war. »Er hat ihn vermutlich bellen gehört, bevor er das Bewußtsein verloren hat.«

Joachim klopfte Mathieu auf die Schulter und fügte hinzu:

»Ich habe den Eindruck, er ist über den Berg.«

Der Satz war von immenser Bedeutung. Niemals hätte sein Kollege sich unter den gegebenen Umständen zu einer leichtfertigen Aussage hinreißen lassen. Jérémie war also tatsächlich außer Gefahr.

»Nun, er wird sich freuen, euch zu sehen … gehen wir hinunter?«

Er hatte das Feingefühl besessen, sie nicht über den Piepser zu rufen, ihnen die Angst während der Fahrt im Aufzug zu ersparen. Mathieu dachte bei sich, daß er nun bei Joachim in der Schuld stand.

Als sie am Fußende von Jérémies Bett saßen, stellten sie fest, daß Professor Martin noch immer da war und mit Gilles sowie einem Assistenzarzt diskutierte. Für einen Sonntagabend waren erstaunlich viele Kapazitäten um einen Patienten versammelt. Der kleine Junge bekam langsam wieder etwas Farbe und fing an zu weinen, sobald er seine Mutter erblickte.

Axelles Nudeln waren gar nicht so schlecht wie befürchtet, und Ludovic hatte sich zweimal nachgenommen. Danach hatte er es abgelehnt, sich mit ihr einen angeblich genialen Videofilm anzusehen, indem er einen Berg Akten vorgeschützt hatte, die er schon längst hätte bearbeiten müssen. In seinem Zimmer angekommen, hatte er das Telefon behutsam auf die Ecke seines Schreibtischs gestellt und zu arbeiten versucht. Alle zehn Minuten wählte er von neuem die Nummer, doch es hob niemand ab. Er hatte sich alle möglichen Szenarien ausgemalt, um sich die Abwesenheit Valéries zu erklären. Aber inzwischen war es zehn Uhr abends, und ihn überkam allmählich die Sorge.

Er hörte Nachrichten im Radio, dann versuchte er, sich für seine Akten zu interessieren. Gegen elf speicherte er die Nummer ein, stellte auf Lautsprecher und begnügte sich damit, die Wiederholungstaste zu drücken. Das häßliche Klingelzeichen erklang weiterhin vergebens bis Mitternacht.

Nachdem es ihm nicht gelang, all die quälenden Fragen, die ihm durch den Kopf gingen, zu verscheuchen, verließ er schließlich entnervt sein Zimmer. Axelle war offensichtlich schon schlafen gegangen, und selbst, als er die Ohren spitzte, konnte er keinen Mucks mehr hören. Im Kamin glimmte noch ein Häufchen Asche vor sich hin und warf einen rötlichen Schein auf die Tonfliesen. Da es sehr angenehm war im Wohnzimmer, beschloß Ludovic, es sich dort gemütlich zu machen. Nachdem er sich ein Glas Calvados eingegossen hatte, setzte er sich direkt auf den Boden vor den Kamin. Er liebte dieses Haus über alles. Es hatte ihm nicht selten geholfen, schwierige Phasen zu überstehen, und es tat ihm kein bißchen leid um die Zeit, die er hineingesteckt hatte. Er hatte es renoviert und dann mit besonderer Sorgfalt eingerichtet, überzeugt, daß er es eines Tages mit jemandem teilen würde. Seine viel zu früh geschlossene Ehe, die in die Brüche gegangen war, hatte bei ihm eine gewisse Verbitterung hinterlassen. Er war nicht fürs Alleinsein gemacht. Seit Jahren hatte er auf eine echte Begegnung gewartet und doch nur ein Abenteuer nach dem anderen gehabt. Valérie verkörperte eine außergewöhnliche Hoffnung. Seit es sie gab, hatte sein Leben eine neue, berauschende Dimension gewonnen. Er fühlte sich verjüngt und zu allem fähig. Vorausgesetzt, sie wäre bei ihm.

Um halb eins fing er an, im Wohnzimmer auf- und abzugehen, wobei er sich noch eine letzte Viertelstunde einräumte. Kaum schlug die Wanduhr, stürzte er zum Telefon, und diesmal zählte er bis fünfzig, bevor er einhängte. Die Vorstellung, schlafen zu gehen, erschien ihm absurd, und er beschloß, nach Rouen zu fahren. Vielleicht war irgend etwas Schlimmes passiert.

Als er die schwere Eingangstür öffnete, raubte die Kälte ihm fast den Atem. Es hatte aufgehört zu schneien, aber der Garten war unter einem dicken weißen Teppich verschwunden. Anstatt zum Auto zu gehen, bog er in Richtung eines alten Schafstalls ab, in dem er sein Werkzeug aufbewahrte. Im Winter vor zwei

Jahren mußte er irgendwo Schneeketten hingeräumt haben. So wie er beim Gehen herumrutschte, machte er sich keine Illusionen über den Zustand der Straßen.

Nach einigem Suchen zog er die Ketten aus einem Regal. Sie anzulegen dauerte eine Weile und schürte seine Ungeduld noch weiter. Als er endlich fahren konnte, war es ein Uhr früh.

Etwa zur selben Zeit verließen Mathieu und Valérie die Intensivstation. Im Foyer hielt Valérie an einer Telefonzelle, um ihre Eltern anzurufen. Augustin hob sofort ab, als habe er bereits die Hand am Hörer gehabt. Sie tat ihr Bestes, ihn zu beruhigen, machte sogar eine scherzhafte Bemerkung und erkundigte sich nach Camille.

Kaum hatte sie eingehängt, legte Mathieu ihr den Arm um die Taille und bot an, sie nach Hause zu bringen. Ihr vorzuschlagen, nach Mont-Saint-Aignan mitzukommen, wäre ein gewaltiger Fehler gewesen, und er war nicht so naiv, diesen zu begehen.

»Ich komme morgen ganz früh vorbei und fahre dich hierher. Dann kannst du den Wagen deines Vaters immer noch abholen …«

Zu müde, um zu widersprechen, willigte Valérie ein. Die unerträgliche Anspannung dieses harten Tages war von ihr abgefallen, und sie war am Ende ihrer Kräfte. Dankbar nahm sie neben Mathieu auf dem Beifahrersitz Platz und ließ sich gegen die Kopfstütze sinken. Sie hatten beide solche Ängste ausgestanden, daß sie ihm so nahe war wie schon lange nicht mehr.

Während der Fahrt schloß sie die Augen und öffnete sie erst wieder vor ihrem Haus, als er den Motor abstellte. So sah sie nicht Ludovics rotes Coupé, das ein Stück weiter geparkt war.

»Ich bringe dich hoch«, entschied Mathieu, als sei dies die natürlichste Sache der Welt.

Sie stiegen gleichzeitig aus, aber er ging ums Auto herum, um ihr den Arm um die Schultern zu legen.

»Wenn du auch so müde bist wie ich …«, seufzte er, wobei

er sie an sich drückte. »Aber ich glaube, wir haben uns ein Gläschen verdient! Danach lasse ich dich schlafen, Ehrenwort …«

Er fühlte, wie Valéries Locken seine Wange streiften. Er küßte sie zart auf die Schläfe, ohne sie zu bedrängen.

»Paß auf, es ist rutschig …«

Im selben Moment geriet sie ins Wanken, und er faßte sie laut lachend um die Taille.

»Mein Liebling! Möchtest du, daß ich dich trage?«

Genau diesen Satz hörte Ludovic, der die Scheibe heruntergekurbelt hatte. Ungläubig sah er ihnen nach. Trotz der schwachen Straßenbeleuchtung hatte er Mathieu genau erkannt. Er hätte ihn überall identifizieren können, auch wenn er ihn nur ein einziges Mal gesehen hatte.

Die Treppenhausbeleuchtung ging an, und eine Sekunde lang zeichneten sich die beiden engumschlungenen Gestalten deutlich im Gegenlicht ab. Als das Hoftor zugefallen war, saß Ludovic wie betäubt da, ohne sich zu rühren. Als er endlich auf sein Armaturenbrett hinunterblickte, sah er, daß es fast zwei Uhr war. Valérie kehrte also mitten in der Nacht heim, verliebt an ihren Mann geschmiegt, der sogar noch vorschlug, sie über die Schwelle zu tragen! Eine Art zweite Hochzeitsnacht? Um zu feiern, daß sie sich in irgendeiner Weise wieder nähergekommen waren?

Er hatte das schmerzliche Gefühl, als habe ihm jemand einen Dolch in die Brust gestoßen, und verspürte plötzlich heftiges Seitenstechen. Offensichtlich hatte er zu lange die Luft angehalten. Er öffnete die Tür und stieg aus dem Auto, ohne genau zu wissen, was er machen sollte. Ihnen folgen? Klingeln? Mit welchem Recht? Auf welches Gelöbnis könnte er sich berufen, wo Valérie ihm doch gar nichts versprochen hatte.

Um die Fenster der Wohnung nicht sehen zu müssen, lehnte er seine Stirn gegen das Autodach. Das Blech war eisig, genau wie der Wind, der durch die enge Gasse fegte. Er fröstelte und setzte sich wieder hinters Steuer. Er brauchte eine Zigarette, mußte aber drei Anläufe nehmen, bis sein Feuerzeug funktionierte. Genau vor vierundzwanzig Stunden hatte Valérie in seinen Armen gelegen. Und jetzt?

Durch die Windschutzscheibe hindurch blickte er an der Fassade hoch. Waren sie direkt in ihr Schlafzimmer gegangen? Mathieu tauchte natürlich nicht wieder auf, und Ludovic kam sich blöd vor, unten zu warten, wider alle Vernunft.

Ganz hinten im Kühlschrank hatte Valérie noch eine Flasche Wein gefunden. Sie hatte sie feierlich entkorkt und zwei Gläser randvoll geschenkt. Sie hatten auf Jérémie angestoßen und sich dabei tief in die Augen gesehen. Dann hatte Mathieu Hunger bekommen, und sie hatte ihm bereitwillig ein Sandwich gemacht. Sie hatten die Flasche geleert und zahllose Hypothesen zum Fall ihres Sohnes aufgestellt. Sie bedienten sich desselben Fachjargons und waren sich ausnahmsweise einmal einig.

Als Valérie dicht an ihm vorbeigehen wollte, zog er sie in einer spontanen Anwandlung auf seinen Schoß. Er wollte sie nicht verschrecken, hatte aber eine ziemlich genaue Vorstellung davon, was er tun würde. Die dunklen Schatten unter den Augen seiner Frau rührten ihn ebenso wie ihre verstrubbelten Locken und der müde Glanz in ihren Augen.

»Val, diese Nacht hätte zu einem Alptraum werden können. Ich bin so erleichtert …«, flüsterte er zärtlich, den Kopf an ihrem Hals vergraben, und sie erstarrte leicht.

»Bleib da«, hauchte er. »Bitte …«

Kaum entspannte sie sich wieder, fuhr er fort.

»Wenn du wüßtest, wie du mir fehlst, wie leid es mir tut, was passiert ist …«

»Mathieu …«

»Warte, bleib … Nur einen kleinen Moment …«

Seine Stimme war sanft, flehend, aber sie wollte sich trotzdem losmachen. Er hinderte sie, wobei er sie mit Küssen bedeckte. Diesmal kämpfte sie sich frei und schaffte es aufzustehen.

»Hör auf, das ist doch lächerlich.«

Sie war auf der Hut, aber nicht genug. Er sprang mit einem Satz auf und bekam sie rasch zu fassen. Sie rangen zunächst schweigend miteinander, dann hörte sie ihn lachen.

»Eine wahre Raubkatze! Wie ich das liebe …«

Er begehrte sie mit einem Mal so heftig, daß er bereit war, sich mit ihr zu schlagen. Überzeugt, daß ihm eine Versöhnung im Bett einen gewissen Vorteil verschaffen würde, war er bereit, bis zum Äußersten zu gehen. Es war ihm gelungen, eine Hand unter Valéries Pullover zu schieben, und ihre Haut zu spüren elektrisierte ihn. Er wollte sich gerade mit seinen Fingern unter ihren Büstenhalter vorwagen, als sie ihn in den Arm biß. Er schrie auf vor Schmerz und holte aus einem Reflex heraus zu einer Ohrfeige aus, der sie geschickt auswich. Wütend starrte er auf die Stelle, an der sie ihre Zähne in sein Fleisch gegraben hatte und die violett anlief.

»Bist du verrückt, oder was?«

Außer sich ging er einen Schritt auf sie zu und packte sie an den Haaren. Er wollte sie nicht schlagen, sondern sie lediglich ruhigstellen.

»Ist das deine Methode, sie rumzukriegen?« schrie Valérie, außer sich vor Zorn. »Vergewaltigst du sie? Prügelst auf sie ein?«

»Hör auf mit den Faxen, sonst tue ich dir wirklich noch etwas an«, warnte er sie.

Panik überfiel sie. Sie begriff, daß sie keine Chance mehr hatte, ihn zu besänftigen. Er hatte viel zu große Lust auf sie und zudem noch eine Rechnung mit ihr zu begleichen. Sie war kleiner als er, bedeutend leichter und vor allem am Rande der Erschöpfung. Sie spürte, wie er die Nadel an ihrem Kilt öffnete. Als er sie berührte, zuckte sie zusammen, voller Abscheu angesichts dieser brutalen intimen Annäherung.

»Laß mich los«, kreischte sie. »Laß mich sofort los!«

Er versuchte sie zum Tisch zu schubsen, und sie wehrte sich, die Augen tränenerfüllt, wütend und gedemütigt.

»Wirst du Jérémie noch ins Gesicht schauen können morgen?« stieß sie hervor, wobei sie versuchte, die Ruhe zu bewahren.

»Du bist meine Frau«, gab Mathieu heiser zurück. »Meine Frau! Schließlich haben wir Jérémie genau auf diese Weise gezeugt, oder?«

Just in dem Moment, als er ihre Knie auseinanderdrücken wollte, versetzte sie ihm einen gut gezielten Fußtritt.

»Ich bin nicht mehr deine Frau, und ich liebe einen anderen!«

Das war wirksamer als alles andere. Wie betäubt ließ Mathieu sie endlich los. Sie richtete sich auf und nutzte die Gelegenheit, um sich die leere Flasche zu schnappen. Er sah sie einige Sekunden lang verstört an, dann wich er bis zur Spüle zurück und schüttelte den Kopf.

»Stell sie hin ... Ich ...«

Unfähig, den Satz zu vollenden, wandte er sich ab. Sie entledigte sich ihrer zerrissenen Strumpfhose, zog aber mit eckigen Gesten ihren Kilt wieder an. Sie beobachtete ihn weiterhin aus dem Augenwinkel, während er das Wasser über sein Gesicht und dann über den Arm laufen ließ – über die Stelle, wo sie ihn gebissen hatte. Als er es wagte, ihr wieder in die Augen zu sehen, war sein Gesichtsausdruck verändert.

»So sehr liebst du ihn also, dieses kleine Arschloch von Anwalt!«

Seine Stimme klang kalt und verächtlich. Er war wieder ganz Professor Keller.

»Warum nicht? Ich bin dir keine Rechenschaft schuldig!«

»Jedenfalls hast du dich ganz schön schnell abgefunden.«

»Womit? Mit deinen Seitensprüngen? Ja.«

Zwischen ihnen herrschte wieder drückendes Schweigen. Nach einer ganzen Weile blickte er sich suchend nach seinem Mantel um, den er beim Hereinkommen über eine Stuhllehne geworfen hatte.

»Also gut, ich fahre jetzt heim ...«

»Ja, mach, daß du fortkommst.«

Sie hatte die Strumpfhose und die Flasche in den Mülleimer geworfen. Zögernd und verlegen zuckte er die Achseln.

»Tut mir leid, wir haben uns zu sehr ereifert«, bemerkte er kurzangebunden.

»Ich erwarte keine Entschuldigungen, du kannst gehen.«

Sicher, daß er keine weiteren Annäherungsversuche starten

würde, beobachtete sie ihn, ohne sich von der Stelle zu rühren. Er trat näher und nahm ihre Hand.

»Was jetzt zählt, ist Jérémie. Nicht wahr?«

Sie nickte und wartete darauf, was noch käme.

»Du hast mich schon immer ein bißchen verrückt gemacht, ich kann nichts dafür. Du bist sehr schön, selbst, wenn du zornig bist. Ich habe das vorhin als Spiel aufgefaßt …«

»Als Spiel, Mathieu? Wenn wir uns liebten, dann vielleicht. Aber es ist aus, verstehst du?«

Selbst wenn sie recht hatte, war es schwer zu akzeptieren. Plötzlich erschöpft murmelte er:

»Ich komme um acht Uhr, um dich abzuholen. Ich warte unten, okay?«

»Nicht nötig. Ich nehme meinen Wagen und sammle Papa ein, damit er seinen holen kann. Wir sehen uns im Krankenhaus.«

Er lief durch den Gang voraus bis zur Türe.

»Gute Nacht, Val«, sagte er und ging die Treppe hinunter.

Das war eines der wenigen Dinge, die ihm geblieben waren, diese Koseform, die nur er benutzte. Diesmal schien ihre Trennung endgültig, unwiderruflich.

Als er aus dem Haus trat, hatte es wieder zu schneien begonnen, und die Straße war wie ausgestorben. Sein Auto war das einzige weit und breit inmitten des ganzen Weiß. Da er überhaupt keinen Anlaß hatte, darauf zu achten, bemerkte er auch nicht die frischen Spuren, die die Schneeketten von Ludovics Coupé wenige Minuten zuvor hinterlassen hatten.

14

Augustin, der sehr starrköpfig sein konnte, fuhr nach Mont-Saint-Aignan, wofür er noch immer die Schlüssel hatte, holte Jérémies Teddybären aus dem Kinderzimmer und brachte ihm diesen ins Krankenhaus. Der kleine Junge wurde von der gesamten Belegschaft liebevoll umsorgt und verhätschelt. Joachim hatte beschlossen, ihn vierundzwanzig Stunden zur Beobachtung bei sich auf der Intensivstation zu behalten, auch wenn sein Zustand dies nicht mehr unbedingt rechtfertigte. Anschließend würde er ihn noch für einige Tage auf die Innere hoch verlegen. Sämtliche Untersuchungsergebnisse waren völlig normal.

Bevor sie morgens ins Saint-Lazare fuhr, saß Valérie eine Stunde am Bett ihres Sohnes. Kaum in der Klinik, rief sie in der Kanzlei an, da sie es nicht erwarten konnte, Ludovic von Jérémies Unfall zu erzählen. Als sie aufgewacht war, um halb sieben, war es noch zu früh gewesen, ihn anzurufen. Und Axelles wegen hatte sie ihn nicht mitten in der Nacht, nachdem Mathieu fort gewesen war, aufscheuchen wollen.

Die Sekretärin teilte ihr mit, daß Monsieur Carantec in einer Besprechung sei. Enttäuscht ging Valérie mit Caroline einen Kaffee trinken und erzählte dieser von ihrem schrecklichen Tag. Roussel stieß einige Minuten später dazu, und sie mußte die Geschichte noch einmal von vorne berichten. Er war völlig entgeistert und schlug ihr auf der Stelle vor, den Vormittag freizunehmen, was sie jedoch ablehnte. Montags war immer viel zu tun, und zudem zog sie es vor, sich umgehend in die Arbeit zu stürzen.

Sie rief mehrfach in der Kanzlei an, wo sie immer dieselbe Auskunft erhielt. Wütend wurde sie sich bewußt, daß sie für ihr Leben gern Ludovic ihr Herz ausgeschüttet und seine Stimme gehört hätte. Doch offensichtlich war er genauso beschäftigt wie sie.

Bis zum Mittag hatte sie alle Hände voll zu tun mit einem Patienten, der eine noch nicht lange zurückliegende Bypassoperation schlecht überstanden hatte und dessen Zustand kritisch war. Den Chirurgen war zwar die Operation selbst gelungen, aber mit dem Kranken ging es unaufhaltsam bergab. Roussel bemerkte bitter:

»Wieder einer, der als Geheilter stirbt!«

Der Kampf zwischen Chirurgen und Kardiologen tobte am Saint-Lazare genauso heftig wie überall sonst. Roussel versicherte, daß sich angesichts der neuen technischen Möglichkeiten bestimmte Eingriffe inzwischen erübrigten, ja daß sie sogar wenig erstrebenswert waren. Und er geriet jedesmal in Rage, wenn man ihm jemanden – wie er es so schön nannte – »auf Bewährung« schickte.

»Sie waschen ihre Hände in Unschuld, es ist ihnen ja gelungen, die Leitungen zu reparieren! Die Chirurgen sind zu Klempnern verkommen! Für sie ist alles in Ordnung, sie schicken mir die Überlebenden runter, und hier, auf meiner Station erleiden sie dann einen Herzstillstand! Ich habe die Todesfälle, nicht sie! Ah, zum Teufel, sollen sie doch Ballonkatheter, Dehnsonden oder weiß der Kuckuck was einsetzen, aber sie sollen aufhören, die Arterien zu zerstückeln, das kann doch keiner überstehen!«

Er grummelte den ganzen Morgen vor sich hin. Doch es gelang ihnen, den Patienten am Leben zu halten. Sobald sie etwas verschnaufen konnte, sauste Valérie ins Charles-Nicolle hinüber. Vor dem Ausgang der Intensivstation lief sie Mathieu in die Arme, der gerade fort wollte.

»Es geht ihm zunehmend besser! Bald wird er mit seinem Gipsbein auf dem Bett herumspringen!«

Sie lächelte, die Erinnerung an die vergangene Nacht verscheuchend. Es brachte nichts, wenn sie ihrem Mann sein Verhalten übelnahm, er würde sich mit seinen fünfzig Jahren ohnehin nicht mehr ändern.

»Deine Mutter ist bei ihm, ich habe es vorgezogen, ihr das Feld zu überlassen.«

Obwohl sie sich keinerlei Illusionen über die Gefühle machte, die Mathieu ihren Eltern entgegenbrachte, verletzte sie diese Bemerkung.

»Gott sei Dank sind sie da, weißt du!«

»Klar, denn du bist ja nicht mehr in der Lage, dich um deine Kinder zu kümmern ... Du bist ziemlich eingespannt, pendelst zwischen deiner Klinik und deinem Papagallo, da bleibt wohl nicht mehr viel Zeit für die Kleinen!«

»Es ist aberwitzig, wie aggressiv du wirst, sobald du dir etwas vorzuwerfen hast!« erwiderte sie in schneidendem Ton, und ihre Stimme hallte im Foyer wider.

Er blickte sich panisch um, in der Furcht, daß sie den Umstehenden eine unfreiwillige Show liefern könnten – wobei er Céline entdeckte, die verschämt am Zeitschriftenkiosk wartete und es nicht wagte näherzukommen. Valérie drehte sich nach dem jungen Mädchen um.

»Ist das die Neue? Ich bin nie so ganz auf dem neuesten Stand, ich war noch bei der anderen ...«

Energisch stieß sie die Flügeltür auf und ließ Mathieu, ohne mit der Wimper zu zucken, stehen.

Ludovic hatte sich am Vorabend nicht mehr dazu aufraffen können heimzufahren. Er war eine ganze Weile ziellos in der Gegend herumgeirrt, dann hatte er etwas Alkoholisches gebraucht und war ins La Bohème gegangen, eines der wenigen Lokale, die am Sonntagabend geöffnet waren und in dem sich sämtliche Geschäftsleute der Stadt drängten. Aber der Lärm war ihm schnell unerträglich erschienen, und so hatte er sich schließlich in die Kanzlei geflüchtet. Kurz vor Tagesanbruch hatte er eine Stunde auf dem Sofa in seinem Zimmer geschlafen. Kaum war er aufgewacht, war auch sein Schmerz wieder ungemindert dagewesen.

Er hatte den Rasierer benutzt, der stets in dem kleinen Waschraum lag, und sich dann geduldet, bis seine Sekretärin gekommen war. Er hatte sie gebeten, ihm ein Hemd zu kaufen, wobei er irgendeine unverständliche Erklärung gemurmelt hatte. Anschließend hatte er Axelle angerufen, um sie zu wecken. Noch ganz schlaftrunken hatte sie kein Wort von irgendeiner Nachricht für ihn erwähnt, was ihn auch nicht weiter überraschte. Er hatte ihr einen angenehmen Tag gewünscht, aufgelegt und eine Weile haßerfüllt das Telefon angestarrt.

Noch völlig zerschmettert von seinem seelischen Tiefschlag, vermochte er es nicht wirklich zu begreifen, daß all seine Hoffnungen, Pläne und Träume wie eine Seifenblase zerplatzt waren. Während er in das zu große Hemd hineingeschlüpft war, das seine Sekretärin ihm besorgt hatte, hatte er Anweisung erteilt, daß man ihm keinerlei Gespräche durchstellte, auch keine dringenden. Den Vormittag über hatte er Mandanten empfangen und mechanisch irgendwelche Akten bearbeitet.

Wie jeden Montag klopften Hubert und Charles kurz nach dreizehn Uhr bei ihm an. Die treusorgende Sekretärin hatte ihnen diskret angedeutet, daß Ludovic irgend etwas umzutreiben schien, weshalb sie sich jeden Kommentars zu seiner gequälten Miene enthielten. Sie schleppten ihn in ihr Stamm-Bistro, ohne ihm irgendwelche Fragen zu stellen oder auch nur zu versuchen, ihn in die Unterhaltung miteinzubeziehen. Charles achtete lediglich darauf, daß die Gläser stets gefüllt waren.

Der Schnee hatte stellenweise begonnen zu schmelzen, und die Bürgersteige waren mit gelblichem Matsch bedeckt. Es war nicht mehr so kalt, aber der Himmel war nach wie vor grau und trübe. Als sie wieder in der Kanzlei waren, folgte Hubert Ludovic in sein Zimmer und schloß die Tür hinter sich. Vorsichtig erkundigte er sich, wo der Schuh drücke, erhielt aber keine Antwort. Ludovic stand mit dem Rücken zu ihm vorm Fenster.

»Hast du Ärger?«

»Nein … Nichts weiter als eine banale Liebesgeschichte, die eine unglückliche Wendung genommen hat …«

Seine Stimme versagte ihm bei den letzten Worten, und Hubert, der großes Mitleid empfand, bohrte nicht weiter. Nachdem sie eine Weile beide geschwiegen hatten, ließ er ihn alleine. Das war das erste Mal, daß er Ludovic derart verstört erlebte. Für gewöhnlich machte er sich über kleine Enttäuschungen in Herzensangelegenheiten selbst als erster lustig. Diesmal dagegen wirkte er ernsthaft mitgenommen. Hubert nahm sich fest vor, die folgenden Tage ein Auge auf ihn zu haben. Ludovic war ein zu wertvoller Partner, als daß er ihn hätte Dummheiten begehen lassen wollen. Und doch erweckte er den Eindruck, als wüßte er nicht mehr, was er unterschrieb oder sagte. Zumindest mußte man ihn daran hindern, in dieser Verfassung vor Gericht aufzutreten.

Valérie konnte es einrichten, daß sie bereits am frühen Nachmittag aus dem Saint-Lazare wegkam. Ein weiteres Mal fuhr sie zur Uniklinik, herzte ihren Sohn und kehrte dann zu ihren Eltern zurück, um sich um Camille zu kümmern. Suzy hatte sie nicht zur Schule bringen wollen, und das kleine Mädchen hatte den freien Tag genutzt, um sich in Augustins Laden als Verkäuferin nützlich zu machen. Er bestätigte, daß sie ihm geholfen habe, einer unentschlossenen alten Dame, die völlig hingerissen von ihr war, eine seltene Ausgabe zu verkaufen.

Da sie bereits große Sehnsucht nach ihrem Bruder hatte, mußte Valérie ihr versprechen, sie ins Krankenhaus mitzunehmen, sobald Jérémie auf eine andere Station verlegt worden wäre. Um sie abzulenken und auch um Suzy zu entlasten, die keine Zeit zum Einkaufen gehabt hatte, schlug Valérie vor, in der Pizzeria zu Abend zu essen. Zuvor nahm sie ihren Vater beiseite und verlangte, daß er sich abhorchen ließe. Sie hatte extra ein Stethoskop mitgebracht, da sie seine sorgenvolle Miene nicht vergessen hatte, als sie ihn am Vorabend durchs Schaufenster erspäht hatte. Sie hörte ihn gründlich ab, konnte aber, was den Herzrhythmus betraf, nichts Alarmierendes feststellen. Sie vergewisserte sich, daß er die von Roussel verordnete Behandlung auch wirklich befolgte, und empfahl ihm, langsam zu laufen, wenn er Atome ausführte.

»Ich bin sehr froh, daß du dich um mich sorgst!« bemerkte er, während er seine Jacke wieder zuknöpfte. »Denn nun habe ich dich endlich einmal mit diesem Ding da auf den Ohren gesehen, meine kleine Doktorin!«

Sie beschlossen, früh Abend essen zu gehen, und unmittelbar bevor sie aufbrachen, rief sie noch einmal bei Ludovic an. Axelle hob ab und war ziemlich unfreundlich. Ihr Vater sei nicht da, und sie habe keine Ahnung, um wieviel Uhr er nach Hause käme. Verwirrt probierte Valérie es in der Kanzlei, doch dort lief nur das Band. Sie zögerte kurz und überlegte, ob sie eine Nachricht hinterlassen sollte, dann legte sie auf, ohne ein Wort zu sagen. Ein wenig beunruhigt versuchte sie, sich an ihre letzten Gespräche zu erinnern. Hatte er ein Abendessen, ein Treffen erwähnt? Sie machte sich Vorwürfe, nicht gut genug aufgepaßt zu haben auf das, was er gesagt hatte. Durch Jérémies Unfall hatte sie alles andere vergessen.

Eingemummelt in ihre Daunenjacke zupfte Camille sie am Ärmel.

»Wir warten auf dich, Maman! Ich habe Hunger!«

Valérie beugte sich zu ihrer Tochter hinunter und nahm sie auf den Arm. Und schon waren all ihre Sorgen wie weggeblasen.

Als Ludovic heimkam, traf er auf Axelle, die gerade im Eßzimmer deckte. Da sie normalerweise lieber in der Küche saßen und diesen Raum selten benutzten, nahm er an, daß sie Freunde eingeladen hatte.

»Freundinnen! Wir veranstalten zur Abwechslung einmal einen Frauenabend! Du wirst der einzige Mann am Tisch sein, was sagst du dazu?«

Da ihm diese Vorstellung unerträglich erschien, lehnte er es ab, ihre Zusammenkunft zu stören, aber Axelle wurde böse.

»Du kannst dich ruhig ausnahmsweise einmal bemühen! Nie bist du da!«

Geschickt wechselte sie plötzlich die Taktik und hängte sich an seinen Hals.

»Papa, bitte … Sie werden sich riesig freuen und ich auch … Ich habe mir wahnsinnig Mühe gegeben, ein wahres Galamenü zuzubereiten … Du kannst direkt nach dem Dessert schlafen gehen, wenn du müde bist …«

Er mußte nachgeben, da er nicht die Kraft hatte, sich mit ihr zu streiten. Er konnte sich sehr gut vorstellen, wie Axelles Freundinnen waren. Hübsche, vergeistigte junge Mädchen, die selbstsicher über Kunst debattierten und sich die Welt auf ihre Art neu erschufen. Mit einem Seufzer ging er aus dem Eßzimmer, um sich zu duschen. Er fühlte sich schmutzig, müde und alt.

Obwohl er erst heiß und dann eiskalt duschte, kam er nicht wieder richtig auf die Beine und mußte sich zwingen, sich anzuziehen. Auf dem Weg in sein Zimmer hinunter hielt er am Telefon inne. Er konnte genausogut um eine Erklärung bitten, selbst wenn sie unangenehm war. Es brachte nichts, wenn er Valérie die Sekretärin traktieren ließ. Eine saubere Trennung wäre vielleicht sogar leichter zu ertragen.

Trotz allem wählte er die Nummer nur zögernd, mit klopfendem Herzen, überzeugt, daß er keinen Ton herausbringen würde. Doch wie am Vorabend klingelte es zwölfmal, ohne daß jemand hinging.

Er knallte den Hörer so heftig auf die Gabel, daß eine kleine Lampe aus Opalglas hinunterfiel. War sie aus ihrer Wohnung ausgezogen? War es denkbar, daß sie nach Mont-Saint-Aignan zurückgekehrt war, nachdem sie sich mit ihrem Ehemann versöhnt hatte?

Während er kurz zuvor noch bereit gewesen war, mit ihr zu brechen, und all seinen Mut zusammengenommen hatte, um sie zur Rede zu stellen, kam er sich nun plötzlich völlig lächerlich vor. Sie hatte wahrscheinlich ihr kleines Familienleben wieder-aufgenommen und hatte es nicht einmal für nötig befunden, ihm dies mitzuteilen. Das hieß, daß er so gut wie gar nicht existierte und keine besonders wichtige Rolle gespielt hatte!

Er stürzte sich auf das Telefonbuch und fing fieberhaft an zu blättern. Mathieu Keller war nicht aufgeführt, sicher hatte er eine Geheimnummer, aber dafür fand er Augustin Prieur. Ohne nachzudenken, wählte er dessen Nummer, aber auch dort hob keiner ab.

Nach und nach wich die Wut Gleichgültigkeit. So waren also alle wie vom Erdboden verschluckt, sie, ihre Kinder, ihre Eltern. Vermutlich knallten in Mathieus Villa die Champagnerkorken. In einem Haus, das sie angeblich nicht mochte! Bei einem Ehemann, an dem sie kein gutes Haar gelassen hatte! Und er saß hier als Häufchen Elend vorm Telefon, zu allem bereit und zu nichts nutze.

»Na prima … Also gut, für heute ist Schluß, finito!«

Mit einer heftigen Bewegung rupfte er den Stecker aus der Wand, dann riß er mit Schwung seine Tür auf und ging die anderen beiden Anschlüsse ausstöpseln. In der Küche war Axelle in eine angeregte Unterhaltung mit drei Mädchen verstrickt, die gerade gekommen waren und noch ihre Mäntel über dem Arm hatten.

»Gibt es irgendwelche Probleme?« fragte Axelle, als sie ihren Vater mit der Schnur kämpfen sah.

»Nein! Ich möchte lediglich einen Abend lang meine Ruhe haben. Du erwartest doch keinen dringenden Anruf?«

Sie fand, daß er wie eine wandelnde Leiche aussah, begnügte sich aber damit, die Anwesenden einander vorzustellen. Liebenswürdig und fröhlich befanden die jungen Mädchen rasch, daß Ludovic mit seiner verzweifelten Miene unwiderstehlich sei.

Valérie hatte beschlossen, bei ihren Eltern zu bleiben. In ihrem Jungmädchenbett hatte sie ein Lager für Camille zurechtgemacht, die an sie hingekuschelt schlief. Sämtliche Kirchturmglocken hatten bereits Mitternacht geläutet, doch sie fand keinen Schlaf. Ludovics Schweigen war für sie nicht mehr länger zu ertragen. Sie konnte sich keinen Reim darauf machen. Sie hatten sich angewöhnt, lang miteinander zu sprechen abends, und sie war frustriert. Natürlich konnte er irgendwelche Verpflichtungen haben oder verhindert sein. Vielleicht aß er irgendwo mit seiner Tochter zu Abend. Oder er war nach Paris zu einer Gerichtsverhandlung gefahren, was ab und an vorkam, und hatte nicht zurückkommen können. Aber in diesem Falle hätte er sie verständigt und in der Klinik angerufen. Nein, daran war nichts zu rütteln, sie machte sich Sorgen.

In den letzten zwei Tagen hatte sie so viele Dinge erlebt, war so vielen widersprüchlichen Gefühlen ausgesetzt gewesen, daß sie nicht wirklich Zeit gehabt hatte, richtig an ihn zu denken. Jérémie hatte all ihre Gedanken gefangen genommen. Selbst die unschöne Szene mit Mathieu hatte ihre Angst nicht zerstreuen können.

Sie drehte sich vorsichtig um, um Camille nicht zu stören, und stieß einen tiefen Seufzer aus. Gäbe es in ihrem künftigen Leben wieder einen neuen Mann? War sie überhaupt in der Lage, sich auf jemanden einzulassen? Paradoxerweise verspürte sie das Bedürfnis, fühlte sich aber noch nicht bereit. Ihre Wohnung, ihre Stelle am Saint-Lazare, ihre Abende als alleinstehende Mutter, all das war provisorisch, aber sehr angenehm.

In die nächtliche Stille hinein hörte sie ihren Vater husten. Es war wunderbar, hierher Zuflucht nehmen zu können. Aber es war vielleicht auch ein Zeichen dafür, daß sie sich selbst nicht genug war, daß sie andere Menschen um sich herum brauchte, Geborgenheit suchte. Nicht alle Männer waren so widerwärtig wie Mathieu und hinderten einen, das eigene Leben zu leben. Sie dachte wieder an ihre Auseinandersetzung in der Küche, an seine besitzergreifenden Gesten. Niemals würde Ludovic sich so betragen, nicht einmal im Vollrausch. *Seine* Hände waren zärtlich. Und außerdem verstand er es zuzuhören und zwischen den Zeilen zu lesen.

Meine Güte, du bist dabei, ihn auf ein Podest zu stellen …

Mit einem amüsierten Lächeln auf den Lippen schloß sie die

Augen. Camille legte ihren Kopf ein bißchen anders hin, und Valérie roch den Duft ihres Grüne-Apfel-Shampoos. Sie zog die Decke wieder richtig hoch und küßte ihre Tochter sachte auf die Wange. Sie beschloß, Ludovic am nächsten Morgen um halb acht anzurufen. Um diese Zeit war sie sich zumindest sicher, ihn zu erreichen. Was machte es schon, wenn Axelle darüber nicht gerade entzückt wäre. Bis dahin müßte sie allerdings schlafen. Sie hatte zuviel Verantwortung, als daß sie sich durchwachte Nächte hätte erlauben können.

Unmittelbar bevor sie in Morpheus' Arme sank, dachte sie daran, daß bald Weihnachten war und sie noch nichts vorbereitet hatte.

Axelle hatte ihren Freundinnen angeboten zu übernachten, da sie alle etwas zuviel getrunken hatten. Ludovic, der sich in sein Zimmer zurückgezogen hatte, hatte sie verschwommen lachen und singen hören. Als es endlich still geworden war im Haus, saß er immer noch an seinem Schreibtisch. Beim Abendessen war es eher fröhlich zugegangen, aber er hatte das Gefühl gehabt, schrecklich geistesabwesend zu sein trotz der Bemühungen der jungen Mädchen, ihn in die Unterhaltung miteinzubeziehen. Er konnte das Bild Valéries in Mathieus Armen einfach nicht aus dem Kopf bekommen.

Er setzte sich anders hin und bemerkte, daß er ganz steif geworden war, weil er so lange mit übereinandergeschlagenen Beinen in einer Position gesessen hatte. Sein Blick fiel auf die Stöße mit Akten. Er war nicht in der Lage zu arbeiten, verstand nichts von dem, was er las, als seien ihm die einfachsten juristischen Sachverhalte ein Buch mit sieben Siegeln geworden. Seit wann hatte er keinen Urlaub mehr gemacht? Er hatte den Großteil seiner Zeit mit Handwerksarbeiten verbracht, damit, dieses und jenes Zimmer einzurichten, die Blumenbeete neu zu gestalten und Trödler abzuklappern. Seit Axelle bei ihm lebte, vermied er es nach Kräften, sie allein zu lassen. Und wenn sie fortfuhr, teilte sie ihm dies stets in letzter Minute mit, so daß er selbst nichts planen konnte. Bevor er heute aus der Kanzlei gegangen war, hatte Charles ihm nahegelegt, sich einmal zu erholen, ein bißchen abzuschalten.

Als er an die mitleidigen Gesichter seiner beiden Partner dachte, fühlte er den Zorn in sich hochkochen. Er hatte es nicht nötig, bedauert oder geschont zu werden. Er war nicht krank, und bislang hatte er sich eher als Kämpfer gezeigt. Jetzt allerdings, da brauchte er sich nichts vorzumachen, war es soweit: Nach der Enttäuschung, die Valérie ihm zugefügt hatte, war er am Boden zerstört. Davon würde er sich nicht mehr so schnell erholen – vor allem wenn er wie ein Idiot hier herumsaß, ohne arbeiten oder schlafen zu können.

Noch bevor er sich dessen überhaupt bewußt war, hatte er seine Entscheidung getroffen. Er stand auf, ging zu einem Mahagonischrank, den er selbst vor einigen Monaten mit viel Liebe restauriert hatte, schnappte sich seine Reisetasche und stopfte ein paar Kleidungsstücke hinein. Dann ging er ins Bad hinauf, um sein Waschzeug einzupacken. Nach kurzem Zögern zog er sich aus und duschte zum zweiten Mal an diesem Abend. Sobald er warme und bequeme Kleidung anhatte, lief er, die Haare noch naß, nach unten, um die restlichen Vorkehrungen zu treffen. Im Stehen, auf den Kaminsims gestützt, schrieb er zwei Briefe. Einen an Axelle, den anderen an Hubert. Aus der Schreibtischschublade nahm er seine Kreditkarte und sein Scheckheft heraus und ließ das gesamte Bargeld für seine Tochter zurück.

In der Küche legte er das Blatt gut sichtbar hin und stöpselte das Telefon wieder ein. Schließlich verließ er das Haus, wobei er achtgab, die Tür sorgsam hinter sich zu verriegeln. Die Nacht war ziemlich klar, und es war kalt. Er mußte das Auto erst vom Eis befreien, ehe er losfahren konnte. Gemächlich fuhr er Richtung Rouen. Er wollte zunächst den Umschlag für Hubert hinterlegen, so daß dieser ihn gleich fände, wenn er käme. Mochte er auch unglücklich sein, so handelte er doch nicht unbesonnen. Jemand mußte sich um seine Akten und seine Mandanten kümmern.

Nachdem er die Stadt hinter sich gelassen hatte, nahm er die Autobahn Richtung Westen. Hundert Kilometer lang fuhr er ziemlich schnell, dann hielt er an einer Tankstelle. Er tankte voll und schüttete Frostschutzmittel in die Scheibenwaschanlage. In dem kleinen, überheizten Ladenraum trank er einen Kaffee und kaufte Bonbons. Die Kassiererin gab ihm mit einem müden Lächeln das Restgeld heraus. Die Nacht mußte einem lang werden an diesem Rastplatz, wo nur wenige Fernfahrer anhielten.

Als er wieder in sein Coupé stieg, war seine Stimmung am Nullpunkt angelangt. In Caen fuhr er von der Autobahn ab auf die Nationalstraße und versuchte dem Fahren etwas Vergnügliches abzugewinnen, war aber mit dem Herzen nicht bei der Sache. Es hatte zu regnen begonnen, und angesichts der jähen Windböen war es besser, weiterhin vorsichtig zu fahren. Vor allem in dem übermüdeten Zustand, in dem er sich befand. Er hatte seit drei Tagen kaum geschlafen. Eine Stunde auf seinem Sofa in der Kanzlei in der Nacht zum Montag, und davor – nun, da war er mit Valérie in der Mühle gewesen und hatte mit ihr zusammen den Großteil der Nacht zum Tage gemacht.

»Ach, Valérie ...«, murmelte er gepreßt.

Er hielt die Hände ums Lenkrad geklammert, und das Licht der Scheinwerfer verschwamm vor seinen Augen. Er mußte am Straßenrand anhalten und spürte, wie ein Tropfen auf sein Knie herabfiel. Er konnte es gar nicht glauben und wischte sich mit dem Handrücken unwirsch über die Wange. Das letzte Mal hatte er vor zwanzig Jahren geweint, bei der Beerdigung seiner Eltern. Er lehnte sich zurück, legte den Kopf nach hinten und schloß die Augen. Die Frau, die er liebte, zu verlieren war schon eine unmenschliche Prüfung, aber schlimmer als alles andere waren die Umstände, unter denen dies geschehen war. Sie hatte einen himmelschreienden Zynismus bewiesen. Vielleicht hatte sie ihre romantischen Wochenenden letztendlich nur dazu benutzt, ihren Mann eifersüchtig zu machen und diesem eine Lektion zu erteilen. Danach hatte sie ihm vergeben und war schön brav ins warme Nestchen zurückgekehrt. Durch die ganze Geschichte hätte sie sich das Recht erobert zu arbeiten, das Mathieu ihr, überglücklich, sie wiederzuhaben, nicht mehr streitig machen würde.

Wie hatte er sich dermaßen täuschen können? Er hatte sie in seinen Armen gehalten. Er hatte erlebt, wie sie sich hingegeben hatte, sie lachen gehört, geglaubt, sie zu durchschauen. Er hatte daran gedacht, sie zu heiraten, hatte Zukunftspläne geschmiedet, sich sogar heimlich schon überlegt, welche Zimmer die Kinder bekämen!

Das war der Gipfel der Absurdität. Gott sei Dank würde sich bei dem bevorstehenden Gütlichkeitstermin vor dem Richter der arme Hubert lächerlich machen und nicht er selbst. Doch dadurch, daß er am Straßenrand stand und wie ein kleiner Junge heulte, würde die Sache auch nicht besser. Er nahm ein Kleenex-Tuch aus dem Handschuhfach, schneuzte sich und ließ dann die Scheibe einen Spalt herunter, um die eisige Luft einzuatmen. Bis Aranches waren es noch etwa vierzig Kilometer. Danach war die Straße bis Pontorson in hervorragendem Zustand. Dort könnte er sich wieder eine Pause genehmigen. Ludovic lenkte sein Coupé vom Rand des Straßengrabens weg auf die Nationalstraße zurück und zwang sich eine Weile, vorsichtig zu fahren; dann, als er sich besser fühlte, trat er erneut aufs Gas.

In Dol-de-Bretagne war er schließlich wieder in Form und beschloß, bis Dinan durchzufahren. Er machte ein offenes Café ausfindig und verschlang am Tresen stehend ein trockenes Sandwich. Vermutlich hatten zu dieser Stunde die Bäcker noch nicht geliefert. Von hier an war er zu Hause. Er kannte jedes Dorf und verband mit allem Erinnerungen.

Er bog von der Nationalstraße auf eine kleine Departementstraße ab und fuhr Richtung Plancoët. Das Meer war nun nicht mehr weit entfernt. Er sah es zwar nicht, da es noch dunkel war, aber er fühlte es. Unwillkürlich war er wieder schneller gefahren, von einer dumpfen Erregung ergriffen. Die letzten Male war er gekommen, um Axelle zu besuchen. Aber zu der Freude, seine Tochter wiederzusehen, hatte sich immer auch das intensive Vergnügen hinzugesellt, wieder in seine Heimat und seine Vergangenheit einzutauchen. Inzwischen war Axelle eine erwachsene Frau, und Ludovic war hier, um ein wenig zu sich zu finden.

Wie gewohnt parkte er an der Landspitze von Pléneuf. Er nahm seine pelzgefütterte Jacke vom Beifahrersitz und zog seine Handschuhe an. Als er aus dem Coupé stieg, blieb er eine ganze Weile stehen und sog die Seeluft ein, bevor er in den kleinen Trampelpfad einbog. Er lief eine halbe Stunde langsam an der Steilküste entlang bis zum Strand von Vallées. Das Tosen der Brandung deutete darauf hin, daß gerade Flut war, aber er konnte noch nicht viel erkennen. Doch das spielte keine Rolle, er hätte auch mit geschlossenen Augen weitergehen können, denn er war hier als Kind Tausende Male herumgelaufen. Schließlich setzte er sich hin, um dem Meer zu lauschen. Mit der Zeit und mit ein bißchen Glück konnte er hier genesen – wenn auch nicht vergessen.

Als die ersten Sonnenstrahlen den Horizont in ein milchiges Licht tauchten, war er völlig durchgefroren. Um wieder warm zu werden, zwang er sich, bis zum Auto zurückzurennen. Er schaltete sofort die Heizung ein und machte sich auf den Weg. Nachdem er an dem Wachposten vorbei war, fuhr er langsam, um den Ausblick über die Bucht von Saint-Brieuc zu genießen, der sich ihm langsam eröffnete. Dann ließ er den Wagen bis nach Dahouët hinunterrollen, dem kleinen Hafen, an dem Nathalie wohnte.

Der Durst hatte Axelle kurz vor sieben Uhr aus dem Bett getrieben. In ihren Bademantel gewickelt tappte sie schlaftrunken in die Küche hinunter. Vor dem Kühlschrank stehend trank sie in großen Zügen Orangensaft. Erst als sie ihren Durst gestillt hatte, schaltete sie das Licht an. Das Blatt auf dem Tisch stach ihr sofort ins Auge, und eine Woge der Panik überkam sie, als sie die Schrift ihres Vaters erkannte.

»Mein großes Mädchen, ich brauche wirklich Ferien, mir geht es nicht sehr gut, wie Du sicher schon festgestellt hast. Nach einer bitteren Enttäuschung mit Du weißt schon, wem – ja, ja, Du hattest recht – werden mir einige Tage in der Bretagne äußerst wohltun. Ich habe in der Kanzlei Bescheid gesagt. Lade

Dir also Freundinnen ein, ich weiß Dich nicht gerne alleine. Falls Du lieber einen Jungen einlädst, such ihn Dir sorgfältig aus, ich spreche aus Erfahrung! Geld findest Du in meiner Schreibtischschublade. Vergiß nicht, die Türe abzuschließen. Ich hab' Dich lieb. Papa.«

Wie betäubt las sie den Brief dreimal hintereinander. In der Bretagne? Dann war er also direkt zu ihrer Mutter gefahren, natürlich. Sollte sie diese anrufen, um sie vorzuwarnen? Um wieviel Uhr war er aufgebrochen? Nathalie würde ihn mit offenen Armen empfangen und verstünde es, ihn zu trösten, daran hatte sie keine Zweifel. Und da er dort Zuflucht suchte, durfte man sich berechtigte Hoffnungen machen. Mit einem kurzen Blick versicherte sie sich, daß das Telefon eingesteckt war, und wählte dann die Nummer ihrer Mutter, die sie aus dem Bett warf. Sie informierte sie in ein paar knappen Worten, wollte aber nicht lange sprechen, damit diese Zeit hätte, sich vorzubereiten. Wenn sie doch nur wieder zueinanderfinden würden! Am Vorabend hatte sie sich geärgert, daß ihr Vater so zerstreut gewesen war, aber als er sich zurückgezogen hatte, hatten die anderen sich in endlosen Lobreden ergangen. Sie wären bereit, es bei ihm zu versuchen, falls Axelle ihren Segen gäbe. Für Mädchen ihres Alters war er der Inbegriff des Verführers. Nachdem sie herzlich gelacht hatte, hatte sich Axelle trotz allem geschmeichelt gefühlt. Es stimmte, daß er gutaussehend war und sehr charmant, aber da sie ihn besser kannte als die anderen, war ihr nicht entgangen, daß er zutiefst verstört war.

Maman wird sich um ihn kümmern …

Das war das Beste, was passieren konnte. Wie recht sie gehabt hatte, diese Valérie Prieur vom ersten Moment an zu hassen! Und auch damit, deren Anruf vom Vorabend zu verschweigen. Sie hatte es tatsächlich vergessen, aber es traf sich gut. Was mochte die gute Frau ihrem Vater nur angetan haben, daß er so traurig war und mitten in der Nacht in die Bretagne floh?

Hellwach und topfit begann das junge Mädchen, Frühstück zu machen, und summte leise vor sich hin. Im vergangenen Sommer hatte sie ihre erste Trennung erlebt, und ihr Vater hatte ihr wiederholt gesagt, daß Liebeskummer eine vorübergehende Erscheinung sei. Er hatte damals alles getan, um sie auf andere Gedanken zu bringen, und sie waren viel zusammen ausgegangen.

Er ist ein toller Typ, ich liebe ihn …

Nathalie kochte vermutlich auch gerade Kaffee, und sich die beiden in ihrem kleinen Häuschen in Dahouët vorzustellen hatte etwas sehr Anrührendes.

Sie fuhr erschrocken hoch, als das Telefon klingelte, und hätte sich um ein Haar am Wasserkessel verbrannt. Als sie die Stimme von Valérie erkannte, jubilierte sie innerlich. Barsch gab sie zur Antwort, daß ihr Vater nicht da sei, ohne etwas Genaueres hinzuzufügen. Wenn diese Ziege noch einmal anriefe, könnte sie ihr immer noch mitteilen, daß ihr Vater verreist sei.

»Komm herein …«

Nathalie sah Ludovic mit unverhohlener Zärtlichkeit an.

»Warst du schon wach?« fragte er, während er die Treppe hochstieg.

»Ich habe gerade mit Axelle gesprochen.«

Er schloß sorgsam die Türe und folgte ihr in die Küche.

»Ich war gerade dabei, dir ein Frühstück zu zaubern. Ich wäre enttäuscht gewesen, wenn du nicht gekommen wärest!«

Sie lachte wieder und schob ihn in Richtung Bank.

»Wenn du dein Gesicht sehen könntest …«

Lächelnd stellte sie einen Teller vor ihn hin, gesalzene Butter, eine Platte mit Crêpes und Brötchen, die sie aufgebacken hatte. Dann schenkte sie ihm ein Schälchen Kaffee ein.

»Trinkst du ihn schwarz, ohne Zucker und Milch?«

Sie musterte ihn, glücklich, daß er da war. Er erwiderte ihren Blick und mußte schließlich lächeln. Obwohl sie ganz braune Haare hatte, war ihr Teint hell und ihre Augen goldbraun.

»Du wirkst ziemlich munter …«, murmelte er.

»Frischer als du, das mit Sicherheit!«

Über ihnen war ein leises Rumoren zu hören.

»Ich bin nicht allein, Yann ist da.«

»Ich freue mich, ihn zu sehen.«

Er legte seine Hand auf Nathalies und fragte ernst:

»Geht's dir gut?«

»Ja.«

Sie tauschten ein verschwörerisches Grinsen, das eine Art geheimer Code zwischen ihnen geworden war, und machten sich über das Frühstück her.

»Axelle ist vermutlich überzeugt, daß ich dir in die Arme falle und wir noch diese Woche wieder heiraten! In dieser Hinsicht wird sie einfach nicht erwachsen.«

»Wenn du nicht die schlechte Angewohnheit hättest einreißen lassen, ihr alles zu verheimlichen ...«

Gerade als er im Begriff war, seine Kaffeeschale abzustellen, bekam er einen kräftigen Knuff in den Rücken.

»Hallo, du!«

Yann stand etwas verlegen hinter ihm. Ludovic drehte sich halb um und streckte ihm lächelnd die Hand hin. Er kannte ihn seit vierzig Jahren. Groß und breitschultrig stand der Bretone vor ihm und musterte ihn von oben bis unten. Sie waren eine Zeitlang echte Freunde gewesen, wußten aber beide nicht genau, ob dies immer noch der Fall war. Als Ludovic ihm auf der Bank Platz machte, stand Yann noch immer zögernd da in seinem Seemannspullover, mit seinem wettergegerbten Gesicht und dem klaren Blick.

»Kommst du aus deiner Normandie? Und bleibst du länger hier?«

»Ein paar Tage.«

Nathalie beobachtete sie und mußte unwillkürlich lächeln. Yann war schüchtern, linkisch, nett und sehr verliebt in sie. Seit Axelle nicht mehr im Haus war, lebte er die meiste Zeit über hier. Aber er wäre bereit, auch diesmal wieder zu verschwinden, wenn sie ihn darum bäte.

»Ich werde ein Hotelzimmer nehmen«, verkündete Ludovic.

»Auf keinen Fall«, protestierte Nathalie. »Du kannst es dir in meinem Atelier gemütlich machen, dort hast du deine Ruhe.«

Ein paar Jahre zuvor, als sie sich ernsthaft entschlossen hatte zu malen, hatte sie einen kleinen, ans Haupthaus angrenzenden Trakt instand gesetzt. Er bestand aus einem einzigen langen, riesengroßen Raum, der dank der zusätzlichen Fenster, die sie an der Nordwand in die Granitmauer hatte schlagen lassen, lichtdurchflutet war. Es war sogar ein kleiner Waschraum eingebaut worden.

Ludovic linste zu Yann hinüber. Dieser verbrachte fast all seine Tage auf seinem Boot und fuhr jeden Morgen aus dem Hafen hinaus aufs Meer, ganz egal, ob die See glatt oder stürmisch war. Ohne Zweifel wäre er beunruhigt, Nathalie und Ludovic allein im Haus zu wissen.

»Nein, das ist nett, aber ich …«

»Bleib hier!« entschied Yann und sah ihm direkt in die Augen.

Dem war nichts mehr hinzuzufügen. Sie kannten sich alle drei zu gut, als daß einer am Wort des anderen gezweifelt hätte. Sie hatten in ihrer Jugend derselben Clique angehört und sich seither niemals offen gestritten. Selbst als Ludovic mit Nathalie angebandelt hatte, hatte Yann sich in sein Schicksal gefügt. Allerdings war er nicht zur Hochzeit erschienen. Er war seiner Einberufung zuvorgekommen und hatte zu der Zeit seinen Militärdienst geleistet. Ohne seinen Groll zu zeigen, hatte er still gelitten und sich als echter Seemann mit seinem Segelboot getröstet. Als Nathalie nach Dahouët zurückgekehrt und zusammen mit ihrer Tochter wieder in das kleine Häuschen gezogen war, hatte sich Yann damit begnügt, die Situation aus der Ferne zu beobachten. Er hatte sich ein ganzes Jahr geduldet, bevor er sich entschlossen hatte, Nathalie zum Mittagessen einzuladen. Nach und nach hatte sie ihm von ihren Enttäuschungen erzählt. Vom Scheitern ihrer Ehe und einer unglücklichen Affäre, in die sie sich schließlich gestürzt hatte, um Ludovic zu vergessen. Yann hatte schweigend zugehört. In der Folgezeit hatte er es sich angewöhnt, bei ihr vorbeizuschauen, vorzugsweise, wenn Axelle in der Schule war, und hatte ihr unzählige Gefallen getan oder sie gelegentlich zu einer Bootsfahrt mitgenommen. Doch er hatte noch einige Monate gewartet, bevor er ihr gestanden hatte, sie schon immer geliebt zu haben, schon seit der Zeit, da sie noch Zöpfe und Söckchen trug. Ganz klammheimlich waren sie ein Liebespaar geworden. Die Wochenenden, an denen Ludovic kam, um Axelle zu besuchen, fuhr Yann für drei Tage aufs Meer hinaus. Als Nathalie ihm schließlich verkündet hatte, daß ihre Tochter zu ihrem Vater ziehen würde, hatte er sich das erste Mal in seinem Leben betrunken.

Das unvermittelte Auftauchen Ludovics an jenem Morgen hatte ihn daher überrascht und auch geärgert. Aber er hatte so großes Vertrauen zu Nathalie, daß er sich nicht einmal vorstellen konnte, sich ihr in den Weg zu stellen. Wenn sie vorschlug, ihren Exmann zu beherbergen, so hatte sie ihre Gründe.

»Du wirst dich sehr wohl fühlen im Atelier, ich stelle noch die Heizung hoch, bevor ich gehe.«

Er schenkte Nathalie ein breites Lächeln und ging aus der Küche. Sie sahen ihn mit seinem Ölzeug und seinen Stiefeln am Fenster entlanglaufen.

»Verbringt er sein Leben noch immer an Bord?« fragte Ludovic.

»Ja! Du kennst ihn doch ... Er hat drei Fischer, die für ihn arbeiten, aber er kann es nicht lassen, jeden zweiten Tag selbst hinauszufahren.«

»Und die anderen Tage?«

»Verbringt er auf der Nat, seinem Segelboot. Er striegelt und putzt es wie einen Vollblüter.«

»Wer hat es Nat getauft?«

Zum ersten Mal seit zwei Tagen lachte Ludovic schallend.

»Wann entschließt du dich, ihn zu heiraten?«

»Er hat mich nicht gefragt.«

»Wegen Axelle? Aber das ist doch verrückt!«

»Langsam, langsam ... Wenn Axelle sich eines Tages einmal ernsthaft verliebt, wird sie es besser verstehen ... Und dann ist da noch etwas anderes. Ich bin Malerin, ich habe die Galerie in Saint-Brieuc, ich war die Frau eines Anwalts. Das ist etwas viel für einen Fischer. Verstehst du?«

»Ein privatisierender Fischer, ja!«

»Da täusch dich mal nicht. Er tut sein Bestes, aber die Lage ist schwierig geworden. Doch das ist nicht das Problem. Er hat nicht studiert, deshalb hat er Komplexe. Und das Geld für die Galerie hast du mir geliehen. Solange ich es dir nicht zurückgezahlt habe, wird er keinen Fuß dort hineinsetzen.«

»Also gut«, sagte Ludovic und erhob sich von der Bank, »ich rede mit ihm!«

»Nun mach keinen Unsinn«, antwortete sie ruhig. »Du solltest dich besser ein bißchen aufs Ohr legen.«

Sie ging voran in den Hausflur, öffnete einen Schrank und nahm Bettzeug heraus, eine Decke und Handtücher. Er nahm ihr den Stapel ab und zwinkerte ihr zu.

»Ich kenne den Weg, komm nicht mit raus, es ist kalt.«

Er rannte an der Hauswand entlang bis zur Ateliertüre, erleichtert, daß Nathalie den Takt besessen hatte, ihm keine Fragen zu stellen. Dort erblickte er Yann, der mit einer Zange in der Hand über den Heizkörper gebeugt war. Nachdem er die Wäsche auf dem Sofa abgelegt hatte, trat er näher und hörte ihn brummen.

»Er heizt sehr schnell auf, in zehn Minuten wird es angenehm warm hier drinnen sein. Also, ich verzieh' mich …«

Ludovic hielt ihn am Ärmel seiner Öljacke fest.

»Nimmt du mich morgen zu einer Bootsfahrt mit?«

»Wenn du möchtest«, gab der Bretone unbewegt zurück.

Sie sahen sich lange in die Augen, und als Yann erneut das Wort ergriff, hatte Ludovic das sichere Gefühl, daß er nun etwas Bedeutsames sagen würde.

»Ich verstehe nichts davon, aber was ist deine ehrliche Meinung? Sie sind schön, oder?«

Er zeigte auf Nathalies Aquarelle, die kreuz und quer im Atelier herumstanden. Ludovic machte sich daran, sie näher zu betrachten, und begann an der hinteren Wand. Yann blieb regungslos hinter ihm stehen, verharrte wie angewurzelt in der Mitte des großen Raumes. Nachdem er mehrere Minuten lang vor einer Serie von Skizzen des Kaps verweilt hatte, wandte sich Ludovic um.

»Sie hat echtes Talent, und sie hat unglaubliche Fortschritte gemacht. Ich hoffe, sie hat Erfolg, sie hat es verdient.«

»Ah … Schön, das ist wirklich schön … Ich freue mich, daß du das sagst …«

Er wirkte aufrichtig begeistert. Er nickte ein-, zweimal mit dem Kopf und verließ dann ohne ein weiteres Wort das Atelier. Als er alleine war, fühlte sich Ludovic ein wenig verloren. Er ließ die Jalousien an den vier Fenstern hinunter und stand im Halbdunkel. Während er das Bett bezog, überkam ihn die Müdigkeit. Vielleicht gelänge es ihm endlich einzuschlafen, trotz seines Kummers. Er streifte die Schuhe ab, streckte sich auf dem Diwan aus und wickelte sich in die dicke Decke ein. Doch sobald er die Augen schloß, sah er unweigerlich das Gesicht der Frau vor sich, die er nicht vergessen konnte.

15

Gemeinsam mit anderen Medizinstudenten hatte Céline bei einer Herztransplantation assistieren müssen, die ihr unendlich lange erschienen war. Sie war fast erstickt unter ihrem Mundschutz und hatte Stunden damit zugebracht, von einem Fuß auf den anderen zu treten. Und der Gedanke daran, noch denselben Abend mit Mathieu zusammen zu Abend zu essen, gefiel ihr nur mäßig. Er wählte stets irgendwelche piekfeinen Restaurants aus, die sie, da sie keine solche Feinschmeckerin war, nicht zu würdigen wußte. Der Linie, die sie sich vorgezeichnet hatte, treu, hielt das junge Mädchen ihn oft bis zum nächsten Tag hin, sagte in letzter Minute ab oder weigerte sich einfach, den Abend in Mont-Saint-Aignan ausklingen zu lassen.

Seit einer Woche zollte man Mathieu besondere Aufmerksamkeit, denn die ganze Station war auf dem laufenden über den Unfall seines Sohnes. Und die Krankenschwestern umsorgten ihn noch viel mehr als sonst. Céline mußte wachsam sein, damit nicht irgendeine andere plötzlich ihren Platz einnahm. Sie spürte sehr wohl die haßerfüllten Blicke derer, die den Chef ebenfalls gerne verführt hätten, und das waren nicht wenige! Am meisten jedoch fürchtete sie trotz allem diejenige, die sie im Foyer gesehen hatte: seine Exfrau. Mit einem einzigen Blick hatte Céline Valérie eingeschätzt. Groß, schlank, außergewöhnliche Augen und sehr elegant. Eine Rivalin von Format, und vor allem die Mutter seiner Kinder. Im übrigen hatte Mathieu jedesmal, wenn er von ihr sprach, einen seltsam verklärten Gesichtsausdruck.

Das Klappern der Instrumente holte sie in die Realität des Operationstraktes zurück. Die Transplantation war fast vollendet. Von allen Details, die der Chefarzt erwähnt hatte, bevor er in den Operationssaal hineingegangen war, war Céline besonders der hohe Preis für den Eingriff im Gedächtnis haften geblieben. Aber bei einem neuen Herzen schaute man sicher nicht aufs Geld.

Sie warf einen Blick auf ihre Nachbarin, die sich nicht eine Handbewegung der Chirurgen entgehen ließ. Wie konnte man sich nur für ein derartiges Gemetzel begeistern? Die Medizin sagte ihr entschieden immer weniger zu. Der Ausweg, den Mathieu Keller bot, drängte sich von Tag zu Tag mehr auf. Sie müßte sich heiraten lassen, ein Kind von ihm bekommen, und sie hätte ausgesorgt bis zum Ende ihrer Tage. Unter der Bedingung, daß sie ein Auge auf ihn hätte und ihn daran hinderte, den Mädchen nachzulaufen. Doch mit zunehmendem Alter würde er schließlich schon zahmer werden. Und sie würde ihm alles geben, was er brauchte. Mit ihm zu schlafen war alles andere als eine lästige Pflicht. Sie war zwar nicht besonders in ihn verliebt, aber das mußte sie ihm ja nicht gerade auf die Nase binden. Im Gegenteil. Sie würde ihm demnächst ein Ultimatum stellen, indem sie ihm eine gewaltige Szene machte und damit drohte, ihn zu verlassen. Das wäre ein ausgezeichnetes Mittel, um seine wahren Absichten herauszufinden.

Einen Stock tiefer teilte die Stationsschwester Mathieu mit:

»Ein Patient, der von Frau Doktor Prieur geschickt wurde, Monsieur.«

Frau Doktor Prieur! Er hatte sich wohl verhört! Er überflog den Brief, den Valérie verfaßt hatte, dann stellte er dem Patienten detaillierte Fragen, nicht ohne dabei die Akte genau zu studieren. Er hätte seiner Frau gerne einen Fehler nachgewiesen, aber die Diagnose schien unbestreitbar. Als er merkte, daß Gilles ihn beobachtete, murmelte er ein paar unverständliche Worte in Richtung Stationsschwester und ging aus dem Zimmer.

»Die Visite ist hiermit beendet, ich gehe Jérémie besuchen«, erklärte er, sobald sie auf dem Gang draußen waren.

Sein Sohn schien vollständig wiederhergestellt, aber man hatte die detailliertesten Untersuchungen durchgeführt, um sicherzugehen, daß man nichts übersehen hatte. Ein Koma von mehreren Stunden konnte Folgen haben, und beinahe alle Kollegen Mathieus hatten ihre Meinung dazu geäußert.

»Sag ihm einen schönen Gruß von mir«, sagte Gilles. »Kommt er bald raus?«

»Wenn er Meier oder Müller hieße, wäre er bereits draußen!«

Mathieu wartete einen Augenblick vor dem Aufzug. Als die Türen aufgingen, wich er zur Seite, um die Person, die ausstieg, vorbeizulassen. Erst als diese ihn streifte, erkannte er Laurence. Entgeistert starrte er sie an, während sie seinem Blick standhielt.

»Wie geht's?« brachte er schließlich relativ unbefangen heraus.

»Sehr gut!«

Er konnte es gar nicht fassen, daß er ihr hier begegnete, sie war genauso schnuckelig, wie er sie in Erinnerung hatte, mit ihrem leicht kecken Gesichtsausdruck, den er schon ganz vergessen hatte. Überzeugt, daß sie zu ihm gewollt hatte, schlug er ihr vor, nach unten zu fahren und einen Kaffee zu trinken. Mit einem seltsamen Lächeln auf den Lippen willigte sie ein.

»Du siehst blendend aus!« erklärte er ernsthaft, als sie ins Foyer traten.

Sie suchten sich in der Cafeteria einen Platz. Mathieu war ein wenig verlegen und wußte nicht recht, was er sagen sollte. Er hatte seit langem nicht mehr an sie gedacht. Jérémie, Valérie, seine beruflichen Verpflichtungen und seine Scheidung, ganz zu schweigen von den Anforderungen, die Céline an ihn stellte – all das hatte ihn die unglückliche Laurence ganz vergessen lassen. Sie rief die Erinnerung an gute und schlechte Momente in ihm wach. Wobei das Schrecklichste nicht die Tunisgeschichte war, sondern der Tag, an dem sie ihn angerufen hatte, um ihm mitzuteilen, daß Valérie soeben aus ihrer Wohnung gegangen sei. Er fragte sich, warum sie ihm nun wohl wieder nachrannte.

»Ich habe nicht viel Zeit, aber es freut mich, daß ich dich getroffen habe … Wie läuft's beruflich?«

»Sehr gut.«

»Um so besser! Und weißt du, der Stelle hier brauchst du wirklich nicht nachzutrauern, es ist immer noch die Hölle in diesem Haus. Wir haben nicht genügend Personal, und die Mädchen sind überlastet. Für das Geld, das sie bekommen – es ist eine Schande …«

Er nahm einen Schluck von seinem Kaffee, der noch zu heiß war, und schnitt eine Grimasse; er war hin- und hergerissen zwischen dem Drang zu fliehen und dem, noch ein wenig zu verweilen. Sie hatte ihn auf eine rührende Art und Weise geliebt, und sie hatte ihm vor allem großes Vergnügen bereitet. Zudem war sie eine wahre Augenweide, rund und zum Anbeißen süß, und zwar so sehr, daß er plötzlich ein vages Bedauern verspürte. Auf gut Glück schenkte er ihr ein Lächeln, welches sie aber nicht erwiderte. Sie blieb distanziert, und er vermutete, daß sie ihm noch immer böse war. Jedenfalls hatte er keine Zeit, länger darüber nachzudenken, da sie sich plötzlich erhob und ihrem kurzen Treffen ein Ende setzte.

»Nicht daß mir langweilig wäre, aber ich bin ein bißchen in Eile. Gilles wartet sicher schon auf mich.«

Sie hoffte nicht darauf, ihn eifersüchtig zu machen, nahm jedoch mit Befriedigung seine entgeisterte Miene zur Kenntnis.

»Gilles, du bist mit Gilles zusammen?«

Er fand die Vorstellung unangenehm, ja absurd.

»Er ist so nett«, sagte Laurence sanft.

Dann machte sie etwas, was sie nie gewagt hätte, solange sie ein Liebespaar gewesen waren: Sie küßte ihn kameradschaftlich auf die Wange.

»Bis bald mal, Mathieu! Und, Schwamm drüber …«

Die Zeiten waren lange vorbei, wo er sie mit einem Blick zum Erröten gebracht und sie ihn wie den Messias erwartet hatte! Gekränkt verließ er die Cafeteria. Ihm fiel wieder ein, daß er Jérémie besuchen sollte. Die Begegnung mit Laurence hatte ihm gründlich die Laune verdorben. Sie hatte sich ganz schön schnell getröstet! Und ausgerechnet mit seinem Oberarzt!

»Wenn er mit den Resten vorliebnehmen will, dieser Trottel …«

Das war in der Tat das erste Mal, daß ihm ein solches Mißgeschick unterlief. Er versuchte, an Céline zu denken und das Lokal, in das er sie zum Abendessen ausführen wollte. Aber das war nur ein schwacher Trost, da die Unterhaltungen mit dem jungen Mädchen alles andere als aufregend waren. Er schwor sich, daß sie auf jeden Fall die Nacht bei ihm verbringen würde. Sie mußte noch viel lernen auf diesem Gebiet, um eine so angenehme Geliebte zu werden wie Laurence es gewesen war. Oder auch andere! Ganz zu schweigen von Valérie …

Er lief unwillkürlich schneller, da es gut möglich war, daß er seine Frau um diese Zeit am Bett ihres Sohnes antreffen würde.

In der Tat hatte Valérie erst eine Viertelstunde zuvor die Uniklinik verlassen. Und sie war genauso verwirrt wie Mathieu, auch wenn sie sich bemüht hatte, sich Jérémie gegenüber nichts anmerken zu lassen. Dieser war wieder voll auf der Höhe und würde sicher demnächst aus dem Krankenhaus entlassen. Während sie seinetwegen nicht die geringsten Befürchtungen hatte, begann Ludovics Schweigen sie ernsthaft zu beunruhigen. Sie versuchte zehnmal am Tag, ihn anzurufen, denn auf den Unfall ihres Sohnes hin hatte sie sich ein Handy angeschafft, das sie stets bei sich trug. In der Kanzlei behauptete man, er sei verreist. Zu Hause hob Axelle ab, die noch einsilbiger war und immer noch gleichermaßen unfreundlich. Was war denn nur vorgefallen? Warum war er so plötzlich verschwunden? So fieberhaft sie auch sämtliche Details, an die sie sich entsinnen konnte, im Geiste Revue passieren ließ, kam sie doch auf nichts, was ein derartiges Schweigen erklärte.

Vor allem abends fehlte ihr Ludovic – wenn Camille eingeschlafen war und das Telefon stumm blieb, während sie selbst im

Zimmer auf und ab ging und sich mit Fragen marterte, auf die sie keine Antworten wußte. Die Erkenntnis, wieviel ihr dieser Mann bedeutete, kam sicherlich etwas spät. Aber vielleicht hatte sie im Gegenteil recht daran getan, ihm nichts zu versprechen, da er sich mit Sicherheit nur ein paar nette Wochen mit ihr hatte machen wollen. Eine flüchtige Bettgeschichte, die keinen der Beteiligten zu irgend etwas verpflichtete. Die Art von Sport, den Mathieu ebenfalls seit etlichen Jahren betrieb.

Jedesmal, wenn sie in ihren Briefkasten sah, empfand sie eine fürchterliche Enttäuschung. Er hatte ihr nicht geschrieben, nicht einmal eine einfache Postkarte, um sie zu verhöhnen – was ihr den Mut verliehen hätte, einen Schlußstrich unter ihre Affäre zu ziehen. Aber nein, keinerlei Lebenszeichen, das war wirklich der Gipfel der Verachtung.

Als sie so darüber nachdachte, wurde ihr bewußt, daß sie nicht viel über ihn wußte. Sie hatte sofort Vertrauen gehabt zu dem Bild, das er von sich vermittelt hatte. Sie hatte sich nicht gefragt, ob dies alles eine Maske war, eine Taktik, um sie zu verführen. Bediente er sich regelmäßig dieser übersteigerten Romantik, die er ihr gegenüber an den Tag gelegt hatte? War das seine Art, Eroberungen zu machen?

Ihren Eltern mochte sie sich nicht anvertrauen, da sie der Ansicht war, sie ohnehin seit einigen Monaten über Gebühr beansprucht zu haben. Und dann hatte sie Ludovic als einen wundervollen Mann geschildert, das Gegenteil von Mathieu, und sie schämte sich, sich derartig getäuscht zu haben. Mußte das sein, daß sie so blind und anfällig war, daß sie sich dem nächstbesten dahergelaufenen Schönschwätzer in die Arme warf?

Als sie genug davon hatte, von einem Ende des Zimmers zum anderen zu laufen, ging sie schließlich ins Bett, konnte aber nicht einschlafen. Sie grübelte bis zum Erbrechen über die Serie von Enttäuschungen, die sie erlitten hatte. Da waren zunächst die Seitensprünge Mathieus, dann Ludovic, der sich in Luft aufgelöst hatte. Als sie es nicht mehr aushielt, sich wieder und wieder im Bett herumzudrehen, knipste sie ihre Nachttischlampe an, griff sich eine ihrer medizinischen Fachzeitschriften, die sie seit kurzem bezog, und zwang sich, sie bis zur letzten Zeile zu lesen. Zumindest würde ihr Beruf sie niemals enttäuschen.

Dies wurde ihr eines Morgens auf völlig unerwartete Weise bestätigt. Als sie in ihr Büro trat, erblickte sie zu ihrer Überraschung Carlier, ihren alten Studienkollegen, der sie sofort überschwenglich umarmte.

»Ich war dein erster Patient«, erinnerte er sie, »und ich hoffe, daß ich nicht dein letzter sein werde!«

Er musterte sie von Kopf bis Fuß, bevor er ihr verschwörerisch zuzwinkerte.

»Meine Liebe, du bist einfach großartig! Wie geht's deinem Sohn?«

»So gut, daß ich anfange, an Wunder zu glauben!«

Caroline steckte den Kopf zur Tür herein, um zu fragen, ob sie einen Kaffee wollten.

»Sie ist süß, die Kleine!« bemerkte Carlier anerkennend.

»Sie ist vor allem sehr nett und sehr fähig.«

»Oh, keine Sorge«, lachte er los, »ich heiße ja nicht Mathieu Keller! Und ich habe alles, was ich brauche, zu Hause!«

Sie hatte keine Ahnung, warum er gekommen war, aber sie ließ ihm Zeit. Sie warteten, bis Caroline ihnen zwei dampfende Becher gebracht hatte, und plauderten über dieses und jenes. Endlich, als sie wieder alleine waren, kam er auf den Anlaß seines Besuches zu sprechen.

»Man hat mir von privater Seite goldene Brücken gebaut, und ich glaube, ich werde mich …«

Sie runzelte die Stirn und hörte gespannt zu, verstand aber nach wie vor nicht, warum er das Bedürfnis hatte, mit ihr über seine Karriere oder seine Lebenspläne zu sprechen.

»Ich habe die Schnauze voll von der Uniklinik«, fuhr er fort. »Schlechte Bezahlung und ein Haufen Arbeit. Und dann muß ich deinen Ex ertragen, und ich bin nicht so ein Radfahrer wie Gilles!«

Er machte eine Pause, lächelte und beugte sich zu ihr vor.

»Apropos Gilles ... Er hat sich endlich verliebt. Und du errätst im Leben nicht, in wen! Dieses Mädchen, dessen Adresse ich dir gegeben habe, damals als du so schrecklich wütend warst ...«

Der spontane Lachanfall Valéries beruhigte ihn. Mathieu war offensichtlich der letzte, dessentwegen sie sich den Kopf zerbrach, das war ein gutes Zeichen.

»Doch das will ich dir eigentlich gar nicht erzählen. Ich erspare dir den Klatsch, sonst sitzen wir heute abend noch hier. Du kennst ja die Atmosphäre am C.H.U., oder? Liebeleien und Bettgeschichten, Tratsch und Rivalitäten. Ich muß gestehen, daß mir das auf die Nerven geht.«

»Du übertreibst! Die Uniklinik ist auch ...«

»Ja, ja, eine wundervolle Welt – das wirst du mir gleich sagen. Du warst immer gerne dort. Aber in deinem Fall ist das etwas anderes.«

»Wieso das?«

»Du hast deine Karriere noch vor dir. Du brauchst das C.H.U. früher oder später, ich kenne dich!«

Sie sahen sich lang in die Augen. Sie begann zu verstehen, worauf er hinauswollte.

»Ich bringe das Jahr an der Uni noch zu Ende und kündige zum Juni. Das bedeutet, daß eine Stelle frei wird.«

»Aber ...«

»Warte! Du bist die erste, die davon erfährt. Mein Kündigungsschreiben werfe ich erst im März ein, auf diese Weise hast du drei Monate Zeit, darüber nachzudenken. Falls dir der Sinn danach steht, dich dort zu bewerben, laß dir noch gesagt sein, daß der Verwaltungsdirektor deiner Bewerbung durchaus nicht ablehnend gegenüberstünde. Er weiß sicher nicht, wie brillant du bist, aber er hat noch eine kleine Rechnung mit Professor Keller zu begleichen. Dich auf der Station zu haben, das bedeutet eine gute neue Arbeitskraft und bringt zugleich Mathieu in eine prekäre Lage.«

Sie zerknautschte den leeren Becher, und das Plastik brach

krachend entzwei. Carlier schenkte ihr ein strahlendes Lächeln, bevor er weiter ausführte:

»Du mußt das allein entscheiden, aber … du hast bereits zuviel Zeit verloren, als daß du dich noch lange damit aufhalten könntest, einen Karriereplan auszutüfteln. Du solltest die Gelegenheit beim Schopf ergreifen. Wenn du an die Uniklinik zurückgehst, kannst du dich habilitieren und dann … Du weißt genau, daß du hier nicht dein Leben lang bleiben willst. Ich bin sicher, du fängst schon an, dich zu langweilen!«

»Nein, nicht wirklich. Es gibt viel zu tun. Und die technische Ausstattung ist gut. Aber das C.H.U. ist natürlich eine andere Welt …«

»Du bist jetzt am Zug, meine Liebe! Und ich bin schon spät dran«, sagte er und erhob sich.

Sie rührte sich nicht vom Fleck und schaute ihn weiter fassungslos an.

»Warum tust du das alles?« fragte sie ruhig.

»Ich weiß nicht. Ich glaube, daß … Hör zu, Mathieu geht seit zehn Jahren aller Welt auf den Wecker, und ich mag dich gerne!«

Das war aufrichtig, das wußte sie. Die schwierige Assistenzarztzeit hatte sie wirklich zusammengeschweißt. Sie hatten derselben Arbeitsgruppe angehört, und Valérie hatte die anderen gezwungen, bis zum Umfallen zu büffeln, indem sie sich als die mit Abstand Begabteste erwiesen hatte. Die Engagierteste auch, die ihren damaligen Freunden, von denen keiner frauenfeindlich gewesen war, Bewunderung abgenötigt hatte.

»Ich werde es mir überlegen«, sagte sie.

»Tu das! Und es ist nicht nötig, daß du mir wieder sagst, wie ›nett‹ ich bin!«

Sie begleitete ihn bis zum Aufzug, und bevor sich die Türen schlossen, hatte sie die Gelegenheit, ihm noch ein letztes Mal zuzuzwinkern.

Der Wind war kalt und heftig, der Himmel nach wie vor grau, und das Segelboot wurde von Brechern überspült. Völlig durchgefroren und zähneklappernd versuchte Ludovic, nicht an seine kalten Füße in den Gummistiefeln zu denken. Die Pinne fest umklammert lenkte Yann sein Boot wie einen Rennwagen. Er lachte vor Vergnügen und freute sich wie ein Schneekönig über die hohe Geschwindigkeit. Da er endlich einmal nicht alleine an Bord war, konnte er die Möglichkeiten des elf Meter langen Bootes voll ausreizen. Gestikulierend bedeutete er Ludovic, von dem er wußte, daß er ein guter Segler war, was er tun solle.

Das Segelboot schoß über die Wogen und forderte die volle Aufmerksamkeit der beiden Männer. Die Wettervorhersage war schlecht, und das Meer bildete gefährliche Strudel. Es war weit und breit kein weiteres Boot zu sehen, da keiner sonst so verrückt gewesen war, den Hafen zu verlassen.

»Klar zur Wende?!« brüllte Yann.

Eine eisige Woge klatschte Ludovic mit solcher Wucht ins Gesicht, daß ihm die Luft wegblieb. Aber er hatte das Segel nicht losgelassen und hielt seine Schot fest umklammert. Er hörte den Besanmast knarzen, spuckte eine Ladung Salzwasser aus und suchte sichereren Halt. Es war zwecklos, eine Diskussion vom Zaun zu brechen, er mußte warten, bis sie am Kai waren, um dem Bretonen die Meinung zu sagen. Fürs erste war er gezwungen, seine Anweisungen genauestens zu befolgen. Ein Segelboot konnte man nicht zu zweit steuern, vor allem nicht unter diesen Bedingungen, daran konnte er sich noch gut erinnern. Es war viel zuviel Segel gesetzt für Windstärke zehn, aber er war nicht der Kapitän. Yann rief etwas, was er nicht verstand, dann, eine Sekunde später, hätte er beinahe einen Schlag abbekommen und konnte gerade noch den Kopf einziehen. Der Baum strich pfeifend über seine Haare. Das Boot krängte beunruhigend und kam nur schwer wieder hoch; Ludovic öffnete die Augen und sah eine Wasserwand auf sie zubrausen. Yanns Worte drangen nur bruchstückhaft zu ihm herüber, aber er führte die nötigen Griffe aus, ohne auch nur eine Sekunde zu überlegen. Das Schiff nahm schlingernd die Woge. Einen Moment lang war es ruhig, und der Bretone nutzte die Gelegenheit, um zu brüllen:

»Du machst deine Sache sehr gut!«

Sämtliche Muskeln schmerzten ihn, seine Handflächen waren aufgeschürft, doch Ludovic fand die Zeit für ein Lächeln, bevor er ein weiteres Mal klitschnaß wurde.

Als sie zwei Stunden später an der Hafeneinfahrt auftauchten, kamen die Fischer aus der Bar heraus, in die sie geflüchtet waren, um ihnen zu winken. Erst als sie anlegten, bemerkte Ludovic, daß es regnete. Er war total erledigt und hatte Mühe, sich auf den Kai hochzuziehen.

»Kommt euch aufwärmen!« schrie ihm jemand ins Ohr und packte ihn am Arm.

Für die Leute aus Dahouët bedeutete die Tatsache, daß Yann das Risiko eingegangen war, trotz der miserablen Witterung in See zu stechen, daß es sich bei seinem Begleiter nicht um irgendeinen Dahergelaufenen handelte.

Im Hinterraum des Cafés wurden sie feierlich umarmt und mit Jubelrufen begrüßt.

»Ja, ja, die Jugend!«

Ein alter Fischer hatte sie von seinem Tisch aus angesprochen, und seine Augen glänzten.

»Ihr müßt einen Heidenspaß gehabt haben! Kaum zu glauben, wie das bläst ... Und du, Carantec, dich hat man ja schon lange nicht mehr hier gesehen ...«

Ludovic nickte zustimmend, bevor er seinen Calvados in zwei Schlucken hinunterkippte. Daß er im Dorf war, beschäftigte vermutlich alle Welt.

»Wollte er dich ertränken?« fügte der alte Mann glucksend hinzu.

Diesmal war Yann es, der sich bemüßigt fühlte zu antworten.

»Ja, aber er hat sich festgeklammert!«

»Er ist schließlich Bretone! Sein Vater war nicht gerade ein schlechter Rudergänger ...«

Nachdem ein paar Leute in schallendes Gelächter ausgebrochen waren, gab der Wirt eine Runde aus. Als die allgemeine Unterhaltung wieder im Gange war, wandte sich Ludovic zu Yann um. Sie saßen nebeneinander auf Barhockern, ihre Kleider waren immer noch tropfnaß.

»Du bist vollkommen übergeschnappt …«

»Hattest du Schiß?«

»Ja. Natürlich!«

»Aber es hat dir doch nicht schlecht gefallen? Mit mir brauchtest du ja nichts zu befürchten.«

Yann war der bescheidenste Mensch auf Erden, außer wenn es ums Segeln ging.

»Falls sich das Wetter etwas beruhigt, fahren wir morgen zum Fischen raus. Aber wenn der Wind nicht nachläßt, verschieben wir es. Einverstanden?«

Ludovic musterte ihn stirnrunzelnd.

»Willst du dein Boot ruinieren, oder was?«

»Nein … Aber ich habe die Anweisung, dich abzulenken. Es scheint, als habest du es nötig.«

Nachdem er einen Moment fassungslos dreingeblickt hatte, schüttete sich Ludovic aus vor Lachen. Er schlug seinem Sandkastenfreund kräftig auf die Schulter.

»Ich habe in dir eher einen Henker als einen Schutzengel gesehen, weißt du!«

Und doch mußte er sich eingestehen, daß er an Bord der Nat nicht eine Sekunde an Valérie gedacht hatte. Die Medizin war brutal, aber wirksam. Um so mehr, als er um acht Uhr morgens, bevor sie aufgebrochen waren, Axelle am Telefon gehabt hatte und diese ihm wie jeden Tag versichert hatte, daß keine Nachrichten oder Anrufe für ihn eingegangen seien. Er konnte nicht umhin zu hoffen, daß alles ein Mißverständnis war und Valérie sich irgendwann melden würde. Aber seine Tochter bestätigte jedesmal wieder dieses unerträgliche Schweigen. Nathalie beobachtete ihn aufmerksam aus dem Augenwinkel, und sie hatte Yann beauftragt, ihn auf andere Gedanken zu bringen, koste es, was es wolle. Alles in allem war dies keine schlechte

Initiative gewesen, denn auch wenn das Meer ihn nicht heilte, hinderte es ihn doch zumindest daran, verrückt zu werden.

»Also gut ... Egal ob Fischen oder Regatta, ich stehe dir zur Verfügung.«

»Du hast gar keine andere Wahl, fürchte ich ...«

Yann wußte, was es hieß, unter Liebeskummer zu leiden, und er konnte mit Ludovic mitfühlen. Im übrigen hatte Nathalie gesagt, daß man sich um ihn kümmern müsse, und es war ihm lieber, er übernahm dies persönlich. Es erschien ihm sicherer, ihn auf seinem Boot zu wissen als im Haus.

»Komm, wir ziehen uns um«, entschied er. »Wenn du dir nun auch noch eine Grippe einfängst ...«

Er kam Ludovic zuvor und legte ein paar Münzen auf den Tresen. Das Wetter draußen war immer noch genauso schlecht wie zuvor. Während sie sich in das Coupé setzten, das immer noch auf der Mole geparkt war, blickten sie beide zur Nat hinüber, deren Masten heftig schwankten.

»Es ist ein gutes Boot«, bemerkte Yann.

»Ja, aber du bist ganz schön risikofreudig.«

»Nein, glaub mir. Ich habe einfach meinen Spaß.«

Ludovic hatte den Motor angelassen und die Heizung eingeschaltet. Binnen weniger Sekunden waren sämtliche Scheiben beschlagen. Die nasse Wolle der Marinepullover verströmte einen schalen Geruch.

»Sie werden die ganze Nacht auf dem Wasser tanzen«, meinte Yann, der immer noch starr zu den verankerten Booten hinüberblickte. »Möglicherweise gibt es sogar noch Sturm.«

Er schien das ganze Wageninnere auszufüllen, so groß war er.

»Ich lade euch heute abend in die Crêperie ein«, entschied Ludovic.

Da Yann nichts antwortete, legte er den Rückwärtsgang ein und machte sich daran zu wenden. Erst als sie bei Nathalies Haus angekommen waren, fragte jener:

»Sag mal ... Was ist das denn für eine Frau, die dich so aus dem Gleis geworfen hat?«

»Sehe ich so schlecht aus?«

»Nicht gerade blendend jedenfalls. Bei dir wirkt das seltsam.«

Das war eine ziemlich ungeschickte Art, die Bewunderung auszudrücken, die er für Ludovic ungeachtet ihrer alten Rivalität empfand. Auch wenn dieser ihm allzu häufig in die Quere gekommen war, mochte er ihn.

»Heirate sie, du hast meinen Segen!« sagte Ludovic unvermittelt und deutete auf die Fassade des kleinen Häuschens.

»Deinen Segen brauche ich nicht. *Sie* muß vor allem wollen!« gab Yann in demselben Ton zurück.

Als sie Kinder waren, hatten sie einen Höllenspaß dabei gehabt, sich herauszufordern und sich in Überraschungsangriffen zu versuchen. In der Heidelandschaft um das Cap Fréhel hatten sie alle erdenklichen Verrücktheiten ausgeheckt. Doch nun waren sie aus dem Alter heraus, wo alles ein Spiel war, und mußten darauf achten, was sie sagten, wenn sie noch etwas von ihrer Freundschaft retten wollten. Als sie Nathalie am Küchenfenster stehen sahen, öffneten sie beide zur gleichen Zeit die Wagentüre.

Am nächsten Morgen konnte Axelle ihrem Vater guten Gewissens versichern, daß niemand angerufen habe, denn dies entsprach ausnahmsweise einmal der Wahrheit. Doch noch den Abend davor hatte Valérie einen Versuch unternommen und hartnäckig nachgebohrt, wann Ludovic wieder da wäre, und Axelle hatte sie unbarmherzig abblitzen lassen. Sie war im übrigen davon überzeugt, richtig zu handeln. Ihre Mutter hatte ihr anvertraut, daß sie Ludovic sehr niedergeschlagen und traurig fände und daß man ihn daher in Frieden lassen solle. Wenn ihre Eltern nicht einfach mal ihre Ruhe hätten, würden sie nie wieder zueinanderfinden.

Sehr zufrieden mit sich, hatte Axelle Planungen angestellt und die Woche über Claire, eine ihrer besten Freundinnen, eingeladen. Sie vergnügten sich damit, abends allerlei in der Küche zu zaubern und sich beim Einschlafen Gruselgeschichten zu erzählen, während draußen der Wind ums Haus pfiff. Inzwischen war bereits der 10. Dezember, und die vorlesungsfreie Zeit stand vor der Tür. Axelle sollte die Weihnachtsferien bei ihrer Mutter verbringen, und bevor ihr Vater so fluchtartig abgereist war, hatten sie vereinbart, daß sie Heiligabend mit ihm feiern und dann am fünfundzwanzigsten in die Bretagne aufbrechen würde. Sollte er bis dahin nicht zurück sein, würde sie ihre Abreise zwei Tage vorverlegen.

Am Telefon hatte er ihr erzählt, daß er mit seinem alten Freund Yann segeln gehe und daß das Wetter abscheulich sei. Genau wie in Rouen, wo ein Graupelschauer den nächsten jagte. Man durfte sich noch auf einen langen Winter gefaßt machen.

Am Abend versuchte Axelle, Feuer im Kamin anzuzünden, schaffte es aber lediglich, das Wohnzimmer einzuräuchern. Die Abwesenheit ihres Vaters verhalf ihr zu einer Freiheit, nach der ihr gar nicht wirklich der Sinn stand. Sie war im Moment nicht verliebt und ging gerne mit einer ganzen Clique von Freunden aus. Wie alle Kunststudenten liebte sie die kleinen Bistros und die Kinos der Altstadt. Doch trotz allem fühlte sie sich in dem Haus ihres Vaters am wohlsten. Sie führte mit Claire endlose Gespräche über ihn, bis tief hinein in die Nacht, unter der Bettdecke oder am Küchentisch. Doch sie traf nicht auf die erhoffte Zustimmung, als sie sich damit brüstete, gewisse Anrufe verschwiegen zu haben. Claire fand, daß sie sich nicht einmischen sollte.

»Und wenn dein Vater auf diesen Anruf wartet, den Revolver schon an der Schläfe?«

»Aber nein! Maman ist ja da, um ihn zu trösten ...«

Claire blieb skeptisch und gab zu bedenken, daß man nicht versuchen sollte, in das Schicksal anderer Leute einzugreifen.

»Stell dir mal vor, er ist wirklich verliebt ...«

»In dem Fall wäre er doch nicht fortgefahren! Er ist ein Kämpfer und niemand, der wegrennt.«

»Aber hast du das Gesicht gesehen, das er gemacht hat neulich, als er mit uns zu Abend gegessen hat?«

»Ach ja, der große Kummer ...«

»Nebenbei bemerkt, war er wirklich hinreißend!«

»Vorsicht, laß bloß die Finger von ihm!«

Axelle lachte, doch Claire blieb ernst und mißbilligte ihr Verhalten, das sie als kindisch verurteilte. An diesem Punkt wechselten sie dann schließlich stets das Thema. Und doch beschlichen Axelle nach und nach gewisse Zweifel, und manchmal, vor dem Einschlafen, fühlte sie sich irgendwie schuldig.

Mathieu hatte alles versucht, um Céline aufzuheitern, doch ohne großen Erfolg. Ungeduldig und nervös hatte sie es geschafft, das Abendessen zu verpatzen, war aber trotzdem bereit gewesen, anschließend nach Mont-Saint-Aignan mitzukommen. Sie war im Begriff, ein heikles Spiel zu spielen, und sie hatte ihn darauf eingestimmt.

Im Wohnzimmer schaltete Mathieu nur gedämpftes Licht ein und ging die Wodkaflasche holen. Als er zurückkam, fand er Céline zusammengerollt auf dem Sofa, Tränen in den Augen. Überrascht wollte er den Grund ihres plötzlichen Kummers wissen, aber sie weigerte sich zunächst, ihm zu antworten, und schüttelte nur heftig den Kopf. Er setzte sich neben sie und nahm sie in den Arm, bis sie sich etwas beruhigt hatte. Er hätte sie lieber ausgezogen, aber das war nun wirklich nicht der richtige Moment. Wie um seine Gedanken zu bestätigen, erklärte sie plötzlich:

»Ich glaube, ich werde dich verlassen …«

Besorgt hob er ihr Kinn und zwang sie, ihm in die Augen zu sehen.

»Was erzählst du da? Habe ich etwas getan, was dir mißfallen hat? Warum willst du gehen?«

»Nein, du hast mich nicht verstanden … Ich will, daß wir uns trennen, du und ich, das führt zu nichts.«

Ohne es sich anmerken zu lassen, verfolgte sie wachsam jede seiner Reaktionen.

»Wir wollen nicht das gleiche, wir werden nie auf derselben Wellenlänge sein …«

»Was redest du da für einen Unsinn?«

»Siehst du! Du behandelst mich wie ein kleines Mädchen!«

»Aber ganz und gar nicht, ich …«

»Doch! Du stellst mich in irgendwelchen Nobelrestaurants zur Schau, danach schläfst du mit mir und nickst ein! Das ist nicht das, was ich von einem Mann erwarte.«

Ohne ein Wort herauszubringen, musterte er sie. Wollte vielleicht auch sie ihn zufällig sitzenlassen? Nach der Demütigung, die Valéries Verschwinden für ihn dargestellt hatte, fühlte er sich nicht imstande, einen weiteren Fehlschlag zu verkraften. Er stellte fest, daß er Angst hatte. Und das war genau das, worauf sie spekulierte.

»Wenn ich nicht ein gemeinsames Leben mit dir aufbauen kann, gehe ich lieber gleich. In meinem Alter denkt man an die Zukunft. Dir ist das natürlich egal, ist ja klar. Du hast schon alles gehabt, alles gemacht. Für dich ist nichts neu. Ich weiß, daß du dich gerne mit jungen Mädchen verlustierst, aber ich möchte keine weitere Trophäe in deiner Sammlung sein.«

»Céline!« rief er aus. »Ich schwöre dir, daß …«

Sie riß sich abrupt los und maß ihn unnachsichtig mit Blicken.

»Daß was? Das, was ich zu hören hoffe, wirst du niemals über die Lippen bringen! Was willst du mit mir? Diene ich dir zum Zeitvertreib? Versuchst du, deine Exfrau zu vergessen? Ich mache mir keine großen Illusionen …«

»Aber du irrst dich!«

»Alle Welt sagt es mir wieder und wieder im Krankenhaus! Meine Freunde machen sich den lieben langen Tag über mich lustig, sie sagen, du würdest mich fallenlassen, wie die anderen, ich hätte von dir nichts zu erwarten, machte mich lächerlich …«

Mit einer Geste, die sie für pathetisch hielt, wischte sie sich die Augen, aber sie weinte nicht wirklich.

»Verstehst du, Mathieu«, fügte sie traurig hinzu, »ich möchte einen Mann, Kinder, will Zukunftspläne schmieden. Weshalb ich lieber gehe, bevor ich allzu unglücklich bin.«

»Und du willst die Kinder nicht mit mir bekommen? Willst nicht, daß ich dein Mann werde? Bin ich zu alt für dich?«

Es war absurd, so lief es normalerweise nie. Er war immer derjenige gewesen, der die Trennung herbeigeführt hatte, er versprach nie auch nur das Geringste. Und jetzt fehlte nur noch, daß er sich auf die Knie warf!

»Meinst du das ernst?«

Ja, er meinte es ernst. Er sprühte nicht gerade vor Begeisterung, doch er log auch nicht. Sie könnte eine ganz passable Gattin abgeben. Ihre Jugend würde ihn für den Rest entschädigen. Zumindest hätte sie nicht den beruflichen Ehrgeiz von Valérie. Sie wäre eine nette und hübsche kleine Frau. Und er ein junger Vater …

»Für wann ist deine Scheidung anberaumt?«

Sie tat nichts Geringeres, als ihn zur Rechenschaft zu ziehen! Aber er hatte keine Lust mehr, sie schmollen zu sehen, er wollte dem endlich ein Ende bereiten.

»Der Gütetermin ist übermorgen. Das anschließende Verfahren wird schnell über die Bühne gehen.«

Da sie auf die Fortsetzung wartete, war er wohl oder übel gezwungen, konkret zu werden:

»Ich denke, wir könnten im Mai oder Juni heiraten …«

Diesmal war sie es zufrieden und lenkte ein, indem sie zu ihm hinüberrückte.

»Ich wünsche mir einen richtigen Verlobungsring, und ich möchte dich meinen Eltern vorstellen!« schnurrte sie zärtlich.

Das war der Gipfel, ihm wurde schwindelig. In der Gewißheit, daß er gerade die größte Dummheit seines Lebens beging, beugte er sich zu ihr hin und küßte sie. Als sie sein Hemd aufknöpfte, begehrte er sie, aber nicht mehr. Er war ihr auf den Leim gegangen, aber daran trug sie nicht allein die Schuld. Bei der Entscheidung, die er getroffen hatte, spielte zum einen Teil Stolz, zum anderen Angst mit.

Céline ließ das Liebesspiel äußerst erregt über sich ergehen. Mathieus Hände waren erfahren, angenehm, aber sie betrachtete vor allem die Einrichtung des Wohnzimmers. Bald wäre sie hier zu Hause.

Suzy nahm der Lehrerin, die Jérémie bis zum Schultor begleitet hatte, den Ranzen ab. Er wirkte nicht erschöpft nach diesem ersten Schultag, im Gegenteil. Sein Gips und die Krücken hatten die Bewunderung seiner Kameraden geweckt. In den zwei Tagen seit seiner Entlassung aus dem Krankenhaus hatte er eine große Geschicklichkeit erworben, sich fortzubewegen. Er führte seiner Großmutter seine Künste auf dem Bürgersteig vor, bis Camille kam.

Der kleine Junge hatte nur eine vage Erinnerung an den Sturz behalten, doch dafür hatte er seinen Aufenthalt im Charles-Nicolle in vollen Zügen genossen. An dem Morgen, an dem er entlassen worden war, hatte ihm sein Vater eine Armbanduhr geschenkt, die viel zu teuer und wertvoll für sein Alter war; er fühlte sich aber verpflichtet, sie zu tragen, um nicht undankbar zu wirken. Seine Mutter hatte daran gedacht, ihm einen neuen Anorak mitzubringen, als sie ihn abgeholt hatte. Sie hatte ihn mit Camilles Hilfe ausgesucht und sich für ein federleichtes Modell entschieden, mit knallgelben Streifen und einem großen Aufdruck auf dem Rücken.

Jérémie liebte seine Mutter abgöttisch, wohingegen sein Vater ihm stets etwas unheimlich gewesen war. Und die Haltung des gesamten Personals im Krankenhaus hatte ihn in der Annahme bestärkt, daß Mathieu jemand war, den man fürchten mußte.

Als sie in den Laden kamen, marschierte Jérémie mehrmals auf seine Krücken gestützt auf und ab, um seinen Großvater zu beeindrucken. Anschließend gingen sie hoch und machten sich hungrig über den englischen Teekuchen her, den Suzy gebacken hatte. Sie hatten sich eben erst an ihre Hausaufgaben gesetzt, als zu ihrer freudigen Überraschung Valérie in die Küche trat. Sie war, etwas in Sorge um ihren Sohn, früher als erwartet aus der Arbeit fortgegangen und mußte nun umgehend die Kritzeleien, die seinen Gips schmückten, bewundern. Camille brach prompt in Tränen aus, mit der Begründung, daß sich alle nur für ihren Bruder interessierten.

Eine Stunde später, nachdem sie abgefragt worden waren und sich ihre Streicheleinheiten abgeholt hatten, machten sie es sich vor dem Fernseher gemütlich, um zum zigsten Mal eines ihrer Lieblingsvideos von Walt Disney anzuschauen.

Erschöpft blieb Valérie bei Suzanne sitzen, die angefangen hatte, Gemüse zu putzen. Sie erzählte ihr ein bißchen von der Klinik, aber ohne rechten Elan. Sobald sie das Saint-Lazare verlassen hatte, wurde sie wieder von ihren quälenden Gedanken beherrscht. Da sie es nicht besonders eilig hatte, in ihre Wohnung zurückzukommen, wo sie wieder keinen Anruf von Ludovic erhalten und sich nur in schwarzen Gedanken verlieren würde, zog sie es vor, noch eine Weile bei ihren Eltern zu bleiben.

»Ist es der Gerichtstermin, der dir so im Magen liegt?« fragte Suzanne plötzlich, ohne die Augen von ihren Kartoffeln abzuwenden.

»O nein … Der ist ja nur eine Formalität …«

»Nun, wo drückt dann der Schuh, meine Kleine?«

Seit Valéries Eheschließung und ihrem Umzug nach Mont-Saint-Aignan hatte ihre Mutter ihr keinerlei Fragen mehr gestellt. Aber seit ihrer Trennung war sie für Suzanne wieder ein kleines, verletzliches Mädchen. Und doch beeilte sie sich in einer plötzlichen Anwandlung von Reue hinzuzufügen:

»Wenn ich zu indiskret bin, mußt du mir nicht antworten.«

Gerade als Valérie mit der Sprache herausrücken wollte, kam Augustin herein.

»Ißt du mit uns zu Abend, mein Mäuschen?«

»Ja also, ich …«

»Bleib doch, ich mache den Kindern ein Gratin Dauphinois!«

Da sie nur zu gerne annahm, ließ sie sich nicht lange bitten.

»Es kann sein, daß in ein paar Monaten eine Stelle an der Uniklinik frei wird«, verkündete sie.

Besser, sie sprach über ihren Job und verschob die Geständnisse, die ihr zum Thema Ludovic schon auf der Zunge gelegen hatten.

»Am Charles-Nicolle?« fragte ihre Mutter ungläubig.

»Ich möchte früher oder später dorthin zurück. Möchte weiterstudieren, vielleicht forschen, auf alle Fälle veröffentlichen …«

Diesmal ließ Suzanne ihre Kartoffeln Kartoffeln sein.

»Was heißt denn das, weiterstudieren? Aber du bist doch fertig?«

»Man ist niemals fertig. Wenn ich mich habilitiere, erhalte ich einen zusätzlichen Titel.«

»Ah … Und Mathieu? Wirst du dann nicht wieder mit ihm zusammen auf seiner Station sein?«

»Doch.«

»Wäre das nicht unangenehm?«

»Für wen, Maman?«

Suzanne sah ihre Tochter prüfend an. Deren entschlossene Miene sprach bereits Bände. Alles, was mit ihrer Karriere zusammenhing, ließ sich offensichtlich momentan in einem Satz zusammenfassen: Auf in die Vollen! In diesem einen Punkt kannte Valérie keine seelischen Höhen und Tiefen, und das war gut so.

»Ich bin sicher, du wirst die richtige Entscheidung treffen.«

Aus dem Gang drang Geschrei herüber, und eine Sekunde später tauchten die Kinder auf. Camille stampfte vor Wut mit den Füßen, weil ihr Bruder, der es nicht müde wurde, seine Geschicklichkeit unter Beweis zu stellen, seine neue Uhr kaputtgemacht hatte. Jérémie blickte schuldbewußt drein, wirkte aber nicht besonders betroffen. Augustin, der hinter ihnen stand, versprach, das Stück gleich am nächsten Tag zum Juwelier zu bringen, überzeugt, daß man den Schaden beheben könne.

Der kleine Junge sah seine Mutter und seine Großmutter, die ihn anlächelten, unschuldig an.

»Auf jeden Fall«, gestand er ein wenig unsicher, »habe ich diese Uhr sowieso nicht besonders gemocht …«

Der liebevolle und amüsierte Blick seiner Mutter beruhigte ihn schließlich. Er hüpfte auf einem Bein zu ihr hin und legte ihr den Arm um die Taille. Seine spontane Geste hatte etwas sehr Besitzergreifendes.

Am nächsten Morgen, nachdem sie die Kinder vor der Schule abgesetzt hatte, blieb Valérie eine ganze Weile nachdenklich hinter dem Steuer sitzen. Sie hatte einen Teil der Nacht wachgelegen und gegrübelt. Der Gerichtstermin war für halb zwölf Uhr anberaumt. Womit sie also noch eine ganze Weile Zeit hatte, da sie den Vormittag freigenommen hatte.

Atome, der auf dem Rücksitz lag, wurde unruhig und legte seinem Frauchen die Schnauze auf die Schulter. Mit einem resignierten Seufzer ließ sie den Motor an. Ihre Entscheidung stand fest, aber es war ihr klar, daß das Vorhaben schwierig sein würde. Um Mut zu sammeln, würde sie zunächst mit dem Hund einen Spaziergang über die Felder machen.

Sie fuhr aus Rouen hinaus, an Notre-Dame-de-Bondeville vorbei und hielt sich dann Richtung Clères. Vielleicht war ja bei Ludovic gar niemand zu Hause. Vielleicht führe sie, ohne es zu merken, unterwegs an Axelle vorbei. Aber sie mußte etwas tun, egal was, mußte zumindest den Versuch unternehmen, dieses Schweigen zu brechen, um zu erfahren, was los war.

Kurz vor dem Dorf fand sie ein ruhiges Plätzchen am Ufer der Clérette. Sie ließ Atome aus dem Wagen und lief ein Stück mit ihm. Es war kalt, regnete aber nicht. Sie war nervös und fror entsetzlich, so daß sie den Spaziergang nicht allzu lang ausdehnte. Mit vorwurfsvollem Blick kletterte Atome folgsam wieder ins Auto, während sie die Heizung bis zum Anschlag aufdrehte.

Als sie sich dem Hause näherte, zögerte sie ein letztes Mal. Sie riskierte es, den letzten Rest Hoffnung auf immer zu zerstören. Da sie keine Ahnung hatte, was vorgefallen war, war sie rein auf Vermutungen angewiesen, von denen eine schlimmer war als die andere. Ludovic konnte seiner Tochter oder auch seiner Putzfrau strikte Anweisungen erteilt haben. Er konnte auch zurück sein und sie nicht verständigt haben, was das Allerschlimmste gewesen wäre.

Sie sah sofort Axelles Twingo und parkte ihr Auto daneben. Ludovics rotes Coupé war nicht da. Sie blickte einen Moment an der Fassade hoch und bemerkte den Rauch, der aus einem der Kamine stieg. Jetzt konnte sie nicht mehr zurück, denn jeder konnte sie vom Fenster aus beobachten.

»Du bleibst hier …«, murmelte sie zu Atome gewandt, während sie die Fahrertür öffnete.

Die Erinnerung an die schönen Stunden, die sie in diesem Haus verbracht hatte, schnürte ihr die Kehle zu. Sie wollte gerade nach dem Türklopfer greifen, als die Tür aufging. Axelle musterte sie mit der gewohnt unverschämten Miene. Sie trug einen viel zu großen Pullover, der ohne Zweifel ihrem Vater gehörte, und reichte Valérie weder die Hand, noch sagte sie irgend etwas. Ein paar peinliche Sekunden verstrichen, bevor Valérie sich entschloß, den Mund aufzumachen.

»Guten Tag, Axelle. Ihr Vater ist nicht zu Hause, nehme ich an?«

»Nein.«

»Wissen Sie, wann er wiederkommt?«

»Ich habe es Ihnen doch am Telefon schon gesagt, ich habe keine Ahnung!«

Axelle blieb feindselig auf der Schwelle stehen, wie um den Eingang zu versperren. Valérie trat einen Schritt zurück.

»Wo ist er?« fragte sie ruhig.

»Wenn Sie das nicht wissen, ist dies vielleicht kein Zufall.«

Sie standen da wie zwei Rivalinnen, und die feindselige Spannung zwischen ihnen war förmlich greifbar.

Valérie unternahm einen letzten Versuch, ruhig zu bleiben.

»Ich muß ihn sehen oder sprechen. Man verschwindet nicht einfach so.«

»Er kann tun, was er will!« erwiderte Axelle mit nur mühsam unterdrückter Wut.

Valéries Blick verursachte ihr Unbehagen. Dieses intensive, ungewöhnliche Grün der Augen irritierte sie, aber auch Valéries Gesichtsausdruck, der von aufrichtiger Angst und Verzweiflung zeugte.

»Wo ist er?«

Würde sie nun unermüdlich diese Frage stellen, während sie

hier auf der Eingangstreppe stand? Zwischen Besorgtheit und Zorn hin- und hergerissen, antwortete Axelle unwirsch:

»Bei meiner Mutter! So, hat die liebe Seele jetzt endlich Ruh'? Lassen sie die beiden in Frieden!«

Die Tür flog zu, und Valérie stand da wie betäubt. Sie brauchte einige Sekunden, bevor sie sich wieder gefangen hatte. Dann lief sie zum Auto zurück, legte den Gang ein und schaffte es, drei Kilometer zu fahren, bevor sie anhielt. Nachdem sie den Motor abgestellt hatte, fing sie an zu weinen. Sie zweifelte in keinster Weise an dem, was sie soeben gehört hatte. Axelle war zu glücklich gewesen, die Wahrheit zu verkünden. Ludovic war also aus irgendeinem unerfindlichen Grund zu seiner Exfrau in die Bretagne zurückgekehrt. Liebte er diese noch? Hatte er von Anfang bis Ende gelogen? Und waren die beiden überhaupt geschieden? Sie wußte eindeutig nichts über diesen Mann. Nichts als das, was er selbst erzählt hatte und was sehr gut ein einziges Lügengebilde sein konnte. In diesem Fall hätte Mathieu seinen Meister gefunden, und Ludovic wäre noch viel gerissener und ein noch viel größerer Verräter als er!

Nachdem sie eine Viertelstunde vor sich hingeschluchzt und ohnmächtig vor Wut mit den Fäusten aufs Lenkrad getrommelt hatte, schaffte sie es, sich wieder ein bißchen zu beruhigen. Sie mußte nach Hause fahren, sich umziehen und sich auf den Weg zum Gericht machen. Und vor allem mußte sie sich Ludovic Carantec ein für allemal aus dem Kopf schlagen.

16

Nach all dem Kummer und Zorn an jenem Morgen machte sich Valérie mit besonderer Sorgfalt für den Termin beim Richter zurecht. Ganz in Beige, mit einem kurzen Rock und einem Spenzer, die ihre Vorzüge zur Geltung brachten, erschien sie auf die Minute pünktlich bei Gericht. Ihren pelzgefütterten Mantel über dem Arm, fragte sie einen einfachen Justizbeamten nach dem Weg. Vor dem Zimmer des Richters trat ein junger, sympathisch aussehender Mann auf sie zu, stellte sich vor und drückte ihr die Hand. Sie hatte noch keine Gelegenheit gehabt, Hubert Bonnet kennenzulernen, der offiziell ihr Anwalt war, seit Ludovic das Mandat abgegeben hatte.

»Madame Prieur …«

Mit Kennerblick musterte er sie von Kopf bis Fuß und befand, daß ihre Schönheit sämtliche Verrücktheiten Ludovics rechtfertigte.

»Sie werden zunächst allein angehört, dann gemeinsam mit Mathieu Keller in meinem Beisein«, teilte er ihr mit.

Da sie sich geschminkt und ihre Augen mit einem Lidstrich betont hatte, konnte er sich kaum losreißen von ihrem Anblick. Um so mehr, als sie nicht einfach nur hübsch oder verführerisch war. Sie strahlte eine Art eisernen Willen aus, gepaart mit einer nicht zu übersehenden Traurigkeit, die Hubert zutiefst rührte.

»Da sind unsere Gegner«, murmelte er.

Mathieu und Bréval kamen die Treppe herauf. Einen Moment lang standen alle unschlüssig da, dann ging Valérie auf ihren Mann zu und küßte ihn flüchtig auf die Wange, bevor sie

François begrüßte. Sie stellte Hubert vor, und die Männer reichten einander widerstrebend die Hand.

»Sind Sie der Partner von Ludovic Carantec?« erkundigte sich Mathieu mißtrauisch.

»Ich bin hier, um Frau Dr. Prieur zu vertreten«, erwiderte Hubert ruhig.

»Bis zur Verkündung des Scheidungsurteils handelt es sich immer noch um Madame Keller«, bemerkte Mathieu mit geradezu unerträglicher Süffisanz.

»Verheiratet oder nicht hat meine Mandantin doch nach wie vor Anspruch auf ihren Berufstitel, denke ich, oder?«

Nach diesem ersten giftigen Wortwechsel beäugten sie einander schweigend. Mathieu wandte sich zu seiner Frau um und stieß unwillkürlich einen Seufzer aus. Von dort, wo er stand, konnte er den Duft ihres Parfüms riechen, das er unter Tausenden herausgekannt hätte. Er vermied es, in ihre grünen Augen zu sehen, die er zu sehr liebte, ließ seinen Blick über ihre Taille, die Hüften, die langen Beine wandern. Niemals würde Céline so umwerfend aussehen, da machte er sich keinerlei Illusionen.

Der Richter ließ Valérie hereinrufen, die sich entschlossenen Schrittes zu der gepolsterten Tür hin entfernte. Einige Minuten später kam sie wieder heraus, und die Reihe war an Mathieu. Als sie danach alle vier in dem Büro saßen, ging es sehr schnell. Während sie das Vereinbarungsprotokoll unterzeichnete, empfand Valérie nichts weiter als ein Gefühl der Erleichterung. Aber als sie den Kopf hob, sah sie, wie Mathieu sie auf seltsame Weise anstarrte. Er versuchte, seine Erregung zu verbergen, aber es war offensichtlich, daß er unglücklich war; seine Augen waren plötzlich feucht, und seine Mundwinkel zuckten. Er tat ihr aufrichtig leid, und sie riskierte ein vorsichtiges Lächeln, welches er nicht erwiderte. Sie hörte das wütende Kratzen seines Stiftes auf dem Papier.

Er ging vor, um ihr die Tür aufzuhalten. Sie kannte ihn gut genug, um zu wissen, daß er unter Hochspannung stand. Vor François und vor allem Hubert konnte er nichts sagen. Ohne sich von irgend jemandem zu verabschieden, hastete er zum

Ausgang. Bréval empfahl sich, indem er einige den Umständen angemessene Sätze murmelte. Etwas verloren stand Valérie plötzlich mit Hubert alleine da.

»Kommen Sie«, sagte er einfach nur, »gehen wir etwas trinken.«

Da er mit großer Freundlichkeit ihren Arm genommen hatte, folgte sie ihm. Auf den Stufen vor dem Gerichtsgebäude half er ihr in den Mantel. Der Regen war eisig und heftig. Sie flüchteten sich in die nächstgelegene Bar, wo Hubert ohne große Umschweife zwei Gläser Champagner bestellte.

»Das ist immer ein unangenehmer Moment. Sind Sie okay?«

Er schien aufrichtig besorgt, und sie war gerührt.

»Ja, ja. Ich hätte nicht gedacht, daß Mathieu … Normalerweise ist er nicht so leicht aus der Fassung zu bringen …«

Daß ihr Mann derart litt, dauerte sie, ohne sie jedoch wirklich zu berühren. Sie hatte das Kapitel für sich längst abgeschlossen. Und sie stand noch unter dem Schock ihrer Auseinandersetzung mit Axelle. Sie leerte ihr Glas in drei Zügen, und Hubert gab dem Kellner einen Wink, daß er nachschenken solle. Während sie sich eine Zigarette anzündete, versuchte sie, ihren Mut zusammenzukratzen, um die Frage zu stellen, die ihr auf dem Herzen lag.

»Ich habe erfahren, daß Ludovic in der Bretagne ist«, sagte sie schließlich. »Bei seiner … Exfrau, stimmt das?«

Konsterniert nickte Hubert. Er wußte absolut nicht, was er erwidern sollte. Er zögerte, biß sich auf die Lippen und senkte den Blick. Das Schweigen, das zwischen ihnen entstand, war ihm rasch unerträglich. Diese Frau mochte noch so umwerfend aussehen und ohne Zweifel intelligent sein, aber dies war eindeutig ein Hilfeschrei. Und währenddessen machte sich Ludovic in seinem kleinen Hafen von Dahouët verrückt!

»Hören Sie«, erklärte er tonlos, »ich möchte mich da nicht hineinmischen. Aber als er gefahren ist, ging es ihm wirklich dreckig.«

»Aber warum denn?«

»Also … Ich weiß es nicht! *Sie* müssen es doch wissen!«

»Nein, ich habe keinen blassen Schimmer. Ich habe überhaupt nichts begriffen … Hatte er irgendwelche Probleme?«

»Außer mit Ihnen, glaube ich, nicht.«

Sie hing an seinen Lippen, und er bekam Angst, womöglich zu weit gegangen zu sein, sich zu täuschen. Und doch gelangte er mehr und mehr zu der Überzeugung, daß dieser ganzen Geschichte ein Mißverständnis zugrunde lag.

»Er ist Hals über Kopf aus Rouen fortgefahren. Ich bin davon ausgegangen, daß Sie ihn verlassen haben oder so etwas in der Richtung.«

»Ich?«

Valéries Zerbrechlichkeit rührte Hubert, obwohl er doch schon ganz anderes erlebt hatte.

»Er gehört normalerweise nicht zu der Sorte Menschen, die einem ihr Herz ausschütten, und erst recht nicht zu denen, die sich in ihrem Liebeskummer suhlen«, seufzte er. »Aber er war in einer Verfassung …«

»In was für einer Verfassung?«

»Nun … Er wirkte wie jemand, der eine Kugel in den Rücken bekommen hat!«

»Also, *ich* habe nicht auf ihn geschossen. Er ist einfach verschwunden, ohne auch nur die geringste Erklärung abzugeben, und ich frage mich nach wie vor, warum. Steht er … Steht er seiner Exfrau noch sehr nahe?«

»Nathalie? Ja, er hat Nathalie sehr gerne und versteht sich ausgezeichnet mit ihr. Aber er ist nicht ihretwegen dorthin gefahren, sondern er wollte ans Meer. Er hat immer behauptet, daß die Bretagne ihn von allem heile.«

Das Kinn in die Hände gestützt, sah Valérie Hubert unverwandt an.

»Seine Tochter hat mir erst vorhin gesagt, ich solle ihre Eltern besser in Frieden lassen.«

Froh, einen Grund zum Lachen zu haben, prustete Hubert los.

»Mein Gott, Axelle! Sie hat noch ein paar ödipale Probleme zu überwinden! Kümmern Sie sich nicht um sie …«

Ein Hoffnungsschimmer tauchte auf in all dem Dunkel, das Valérie seit jenem Morgen zu verschlingen drohte. Sie wußte noch nicht, was sie unternehmen würde, aber ohne Zweifel war das Ganze noch einmal einen Versuch wert. Hubert sah, wie es in ihrem Gesicht arbeitete, während sie angestrengt nachdachte. Dann plötzlich blickte sie ihm fest in die Augen.

»Die Bretagne ist groß …«, sagte sie vorsichtig.

Sie hatte sich auf gefährliches Terrain begeben. Carantec war ein verbreiteter Name, aber via Btx könnte sie ihn trotzdem ausfindig machen.

»Dahouët«, bemerkte er leise.

Sie dankte ihm mit einer entwaffnenden Natürlichkeit. Für das, was er ihr offenbart hatte, und für den Champagner. Sie gab ihm die Hand, zog ihren Mantel wieder an und verließ die Bar. Er beglich die Rechnung und hoffte sehr, daß Ludovic ihm nicht böse wäre. Er wußte nicht, ob er einen Fehler begangen oder eine gute Tat vollbracht hatte.

Yann hatte beide Arme um Nathalie gelegt, ohne sie jedoch zu fest an sich zu drücken, um ihr nicht weh zu tun. Wenn sie so an ihn geschmiegt war, empfand er dasselbe Vergnügen wie auf seinem Boot; und in dieser Küche hier war er genauso glücklich wie an Deck der Nat. Sie stellte sich auf Zehenspitzen, um ihn auf den Hals zu küssen. Da er gerade aus der Dusche kam, duftete er herrlich nach Seife.

»Ich werde die Austern öffnen«, entschied er.

Er tat dies mit einer vollendeten Geschicklichkeit, ohne sich jemals zu verletzen oder auch nur eine einzige Schale zu zerstören. Sie nahm die Scampi und die Felsengarnelen, die sie am Morgen gekocht hatte, aus dem Kühlschrank.

»Er macht mir Sorgen«, murmelte sie versonnen.

»Ludovic?«

»Ja. Er spricht nicht, ißt kaum etwas …«

»Würde mich wundern, wenn er einen Teller mit Meeresfrüchten verschmähte!«

Um sie zu beruhigen, gab er sich freundlich und scherzte, obwohl ihm eigentlich gar nicht danach zumute war. Es war viel zu oft von Ludovic die Rede, aber er wollte seine latente Eifersucht nicht zeigen. Sie war ungerechtfertigt, denn sein ehemaliger Rivale war nicht Nathalies wegen hier, das wußte er ganz genau.

»Du machst dir einen ganz schönen Kopf seinetwegen, finde ich. Liebst du ihn immer noch so sehr?«

»Yann!«

Er legte sachte eine geöffnete Auster auf den Teller, dann sah er auf. Sie betrachtete ihn lächelnd.

»Ich habe ihn vor langer Zeit einmal geliebt. Er ist Axelles Vater. Und er ist ein großartiger Mensch.«

»Ich weiß …«

Das schlimmste war, daß er Ludovic auch sehr gerne hatte.

»Es ist komisch«, nahm sie den Faden wieder auf, »ich dachte immer, er sei gegen Liebeskummer gefeit.«

»Da wäre er aber der einzige!« bemerkte Yann empört.

Sie wechselten einen kurzen verschwörerischen Blick, und er war sich wieder einmal bewußt, daß er an ihr mehr als an allem auf der Welt hing. Wenn sie sich Ludovics wegen Sorgen machte, so hatte sie ihre Gründe.

»Doch«, räumte er ein, »ich glaube, daß er ganz schön daran zu knacken hat … Nur auf dem Meer draußen denkt er nicht daran, das ist der Grund, daß ich ihn so hart rannehme …«

»Paß auf, daß er nicht über Bord geht!« sagte sie lachend.

Entrüstet, daß sie etwas Derartiges auszusprechen wagte, erwiderte er:

»Die Gefahr ist gering! Er versteht etwas von der Sache, und wir haben beide unseren Spaß.«

In gewisser Weise entsprach das der Wahrheit. An Bord der Nat war Ludovic nicht mehr der Mann, der Nathalie ein Kind gemacht und erfolgreich Jura studiert hatte, sondern ein einfacher Seemann. Seit Wochenbeginn hatten sie einige verrückte Fahrten unternommen. Sie passierten zunächst stets das Cap Fréhel und das Fort La Latte, eine mittelalterliche Festung, fuhren dann an der Küste entlang durch die Baie de la Frênaye und schossen anschließend, das Boot fest im Griff, vor Saint-Malo aufs offene Meer hinaus, als gelte es, einen Geschwindigkeitsrekord zu brechen. Je stärker der Wind war, um so mehr legten sie sich ins Zeug, um in Richtung Kanalinseln hochzufahren, ganz gleich, wie das Meer war.

»Er wird mir fehlen, wenn er wieder weg ist«, sagte Yann vorsichtig.

Nathalie zuckte hilflos die Achseln. Ihrem Exmann ging es nicht besser und nicht schlechter als am Tag seiner Ankunft. Und doch konnte er nicht unendlich lang seine Kanzlei, sein Haus in Clères und seine Tochter alleine lassen.

»Morgen werde ich zur Abwechslung mal Kurs nach Westen nehmen«, brummelte Yann.

Das Wetter war eindeutig zu schlecht, um zu fischen. Das Barometer war plötzlich gefallen, und der Wetterbericht war katastrophal.

»Ihr werdet doch wohl nicht hinausfahren morgen, falls es nicht besser wird, oder?«

»Nur eine kleine Spritztour … Es ist ein Sturm angekündigt, aber der wird nicht vor übermorgen hier sein …«

Yann etwas auszureden, wenn er es einmal beschlossen hatte, führte nur dazu, daß er sich noch weiter in seine verrückte Idee verrannte. Die Küchentür ging auf, und Ludovic kam herein, beide Arme voller Flaschen.

»Hast du den Lebensmittelladen geplündert?« fragte Nathalie und betrachtete ihn mit einem beinahe mütterlichen Blick.

Er stellte Wein und Champagner auf dem Tisch ab, dann schnappte er sich ein frisches Geschirrtuch, um seine Haare trockenzureiben. Er war völlig durchnäßt, und sie nahm mit einmal das Pladdern des Regens draußen wahr.

»Was hat denn der Käpt'n Feines vorbereitet?« fragte Ludovic mit einem Blick auf Yann, der sich an der Spüle zu schaffen machte.

»Heute abend gibt's Austern aus Cancales, und für morgen ist eine außergewöhnliche Seefahrt geplant, falls du dich fit fühlst.«

»Ja.«

Das war seine immer gleiche Antwort auf Yanns hirnrissige Vorschläge. Durch die gesteigerte physische Anstrengung wie durch die von Angst hervorgerufene Adrenalinausschüttung – denn sie gingen wirkliche Risiken ein – gelang es Ludovic, jede Nacht ein paar Stunden Schlaf zu finden. Er schlief mit dem Gedanken an Valérie ein, aber immerhin schlief er ein.

Als sie sich zu Tisch setzten, rief Axelle an, um zu fragen, ob es etwas Neues gebe. Wie jedesmal bemühte er sich, mit ihr zu scherzen. Leider Gottes sprach sie nie die Worte aus, auf die er nach wie vor hoffte. Nein, es waren keine persönlichen Briefe in der Post gewesen, und es hatte auch niemand angerufen. Als er auflegte, mußte er sich enorm am Riemen reißen, um ein Lächeln zustandezubringen. Der Schmerz wurde nicht geringer, und die Art und Weise, wie Valérie ihn aus ihrem Leben ausradiert hatte, würde lange Zeit eine offene Wunde hinterlassen.

Nach dem Essen half er noch aufräumen, dann zog er sich umgehend ins Atelier zurück. Er wollte nicht die Abende der beiden stören, und unabhängig davon hatte er keine Lust, noch länger aufzubleiben. Er duschte sich rasch und schlüpfte dann unter die Decke. Eine gute Stunde lang lauschte er auf das Prasseln des Regens und den Wind, der um das kleine Granithäuschen pfiff. Genau wie er es sich gedacht hatte, wirkte das Meer schmerzlindernd auf ihn. Beruhigend, aber nicht heilend. Und doch konnte er nicht den Rest seines Lebens damit zubringen, sich seine Hände am Tauwerk aufzuschürfen, um zu überleben. Er mußte sich wohl oder übel aufraffen, nach Hause zu fahren. Vielleicht, um alles zu verkaufen. Warum nicht? Er konnte sein Haus auflösen und seinen Teil der Kanzlei abgeben und woanders einen Neuanfang machen. Er konnte sich sogar in der Bretagne niederlassen, dort fühlte er sich eher weniger schlecht als woanders. Auf alle Fälle würde er es nicht aushalten, in Rouen zu bleiben, dieselbe Luft wie sie zu atmen, ihr vielleicht sogar in den Straßen der Altstadt in die Arme zu laufen. Er konnte sich noch einmal umorientieren, er war ja erst vierzig. Er beschloß, ernsthaft darüber nachzudenken. In ein paar Tagen würde er eine Entscheidung treffen und ihr dann treu bleiben, komme, was wolle. Es sei denn, Yann hätte ihn vorher schon ertränkt, was vielleicht die noch bessere Lösung wäre.

Valérie hatte den Großteil des Nachmittags rein mechanisch ihre Arbeit verrichtet. Dann hatte sie Roussel aufgesucht, der ihr ohne weiteres drei Tage Urlaub bewilligt hatte.

Danach war sie zu ihrem Vater gegangen, hatte sich auf den Tresen gesetzt, wie früher als Kind, und ihm erklärt, daß sie ein paar Tage aus allem herausmüsse. Augustin hatte ihr zugehört, den Kopf schräggeneigt, und mechanisch eine sehr alte Ausgabe, die er gerade erst hereinbekommen hatte, in den Händen hin und her gedreht.

Mit den Nerven völlig am Ende, hatte Valérie den Eindruck, zwischen sämtliche Fronten geraten zu sein. Wenn sie nicht umgehend Ordnung in ihr Leben brächte, würde sie noch weitere Irrtümer begehen. Ihr Vater hieß ihren Entschluß gut; er bewies dieselbe Diskretion wie Roussel und stellte keine Fragen. Mit ihren fünfunddreißig Jahren und der Charakterstärke, die sie die letzten Monate gezeigt hatte, konnte seine Tochter ohne weiteres tun, was sie wollte. Er versprach, die Kinder zu verwöhnen wie kleine Prinzen, und wollte auch Atome hüten. Valérie bräuchte sich doch nicht mit einem Hund zu belasten bei ihrem Vorhaben, und Jérémie würde es nicht ohne ihn aushalten.

Als sie aus dem Geschäft trat, erwartete Valérie eine unangenehme Überraschung: Die Gehsteige waren frisch verschneit. Sie trug noch immer ihr beiges Kostüm, den pelzgefütterten Mantel und Pumps. In ihrer Wohnung zog sie als erstes die viel zu feinen Kleider aus, duschte sich, schlüpfte in einen Morgenmantel und kochte sich dann einen Kaffee. Auf dem Küchentisch breitete sie eine Straßenkarte aus, die sie genau studierte. Sie brauchte geschlagene fünf Minuten, um den winzigen Hafen von Dahouët in der Bucht von Saint-Brieuc zu finden. Die Fahrt wäre weit und mühselig, vor allem wenn es weiter schneite, aber sie hatte ja Zeit.

Während sie nachdachte, bereitete sie sich ein riesiges Schinkensandwich zu. Die Worte von Axelle und die von Hubert standen in so eklatantem Widerspruch zueinander, daß es ihr nicht gelang, sich eine Meinung zu bilden. Wenn man seinem Partner glaubte, war Ludovic fortgefahren, um sich zu trösten! Aber weshalb? Was für ein dubioser Kummer quälte ihn da?«

Wie dem auch war, die Ungewißheit war schlimmer als alles andere. Sie würde sich Ludovic niemals aus dem Kopf schlagen können, solange sie nicht wüßte, was los war. Der Gedanke an ihn beherrschte sie von Tag zu Tag mehr, und diese Quälerei nähme kein Ende, wenn sie nicht selbst einen Schlußstrich darunter zöge. Ganz gleich, welchen Preis sie dafür zahlen müßte, ob sie unter Umständen enttäuscht würde, erneut gedemütigt: Sie mußte Gewißheit haben.

»Und wenn er mir ins Gesicht lacht, so kann ich mir doch zumindest Luft machen und ihm die Augen auskratzen!«

Nachdem sie gegessen und drei Tassen Kaffee getrunken hatte, ging sie sich anziehen. Eine Cordsamthose, einen Rollkragenpullover und weiche Halbschuhe, die ihr bequem erschienen. In eine Reisetasche steckte sie einen weiteren Pullover, T-Shirts, Unterwäsche, Stiefeletten und einen Kulturbeutel. Sie sah nach, ob sie die Fahrzeugpapiere und ihr Scheckheft bei sich hatte, und befand dann, daß es Zeit war zu fahren. Sie nahm die Straßenkarte, zog eine Jacke über und verschloß sorgfältig die Wohnung.

Im Schein der Straßenlaternen wirbelten dicke Schneeflocken nieder. Valérie ließ ihren Motor ein wenig laufen, bevor sie losfuhr. Dieser Ausflug hatte trotz allem einen aufregenden Aspekt.

Sobald sie auf der Autobahn war, schaltete sie das Radio ein, um Hintergrundmusik zu haben. Den Norden der Bretagne kannte sie nicht, da sie nie über Mont-Saint-Michel hinausgekommen war. Dies war eines der Ziele, bei dem sich Mathieu sämtliche Haare gesträubt hätten. Er hatte eine zu große Vorliebe fürs Exotische, als daß er an etwas anderem als Stränden in heißen Ländern Gefallen finden würde. Faul unter Kokospalmen zu liegen schien ihm die einzig mögliche Urlaubsbeschäftigung.

Als sie daran dachte, mußte sie lachen. Warum hatte sie zehn Jahre ihres Lebens einem Mann wie ihm geopfert? Vom ersten Tag an war ihr klar gewesen, daß das einzige, was Mathieu interessierte, sein eigener Nabel war. Er sah nur sich – ein perfekter Egozentriker. Sie hätte ihn auf der Stelle verlassen sollen, aber sie hatte es nicht getan. Nach Camilles Geburt hatte sie sich nicht einmal mehr die Frage gestellt.

Es hörte nicht auf zu schneien, im Gegenteil, und sie war gezwungen, langsam zu fahren. Aber zumindest war die Autobahn gesalzen. Sie wußte allerdings nicht, was sie erwartete, wenn sie die Hauptverkehrsstrecke verließe. Gegen Mitternacht hielt sie an, um den Wagen vollzutanken. Es war überraschend böig und wirklich eine schreckliche Nacht, um zu fahren, aber sie war unbesorgt. Es war ohnehin sinnlos, zu früh anzukommen, wenn sie an der Hotelrezeption jemanden antreffen wollte. Gleich im Nachbarort von Dahouët, in Val-André, gab es eine Unterkunft, die laut Führer das ganze Jahr geöffnet war. Sie würde sich dort etwas ausruhen, bevor sie sich auf die Suche nach Ludovic machte. Das rote Coupé müßte leicht zu finden sein.

In Caen fuhr sie auf die Nationalstraße ab und kämpfte sich mühselig durch bis nach Villedieu-les-Poêles. Der Wind blies in Böen von der Seite und brachte das Auto ins Wanken. Selbst bei größter Aufmerksamkeit waren die Eisplanken erst im letzten Moment zu erkennen. Bei dem Gedanken an ihre Kinder und ihre Verantwortung bereute sie allmählich, sich in dieses Abenteuer gestürzt zu haben.

»Und wenn ich ihn nicht aufstöbere? Dann stehe ich schön dumm da …«

Egal, sie könnte sich immer noch zwei Tage erholen, spazierengehen, wieder ein bißchen zu sich finden.

Kurz vor Avranches wurde die Straße breiter, und der Schnee ging in Regen über. Valérie hätte gerne angehalten und einen Kaffee getrunken, aber es war alles geschlossen; alle Welt schlief.

Nachtfahrten hatte sie immer schon geliebt. Seit zehn Jahren war leider immer Mathieu gefahren, wenn sie zusammen unterwegs gewesen waren.

Auf der Höhe von Pontorson begann sie, die Auswirkungen der Müdigkeit zu spüren. Sie hielt an, um sich ein bißchen die Füße zu vertreten, aber es schüttete so heftig, daß sie sich anders besann. Bei der Vorstellung, alleine am Straßenrand herumzulaufen, wurde ihr bange, und sie lenkte den Wagen widerstrebend auf die Straße zurück und unterdrückte ein Gähnen. An einer Kreuzung verfuhr sie sich und befand sich plötzlich auf der Straße nach Dinan. Sie schaute auf ihre Karte und suchte eine Abkürzung über kleine Seitenstraßen heraus, wo sie sich prompt verfuhr. Es war beinahe fünf Uhr früh, und sie konnte nicht mehr. Die Dörfer, in denen noch keine Menschenseele auf den Beinen war, sahen alle gleich aus, und auf den Wegweisern standen lauter unbekannte Namen.

Am Ortsausgang von Hénanbihen war endlich Val-André angezeigt; sie hatte nur noch etwa zwanzig Kilometer zu fahren. Sie war zutiefst erleichtert, und ihre Aufmerksamkeit ließ etwas nach. Die Schulter- und Nackenmuskulatur schmerzte, und sie rieb sich die Augen. Über die Windschutzscheibe ergoß sich noch immer eine wahre Sintflut. Da ihr ein Lastwagen entgegenkam und die Straße nicht sehr breit war, versuchte sie, sich ganz rechts zu halten. Leicht geblendet von dem Scheinwerferlicht, das durch den Regen von einem Hof umgeben war, übersah sie eine tiefe Pfütze, in die ihre Reifen zu rasch eintauchten, und verlor die Kontrolle über den Wagen. Ihr Auto wurde zur Mitte der Fahrbahn geschleudert, bevor sie überhaupt reagieren konnte.

Auf der Gegenspur trat der Fahrer voller Verzweiflung auf die Bremse, um einen Zusammenstoß zu verhindern. Aber er prallte dennoch auf ihren Wagen, der daraufhin etwa fünfzig Meter weit vom Kühlergrill des Lastwagens mitgeschleift wurde, bevor er im Graben landete. All das dauerte nur wenige Sekunden.

Der Lastwagenfahrer war ganz benommen und versuchte nicht einmal, sein Fahrzeug zur Seite zu fahren. Er schaltete seine Warnblinkanlage ein, ließ den Motor einfach laufen und sprang sofort aus dem Führerhäuschen, gefolgt von einem weiteren Mann. Sie wateten durch den Schlamm am Straßenrand bis zu dem Wagen, dessen Motorhaube zerdrückt wirkte, und waren binnen weniger Sekunden naß bis auf die Knochen. An die linke Tür kamen sie nicht hin und versuchten es daher bei der anderen. Das Blech war so verbogen, daß sie nicht aufzubekommen war, aber es gelang ihnen, den Kofferraum zu öffnen. In der Dunkelheit konnten sie nicht viel erkennen, doch die Fahrerkabine wirkte nicht allzu zerknautscht. Auf dem Rücksitz kniend tasteten sie nach dem Fahrer.

»Es ist eine Frau! Wir müssen sie sofort herausholen ...«

Gemeinsam schafften sie es, den Sicherheitsgurt zu lösen und die junge Frau von ihrem Sitz herunterzuziehen. Kaum tauchten sie aus dem Kofferraum auf, ging erneut ein Wolkenbruch auf sie nieder.

»Wir müssen weg von dieser Karre hier!« brüllte der Fahrer.

Valérie murmelte etwas, und er nahm sie so vorsichtig wie möglich auf den Arm, um sie zum Lastwagen zu tragen. Er hätte sie auf die Straße legen müssen, sie nicht anrühren dürfen, aber er hatte Angst, der Tank des Wagens könne explodieren. Er setzte sie vorsichtig auf der Liege in der Schlafkoje ab, knipste die Deckenbeleuchtung an und sah sie schließlich völlig verängstigt an.

»Wie geht's?«

»Ich weiß nicht«, stammelte sie.

Sie mußte verletzt sein, da Blut ihre Schläfe herabrann und bereits ihren Pullover durchtränkt hatte. Ohne zu zögern, stürzte er an sein CB-Funkgerät und bat den erstbesten Kollegen, der antwortete, Hilfe zu holen.

Der zweite Mann kam zurück. Er warf einen Blick auf Valérie, lächelte ihr aufmunternd zu, was sie nicht einmal wahrnahm, dann kramte er in einer Tasche herum und zog einen Fotoapparat heraus. Von neuem entfernte er sich vom Lastwagen.

»Tut es irgendwo weh?« bohrte der Fahrer.

»Überall ein bißchen ... Aber ich glaube, es ist nichts Schlimmes ...«

Ihre Stimme klang brüchig und tonlos. Sie wollte sich aufrichten, ließ es dann aber bleiben.

»Bewegen Sie sich bloß nicht! Die Ärzte sagen immer ...«

»Ich bin Ärztin«, bemerkte Valérie seufzend.

Die erstaunte Miene des Fahrers amüsierte sie.

»Aber ich bin froh, wenn meine Kollegen kommen!«

Der Schock ließ nach, und sie fühlte sich nicht mehr ganz so elend, auch wenn sie schwach war. Der Fahrer hielt ihr ein großes Taschentuch hin.

»Es ist sauber. Wenn Sie es haben möchten ...«

Der Anblick der Blutes, das nicht aufhörte zu laufen, machte ihm angst. Sie fuhr sich mit den Fingern über die Stirn, dann, vorsichtig, durch die Haare. Sie verzog das Gesicht, als sie eine schmerzhafte Wunde ertastete, die ihr ziemlich tief vorkam.

»Was macht Ihr Kumpel mit seinem Fotoapparat? Landschaftsaufnahmen?«

»Er hat mir erzählt, daß er so was wie ein Journalist sei. Ich habe ihn am Ortsausgang von Saint-Brieuc aufgelesen.«

Sie versuchte, ihn anzulächeln, kämpfte aber gegen die Übelkeit. Er sah, wie sie bleich wurde und das Gesicht verzerrte, und runzelte die Stirn.

»Ich werde den Motor abstellen, es stinkt nach Abgasen!«

Er saß rittlings auf seinem Sitz und drehte den Zündschlüssel um, ohne Valérie aus den Augen zu lassen.

»Sie können nichts dafür«, erklärte Valérie. »Ich habe die Kontrolle über den Wagen verloren, als ich durch eine Pfütze gefahren bin.«

»Das ist keine Straße mehr, sondern ein einziger Morast!« bestätigte er. »Und es hört gar nicht auf zu schütten ...«

Sie bemerkte endlich das Prasseln des nicht enden wollenden Platzregens auf dem Autodach. In der Kabine war es gut warm, aber sie fröstelte.

»Sie werden gleich hier sein«, versicherte der Fernfahrer, und seine Stimme klang nach wie vor zittrig.

Als der Notarztwagen vor dem Eingang der Ambulanz im Krankenhaus von Saint-Brieuc anhielt, war es immer noch dunkel. Der diensthabende Assistenzarzt hatte gerade seine Schicht begonnen und war eifrig um Valérie bemüht. Nachdem er die Wunde auf der Kopfhaut desinfiziert hatte, schnitt er ein paar Haarsträhnen ab, um sie zu nähen. Er nahm den feinsten Faden, den er finden konnte, und gab sich größte Mühe, da er es mit einer Berufskollegin zu tun hatte.

Anschließend ordnete er eine ganze Reihe von Röntgenaufnahmen und Untersuchungen an, denen sie sich nur widerwillig unterzog. Auf der anderen Seite des Zauns gelandet zu sein, im Lager der Kranken, machte sie wütend. Nie war ihr der betuliche Ton derartig aufgefallen, dessen sich das Pflegepersonal befleißigte, wenn es mit den Patienten sprach. Sie mußte mehrmals wiederholen, daß sie selbst Ärztin sei und daß sie sich bestens fühle. Trotz allem wurde sie in ein Zimmer geführt, wo sie erneut der Assistenzarzt empfing. Er bestand hartnäckig darauf, daß sie sich bereit erklären solle, noch einige Stunden zur Beobachtung dazubleiben – zumindest so lange, bis die Laborergebnisse da wären. Nach einer Weile willigte sie schließlich ein, denn der Anblick des Bettes rief ihr ihre Müdigkeit wieder in Erinnerung.

Kaum war sie allein, zog sie sich aus und schlüpfte unter die rauhen Laken. Das war weniger gut als im Hotel, aber sie war so erschöpft, daß sie überall hätte schlafen können. Sie zwang sich, nicht an diesen grauenvollen Unfall zurückzudenken, und sank in Schlaf.

Zwei Stunden später wurde sie von einem Geräusch geweckt und öffnete verstört die Augen. Eine Krankenschwester blickte mit einem strahlenden Lächeln wohlwollend auf sie herab.

»Und, Frau Dr. Keller, geht's Ihnen besser?«

Valérie setzte sich gähnend auf.

»Die Polizei hat das für Sie abgegeben.«

Die Schwester reichte ihr ihre Handtasche.

»Ich habe es ihnen gleichgetan und mir erlaubt, einen Blick in Ihre Papiere zu werfen wegen der Aufnahmeformalitäten. Seien Sie so gut und sehen Sie nach, ob Ihnen auch nichts fehlt.«

Um sie nicht zu verärgern, schaute Valérie in ihre Brieftasche und schüttelte den Kopf.

»Alles in Ordnung, bestens«, versicherte sie.

»Sie hatten höllisch Glück, es hätte auch …«

Die Tür wurde aufgerissen, und ein etwa fünfzigjähriger Mann im weißen Kittel kam hereingestürmt. Er trat ans Bett und ergriff Valéries Hand, die er freundlich tätschelte.

»Haben Sie sich von Ihrem Schreck erholt, Madame Keller? Sie gestatten …«

Er setzte seine Brille auf, um die Wunde kritisch zu begutachten.

»Der Assistenzarzt hat ordentliche Arbeit geleistet! Und dabei konnte er doch nicht ahnen, daß … Verbessern Sie mich, falls ich mich irre, aber Sie sind doch die Frau von Mathieu Keller, dem Kardiologen aus Rouen?«

Plötzlich hellwach, richtete sie sich mit einem Ruck auf.

»Ich *war* seine Frau! Wir leben in Scheidung. Kennen Sie Mathieu? Ich hoffe, Sie hatten nicht die blödsinnige Idee, ihn zu verständigen!«

»Nun … Um die Wahrheit zu sagen, ich war gerade dabei …«

Sie unterdrückte einen erleichterten Seufzer und entschied sich zu lächeln.

»Ich werde ihn selbst anrufen«, erklärte sie, um weiteren unglückseligen Initiativen zuvorzukommen.

»Wie Sie möchten … Richten Sie ihm schöne Grüße aus …«

Ein wenig enttäuscht, daß er sich nicht selbst hervortun konnte, nahm er mit einer müden Handbewegung seine Brille ab. Sie hatte seinen Namen auf dem Ansteckschild gesehen, was ihr erlaubte, rasch zu versichern:

»Sie können sich darauf verlassen, Monsieur Lefèvre. Ich bin selbst Kardiologin und arbeite in einer Klinik in Rouen.«

Ärzte sprachen sich untereinander nie mit dem Titel an, und das »Monsieur«, dessen Valérie sich bedient hatte, ließ sie im Ansehen der Krankenschwester, die das Gespräch höchst interessiert verfolgte, bereits steigen.

»Ich werde Ihnen die Untersuchungsergebnisse und die

Röntgenbilder hochbringen lassen«, schlug Lefèvre vor. »Sie werden sehen, es ist alles in bester Ordnung. Aber nichtsdestotrotz, und ohne daß ich Sie beeinflussen will, denke ich, daß Sie noch bis morgen früh hierbleiben sollten.«

Sie tauschten einen höchst kollegialen Händedruck, dann ging er aus dem Zimmer.

»Das Telefon steht hier«, sagte die Schwester und zeigte aufs Nachtkästchen. »Haben Sie Hunger?«

»Ich glaube, ja ...«

Ihr Sandwich vom Vorabend war nur noch eine blasse Erinnerung. Sie wartete, bis die Tür zu war, und kletterte aus dem Bett. Um ein Haar hätten sie Mathieu Bescheid gegeben! Das hätte gerade noch gefehlt! Trotz latenter Kopfschmerzen und einem leichten Schwindelgefühl fühlte sie sich ausgezeichnet.

In der winzigen Naßzelle entdeckte sie ihre Reisetasche auf einem Hocker. Wenn die Polizei sie gefunden hatte, hieß dies, daß ihr Auto weder in Flammen aufgegangen noch explodiert war. Sie nahm ihren Kulturbeutel, wobei sie an den Lastwagenfahrer und an seinen panischen Gesichtsausdruck denken mußte. Sie schwor sich, ihm einen Brief zu schicken und sich für seine Freundlichkeit zu bedanken.

Das Bild, das sich ihr in dem kleinen Spiegel über dem Waschbecken bot, war bestürzend. Auf ihrer Wange klebten noch getrocknete Blutspuren, ganz zu schweigen von dem fast schwarzen Bluterguß über dem Wangenknochen. Sie wusch sich das Gesicht und feuchtete ihre Haare an, um sie ein bißchen frisieren zu können, wobei sie die schmerzende Stelle aussparte. Was hatte nur einen so tiefen Schnitt verursacht? Ein Splitter der Windschutzscheibe? Sie erinnerte sich an die Scheinwerfer, den Aufprall, das Scheppern des Bleches und das Bremsenquietschen. Geduldig drapierte sie die Locken so, daß man die Wunde nicht mehr sah. Es kam überhaupt nicht in Frage, daß sie noch länger hier in diesem Krankenhaus blieb. Überall anders wäre sie besser aufgehoben. Sie brauchte nur in dem Hotel in Val-André anzurufen. Dort könnte sie die kommende Nacht verbringen, und danach würde sie nichts mehr daran hindern, Ludovic zu suchen. Deswegen war sie schließlich hier. Durch den Unfall hatte sie einen Tag verloren, aber zwei blieben ihr noch. Jetzt konnte sie nicht aufgeben, sie hätte sonst nie mehr den Mut dazu. Im übrigen rückte Weihnachten näher, und sie wäre blockiert.

Sie besah sich erneut im Spiegel und fragte sich, ob Ludovic bei ihrem Anblick nicht fluchtartig das Weite suchen würde. Sie wirkte nicht gerade vorteilhaft. Vielleicht war ja seine Exfrau, diese Nathalie, einfach umwerfend? Vielleicht war es ihm überhaupt nicht recht, daß sie hinter ihm her war?

Diese Fragen hast du dir bereits tausendmal gestellt, jetzt ist's aber genug!

Entschlossen trat sie aus dem kleinen Waschraum hinaus. Wenn die Krankenschwester wiederkäme, würde sie ihr mitteilen, daß sie ginge. Und sobald sie draußen wäre, müßte sie einen Mietwagen auftreiben. Und dann bei der Polizei vorbeifahren, um zu erfahren, was mit dem Wrack geschehen war.

Ein Blick auf ihre Kleider vom Vorabend demoralisierte sie. Sie konnte sie alle wegwerfen, mit Ausnahme der Mokassins. Gott sei Dank hatte sie noch etwas zum Wechseln in ihrer Reisetasche. Sie wandte sich danach um und begann sich anzuziehen.

17

Nach den sintflutartigen Regenfällen der vorangegangenen Nacht fegte nun ein ungewöhnlich heftiger Wind über Dahouët. Das kleine Granithäuschen schien unter den Böen zu erzittern. Nathalie mußte sich am Zaun festklammern, als sie zum Briefkasten ging, um ihre Post zu holen. Seit dem Frühstück kochte sie vor Wut: Yanns Sturheit hatte sie zur Weißglut getrieben. Was half es, daß er ein erfahrener Seemann war, wenn er sich benahm wie ein fünfjähriger Junge! Sie hatte mit ihrer Meinung nicht hinter dem Berg gehalten, und er hatte beschämt den Kopf gesenkt, aber nicht nachgegeben.

Ein Fensterladen klapperte, und sie mußte schwer kämpfen, um ihn zu arretieren.

»Meine Güte, wenn das kein Sturm ist!« murmelte sie, als sie in die Küche zurückkam.

Sie trat ans Fenster, um den bleiernen Himmel zu betrachten, über den mehrere Schichten schwarzer Wolken jagten.

»Diese Idioten!« sagte sie und schlug mit der Faust auf den Tisch.

Die Haltung Yanns war leicht zu durchschauen: Er provozierte Ludovic. Das war kindisch, unbesonnen und gefährlich, aber jetzt, wo er endlich einmal seine Überlegenheit beweisen konnte, würde er keine Chance auslassen! Was Ludovic betraf, so hatte man den Eindruck, daß ihm alles gleichgültig geworden war. Es war zwecklos, auf ihn zu rechnen, um Yann zur Vernunft zu bringen. Im Gegenteil, diese Art wahnwitziger Herausforderung riß ihn aus seiner Lethargie.

Sie schenkte sich eine Tasse heiße Milch ein und brachte mit einem wütenden Fußtritt die mit Sand gefüllte Rolle wieder in die richtige Position, die den Türspalt abdichten und verhindern sollte, daß es darunter durchzog. Sie setzte sich, die Ellbogen auf den Tisch gestützt, und warf einen freudlosen Blick auf die Post. Sie schnappte sich die »Ouest-France«, streifte mit einem Ruck die Banderole ab und schlug die Zeitung auf. Die Seite mit dem Wetterbericht schürte ihre Angst nur noch mehr. Die Vorhersage für die nächsten vierundzwanzig Stunden war katastrophal, und es wurde zur Vorsicht aufgerufen – was ihr wie ein Hohn erschien.

Wie sie so zerstreut in der Tageszeitung herumblätterte, blieb ihr Blick plötzlich an dem Foto eines Autowracks hängen.

Yann, dem der Wind das Ölzeug an den Körper drückte, stand unschlüssig da. Zwei seiner Kameraden, die gekommen waren, um noch weitere Tonnen und Reifen zum Schutz ihrer Boote anzubringen, waren kurz zu ihm an Deck geklettert. Als sie von seiner Absicht gehört hatten, den Hafen zu verlassen, hatten sie ihn für völlig übergeschnappt erklärt.

Ludovic beobachtete vom Kai aus den Tanz der Segelboote, die fest an ihren Zurr-Ringen vertäut waren. Der heftige Wortwechsel der Bretonen an Deck der Nat hatte ihm schließlich ein Lächeln entlockt. Er war sich fast sicher, daß Yann nicht auslaufen würde. Dieser machte schon seit einer guten halben Stunde Winkelzüge. Im Grunde wartete er wohl darauf, daß Ludovic ihn aufforderte, die Sache sein zu lassen. In See zu stechen wäre der reine Selbstmord, und Yann hing an seinem Boot.

»Ich versenk' dir dein Schiff hier im Hafen, wenn ich sehe, daß du die Leinen loswirfst«, drohte ein Seemann, der zu dem Grüppchen hinzugekommen war.

Die Diskussion spitzte sich zu, und Ludovic wurde allmählich kalt. Er drehte sich mit dem Rücken zum Wind, um sich ein wenig zu schützen. Da sah er eine Gestalt, die heftig gestikulierend auf sie zurannte. Er kniff die Augen zusammen, brauchte aber ein paar Sekunden, bevor er Nathalie erkannte. Falls sie sich in den Streit einmischen sollte, wäre dies vielleicht für Yann eine Möglichkeit, sich aus der Affäre zu ziehen, ohne sein Gesicht zu verlieren. Wer konnte schon einer Frau etwas abschlagen …

»Ludovic!«

Sie schwenkte etwas in der Luft herum und blickte in seine Richtung. Er ging ihr entgegen, ein wenig stutzig geworden und leicht beunruhigt. Als sie auf seiner Höhe war, bemerkte er, daß sie eine Zeitung in der Hand hatte. Oder besser gesagt, daß sie sie fest umkrallt hielt, denn der Wind drohte sie ihr zu entreißen.

Sie zog Ludovic am Ärmel seiner Öljacke zur Nat. Yann und seine Kumpanen würdigte sie keines Blickes, als sie an ihnen vorbeilief. Sie kletterte ohne Umschweife in die Kajüte hinunter, wo sie quer über den Seekarten die Zeitung auf dem Tisch ausbreitete. Er beugte sich über den Artikel unter dem Foto eines Autowracks, den sie ihm zeigte, und sein Blick fiel auf die letzten Zeilen. Halblaut las er vor:

»Die Fahrerin, eine Ärztin aus Rouen, wurde ins Krankenhaus von Saint-Brieuc gebracht, ihr Zustand ist kritisch …«

Atemlos packte er die Zeitung und studierte eingehend das Fahrzeug, das er zuvor nicht beachtet hatte. Die Typenbezeichnung auf dem Kofferraum war gut lesbar. Valérie hatte genau das gleiche Auto. Gleiche Marke, gleiche Farbe.

Ludovic brauchte nur wenige Sekunden, bevor er reagierte. In zwei Sätzen war er die Leiter oben und sprang vom Deck auf den Kai. Er hatte nur eins im Sinn: die Schlüssel für sein Coupé zu holen, um nach Saint-Brieuc zu rasen.

Nathalie, die ebenfalls aus der Kajüte aufgetaucht war, sah zu Yann auf. Sie mußte brüllen, um das Tosen des Windes und das Knattern der Flaggen zu übertönen, die gegen die Masten schlugen.

»Heute fällt der Ausflug aus! Wir fahren heim! Du hast wirklich kein Glück, mein Schatz, es war so schönes Wetter …«

Ludovic wollte keine Zeit verlieren und fuhr daher nicht an

der Küste entlang, sondern nahm die N 12 und raste wie ein Wahnsinniger, während er unzählige Hypothesen aufstellte, die er eine nach der anderen wieder verwarf. Falls es tatsächlich Valérie gewesen sein sollte, die den Unfall gebaut hatte, was hatte sie dann letzte Nacht wenige Kilometer vor Val-André gemacht? Es waren keine weiteren Insassen erwähnt worden, aber das mußte nichts heißen. Auf alle Fälle konnte es kein Zufall gewesen sein, daß sie auf dieser kleinen Nebenstraße unterwegs war.

Er mochte gar nicht daran denken, was die Formulierung »kritischer Zustand« bedeuten könnte. Aber falls ihre Verfassung wirklich kritisch war, wäre mit Sicherheit Mathieu Keller schon bei ihr. Vielleicht war sie sogar woanders hingebracht worden und gar nicht mehr in Saint-Brieuc?

Vor dem Krankenhaus parkte er sein Auto quer über den Bürgersteig, direkt unter einem Halteverbotsschild, und stürzte im Foyer an die Pforte, wo man ihm sofort Auskunft gab. Valérie Keller lag auf Zimmer 209. Er schöpfte wieder etwas Atem, während er auf den Aufzug wartete. Es war ihm gleichgültig, wenn er Mathieu in die Arme liefe, sie ihn hinauswürfe oder er sich lächerlich machte: Ganz gleich, was passierte, Hauptsache, ihr ging es gut!

Er kam nicht einmal auf die Idee anzuklopfen. Ohne weitere Umschweife stieß er die Türe auf und entdeckte sie am Fußende des Bettes sitzend, vollständig angezogen, ein Tablett auf den Knien und eine Gabel in der Hand.

Fassungslos sah sie ihn an, verschluckte sich und fing an zu husten. Er blieb auf der Schwelle stehen, ohne sich zu rühren, und machte ein seltsames Gesicht.

»Valérie«, sagte er endlich vorwurfsvoll.

Er ging einen Schritt auf sie zu, registrierte dann aber, daß er noch immer seine Öljacke und seine Gummistiefel anhatte, und blieb erneut verlegen stehen.

»Alles noch dran?« brachte er immerhin heraus.

»Ja.«

»Ich hatte große Angst …«

»Ich auch!«

Zwischen ihnen bestanden so viele unausgeräumte Mißverständnisse, daß keiner wußte, was er sagen sollte. Während sie beide schwiegen, schob sie ihren Teller von sich und stand auf. In Wirklichkeit waren sie einer so verängstigt wie der andere.

»Bist du alleine? Ist dein Mann nicht da?«

»Natürlich nicht!«

»Schade. Ich hätte sonst gern die Gelegenheit genutzt, um ein Hühnchen mit ihm zu rupfen.«

Seine Stimme klang plötzlich hart. Er fügte im selben Ton hinzu:

»Ich weiß, daß ihr euch wieder versöhnt habt, aber ich hätte es lieber von dir selbst erfahren.«

»Versöhnt? Also ... Wir waren gestern morgen beim Richter.«

»Beim Richter? Das hättet ihr euch ja wirklich schenken können!«

»Aber ... Hör mal ...«

»Nein, erst hörst du zu!«

Ludovics schmerzliche Gefühle hatten ihn mit voller Wucht wieder eingeholt, und er mußte ihr einfach sagen, was er auf dem Herzen hatte.

»Du hast mich in einer Art und Weise fallen lassen, daß es mir jetzt noch kalt den Rücken hinunterläuft. Ich bin zu dir gefahren. Nicht um dir nachzuspionieren, sondern weil ich mir Sorgen gemacht habe. Und ich habe dich in den Armen deines Mannes gesehen. Ich habe ihn lachen hören, er wollte dich sogar tragen! Und dann seid ihr zusammen hochgegangen. Du machst dir keinen Begriff davon, wie das auf mich gewirkt hat!«

Wenn er an diesen Abend dachte, wurde er krank vor Eifersucht.

»In Mathieus Armen? Ich?«

»Du hattest mir nichts versprochen, ich weiß, ich habe keinerlei Anrechte auf dich, aber das ist trotz allem niederträchtig.«

Allmählich fing sie an zu begreifen, die Dinge verknüpften

sich zu einer logischen Kette, und ihr wurde klar, was sich in dieser Nacht abgespielt hatte. Sie war auf einmal derart erleichtert, daß sogar die Andeutung eines Lächelns über ihr Gesicht huschte. Er starrte sie bestürzt an.

»Also wirklich, Valérie, das amüsiert dich auch noch? Das hätte ich niemals gedacht ... War das für dich alles ein Spiel? Wer tanzt besser nach deiner Pfeife, er oder ich?«

Wutschnaubend schickte er sich an, das Zimmer zu verlassen, als sie auf ihn zustürzte. Sie packte ihn am Handgelenk, um ihn zurückzuhalten, und sah ihm fest in die Augen.

»An dem Abend, als du uns gesehen hast, kamen wir gerade aus dem Krankenhaus. Jérémie lag auf der Intensivstation.«

»Dein Sohn?«

»Er ist bei seinem Vater von einem Baum gefallen und lag den ganzen Sonntag im Koma. Ich hatte Angst, den Verstand zu verlieren. Gegen zweiundzwanzig Uhr ist er aufgewacht. Als Mathieu mich heimgebracht hat, hätte ich irgend jemand, irgend etwas umarmen können, sogar eine Straßenlaterne! Er ist noch ein bißchen bei mir oben geblieben, und wir haben uns schließlich gestritten, uns sogar beinahe geprügelt!«

Sie wollte ihm alles auf einmal erzählen und sprach so schnell, daß sie sich verhaspelte. Ungläubig saß er da und hatte Mühe zu folgen.

»Wie geht es Jérémie?«

»Ein gebrochenes Bein. Er ist tatsächlich mit einem gebrochenen Bein davongekommen! Kannst du dir das vorstellen?«

Ludovic stand nach wie vor angespannt und verkrampft da, und sie mußte ihn schütteln.

»Ich wollte dir alles erzählen, hatte das Bedürfnis, mit dir zu reden! Nur konnte ich dich weder in deiner Kanzlei noch zu Hause erreichen, und ich habe schließlich geglaubt, du seist noch schlimmer als Mathieu! Mein Zorn auf dich wurde jeden Tag größer, es war die Hölle! Ich hatte beschlossen, dich aus meinem Leben zu streichen. Ab in den Müll, ein kurzes Abenteuer! Aber ich schaffte es nicht. Ich habe zwanzigmal bei dir angerufen, aber es war immer nur deine Tochter am Apparat, die mich haßt. Ich bin sogar zu dir nach Hause gefahren, aber sie hat mich zum Teufel gejagt.«

»Axelle? Du hast mit Axelle am Telefon gesprochen? Hast sie gesehen?«

Bestürzt versuchte er, das Ausmaß der Katastrophe zu umreißen. Seine eigene Tochter hatte ihn in völlig unnötige Verzweiflung gestürzt. Sie hatte ihn vorsätzlich angelogen. Und mit einer Unverfrorenheit, die ihn sprachlos machte!

»Valérie ...«

Er befreite fast gewaltsam sein Handgelenk, um sie bei den Schultern zu nehmen.

»Valérie, stimmt das?«

»Was denkst du denn, was ich hier mache? Es hat mich ganz schöne Anstrengung gekostet, meinen Stolz zu überwinden, das kannst du mir glauben! Ich wußte nicht einmal, was ich dir sagen sollte, falls ich dich ...«

»Wer hat dir gesagt, wo ich bin?«

»Hubert. Und wie hast du erfahren, daß ...«

»Aus der Zeitung.«

In diesem Moment erblickte er die Einstiche auf ihrem Kopf. Vorsichtig schob er die kleinen blonden Strähnen zur Seite. Erstaunt, daß er ihr gar nicht böse, ihr gegenüber so entwaffnet war, wo er sie doch ganze Nächte lang gehaßt hatte, wußte er nicht mehr, wie er sich verhalten sollte.

»Sie haben Besuch, Madame Keller? Aber was machen Sie denn in diesem Aufzug? Sie müssen zurück ins Bett!«

Die Krankenschwester war auf der Schwelle stehengeblieben, einen Schwung Röntgenbilder in der Hand.

»Nein, ich gehe«, verkündete Valérie.

»Aber Dr. Lefèvre ...«

»Ich stelle Ihnen eine Bescheinigung aus, daß ich die Verantwortung dafür übernehme, machen Sie sich keine Sorgen.«

Verwirrt legte die Schwester die Aufnahmen und die Untersuchungsergebnisse aufs Bett. Dann schlurfte sie widerstrebend aus dem Zimmer. Ludovic hatte Valérie nicht aus den Augen gelassen.

»Willst du ... Also, ich glaube, wir sollten uns ein wenig unterhalten ...«

»Allerdings!«

»Nun gut«, sagte er, »fangen wir noch einmal ganz von vorne an.«

Er nahm die Reisetasche, die immer noch unübersehbar auf einem Stuhl stand.

»Ich habe doch richtig gehört, du willst aus diesem Krankenhaus hier fort, oder? Nun, worauf wartest du noch ...«

»Also gut, aber ...«

»Jetzt komm!«

Er reichte ihr die Hand, und sie ergriff sie.

Sobald sie die Formulare ausgefüllt hatte, die ihre Kollegen von der Verantwortung entbanden, trat Valérie nach draußen und sah sich wieder dem Wind und dem Regen ausgesetzt, die immer noch unvermindert heftig waren. Ludovic wartete in seinem Wagen auf sie, den er direkt vor den Stufen geparkt hatte. Er fuhr mit ihr zur Polizei, dann zu der Werkstatt, in die man das Wrack ihres Wagens geschleppt hatte. Beim Anblick der zerfetzten Karosserie lief es ihm kalt den Rücken hinunter. Die Frau, die er mehr als alles auf der Welt liebte, wäre auf Grund eines Mißverständnisses um ein Haar seinetwegen in den Tod gerast, und es hätte leicht passieren können, daß er es nicht erfahren hätte. Diese Vorstellung war grauenvoll, ja geradezu unerträglich, und er dachte lange darüber nach, was er seiner Tochter erzählen würde, wenn sie ihm unter die Augen käme.

Anschließend ging er mit Valérie in eine Geschäftsstraße, da sie etwas zum Anziehen kaufen wollte. Während sie in einer Boutique Jeans anprobierte, suchte er den Laden gegenüber auf und wählte für sie einen dicken naturweißen irischen Pullover aus, der ganz besonders warm war. Als er an der Kasse stand, erblickte er sich selbst im Spiegel. Mit seiner Öljacke und seinen Gummistiefeln sah er wirklich aus wie ein Tourist. Fehlte nur noch der Fischerhut! Er kaufte sich einen dunkelblauen

Pullover und eine Jacke. Im Auto hatte er Slipper, und er zog sich rasch um, wobei er Valérie durch das Schaufenster beobachtete. Da sie noch eine Weile zu brauchen schien, steuerte er eine Telefonzelle an und rief Nathalie an, um ihr zu sagen, daß alles in Ordnung sei. Er hatte sogar noch Zeit, um in einer Apotheke ein paar Dinge zu besorgen, bevor Valérie endlich aus ihrer Boutique herauskam. Sie wirkte wie ein junges Mädchen, als sie so in hautengen sandfarbenen Jeans auf ihn zurannte, um dem Regen zu entkommen.

Diesmal nahm er hinter Saint-Brieuc die Küstenstraße. Sie waren beide ungewohnt schweigsam und wandten gleichzeitig den Kopf, als das Meer vor ihren Augen auftauchte. Nach einer Viertelstunde bog er mit dem Coupé in einen schmalen Weg ein, an dessen Ende sie ein märchenhaftes kleines Schlößchen erspähte, das umringt war von Gutsgebäuden.

»Wir sind auf der Domäne von Val«, verkündete er. »Eine Sekunde …«

Er lief die Stufen der Freitreppe hinauf und verschwand im Inneren des Hotels. Valérie betrachtete die Fassade, die etwas düster war und vermutlich noch aus dem 15. Jahrhundert stammte. Inzwischen tobte ein heftiger Sturm, und sie dachte, daß man sich hinter diesen hohen Granitmauern sicher gut aufgehoben fühlte.

Als er zurückkam, öffnete er ihr die Beifahrertür und reichte ihr erneut die Hand, damit sie mit ihm käme.

Drinnen waren die einzelnen Windstöße nur noch als scharfes Pfeifen und Zischen zu hören. Man führte sie in ein riesiges Zimmer, das wundervoll eingerichtet war und dessen Fenster auf den Park hinausgingen.

»Das hier ist Landschaftsschutzgebiet«, sagte Ludovic und warf einen Blick nach draußen.

Sämtliche Bäume schienen unter den Böen umzuknicken, und die Wege waren von einer Unzahl abgebrochener Äste übersät.

»Das ist die einzige mir bekannte Unterkunft, die um diese Jahreszeit geöffnet hat«, sagte er, wie um sich zu entschuldigen.

Sie lächelte über seine Bemerkung. Der Ort war feudal, wie immer, wenn er etwas aussuchte.

»Es ist fünf Uhr ... Möchtest du etwas trinken?« fragte er, während er den Hörer des Zimmertelefons abnahm. »Wenn du Lust hast, essen wir an der Küste unten zu Abend; das Schauspiel, das sich dort bietet, ist die Fahrt wert. Aber zunächst ruhst du dich etwas aus.«

»Ich werde ein Bad nehmen«, murmelte sie, »das habe ich wirklich nötig.«

Sie war plötzlich ein wenig gehemmt und hatte Angst vor der trauten Zweisamkeit. Ihm ging es genauso, aber er enthielt sich jeglichen Kommentars. An dem Punkt, an dem sie angelangt waren, konnte keine Rede mehr von einem einfachen Abenteuer sein. Sie würden sich nicht mehr drücken oder der Sache aus dem Weg gehen können.

»Für nach dem Baden«, sagte er und drückte ihr den irischen Pullover in die Hand. »Zieh dich warm an, ich werde dich gnadenlos dem Sturm aussetzen.«

Während ihrer Abwesenheit blieb er die ganze Zeit über am Fenster stehen. Der Park lag mittlerweile im Dunkeln, und Ludovic war nervös, überdreht und fühlte sich nicht sehr wohl in seiner Haut. Was auch immer geschah, er mußte das Spiel gewinnen. Nicht im Bett, nein, sondern im Gegenteil, indem er Distanz hielt und einen kühlen Kopf bewahrte. Er hatte bereits genug gelitten und wollte dem ein Ende bereiten.

Als er sie wieder ins Zimmer kommen hörte, drehte er sich um und mußte unwillkürlich lächeln, da sie so hübsch aussah. Sie war in den Pullover eingemummelt, der ihr ein bißchen zu groß war, und ihre Haare waren noch naß, aber sie hatte ihre Augen geschminkt. Sie leerten ihre Gläser und lauschten dem irrwitzigen Wind, der ums Schloß heulte.

»Ein Dezemberabend an diesem Ort«, erklärte sie, »das ist die reine ...«

»Romantik? Nein, deshalb sind wir nicht hier.«

Er schenkte Champagner nach, zündete sich eine Zigarette an und ging die großen samtenen Vorhänge zuziehen, während sie ihre Eltern anrief. Sie gab ausweichende Antworten, plauderte fröhlich mit den Kindern und erwähnte mit keinem Wort ihren Unfall in der vorangegangenen Nacht. Als sie zu ihm zurückkam, murmelte er versonnen:

»Der Typ, der dich aus dem Auto gezogen hat, dieser Fernfahrer … Ich würde mich gerne bei ihm bedanken.«

Sie hörten ein dumpfes Krachen, gefolgt von einer Salve splitternden Glases, irgendwo im Innern des Hauses.

»Meine Güte, hört sich an, als würde es ganz schön stürmen.«

Er prüfte nach, ob die Fenster richtig geschlossen waren, dann schlüpfte er in seine Jacke und hielt Valérie die ihre hin.

»Das schauen wir uns aus der Nähe an, einverstanden?«

Ein wenig überrascht von seinem distanzierten Verhalten, folgte sie ihm ohne ein Wort. Das Foyer war wie ausgestorben. Als sie die Türe öffneten, blies ihnen eine heftige Brise ins Gesicht, und beim Hinausgehen mußten sie aufpassen, daß sie nicht umgeweht wurden. Er hielt ihr die Wagentür auf, während sie ins Coupé stieg.

»Ich schalte dir sofort die Heizung ein … Hast du das gesehen? Man könnte meinen, der jüngste Tag sei gekommen …«

Ein Ast landete direkt neben der Kühlerhaube und wurde den Weg hinuntergeschleudert. Er fuhr vorsichtig los und kam ungehindert aus der Domäne von Val hinaus. Das Meer war noch achthundert Meter entfernt, aber sie hörten das Tosen der Wellen schon ein ganzes Stück vorher. Es war sieben Uhr und die Flut auf dem Höchststand.

»Die Wellen werden überall über die Deiche schlagen«, verkündete er begeistert.

»Und das gefällt dir?«

»Ja und nein. Es ist erschreckend für die Bewohner der Häuser, die dann mehr oder weniger auf offener See treiben, aber es ist dennoch ein großartiges Schauspiel …«

Sie gelangten in ein kleines Dorf, und Ludovic hielt wenige Meter vor der Mole. Es gab nur einen einzigen beleuchteten Ort, auf einem Felsvorsprung über dem Meer, und sie liefen darauf zu.

Als sie in dem kleinen Restaurant ankamen, waren nur zwei Tische besetzt. Man plazierte sie vor dem großen Fenster. Kerzen und gedämpfte elektrische Beleuchtung schufen eine intime Atmosphäre, um so mehr, als draußen die entfesselten Elemente wüteten.

Ludovic bestellte Austern, gegrillten Hummer und einen eisgekühlten Gros Plant.

»Ich dachte, dies wäre ein guter Ort, um sich auszusprechen … Denn weißt du Valérie, es gibt gewisse Dinge, die ich nicht noch einmal durchmachen möchte.«

Das Kinn in die Hände gestützt, ihre grünen Augen fest auf Ludovic gerichtet, hörte sie zu.

»Gestern um diese Zeit habe ich in Betracht gezogen, mein Haus in Clères zu verkaufen, meinen Anteil an der Kanzlei zu veräußern … kurz gesagt, ein neues Leben anzufangen.«

»Dein Haus? Bist du verrückt geworden? Ich liebe dein Haus.«

»Genug, um dort zu wohnen? Mit deinen Kindern dort einzuziehen?«

»Aber … ja! Warum nicht? Ich brauche lediglich noch ein bißchen Zeit, du …«

»Nein. Wenn, dann jetzt. Ich will mich nicht mehr länger verzehren, warten, darauf hoffen, daß wir uns treffen, dich zwischen Tür und Angel sehen, nicht wissen, wo du steckst. Und riskieren, daß ich unten vor deiner Türe stehe wie an besagtem Abend.«

Seine Entschlossenheit ließ keine Zweifel. Valérie nickte, sagte aber kein Wort. Er wartete einen Moment, dann fuhr er fort:

»Ich habe stundenlang versucht, bei dir anzurufen. Auch am nächsten Tag und danach. Du warst nie zu Hause, ich dachte wirklich, du seist nach Mont-Saint-Aignan zurückgegangen.«

»Ich war bei meinen Eltern!«

»Dort habe ich es ebenfalls einmal versucht, aber es hat keiner abgehoben. Ich war wie betäubt, am Boden zerstört, ich verstand die Welt nicht mehr.«

»Ich habe bei dir angerufen, Ludovic. Aber deine Tochter …«

»Ich weiß. Ich kann mir genau vorstellen, wie alles gelaufen ist. Ein gründliches Mißverständnis. Aber wir lebten so weit voneinander entfernt, daß das unweigerlich irgendwann passieren mußte. Ich liebe dich nicht halbtags oder nur ein Viertel des Tages … Und ich bin kein Fähnlein im Winde. Du bist die Frau meines Lebens, vorausgesetzt, daß du das willst.«

»Ludovic …«

»Laß mich ausreden, ich flehe dich an, es wird immer schwieriger, es ist schlimmer als eine mündliche Nachprüfung! Bis jetzt hatte ich nicht das Gefühl, daß wir uns wirklich … auf der gleichen Wellenlänge bewegten. Du hast deine Freiheit wiedergewonnen, du hast keine Lust, sie aufzugeben, dich von neuem zu binden. Du beginnst gerade aufzuatmen, vielleicht hast du Angst, daß ich dir die Luft nehme, das wäre verständlich. Leider ist es genau das, was ich will. Nicht dir die Luft abschnüren, aber dich heiraten. Nicht gleich im nächsten halben Jahr, aber so schnell wie möglich. Und bis dahin hätte ich gerne, daß du mit deinen Kindern, aber auch mit mir zusammenlebst. Falls du das alles nicht willst, falls du auch nur den geringsten Zweifel hast, dir das Alltägliche angst macht und du die Ungewißheit vorziehst, dann sollten wir uns besser trennen.«

Sie wich ein Stück zurück und blickte auf den Teller mit Muscheln hinunter. Exakt in dieser Sekunde begriff sie, daß ihre gemeinsame Zukunft in ihren Händen lag. Noch hatte sie die Wahl, aber sie durfte ihre Entscheidung nicht länger aufschieben. Ludovic würde keine weiteren Zugeständnisse mehr machen.

»Das ist kein Ultimatum«, erklärte er und nahm ihre Hand. »Aber wenn du mich nicht so liebst wie ich dich, wenn wir nicht dasselbe wollen, wozu dann das Ganze? Dich nur hin und wieder zu sehen übersteigt meine Kräfte, ich kann nichts dagegen machen.«

Plötzlich erlosch das Licht. Der Sturm mußte eine elektrische Leitung zerstört haben. Im Kerzenschein starrte sie ihn an.

»Ich werde nie wieder unsere Beziehung aufs Spiel setzen«,

murmelte sie. »Ich will das gleiche wie du, seit du da bist. Ich hatte gedacht, daß ich mich eine Weile aus allem heraushalten sollte, das stimmt, aber das war, bevor du verschwunden bist und wir uns aus den Augen verloren haben. Jetzt weiß ich es, es ist alles klar. Das ist der Grund meines Kommens. Wir werden uns nicht mehr trennen.«

Sie verzog das Gesicht, weil er fast ihre Finger zerquetschte.

»Ist das wahr? Schwörst du es mir? Du ziehst mit deinen Kindern bei mir ein? Gleich, wenn wir zurück sind? Wir feiern alle zusammen Weihnachten? Und dann gibst du mir die Gelegenheit, das Vertrauen deiner Kinder zu gewinnen?«

Gerührt bemerkte sie seinen jungenhaften, überglücklichen Gesichtsausdruck.

»Ja.«

Er ließ ihre Hand los, nahm eine Auster und reichte sie ihr.

»Jetzt iß. Das ist sicher besser als das, was man dir im Krankenhaus vorgesetzt hat.«

Zur gleichen Stunde, da Valérie und Ludovic ihr Abendessen am Rande des aufgewühlten Meeres beendeten, langweilten sich Mathieu und Céline höflich in einem Nobellokal in Rouen. Sie plante die Einzelheiten ihrer Hochzeit, während er es nicht erwarten konnte, ins Bett zu kommen. Sie organisierte bereits das Treffen ihrer Eltern mit Mathieu, sicher, daß diese gebührend beeindruckt wären, und äußerst zufrieden mit sich selbst.

Augustin und Suzanne sahen fern. Camille saß zwischen ihnen, und Jérémie hatte es sich auf einem großen Sessel bequem gemacht, sein Bein auf einen Hocker gelegt und seinen Teddy unters Kinn geklemmt. In der kleinen Wohnung über dem Laden in der Rue Saint-Nicolas herrschte die übliche friedliche Winterabendstimmung. Und während sie mit halbem Ohr die Dialoge im Film verfolgte, machte sich Suzanne Gedanken über das Festmenü.

Gilles und Laurence saßen in der Ecke eines kleinen italienischen Lokals und aßen Spaghetti, wobei sie sich tief in die

Augen sahen. Selbst ohne den Chianti, von dem sie schon etwas zuviel getrunken hatten, wären sie glücklich gewesen.

Axelle lief völlig aufgelöst in der Küche auf und ab und ging mit Claire die verschiedenen Versionen durch, die sie ihrem Vater servieren könnte, um ihre Lügen zu erklären. Der Anruf ihrer Mutter hatte ihr Gewißheit gebracht. Diese schreckliche Valérie, die viel sturer war als vermutet, war zu ihnen gefahren, und es würde nicht mehr lange dauern, und sie würde eine Erklärung abgeben müssen.

Das Charles-Nicolle lag wie ein gestrandeter Ozeandampfer unter dem nächtlichen Himmel von Rouen und nahm sein tägliches Quantum an Notfällen auf, und in der Auffahrt lösten Rettungsfahrzeuge sich mit Streifenwagen ab.

Yann, der Nathalie an sich gedrückt hielt, hörte das Telefon klingeln und runzelte die Brauen. Der Anruf kam von der winzigen Hafenmeisterei. Man teilte ihm mit, daß an Bord seines Schiffes Licht zu sehen sei. Äußerst beunruhigt zog er sich eilig an, rannte aus dem Haus und stürzte, gegen den irrwitzigen Sturm ankämpfend, zur Mole. Von weitem schon erblickte er die Nat, die inmitten der anderen Boote tanzte. In der Tat waren zwei Bullaugen von einem flackernden Licht erleuchtet. Gerade als er hinstürmen wollte, hielt er abrupt inne. Er hatte im Schutz einer kleinen Mauer Ludovics Coupé entdeckt. Als er begriff, daß die Nat nicht weiter in Gefahr war, sondern nur von dem verliebten Paar aufgesucht worden war, machte er sich laut lachend aus dem Staub.

Valérie und Ludovic hatten in der Kajüte Zuflucht gesucht und saßen gemütlich im Schein einer Öllampe, die über ihren Köpfen baumelte. Als sie aus dem Restaurant gekommen waren, hatten sie auf den Deich gehen wollen, um sich an dem apokalyptischen Spektakel der Wellen zu ergötzen, die sich tosend brachen. Aber es war unmöglich gewesen, den Attacken des Sturmes zu trotzen, unter deren Wucht sie sich eng aneinandergeklammert hatten. Da hatte Ludovic die Idee gehabt, nach Dahouët hinunterzufahren. Er wußte, in welchem Kasten und unter welcher Schwimmweste Yann den Schlüssel fürs

Deckshaus versteckt hatte. An eine Want geklammert hatte Valérie gewartet, daß er die Niedergangskappe öffnete, und war hinter ihm die Leiter hinuntergeklettert. Sie hatten Probleme gehabt, den Docht in der Sturmlampe anzuzünden, so sehr hatte die Nat an den Halteleinen geschaukelt. Nicht in der Lage, stehen zu bleiben, hatte sich Valérie auf dem Platz niedergelassen, an dem normalerweise Yann saß. Naserümpfend hatte sie den ganz eigenen Geruch eingesogen, diese Mischung aus Meerwasser, Diesel und Brennspiritus, der von sämtlichen Booten ausgeht.

Im Inneren war alles aus Messing und Mahagoni. Der Sextant und die Seekarten waren auf die Planken gefallen und schlitterten von einem Ende zum anderen. Ludovic las sie auf und stopfte sie in einen Spind, aus dem er zwei Metallbecher und eine Flasche Calvados herauszog.

»Hier habe ich unglaubliche Stunden verbracht, habe dich verflucht und versucht, wieder zu mir zu finden. Wir sind hundertmal knapp dem Schiffbruch entronnen! Mag Yann auch zur See kein anderer das Wasser reichen, am Ende ist doch das Meer stärker.«

Er war gezwungen zu brüllen, um all das Krachen, Knarzen und Klappern um sie herum zu übertönen.

»Er wollte doch tatsächlich eine kleine Spritztour machen heute morgen! Gott sei Dank hast du es bewerkstelligt, daß dein Foto in die Zeitung kam! Wenn nicht, würden wir vielleicht gerade von den kleinen Fischen am Meeresgrund angeknabbert ...«

Er ließ sich neben sie fallen, stieß fröhlich mit ihr an und versuchte, einen Schluck zu trinken.

»Sturm im Hafen, das ist trotz allem selten!« sagte er und schloß sie in die Arme.

Ebenso ungestüm wie lustvoll drückte er sie an seine Brust, um sie zu küssen. Dann murmelte er kaum hörbar:

»Dich hier bei mir zu haben, jetzt und hier, das grenzt an ein Wunder.«

Sie war es, die als erste ihre Hände unter seinen Pullover gleiten ließ.

»Da du einen zu erlesenen Rahmen nicht schätztst«, hauchte sie ihm ins Ohr, »können wir ruhig auch erst später ins Hotel zurück …«

Er erschauerte unter ihren Fingern, und sie verspürte ein intensives, überwältigendes und freudiges Verlangen.

Die Böen und das wilde Treiben draußen spielten keine Rolle mehr, auf ihrem Lager vergaßen sie alles um sich herum. Sie hörten daher auch nicht, wie sich die Naturgewalten im Laufe der Nacht beruhigten. Bemerkten nicht, daß der Wind sich mit einem Mal legte, das Boot nicht mehr so heftig schaukelte und schließlich Stille einkehrte. Zunächst fortgetragen von ihrer Lust, dann vom Schlaf übermannt, lagen sie immer noch eng umschlungen, als der Tag anbrach.

Es war der 16. Dezember, die frühen Morgenstunden waren eisig, aber das Meer war wieder glatt. Ein Grüppchen Seeleute verständigte sich leise gestikulierend auf dem Kai. In seinen Parka gehüllt zeigte Yann auf die Halteleinen. In holder Eintracht beugten sich drei Bretonen über die Zurr-Ringe und lösten die Vertäuungen. Augenzwinkernd sprangen sie ohne einen Laut an Deck der beiden Boote rechts und links von der Nat, um diese abzustoßen und sie ein gutes Stück vom Kai wegzubugsieren. Da gerade Ebbe war, würde die Strömung den Rest erledigen.

Ein wenig abseits verfolgte Nathalie aufmerksam die Aktion. Sie wußte, wie warm und gemütlich die Schlafsäcke auf der Nat waren, da sie sie selbst besorgt hatte. Sie warf einen Blick über die Schulter auf Ludovics rotes Coupé, das scheinbar herrenlos hinter dem Mäuerchen stand. Yann kam zu ihr zurück, ein triumphierendes Lächeln auf den Lippen.

»Gute Fahrt, Ihr Liebenden!« sagte er, während er dem Boot nachsah, das langsam auf die Hafenausfahrt zutrieb.

»Bist du sicher, daß das nicht gefährlich ist?«

»Nein, das weißt du doch ganz genau. Und außerdem ist er schließlich Bretone. Er wird keine Probleme haben, das Schiff zu lenken! Hast du das spiegelglatte Meer gesehen?«

»Es ist immer so nach einem Sturm.«

»Und er kann bei seiner kleinen Ärztin Eindruck schinden!«

Im selben Moment segelte die Nat am Leuchtturm vorbei, und das Grüppchen Seeleute rief den beiden, die Hände zum Trichter geformt, spaßhafte Bemerkungen hinterher. In der Kajüte fuhr Ludovic aus dem Schlaf, horchte und stützte sich vorsichtig auf den Ellenbogen, um aus dem Bullauge zu schauen. Er sah die Küste, die sich langsam entfernte, und begriff, daß man ihnen einen Streich gespielt hatte. Er beschloß, es als eine Art Geschenk anzusehen, streckte sich wieder neben Valérie aus und zog den Daunenschlafsack über sie beide.

Das hartnäckige Klingeln von Valéries Handy hatte ihrer kleinen Seefahrt ein jähes Ende gesetzt.

Am Rande der Pritsche sitzend, hatte sie mit vor Kälte klappernden Zähnen unter Ludovics besorgtem Blick ein paar Sätze mit ihrer Mutter gewechselt. Er hatte rasch begriffen, daß etwas Schlimmes vorgefallen war, und den Motor des Bootes angelassen, um schnell in den Hafen zurückzufahren.

Eilig waren sie ins Hotel zurückgekehrt, um ihre Sachen zu holen. Von dort aus hatte Valérie Dr. Roussel im Saint-Lazare angerufen, dann den Chirurgen, der ihren Vater operieren sollte. Dieser hatte sich hartnäckig gegen eine Einlieferung in die Uniklinik geweigert. Er gehe dorthin, wo seine Tochter arbeite, und nirgendwo anders. Der Eingriff sollte also morgen früh in der Klinik stattfinden. Selbstverständlich entschloß sich Valérie zu assistieren.

Sie hatten ein letztes Mal angehalten, um für ein knappes Viertelstündchen bei Nathalie vorbeizuschauen. Sie waren alle vier in der Küche des kleinen Häuschens geblieben und hatten im Stehen einen Kaffee getrunken. Auf der Rückfahrt hatte Ludovic Valérie zunächst in Ruhe gelassen. Ihm war klar, daß sie sich Sorgen um Augustin machte und daß die plötzliche Entscheidung Roussels sie sehr beunruhigte. Sie weigerte sich, irgendwo Rast zu mache, um zu Mittag zu essen, da sie es eilig hatte, nach Rouen zu kommen. Er bestand nicht darauf, aber als sie in der Rue Saint-Nicolas angekommen waren, begnügte er sich nicht damit, sie vor dem Laden abzusetzen. Mit der größten Selbstverständlichkeit verriegelte er das Auto und begleitete sie hinein. Ein wenig erstaunt zögerte sie, doch er kam ihr zuvor.

»Ich lasse dich nicht mehr allein, ich habe dich gewarnt … Vor allem, wenn du Probleme hast. Im übrigen finde ich es normal, daß du mich deiner Mutter vorstellst. Und erzähl mir nicht, daß das der falsche Zeitpunkt sei!«

Sie verzichtete darauf, sich auf eine Diskussion einzulassen, akzeptierte, daß er mit hochkam, und stürmte die hölzerne Treppe zur Wohnung ihrer Eltern hinauf.

Valérie hatte in der Vergangenheit bei zahlreichen Operationen assistiert und war nicht so leicht zu beeindrucken. An diesem Morgen jedoch war es ihr sehr sehr schwergefallen, ihre Angst zu überwinden und in den Operationstrakt hineinzugehen. Die Gestalt, die da unter der sterilen Abdeckung auf dem Tisch lag, war ihr Vater. Kurz davor hatte sie noch mit ihm gesprochen, hatte es sogar geschafft, ein paar scherzhafte Bemerkungen zu machen, aber im Moment war er ohne Bewußtsein.

Über ihren Mundschutz hinweg blickte sie zum Anästhesisten hinüber, der ihr beschwichtigend zulächelte. Das Chirurgenteam war gerade dabei, die Herz-Lungen-Maschine anzuschließen, die bei Bypassoperationen stets unentbehrlich ist. Valérie verfolgte aufmerksam die präzisen Handgriffe jener, die man abfällig als »Pumpenflicker« bezeichnete. Das Herz hatte aufgehört zu schlagen, und die Maschine hatte ohne Probleme dessen Arbeit übernommen.

Der Chirurg, der das dumpfe Geräusch des Operationsbestecks, das in die Schalen zurückfiel, bereits gar nicht mehr wahrnahm, brabbelte vor sich hin. Er hatte die Angewohnheit, während seiner Operationen unaufhörlich zu reden. Die Anwesenheit Valéries und Roussels schien ihn wenig zu stören und änderte nichts an seinem Verhalten. Er handhabte sein Venentransplantat mit vollkommener Geschicklichkeit.

Valérie, der eine Krankenschwester die Sicht verdeckte, änderte ihre Position. Augustins Gesicht war Gott sei Dank nicht zu sehen, und es gelang ihr, Distanz zu wahren, den »Fall« zu studieren, den man vor ihren Augen operierte, ohne ihn auch nur im geringsten mit ihrem Vater in Verbindung zu bringen.

»Diese Arterie ist in sehr schlechtem Zustand ... Schauen Sie sich das bloß mal an ...«

Zwischen zwei knappen Anweisungen fuhr der Chirurg fort, seine Kommentare abzugeben. Es war fast zehn Uhr, und wenn alles glatt liefe, wäre es bald vorüber. Roussel hatte müde Augen; er hatte bereits zu lange unbeweglich dagestanden.

Als man anfing, das Blut wieder zu erwärmen, begann das Herz zu flimmern, was vorherzusehen gewesen war. Valérie zwang sich selbst während der programmierten Elektrostimulation, nicht die Augen abzuwenden. Das anschließende Abschalten der Herz-Lungen-Maschine ging ohne Probleme vonstatten.

»So, das hätten wir«, brummelte der Chirurg und trat vom OP-Tisch zurück.

Unvermittelt drehte er sich zu Valérie um und zwinkerte ihr zu. Er ging als erster aus dem Operationssaal hinaus, aber Valérie folgte ihm auf dem Fuße. Er streifte seine blutverschmierten Handschuhe ab, warf sie fort, riß seinen Mundschutz und dann seine Haube herunter. Nun würde Augustin erst einmal einige Stunden in der Obhut des Narkosearztes verbleiben, der ihn im Wachraum betreute.

»Sind Sie erleichtert?« fragte er, während er den Wasserhahn des nächstgelegenen Waschbeckens vor sich aufdrehte.

Er sah sie im Spiegel an und wusch sich dabei die Hände.

»Es ist immer ein bißchen heikel, wenn man den Patienten kennt, was? Aber es ist ja alles gutgegangen ...«

Halb zur Wanduhr gewandt, schüttelte er den Kopf.

»Vier Stunden haben wir gebraucht ... Das ist eine Ewigkeit, fast schon rekordverdächtig, aber wir hatten ja schließlich ein anspruchsvolles Publikum!«

Sie zog sich ebenfalls aus, streifte den langen grünen Kittel ab und die OP-Schuhe.

»Sie haben also letztlich den Bypass einem *Stent* vorgezogen …«, stellte sie nüchtern fest.

Sie spielte auf die starren Kunststoffendoprothesen an, die mittels einer Sonde in die Arterien eingeführt werden konnten, um diese zu dehnen.

»Meiner Meinung nach war es die angebrachtere Lösung. Ich habe mich mit Roussel besprochen …«

Ihre Blicke begegneten sich erneut im Spiegel, und Valérie entschloß sich zu lächeln.

»Danke«, sagte sie leise.

»Morgen kommt er wieder zu Ihnen hinunter. Passen Sie auf, daß es nicht zu einer Stenose kommt, ja?«

Sie dachte voller Angst an die Gefahr einer Sepsis, auch wenn diese ebenso wie die gefürchtete Mediastinitis nur äußerst selten auftrat; doch sie entschloß sich, es mit Humor zu sehen.

»Ich werde mein Bestes versuchen, genau wie Sie!«

Als er an ihr vorbeiging, klopfte er ihr freundschaftlich auf die Schulter. Sie brauchte noch ein paar Sekunden, bevor sie kurz darauf ebenfalls den OP-Trakt verließ. Ihre Mutter wartete sicher bereits seit einer Ewigkeit, und sie wollte sie so schnell wie möglich beruhigen. Auch wenn sie wußte, daß es zwecklos war, vor dem späten Vormittag zu kommen, war sie vermutlich, gleich nachdem sie die Kinder an der Schule abgesetzt hatte, ins Krankenhaus gerast.

Da in dem kleinen Warteraum neben dem Aufzug niemand saß, lief Valérie in die Kardiologie zurück. Caroline fing sie sofort ab, fragte, wie es ihrem Vater gehe, und verkündete ihr dann, daß sie Suzanne in ihr Sprechzimmer gesetzt habe.

»Ich dachte, bei Ihnen wäre sie besser aufgehoben …«

Die Türe stand halb offen, und Valérie erblickte das Gesicht ihrer Mutter. Sie hielt den Kopf schräg geneigt und sah zutiefst besorgt aus.

»Maman! Es geht ihm sehr gut, Maman …«

In plötzlicher Rührung stürzte sie zu Suzanne, die erschrocken zusammengezuckt war. Sie legte ihr den Arm um die Schulter und fügte hinzu:

»In ein paar Tagen ist er wieder auf den Beinen, und bis dahin wird er der umhätscheltste Patient der ganzen Station sein! Am späten Nachmittag kannst du vielleicht zu ihm. Mach dir keine Sorgen, ich werde ihn dir topfit zurückgeben!«

Suzanne seufzte nur kurz auf, um ihrer ungeheuren Erleichterung Luft zu machen. Sie stellte erstaunt fest, daß sie, ohne es gemerkt zu haben, jenes Alter erreicht hatte, in dem die Eltern von ihren Kindern getröstet und beruhigt werden und nicht mehr umgekehrt. Da sie hinter dem Schreibtisch, auf dem Stuhl ihrer Tochter saß, wollte sie aufstehen und dieser den Platz überlassen.

»Nein, nein! Bleib sitzen, ruh dich noch ein wenig aus …«

Suzannes Blick glitt über das Papier, das Valéries Briefkopf trug, mit Titel und ihrem Mädchennamen, und blieb dann an dem Stethoskop hängen, das achtlos auf den Kalender geworfen worden war, der von Terminen überquoll.

»Du hast es doch noch geschafft …«, sagte sie sanft.

Schon dachte sie nicht mehr an sich selbst und auch nicht an ihren Mann, sondern nur noch an ihre Tochter, die bald sechsunddreißig würde und die es geschafft hatte, sich ein neues Leben aufzubauen und endlich auf eigenen Füßen zu stehen.

»Dein Freund Ludovic wird uns so gegen sieben Uhr abholen und uns zusammen mit den Kindern zu sich zum Abendessen mitnehmen«, erklärte sie, da sie sich plötzlich an die Botschaft erinnerte, die sie übermitteln sollte.

Valérie schüttelte amüsiert den Kopf. Was gab es Starrköpfigeres als einen Bretonen? Sie selbst vielleicht …

Sie knöpfte ihren weißen Kittel auf, schlüpfte hinein und schlug mit einer Geste, die ihr bereits in Fleisch und Blut übergegangen war, den Kragen hoch.

»Frau Doktor, Sie werden dringend auf Zimmer 22 erwartet«, ertönte Carolines Stimme aus der Sprechanlage.

»Bleib sitzen, Maman, ich komme gleich wieder«, sagte Valérie, die aus dem Zimmer hastete.

Suzanne lauschte eine Weile den Geräuschen draußen auf dem Gang. Irgendwo in der Klinik kam vermutlich gerade Augustin wieder zu sich. Sie würden noch ein gemeinsames Stück Weg vor sich haben, zusammen mit ihrer Tochter und ihren Enkelkindern.

Sie ließ sich gegen die Stuhllehne sinken, legte ihre Arme auf die Seitenstützen und sah sich um. In dieser Position lauschte Valérie wohl ihren Patienten und stellte ihre Rezepte aus. Zu dem Glücksgefühl, Augustin außer Gefahr zu wissen, kam mit einem Mal ein ungeheurer Stolz hinzu. Und dann dachte sie ohne die geringste Spur von Besorgtheit an den blonden Mann, den sie am Vorabend kennengelernt hatte. Er hatte gesagt, er werde sich um alles kümmern. Wunderbar. Genau das war jetzt vonnöten. Denn niemand würde nun mehr den Aufstieg von Valérie verhindern können, ihrer einzigen und vor allem einzigartigen Tochter.